三蘇 散文研究 及其他

◎李李 著

序

　　唐之韓愈、柳宗元啟古文運動之先路，然直至北宋，古文方取得文壇的正統地位，使古文創作達到了前所未有之盛況，此項成就，固有賴歐陽脩以其勳業文譽出而領導，實亦倚曾鞏、王安石、蘇洵、蘇軾、蘇轍之接踵繼起，桴鼓相應，終竟文學革命之全功。

　　宋代古文六大家中，蘇氏父子即居其半，重要性不言而喻，不過，歷代學者對三蘇古文（即散文）著力並不多，故本書專就三蘇散文，分為六章，加以研討。

　　首章緒論，概述散文的界說、散文的分類、北宋的文風與唐宋八大家。

　　第二、三章，以歷史背景、政治概況、文學脈絡為輔，依蘇洵、蘇軾、蘇轍撰著及志傳、筆記、詩話等資料，勾勒出三蘇生平際遇、師承交遊、學養淵源、性格嗜好等，作為分析三蘇散文異同之張本。

　　第四章，則就記體文類來看三蘇散文的特色；分由命意、章法、修辭、內容四個角度切入。

　　第五章，說明三蘇散文的成就；包括三蘇的文論，對蘇門四學士、六君子及後世的影響。最後指出三蘇的相同、相異處，藉以彰顯三蘇散文的關連性與分歧點。

　　同時亦將九篇與三蘇相關之作，納於書末附錄中。

願將此書獻給

已在天國重聚的爺爺李謹彪先生與奶奶楊士珍女士

表達我永恆的思念及感恩

李李　97.3 於柏思書齋

目次

第一章　緒論

第一節　散文界說

「散」字，《說文》解作：「𣀚，襍肉也，從肉㪔聲。」段注云：「從㪔者，會意也。㪔，分離也，引申凡㪔皆作散。散行而㪔廢矣。」因此，「散」實有分離不整的意思，古人所謂「散文」，即取義於此。

散文的名稱，一般認為始見於宋・羅大經《鶴林玉露》引周必大之言曰：「四六特拘對耳，其立意措詞貴渾融有味，與散文同。」[1]其中所說的「四六」，即指盛行於魏晉南北朝，講求四六句法、

---

[1]　見於羅大經：《鶴林玉露》卷六。此外該書卷二曰：「山谷詩騷妙天下，而散文頗覺瑣碎局促。」則將「散文」與「詩騷」韻文相對而論。王更生先生於〈簡論我國散文的立體、命名與定義〉（《孔孟月刊》25：11，頁40）一文中，認為「中國有『散文』之名，最早見於南宋王應麟「辭學指南」引呂東萊說。該書在『誥體』中，列有『散文』與『四六』兩種寫作的範例，於『誥體』作法說明中，引東萊先生語，云：『詔書或用散文，或用四六，皆得。』又云：『散文當以西漢詔為根本，次則王歧公、荊公、曾子開詔熟觀；然後約以今時格式，不然，則似今時文策體矣。』東萊先生即呂祖謙，字伯恭，南宋初年人（西元 1137-1181）。……則中國『散文』之名，正式出現於著述的時間，以最保守的估計，距離現在也有八百年以上了。」

假使不論其意義，那麼「散文」二字，早出現於《昭明文選》卷十二・木華（字玄虛）之〈海賦〉中：「若乃雲錦散文於沙汭之際」（意指散發光彩）。

對偶文辭、平仄相間的「駢文」，而「散文」則與「四六」成對立之文體。在此之前，中國之文大抵是駢中有散，散中有駢，奇偶相生，駢散不分的。

到了唐代，韓愈、柳宗元等人，厭棄六朝駢儷浮誇羈束之文風，倡言恢復秦漢以前的古文，也就是所謂的「散文」。清‧雍正十一年（西元 1733 年）和碩果親王《古文約選序》云：「至唐，韓氏起八代之衰，然後學者以先秦盛漢辯理論事、質而不蕪者爲古文。」就形式論，叫做散文；就精神言，則稱古文。

直到清朝，「散文」之名纔見盛行，原因是清駢文家特愛較論駢散；如孔廣森〈答朱滄湄書〉云：「六朝文無非駢體，但縱橫開闔，一與散文同。」劉開〈與王子卿書〉云：「文之有駢散，猶樹之有枝幹。」

而「散文」亦可爲「韻文」之對稱。我國的韻文，如詩歌、詞曲、辭賦等，均需講求聲調韻律；至於無韻之文，則可泛稱爲散文。

李曰剛在《中國文學史》中，對散文下了一個簡明的定義：「散文乃非韻文之一種，其辭句長短不齊，如浮雲出岫，舒卷自如，非若駢文之『務采色、夸聲音』，受形式之拘束。或爲主觀之陳述，或爲客觀之記載，或夾敘夾議，兼主客觀而並有之，其縱橫變化之趣，誠所謂運用之妙，存乎一心。」[2]

然而現今的散文，範圍較古稍窄。以往散文是跟駢文、韻文相對的一種文體；現在則是與詩歌、小說、戲劇並立的一種文學類別。過去的散文，除「無韻散行」外，在內容及篇章結構上，是兼容並蓄的，小說也常併於其中；但現代散文雖亦可用來敘事

---

[2] 李曰剛：《中國文學史》（簡本），第一章〈文章〉，第二節「散文——古文」。

說理道情，但不以「情節」與「對話」爲必要條件，也不講究人物的塑造、場景的烘托等，且多以第一人稱寫成，因此，絕不同於小說、戲劇。

陳柱《中國散文史》說：「蓋散文亦不過古文之別名耳。而現代所用散文之名，則大抵與韻文對立，其領域則凡有韵之詩賦詞曲，與有聲律之駢文，皆不得入內；與昔之誼同古文，得包辭賦頌贊之類，其廣狹不侔矣。」[3]

本論文所稱三蘇「散文」，乃採傳統廣義的界說，不過，較爲側重具有文學藝術性的作品。

第二節　散文分類

一、以體制分

我國第一部分類的散文總集，是北宋姚鉉的《唐文粹》，分文章爲二十二類，二百一十六子目。後來分類最精善者，是清代姚鼐的《古文辭類纂》，和曾國藩的《經史百家雜鈔》。

姚鼐《古文辭類纂》七十四卷，將先秦兩漢至清之文，依文體區分爲十三類：(一)論辨；(二)序跋；(三)奏議；(四)書說；(五)贈序；(六)詔令；(七)傳狀；(八)碑誌；(九)雜記；(十)箴銘；(十一)頌贊；(十二)辭賦；(十三)哀祭。頗能執簡馭繁，溯源辨委。其衡評文學的主要標準是：神、理、氣、味、格、律、聲、色。

曾國藩據姚書，稍加損益分合，編成《經史百家雜鈔》二十六卷，分散文爲三門十一類：(一)著述門，三類：論著、詞賦（合

---

[3]　陳柱：《中國散文史》第一編，第一章〈總論〉。

姚氏頌贊、箴銘與辭賦爲一）、序跋（合姚氏序跋與贈序爲一）；
(二)告語門，四類：詔令、奏議、書牘、哀祭；(三)記載門，四類：
傳誌（合姚氏傳狀與碑誌爲一）、敘記（新增），典志（新增）、
雜記。此書文賅四部，堪稱散文總集之大成。

二、以性質分

　　若依性質區分，散文可大別爲兩類：非文學性散文及文學性
散文。

　　非文學性的散文，以傳達「知識」、「觀念」爲主：凡與歷
史、政治、軍事、宗教、經濟、文化、哲學等有關者，甚至文學
的史料與批評及應用文，都包括在內。

　　文學性的散文，以「抒情」、「趣味」爲主：涵蓋的範圍包
羅萬象，所有「非文學性散文」所涉及者，均可透過文學性散文
的觀點與處理手法，得到發揮。因爲文學性散文，除了抒情爲主
外，還特重表達獨特的「品味」與「意趣」。

三、以內容分

　　古今散文內容，不外「人、事、景、物、情、理」六字；故
依內容而言，散文可分成：記傳、敘事、寫景、詠物、抒情、說
理議論六大類。

　　然而事實上，一篇散文所包含的內容，往往是多方面的，像
蘇軾〈石鍾山記〉，應屬寫景遊記類，但作者除用誇張、擬聲等
筆法描摹風景外，同時也藉許多文字來記人敘事及議論；因此，
我們僅能看文中那種成分較多，而予以概略分類。

四、以作法分

選文家或文評家有依照「作法」而將散文分成若干類的，如歸有光《文章指南》，分文章作法為六十二種：通用則、立論正大則、用意奇巧則、遣文平淡則、造語蒼勁則、敘事典贍則、辭氣委婉則、神思飄逸則、譬喻則、引證則、將無作有則、化用經傳則、引事論事則、抑揚則、尚論成敗則、一反一正則、正反翻應則、前後相應則、總提分應則、總提總收則、逐事條陳則、文勢重疊則、句法長短錯綜則、一級高一級則，一步進一步則、文勢如貫珠則、文勢如走珠則、文勢如擊蛇則、文勢如破竹則、先虛後實則、先疑後決則、下句載上句則、綴上生下則，疊上轉下則、攔截上文則、設為難解則、合意不露則、設為問答則、辨史則、文短氣長則、字少意多則、字煩不厭則、雙關則、兩柱遞文則、下字影狀則、相題用字則、題外生意則、駁難本題則、回護題意則，駕空立意則、死中求活則、立意貫說則、繳應前語則、疊用繳語則、結意有餘則、竿頭進步則、結末括應則、結末推原則、結末推廣則、結末垂戒則、結句有力則、結束斷制則；並各有說明與文例。

陳必祥《古代散文文體概論》中，認為敘事體散文的作法有：一線（或多線）貫穿法，首尾無定法、總分結合法、忙裏偷閒法、結處點睛法、夾敘夾議法、烘托映襯法等，亦各有說明與文例。

五、以風格分

文章的風格，是作者在用字造句上所表現出來的一種特色。每依時代、地域、作者等因素而有所不同。

蔣伯潛著《文體論纂要》，綜合前人之說，將文章風格分為具體與抽象兩方面：就具體而言，文辭有繁縟、簡約之別，筆法

有隱曲、直爽之別，章句形式有整齊、錯綜之別，格律有謹嚴、疏放之別，文章意境有動蕩、恬靜之別；就抽象而言，聲調有曼聲、促節，宏壯、纖細之異，色味有濃厚，平淡之分，神態有嚴肅、輕鬆之分，氣象有陽剛、陰柔，正大、精巧之分。[4]

第三節　北宋文風

　　中唐的古文運動，歷經晚唐、五代，一度式微，宋初，西崑體獨霸文壇三四十年，領袖是楊億、劉筠及錢惟演，其等奉晚唐李商隱爲宗主，取其雕鏤駢儷的形式技巧，而忽略其思想內容。

　　西崑體的風潮聳動天下，「學者務以言語聲偶擿裂，號爲時文，以相誇尚」（歐陽脩〈蘇氏文集序〉），「窮妍極態」、「淫巧侈麗，浮華纂組」（石介〈怪說〉），「其書，不過句讀妍巧，對偶的當而已」、「極美者，不過事實繁多，聲律調諧而已」（石介〈上趙先生書〉），甚至「專事藻飾，破碎大雅，反謂古道不適於用，廢而弗學」（范仲淹〈尹師魯河南集序〉）；於是，柳開、穆修、石介輩挺身而出，提倡振興尊經重散、崇道致用的古文，可惜他們因理論與實際創作未能完全配合，加之才力不宏、聲望不隆，故影響所及甚微。綺靡文風，積重難返，勇於逆流復古者，必遭排擠，定感孤立，柳開〈再與韓洎書〉云：「開之學爲文章，不類於今日者三十餘年。始者，誠爲立身行道必大出於人上，而遍及於世間，豈慮動得憎嫌，擠而排之。」穆修〈答喬適書〉曰：「眾又排詬之，罪毀之，不目以爲迂，即指以爲惑。」

---

[4]　蔣伯潛：《文體論纂要》第十九、二十章「風格上、下」頁 201-218。

　　直至歐陽脩出，北宋文風才有了決定性徹底轉變[5]。在歐公未顯達時，雖已厭棄西崑體之四六文，然爲仕進養親，仍不得不藉茲爲階進。歐陽脩〈與荊南樂秀才書〉曰：

> 僕少孤貧，貪祿仕以養親，不暇就師窮經，以學聖人之遺業，而涉獵書史，姑隨世俗作所謂時文者。……及得第已來，自以前所爲，不足以稱有司之舉，而當長者之知，始大改其爲，庶幾有立。夫時文雖曰浮巧，然其爲功亦不易也。僕天姿不好而彊爲之，故比時人之爲者尤不工；然已足以取祿仕而竊名譽者，順時故也。天聖中，天子下詔書敕學者去浮華，其後風俗大變。（《居士集》卷四十七——歐文卷四十七）

當歐陽脩十七歲舉進士落第時，「因取所藏韓氏之文復閱之，則喟然嘆曰：『學者當至於是而止爾。』」[6]故高中後，就師法韓愈之作，致力於古文，並亟力倡導；而宋天子鑒於文風浮靡，世道每下愈況，更下詔敕令天下文士興復古道，宋真宗於大中祥符二年（1009）下詔，指斥「近代以來，屬詞多弊，侈靡滋甚」，告誡「今後屬文之士，有辭涉浮華，玷於名教者，必加朝典，庶復古風」[7]；宋仁宗於天聖七年（1029）、明道二年（1033）連續下詔申誠浮華，提倡散文[8]。

---

[5] 洪邁：《容齋續筆》卷九「國初古文」條，對北宋初年的古文，有概略性地敘述，並認爲范仲淹作〈尹師魯集序〉中所云：「歐陽永叔從而振之，由是天下之文一變而古」，其論最爲的當。
[6] 歐陽脩：〈記舊本韓文後〉，《居士外集》卷二十三——歐文卷七十三。
[7] 石介：〈祥符詔書記〉，《徂徠集》卷十九。
[8] 李燾：《續資治通鑑長編》卷一一三。

　　上有好者，下必有甚焉，「天子患時文之弊，下詔書諷勉學者以近古，由是其風漸息，而學者稍趨於古焉！」[9]加之，仁宗嘉祐二年（1057）歐陽脩知貢舉，藉科考，漸行廓清文風。欲挽回文風、導正文體，使歸平澹典要，絕非一蹴可幾，但歐公「恭承王命，親執文柄」，面對「群嘲聚罵」「恬然不以動其心」[10]，終讓古文成為北宋文學之主流。竇卞〈歐陽文忠公諡誥〉曰：

> 天下文物繁盛之極，學士大夫競夫鏤刻組繪，日益靡靡，汨沒於倬詭魁殊之說，而不復知厚古之為正色。於是時，天下曰是，太師曰非；天下以為趨，太師以為陋。學士大夫磨牙淬爪，爭相出力以致之危害，太師不之顧，曰：我道堯舜也，我言孔子、孟軻也，而天下不我從，將焉往？然卒由太師而一歸於醇正。

歐陽脩「獎引後進，如恐不及，賞識之下，率為聞人。曾鞏、王安石、蘇洵、洵子軾、轍，布衣屏處，未為人知，修即游其聲譽，謂必顯於世。」[11]正緣於歐公慧眼獨具，提攜後進又不遺餘力[12]，遂集各家之力，奠定昌黎韓公以來的「古文」，為文壇正統，並歷數百年而弗替。

---

[9] 歐陽脩：〈蘇氏文集序〉，《居士集》卷四十一——歐文卷四十一。
[10] 蘇軾：〈謝南省主文啟五首之一——歐陽內翰〉，《東坡前集》卷二十六。《續資治通鑑長編》。卷一八五·亦云：「正月，翰林學士歐陽脩知貢舉，先是進士益相習于奇僻，鉤章棘句，寖失渾淳，脩深疾之，遂痛加裁抑，仍嚴禁挾書者。及試牓出，時所推舉者皆不在選。囂薄之士，候脩晨朝，群聚詆斥，至街司邏吏不能禁止。或為祭歐陽文投其家。……然文體自是亦稍變。」（本論文凡言及蘇軾作品，若無特別標註，概指世界書局本《蘇東坡全集》。）
[11] 脫脫：《宋史》卷三百十九——《列傳》第七十八〈歐陽修傳〉。
[12] 釋惠洪：《冷齋夜話》卷二〈韓歐范蘇嗜詩〉條云：「歐陽文忠喜士，為天下第一，嘗好誦孔北海『坐上客常滿，樽中酒不空』。」

第四節　唐宋八大家

　　論文之士，言及古文，必稱「唐宋古文八大家」，即唐之韓愈、柳宗元，宋之歐陽脩、曾鞏、王安石、與三蘇父子——洵、軾、轍。若以八大家涵蓋中國古文史上所有的光燄，不免有偏頗之嫌，然僅就唐宋古文來看，韓柳歐蘇曾王確爲個中翹楚，並居承先啟後的樞紐地位。

　　南宋・呂祖謙（1137-1181）編註《古文關鍵》二卷，收綠了韓、柳、歐、蘇、曾及張耒八家文六十二篇（其中無王安石之作），已隱含「八大家」的雛形；元末明初，朱右（1314-1376）編成《唐宋六先生集》（合三蘇爲一家，該集早已亡佚），則確立八人在唐宋古文上，不可移易的位置；明武宗正德年間（1506-1521）王龍的《唐宋八家古文》編成，書不分卷，有圈點、眉批；稍後，茅坤（1512-1601）又編妥《唐宋八大家文鈔》一百六十四卷（目錄一卷），正式打響了「唐宋八大家」的名號。清康熙四十八年（1709）張伯行選刊《唐宋八大家文鈔》十九卷，乾隆進士沈德潛（1673-1769）之《唐宋八大家文讀本》三十卷，均承襲了茅鹿門對八大家的定稱。

　　晚清・劉聲木《萇楚齋隨筆》卷一，對「唐宋八大家」也作了一番敘述：

　　　　唐宋八家文，世只知出於明茅坤所定，因坤編有唐宋八大
　　　　家文鈔一百六十四卷，行世已久，而不知實出於明朱右所
　　　　定。右字伯賢，臨海人；元末官至員外郎，明洪武初，預
　　　　修元史、大明日歷、皇明實訓等書，授翰林院修撰，遷晉
　　　　府長史。明史附見趙壎傳，編有唐宋六先生集□卷，以三

蘇合爲一家，故稱六先生。實則父子三人，於名義，實爲
不順轉，不如坤之逕云八家之爲得也。六先生文集，四庫
提要稱其原本久佚，桐城蕭敬敷茂才穆，曾見原刊本，記
其卷數、刊本年月於日記中，時在光緒中葉，距刊本時已
五六百年。

聲本謹案：八家之名雖定於朱右，實萌芽於南宋，時呂祖
謙編古文關鍵二卷，錄文六十二篇，八家文（按：缺王安
石，實僅七家）多至六十篇：謝枋得編文章軌範七卷，錄
文六十九篇，八家文（按：其中並未選取蘇轍作品，故僅
七家）多至五十九篇；當時雖無八家之名，即隱有八家之
實，八家雖淵源經子，有塗轍可尋，實開後人學文之法，
宜其與六經炳若日星，不可廢也。右自撰百雲稿十二卷，
收入四庫者，五卷本，提要稱其文章格局即從唐宋八家
出，惜流傳不廣，後人罕見。若有好事者重爲之刊行，甚
盛事也。

　　《四庫提要》雖然亦主唐宋八大家之目，始於朱右所編書，不過
書名卻是《八先生文集》，《四庫全書總目提要》卷一〇九云：
「世傳唐宋八家之目，肇始于是集（《唐宋八大家文鈔》），考
明初朱右已採錄韓、柳、歐陽、曾、王、三蘇之作爲八先生文集，
坤蓋有所本也，然右書今不存，惟坤此集爲世所傳習，……一二
百年以來，家弦戶誦，固亦有由矣。」

　　唐宋古文八大家中，只有蘇轍時遭微辭[13]，認爲他是沾了父兄
之光，方得躋身其間，劉聲木正論反說駁斥之，極爲精當，其曰：

---

[13] 如劉開：《劉孟塗文集》卷四〈與阮芸臺宮保論文書〉云：「子由之文，即
　　次八家之末而猶慚」。

唐宋八家中，惟蘇文定公轍，論者頗有異同，皆故為高論。唐宋文醇中，錄文定公文□篇（按：廿七篇），古文辭類纂中，亦錄文定公文□篇（按：十五篇），二書為選本古文中之巨擘，不能屏之弗錄，他可知矣。

蘇文忠公軾有答張文潛書，中有論文定公文數語，極為精鑿，實千古不易之論。文定公之所以列名於八家者，實有自立之處，不藉父兄之力；不然，王安石有弟名安禮，撰王魏公集八卷，曾鞏有弟名肇，撰曲阜集四卷，何以皆未入選耶？

吾知當時定唐宋八家文者，實具絕大心思才力，深知文學，是以後人增一不能，缺一不可。雖儲同人□□欣（按：清・儲欣，字同人，選《唐宋十家文全集錄》五十一卷）選本，增入李翱、皇甫湜（按：應為孫樵）兩家，唐宋文醇因之，終覺非八家之敵也。……聲木謹案：文忠公所謂汪洋澹泊，有一唱三歎之聲，真文定公文之的評也。（《萇楚齋隨筆》卷二）

蘇氏一門，在唐宋八家中，即佔了三席，之前，只有曹氏父子（曹操、曹丕、曹植）差堪比擬爭輝，之後，似乎尚無繼者。因此閩有有三蘇祠，其聯云：「一門父子三詞客，千古文章八大家。」[14] 而四川眉山三蘇祠之門聯，卻是「一門父子三詞客，千古文章四大家」。這「四大家」究竟何所指，倒耐人細加尋味了。明代陸燦曾編《唐宋四大家文鈔》八卷，所謂「唐宋四大家」，乃唐之韓、柳；宋之歐陽脩及三蘇父子。不過，蘇氏父子家鄉裏的三蘇祠聯，是出於清康熙年間進士張鵬翩（1649-1725）所撰，張與三

---

[14] 梁紹壬：《兩般秋雨盦隨筆》卷八〈三蘇祠對〉條。亦見於阮葵生：《茶餘客話》卷十三〈題三蘇祠聯〉。

蘇俱是蜀人，加上祠堂廊柱上另有「蜀中多才子，三蘇天下奇」
之聯語，可資佐証，此處「四大家」，當指西漢三位出身蜀郡的
文學家——司馬相如、王褒、揚雄和三蘇父子。

　　司馬相如字長卿，武帝時因獻賦被任命爲郎，名賦有〈子虛〉、
〈上林〉等；王褒字子淵，資中人，宣帝時被徵召入朝，擢爲諫
大夫，有〈甘泉賦〉、〈洞蕭賦〉等作品；揚雄字子雲，與司馬
長卿同爲成都人，成帝時，以大司馬王音推薦，獻〈甘泉〉、〈河
東〉、〈羽獵〉、〈長楊〉四賦，拜爲郎。蘇軾〈眉州遠景樓記〉
云：「獨吾州之士，通經學古，『以西漢文詞爲宗師』，方是時，
四方指以爲迂闊。」[15]再者，三蘇文中，也多次提及司馬相如、
王褒、揚雄。如蘇軾〈上范舍人書〉云：「文章之風，惟漢爲盛；
而貴顯暴著者，蜀人爲多。蓋相如唱其前，而王褒繼其後。峨冠
曳佩，大車駟馬，徜徉乎鄉閭之中，而蜀人始有好文之意；弦歌
之聲，與鄒魯比。」[16]蘇洵〈太玄論〉[17]，乃針對揚雄之《太玄》
發論，而〈上歐陽內翰第二書〉亦曰：「自孔子沒，百有餘年而
孟子生；孟子之後，數十年而至荀卿子；荀卿子後，乃稍闊遠，
二百餘年而揚雄稱於世。」[18]。

---

[15] 見於郎曄：《經進東坡文集事略》卷第五十一。（後文言及本書，多簡稱作
　　《事略》。）

[16] 蘇軾：《事略》卷四十一。

[17] 蘇洵：《四部備要》本・十五卷《嘉祐集》卷七。（後文凡言及《嘉祐集》
　　者，即指此明刊本，不另註明。）

[18] 蘇洵：《嘉祐集》卷十一。

第二章　三蘇家世與生平

第一節　蘇氏世系

　　《（新）唐書卷七十四上・宰相世系表十四上》：「蘇氏出自己姓，顓頊裔孫。吳回爲重黎，生陸終，生樊，封於昆吾。昆吾之子封於蘇，其地，鄴西蘇城是也。蘇忿生爲周司寇，世居河內，後徙武功杜陵。至漢，代郡太守建徙扶風平陵，封平陵侯。三子：嘉、武、賢。嘉，奉車都尉。六世孫南陽太守中陵鄉侯純，字桓公；生章，字孺文，并刺刺史。五世孫魏東平相都亭剛侯則，字文師。四子：恬、愉、遁、援。愉字休豫，晉太常光祿大夫尚書。七世孫彤，二子：雅、振。……趙郡蘇氏，出自漢并州刺史章之後，因官居趙州。」唐代，蘇氏任宰相者五人；其中，武后之相蘇味道，即屬「趙郡蘇氏」。

　　蘇洵〈蘇氏族諸〉曰：「蘇氏出於高陽，而蔓延于天下。唐神龍初（「神龍」乃武則天稱帝時，最末一個年號，約當西元705年），長史味道刺眉州，卒于官，一子留於眉，眉之有蘇氏自是始。」[1]。

　　蘇氏先世之種種，因無確切記載，每染神話色彩，老蘇〈族譜後錄上篇〉云：

　　蘇氏之先，出於高陽。高陽之子曰稱，稱之子曰老童。老童生重黎及吳回，重黎為帝嚳火正，曰祝融，以罪誅。其後為司馬氏；而其弟吳回（按：此與《唐書》之說有異），復為火正。吳回生陸終，陸終生子六人：長曰樊，為昆吾；次曰惠連，為參胡；次曰籛，為彭祖；次曰來言，為會人；次曰安，為曹姓；季曰季連，為芊姓；六人者，皆有後，其後各分為數姓。昆吾始姓己氏，其後為蘇、顧、溫、董。當夏之時，昆吾為諸侯伯，歷商，而昆吾之後無聞。至周，有忿生為司寇，能平刑以教百姓，周公稱之，蓋書所謂司寇蘇公者也。司寇蘇公與檀伯達皆封於河，世世仕周，家於其封，故河南河內皆有蘇氏。六國之際，秦及代、厲，其苗裔也。至漢興，而蘇氏始徙入秦，或曰：高祖徙天下豪傑，以實關中，而蘇氏遷焉。其後曰建，家於長安杜陵，武帝時為將，以擊匈奴有功，封平陵侯，其後世遂家於其封。建生三子，長曰嘉，次曰武，次曰賢。嘉為奉車都尉，其六世孫純為南陽太守；生子曰章，當順帝時，為冀州刺史，又遷為并州，有功於其人，其子孫遂家於趙郡。其後至唐武后之世，有味道者。味道聖歷初（則天帝年號，約698 年）為鳳閣（中書省）侍郎，以貶為眉州刺史，遷為益州長史，未行而卒，有子一人不能歸，遂家焉，自是眉始有蘇氏，故眉之蘇，皆宗益州長史味道；趙郡之蘇，皆宗并州刺史章；扶風之蘇，皆宗平陵侯建；河南河內之蘇，皆宗司寇忿生；而凡蘇氏，皆宗昆吾樊，昆吾樊宗祝融、

吳回，蓋自昆吾樊……至吾之高祖（蘇釿），其間世次皆
不可紀。[2]

蘇釿「娶黃氏，以俠氣聞於鄉閭，生子五人，而……祜最少、最
賢，以才幹精敏見稱，生於唐哀帝之天祐二年（905），而歿於周
世宗之顯德五年（958），蓋與五代相終始。」[3]

　　蘇祜「娶於李氏。李氏，唐之苗裔。……（李氏）嚴毅，居
家蕭然，多才略，猶有竇太后、柴氏主之遺烈。生子五人，其才
皆不同。宗善、宗晏、宗昪，循循無所毀譽；少子宗晁，輕俠難
制；而……（蘇杲）最好善。」[4]蘇祜「嘗以事至成都，遇道士，
異之；屏人謂曰：『吾術能變化百物，將以授子。』祜辭不願。
道士笑曰：『是果有以過人矣。』」[5]

　　蘇杲「事父母極於孝，與兄弟篤於愛，與朋友篤於信，鄉閭
之人無親疏，皆愛敬之。娶宋氏夫人，事上甚孝謹，而御下甚嚴，
生子九人而……（蘇序）獨存。善治生，有餘財。時蜀新破，其
達官爭棄其田宅以入覲，……（蘇杲）獨不肯取，曰：『吾恐累
吾子。』終其身，田不滿二頃，屋弊陋不葺也；好施與，曰：『多
財而不施，吾恐他人謀我；然施而使人知之，人將以我爲好名。

[2]　同前註。
[3]　蘇洵：〈族譜後錄・下篇〉，《嘉祐集》卷十三。
[4]　同前註。
[5]　曾鞏：〈贈職方員外郎蘇君墓誌銘〉，《元豐類稿》卷四十三，銘文中，蘇
　　「祜」誤作「祐」。
　　蘇軾：三蘇祠本《東坡全集》卷十七〈蘇廷評行狀〉，對此奇遇，有較爲生
　　動、詳盡之敘述：「（蘇祜）嘗以事遊成都，有道士見之，屏語曰：『少年
　　有純德，非我莫知子；我能以藥變化百物，世方亂，可以此自全。』因此麵
　　爲蠟。皇祖（祜）笑曰：『吾不願學也。』道士曰：『吾行天下，未嘗以此
　　語人，自以爲至矣；子又能不學，其過我遠甚。』遂去，不復見。」

是以，施而尤惡使人知之。』」[6]杲「輕財好施，急人之急，孜孜若不及。歲凶，賣田賑濟其鄉里，逮秋熟，人將償之，終憐其屢辭不受，久致破業，厄於飢寒；然未嘗以爲悔，而好施益甚。」[7]蘇杲的誠信，甚至使人願意託妻寄子，交付死生，其族叔蘇玩「嘗有重獄，將就逮，曰：「入獄而死，妻子以累兄；請爲我訽獄之輕重，輕也，以肉饋我，重也，以菜饋我；饋我以菜，吾將不食而死。」既而得釋，玩曰：「吾非無他兄弟，可以寄死生者，惟子。」」[8]當蘇杲臨終之際，妻子宋氏拉著蘇序的手，急問其夫，是否該將獨子託付給同族兄弟，他卻別有識見，「笑曰：『而子賢，雖非吾兄弟，亦將與之；不賢，雖吾兄弟，亦將棄之。屬之何益？善教之而已。』遂卒，卒之歲，蓋淳化五年（994）；推其生之年，則晉少帝之開運元年（944）也。」[9]後因曾孫軾、轍登朝，贈太子太保，宋氏則追封昌國太夫人。[10]

　　蘇洵之父蘇序，「字仲允，生於開寶六年（宋太祖年號，973年），而歿於慶曆七年（仁宗年號，1047年）。娶史氏夫人，生子三人，長曰澹、次曰渙、季則洵也。……少孤，喜爲善而不好讀書，晚迺爲詩，能白道，敏捷立成；凡數十年，得數千篇，上自朝廷、郡邑之事，下至鄉閭、子孫、畋漁、治生之意，皆見於詩。觀其詩，雖不工，然有以知其表裏洞達，豁然偉人也。性簡易，無威儀，薄於爲己而厚於爲人；與人交，無貴賤皆得其歡心；見士大夫曲躬盡敬，人以爲諂，及其見田父野老亦然，然後人不以爲怪。外貌雖無所不與，然其中心所以輕重人者，甚嚴。居鄉

---

[6]　同註3。

[7]　梁廷枏纂：《東坡事類》卷二，引《湛淵靜語》。

[8]　同註3。

[9]　同註3。

[10]　見於蘇轍：〈亡兄子瞻端明墓誌銘〉，《欒城後集》卷二十二。（後文凡言及蘇轍作品，例指北京：中華書局之《蘇轍集》）

闈，出入不乘馬，曰：『有甚老於我而行者，吾乘馬，無以見之。』
敝衣惡食，處之不恥，務欲以身處眾之所惡，蓋不學老子而與之
合。居家不治家事，以家事屬諸子；至族人有事，就之謀者，常
為盡其心，反覆而不猒（通「厭」）。凶年嘗糶其田以濟飢者，
既豐，人將償之，曰：『吾自有以鬻之，非爾也。』卒不肯受。
力為藏退之行，以求不聞於世；然行之既久，則鄉人亦多知之，
以為古之隱君子莫及也。以（次子）渙登朝，授大理評事（後累
贈至尚書職方員外郎）。史氏夫人，眉之大家，慈仁寬厚；宋氏
姑甚嚴，夫人常能得其歡，以和族人，先公十五年而卒，追封蓬
萊縣太君。」[11]蘇序「衣食稍有餘，輒費用，或以予人立盡，以此，
窮困厄於饑寒者，數矣，然終不悔。旋復有餘，則曰：『吾固知
此不能果困人也。』益不復愛惜。……人不問知與不知，徑與歡
笑造極，輸發府藏；小人或侮欺之，公卒不懲，人亦莫能測也。
李順反，攻圍眉州，公年二十有二，日操兵乘城，會皇考（蘇祜）
病沒，而賊圍愈急，居人相視涕泣，無復生意，而公獨治喪執禮，
盡哀如平日。太夫人憂甚，公強施施解之曰：『朝廷終不棄蜀，
賊行破矣。』……郡吏素暴苛，緣是大擾，公作詩并譏之。……
生三子……女二人，長適杜垂裕，幼適石揚言。」[12]蘇序寬和自守，
真率耿直、鎮定識兵等長處，在孫兒軾、轍身上，很容易就找到
傳承的影子；而蘇軾因祖名序，「故為人作序，皆用敘字，又以
為未安，遂改作引，而謂字序曰字說」[13]。

---

[11] 同註3。
[12] 蘇軾：〈蘇廷評行狀〉。
[13] 陸游：《老學庵筆記》卷六。

　　蘇洵長兄蘇澹，字希白，以文學舉進士，不仕[14]，於宋仁宗景祐四年（1037）先蘇序而卒[15]。

　　蘇洵二哥蘇渙，受到父親職方君的鼓勵與支持，突破蜀人不願出仕的慣例，於二十四歲（宋仁宗天聖二年，1024）登科舉進士，使蜀之學者相繼輩出，「仕者常數十百人，處者常千數百人，皆以公爲稱首」[16]，曾鞏爲蘇序作〈墓誌銘〉時，亦言及此：「蜀自五代之亂，斈（「學」之俗字）者衰少，又安其鄉里，皆不願出仕，君獨教其子渙受斈，所以成就之者甚備。至渙以進士起家，蜀人榮之，意始大變，皆喜受斈，及其後，眉之斈者，至千餘人，蓋自蘇氏始。」[17]蘇渙「始字公群，晚字文父[18]。……少穎悟，職方君自總以家事，使公得篤志於學，其勤至手書司馬氏《史記》、班氏《漢書》。公雖少年，而所與交遊，皆一時長老，文詞與之相上下。天聖元年（1023），始就鄉試，通判州事蔣公堂就閱所

---

[14] 歐陽脩：《歐陽文忠公集》卷三十四〈故霸州文安縣主簿蘇君（一作趙郡蘇明允）墓誌銘〉序云：「職方君三子，曰澹、曰渙，皆以文學舉進士」；蘇軾：三蘇祠本《東坡全集》卷十七〈蘇廷評行狀〉云：「生三子，長曰瞻（按：應作「澹」），不仕，亦先公卒。次曰渙，以進士得官」。

[15] 蘇洵：《嘉祐集》卷十四〈極樂院造六菩薩記〉云：「自長女之夭，不四五年，而丁母夫人（史氏）之憂，蓋年二十有四矣（洵生於宋真宗中祥符二年，1009；仁宗明道元年，1032，二十四歲）；其後五年（即仁宗景景祐四年，1037）而喪兄希白（蘇澹）。」不過，「希白」於《宋史》卷三三八，〈蘇軾本傳〉中作「太白」；蘇轍：《欒城後集》卷二十二〈亡兄子瞻端明墓誌銘〉亦云：「伯父太白早亡，子孫未立。」

[16] 蘇轍：〈伯父墓表〉，《欒城集》卷二十五。

[17] 同註5。

[18] 一作「文甫」，是蘇洵據《易經》而爲其改之。《嘉祐集》卷十四〈仲兄字文甫說〉：「洵讀易，至渙（卦）之六四，曰：渙其群，元吉。曰：嗟夫！群者，聖人所欲渙，以混一天下者也。蓋余仲兄名渙，而字公群，則是以聖人之所欲解散滌蕩者，以自命也，而可乎？他日以告。兄曰：子可爲我易之？洵曰：唯。既而曰：請以文甫易之如何？……風行水上渙，此亦天下之至文也。」

為文，嘆其工曰：『子第一人矣。』公曰：『有父兄在，楊異、宋輔與吾遊，不願先之。』蔣公益以此賢公曰：『以子為第三人，以成子美名[19]。』明年登科，鄉人皆喜之，迓者百里不絕」[20]，「觀者塞塗」[21]。

蘇渙為官公正果決，明察秋毫，通情達理，不畏強權，鄙視怙勢驕橫的上司，僅肯以職事之，卻不屑受其舉薦；施政寬和，執法嚴謹，能緝盜安民，禮士舉賢；若遇橫逆挑戰，亦有乃父之風，沈著鎮靜，應付裕如。故所至必有功，其去必見思，尤獲閬中（四川、閬中）人心，民家內竟有蘇渙圖像，禱祝其復至為官。凡此種種，蘇轍〈伯父墓表〉[22]記之甚詳：

（渙）移鳳州司法，王蒙正為鳳州，以章獻太后姻家，怙勢驕橫。知公之賢，屈意禮之，以郡委公。公雖以職事之，而鄙其為人。蒙正嘗薦公於朝，復以書抵要官，論公可用。公喻郡邸吏，屏其奏而藏其私書。未幾，蒙正敗，士以此多公。罷為永康錄事參軍，歲飢，掌發廩粟，民稱其均。以太夫人憂去官。

起為開封士曹。雍丘民有獄死者，縣畏罪，以疾苦告。府遣吏治之，閱數人不能究。及公往，遂直其冤。夏人犯邊，府當市民馬，以益騎士；尹以誣公，馬盡得而民不擾。以薦知鄜陵。始至，散鹽鹽，吏不敢為姦，遂得其民。歲大荒，賊盜蜂起剽略，父老驚怖，相率請公自救，公慰諭遣

19 蘇軾：三蘇祠本《東坡全集》卷六十三〈提伯父謝啟後〉，亦記「通判殿中丞蔣希魯」盛讚蘇渙之文，及蘇渙謙退之種種。
20 同註16。
21 蘇軾：〈上范舍人書〉，《事略》卷四十一。
22 蘇轍：《欒城集》卷二十五。

也，而陰督吏士，數日盡獲。有兄殺弟而取其衣者，弟偶
不死，與父皆訴之；捕得，公閔其窮而爲姦，問之曰：汝
殺而弟，知其不死而捨之者何？兄喻公意，曰：弟死復生，
適有見者，不敢再也。由此得不死，父子皆感泣。及公去，
負任從之數千里。通判閬州，州苦衙前法壞，爭者日至。
公爲立規約，訟遂止。雖爲政極寬，而用法必當，吏民畏
而安之。閬人鮮于侁，少而好學篤行，公禮之甚厚，以備
鄉舉，侁以獲仕進。其始爲吏，公復以循吏許之，侁仕至
諫議大夫，號爲名臣。職方君自眉視公治，喜其能，留數
月而歸[23]。會金、洋兵亂，閬人恟懼。時方關守，公領州事，
陰爲之備，而時率寮吏，登城縱酒，民遂以安。亂兵適亦
敗散，不及境。還朝，監裁造務。未幾，職方君沒，葬逾
月，芝生於墓木，鄉人異焉。服除，選知祥符。祥符多富
貴豪霸，公均其縣賦而平其爭訟，民便安之。……其爲吏，
長於律令，而以仁愛爲主，故所至必治，一時稱爲吏師。

孝肅公包拯曾讚美蘇渙所作所爲，雖僅一縣令，卻遠甚於言事高
官。後因樞密副使孫抃推薦，擢提點利州路刑獄，途經閬中，民
觀者如堵牆。嘉祐七年（1062）八月乙亥，無疾暴卒。吏民哭者
皆失聲，閬人聞之，罷市，相率爲佛事市中以報。享年六十有二。
後以二子登朝，累贈太中大夫。夫人楊氏，累封王城、同安縣君，
渙歿之明年六月庚辰卒[24]。治平二年（1065）二月戊申，合葬於眉
山永壽鄉高遷里。

---

[23] 蘇軾：〈蘇廷評行狀〉作「渙嘗爲閬州，公（序）往，視其規畫措置良善，
爲留〝數日〞，見其父老賢士大夫，閬人亦喜之。」
[24] 蘇轍：《欒城集》卷二〈亡伯母同安縣君楊氏挽詞〉云：「德盛諸楊族，賢
宜伯父家。同姜職蘋藻，歜母事桑麻。」

第二節　三蘇傳略

一、蘇洵

　　蘇洵字明允，生於宋真宗大中祥符二年，卒於英宗治平三年，得年五十八歲（1009-1066）[25]。其在〈上歐陽內翰第一書〉中，曾自述為學歷程：

> 洵少年不學，生二十五歲[26]，始知讀書，從士君子遊，年既已晚，而又不遂刻意屬行，以古人自期，而視與己同列者，皆不勝己，則遂以為可矣。其後困益甚，然後取古人之文而讀之，始覺其出言用意，與己大別（或作「異」），時復內顧，自思其才，則又似夫不遂止於是而已者；由是盡燒曩時所為文數百篇，取論語、孟子、韓子，及其他聖人賢人之文，而兀然端坐，終日以讀之者七八年。

---

[25] 歐陽脩：《居士集》卷三十四〈故霸州文安縣主簿蘇君墓誌銘序〉曰：「君以疾卒，實治平三年四月戊申（二十五日）也，享年五十有八。」曾鞏：《元豐類稿》卷四十一〈蘇明允哀詞〉亦云：「治平三年春，明允上其禮書，未報，四月戊申以疾卒，享年五十有八。自天子輔臣至閭巷之士，皆聞而哀之。」

[26] 除蘇洵自云「二十五歲」始知讀書外，他人俱作「二十七歲」，如：歐陽脩：《居士集》卷三十四〈蘇君墓誌銘序〉云：「年二十七始大發憤，謝其素所往來少年，閉戶讀書、為文辭。」張方平：《樂全集》卷三十九〈文安先生墓表〉云：「年二十七始讀書，不一二年，出諸老先生之右。」司馬光：《溫國文正司馬公文集》卷七十六〈蘇主簿夫人墓誌銘〉：「府君（洵）二十七猶不學」。《四庫全書》本《嘉祐集》附錄卷下，蒲宗孟：〈老蘇先生祭文〉：「先生初時未學弦歌，年二十七始就琢磨，閉戶讀書，不知其它。」（南宋）何掄：《眉陽三蘇先生年譜》：「（景祐二年）老蘇年二十七，始志於學。」王水照編：《三蘇年譜》彙刊——傅藻《東坡紀年錄》云：「明允少不喜學，年二十有七，始發憤讀書，六年而大究六經百家之書。」《宋史》卷四四三·〈列傳二百二·文苑五〉：「蘇洵字明允，眉州眉山人，年二十七始發憤為學。」

方其始也，入其中而惶然，博觀於其外，而駭然以驚；及其久也，讀之益精，而其胸中豁然以明，若人之言固當然者，然猶未敢自出其言也；時既久，胸中之言目益多，不能自制，試出而書之，已而再三讀之，渾渾乎覺其來之易矣，然猶未敢以為是也。（《嘉祐集》卷十一）

蘇序因幼年「疏達不羈，諸書略知其大義，即棄去」[27]；故「季子洵壯猶不知書，君亦不強之，謂人曰：『是非憂其不孝者也。』既而，洵果奮發力孝」[28]。

仁宗天聖五年（1027），蘇洵十九歲，娶妻程氏，司馬光於〈蘇主簿夫人墓誌銘〉中云：「夫人姓程氏，眉山人，大理寺丞文應之女，生十八年歸蘇氏。程氏富而蘇氏極貧，夫人入門，執婦職孝恭勤儉；族人環視之，無絲毫軮軮驕倨可譏訶狀，由是共賢之。或謂夫人曰：『若父母非乏於財，以父母之愛，若求之，宜無不應者，何為甘此疏糲，獨不可以一發言乎？』夫人曰：『然！以我求於父母，誠無不可；萬一使人謂吾夫，為求於人以活其妻子者，將若之何？』卒不求。時祖姑（宋氏）猶在堂，老而性嚴，家人過堂下，履錯然有聲，已畏獲皋（古「罪」字），獨夫人能順適其志，祖姑見之必說（通「悅」）。」[29]

程文應雖為掌理推鞫之屬官，但家境富裕，出身其間的程氏，不僅無富家女之嬌態傲氣，又知書達理、通曉人情，上至祖姑，

[27] 蘇軾：〈蘇廷評行狀〉，三蘇祠本《東坡全集》卷十七。
[28] 曾鞏：〈贈職方員外郎蘇君墓誌銘〉，《元豐類稿》卷四十三。蘇軾：〈蘇廷評行狀〉曰：「軾之先人，少時獨不學，已壯，猶不知書。公未嘗問，或以為言，公不答；久之曰：『吾兒當憂其不學邪？』既而，果自憤發力學，卒顯于世。」
[29] 司馬光，《溫國文正司馬公文集》卷七十六。

下及族人，莫不愛敬之。而三蘇父子，之所以能成爲夐絕千古的文豪，正因爲有了既能相夫又會教子的程氏夫人。

少不喜學，「後漸長，亦稍知讀書，學句讀，屬對聲律，未成而廢」[30]的蘇洵，「一旦，慨然謂夫人曰：『吾自視今猶可學，然家待我而生，學且廢生，奈何？』夫人曰：『我欲言之久矣，惡使子爲因我而學者；子苟有志，以生累我，可也。』即罄出服玩，鬻之以治生，不數年，遂爲富家。」[31]毅然挑起家計重擔的程氏，頗具營生理財的天份，不出幾年，竟使蘇家轉貧爲富，讓夫壻無後顧之憂，「得專志於學，卒成大儒」[32]。程氏「凡生六子，長男景山（應作「先」[33]）及三女皆早夭；幼女有夫人之風，能屬文，年十九，既嫁而卒」[34]，「唯軾與轍，僅存不亡」[35]。

成婚三年，「洵嘗於天聖庚午（仁宗八年，1030）重九日，至玉局觀無礙子卦肆中，見一畫像，筆法清奇；乃云：『張僊（張仙即張遠霄[36]）也，有感必應。』因解玉環易之。洵尚無子嗣，每

---

[30] 蘇洵：〈送石昌言使北引〉，《嘉祐集》卷十四。

[31] 同註29。

[32] 同註29。

[33] 何掄：《眉陽三蘇先生年譜》：「（寶元元年戊寅，1038）老蘇娶程氏，生三子，長曰景“先”，早喪戊寅之年」。歐陽脩：《居士集》卷三十四〈蘇君墓誌銘〉亦云：「君娶程氏大理寺丞文應之女，生三子，曰景“先”，早卒。軾今爲殿中丞直史館，轍權大名府推官，三女皆早卒。」

[34] 同註29。

[35] 蘇洵：〈祭亡妻文〉，《嘉祐集》卷十四。同卷之〈極樂院造六菩薩記〉云：「自長女之夭（1028），不四五年，而丁母夫人（史氏）之憂，蓋年二十有四矣（1032）；其後五年（1037），而喪兄希白（蘇澹）；又一年（1038），而長子（景先）死；又四年（1042），而幼姊（適石揚言）亡；又五年（1047），而次女卒；至于丁亥之歲（仁宗慶曆七年，1047），先君（蘇序）去世：又六年（1053）而失其幼女（適程之才）；服未既，而有長姊（適杜垂裕）之喪。」

[36] 李賢等撰：《明一統志》卷七十一〈眉州〉・「仙釋」條：「張遠霄，眉山人。一日，見老人持竹弓一、鐵彈三、賈錢三百千，張無靳色。老人曰：『吾

旦，必露香以告，逮數年，既得軾（1036），又得轍（1039），
性皆嗜書，乃知真人急於接物，而無礙子之言不妄矣。」[37]

蘇洵年少輕狂時，流連於名山勝景，藉以增廣見聞，拓展襟
懷，其〈憶山送人〉詩云：「少年喜奇迹，落拓鞍馬間，縱目視
天下，愛此宇宙寬。山川看不厭，浩然遂忘還。岷峨最先見，晴
光猒西川。……朅來游荊渚，談笑登峽船，……水行月餘日，泊
舟事征鞍，爛熳走塵土，耳囂目眵昏，中路逢漢水，亂流愛清淵。」
（《嘉祐集》卷十五）二十五歲後，開竅收心，發憤苦讀，然後
舉進士、茂才、異等皆不中，詩云：「振鞭入京師，累歲不得官，
悠悠故鄉念，中夜成慘然。」（〈憶山送人〉）歸家乃「悉取所
為文數百篇，焚之。益閉戶讀書，絕筆不為文辭者五六年，乃大
究六經百家之說，以考質古今治亂成敗聖賢窮達出處之際，得其粹
精（一作「精粹」），涵畜充溢，抑而不發。久之，慨然曰：『可
矣。』由是，下筆頃刻數千言。其縱橫上下，出入馳騁，必造於深
微而後止。蓋其稟也厚，故發之遲；志也慤，故得之精。」[38]

在蘇洵遊宦期間，程氏親自課子，蘇轍〈亡兄子瞻端明墓誌
銘〉曰：「（坡）公生十年（即宋仁宗慶曆五年，1045），而先
君宦學四方。太夫人親授以書，聞古今成敗，輒能語其要。太夫
人嘗讀《東漢史》，至〈范滂傳〉慨然太息；公侍側曰：『軾若
為滂，夫人亦許之否乎？』夫人曰：『汝能為滂，吾顧不能為滂
母耶？』公亦奮厲有當世志，太夫人喜曰：『吾有子矣。』」（《欒

彈能辟疫，汝宜寶而用之。』再見老人，遂授以度世法，熟睨（古「視」字）
舉首，見其目中各有兩瞳子。往白鶴山垂釣，西湖峰上有一老人，曰：『此
乃四目老翁，君之師也，尚不記授弓鐵彈時邪？』張大悟。」

[37] 〈題張僊畫像〉一文，不見於十五卷之《嘉祐集》中，而見於明刊本十六卷
《蘇老泉先生全集》、《四庫全書》本——十六卷《嘉祐集》、明黃氏貪堂二
十卷《重編嘉祐集》等書中。

[38] 歐陽脩：〈蘇君墓誌銘〉并序，《居士集》卷三十四。

城後集》卷二十一）程夫人喜讀書，識大義，常戒諭軾、轍曰：
「汝讀書勿效曹耦，止欲以書自名而已。每稱引古人名節以勵之
曰：『汝果能死直道，吾無戚焉。』」[39]又充滿仁厚之心，「不殘
鳥雀」[40]、「不發宿藏」[41]；「視其家財既有餘，迺歎曰：『是豈
所謂福哉？不已，且愚吾子孫。』因求族姻之孤窮者，悉爲嫁娶
振業之；鄉人有急者，時亦賙焉。比其沒，家無一年之儲。」[42]

程氏唯一未夭折，頗有母風的幼女，嫁給了姪兒程之才，卻
在「親上加親」的婚姻裏，抑鬱而終，使蘇洵憤與妻黨絕裂。宋·
周密《齊東野語》卷十三「老蘇族譜記」條云：「滄洲先生程公
許字季與，眉山人，仕至文昌，寓居雪上，與先子從容談蜀中舊
事，歷歷可聽。其言老泉〈族譜亭記〉，言鄉俗之薄，起於某人，
而不著其姓名者，蓋蘇與其妻黨程氏大不咸，所謂某人者，其妻
之兄弟（程濬——與蘇渙同時登朝）也。老泉有自尤詩[43]，述其（幼）
女事外家（嫁給程濬之子——程之才）不得志以死，其辭甚哀，
則其怨隙不平也久矣。其後東坡兄弟以念母之故，相與釋憾，程

---

[39] 司馬光：《溫國文正司馬公文集》卷七十六。
[40] 《四庫全書》本《東坡志林》卷二：「吾昔少年時，所居書室，前有竹柏雜花，叢生滿庭，眾鳥巢其上，武陽君（程夫人）惡殺生，兒童婢僕皆不得捕取鳥雀，數年間，皆巢於低枝，其鷇（待母哺食的幼鳥，音扣）可俯而窺也。」
[41] 蘇軾：《東坡志林》卷五：「昔吾先君夫人僦宅於眉之紗縠行，一日二婢子熨帛，足陷於地，視之，深數尺，有大甕，覆以烏木板。先夫人急命以土塞之，甕中有物，如人咳聲，凡一年乃已。人以爲此有宿藏物，欲出也，夫人之姪之問者，聞之欲發焉。會吾遷居，之問遂僦此宅，掘丈餘不見甕所在。」
[42] 同註39。
[43] 現存各種版本《嘉祐集》，〈自尤詩〉均失載。據曾棗莊先生於〈蘇洵詩文繫年〉一文中指出，〈自尤詩并敘〉可見於宋殘本《類編增廣老蘇先生大全集》卷二（1983年第3期《四川師院學報》）。〈自尤詩敘〉云：「壬辰之歲，而喪幼女。……其後八年，而予乃作自尤之詩。」「壬辰之歲」即仁宗皇祐四年（1052），吻合何掄所編《眉陽三蘇先生年譜》·「皇祐四年壬辰」條：「老蘇四十四，有幼女之戚。」的記載；但與蘇洵另一篇〈極樂院造六菩薩記〉（《嘉祐集》卷十四）所云，有一年的出入，見前註35。

正輔（「之才」之字）與坡爲表弟，坡之南遷時，宰聞其先世之隙，遂以正輔爲本路憲，將使之甘心焉，而正輔友篤中外之義，相與周旋之者，甚至坡詩往復倡和中，亦可概見也。」

　　蘇軾〈鍾子翼哀辭引〉云：「軾年始十二（即慶曆七年，1047），先君宮師歸自江南。」（《東坡後集》卷八）蘇洵〈祭史彥輔文〉云：「遂至于虔（江西、贛縣），……及秋八月，予將『北歸』，亦既具舡（船），有書晨至，開視驚叫，遂丁大艱，故鄉萬里，泣血行役，敢期生還」（《嘉祐集》卷十四），而〈憶山送人〉詩曰：「到家不再出，一頓俄十年」（《嘉祐集》卷十五）。因接獲喪父惡耗，返蜀奔喪的蘇洵，在往後幾近十年中，均未再離蜀出遊；在這段不算短的時間裏，蘇洵先後完成了四樁要事。

　　首先即是課子。蘇轍曰：「予幼師事先君，聽其言，觀其行事。……先君平居不治生業，有田一廛，無衣食之憂。有書數千卷，手緝而校之，以遺子孫，曰：『讀是，內以治身，外以治人，足矣。此孔氏之遺法也。』」[44]「東坡年十餘歲，在鄉里，見老蘇誦歐公〈謝宣召赴學士院仍謝對衣并馬表〉，老蘇令坡擬之；其間有云：『匪伊垂之帶有餘，非敢後也馬不進。』老蘇喜曰：『此子他日當自用之。』」[45]蘇軾曾曰：「予年十二，先君自虔州歸爲予言：『近城山中天竺寺有樂天親書詩』」[46]，老蘇此舉，已爲蘇軾埋下了日後因仰慕白樂天，而自稱東坡居士之因緣。「王立之《詩話》，記東坡十（來）歲時，老蘇令作〈夏侯太初論〉，其間有『人能碎千金之璧，不能無失聲於破釜；能搏猛虎，不能無

---

[44] 蘇轍：〈藏書室記〉，《欒城三集》卷十。

[45] 趙令時：《侯鯖錄》卷一；此亦見於陳鵠：《耆舊續聞》卷五，作「東坡十歲時」。

[46] 蘇軾：〈天竺寺詩引〉，《東坡後集》卷四。

變色於蜂蠆之語」。老蘇愛之。」[47]又「軾年十二時，於所居紗縠行宅隙地中，與群兒鑿地為戲，得異石如魚，膚溫瑩作淺碧色，表裏皆細銀星，扣之鏗然，試以為硯，甚發墨，無貯水處。先君曰：『是天硯也，有硯之德，而不足於形耳。』因以賜軾曰：『是文字之祥也。』」[48]蘇洵非但對二子訓勉有加，更善機會教育，表明了對愛兒在文學成就上的深深期許與信心。「（慶曆）八年戊子（1048），父洵以家艱閉戶讀書，因以行學授二子。曰：『是庶幾能明吾學者。』」[49]蘇轍之孫蘇籕所撰之《欒城遺言》云：「東坡幼年作卻〈鼠刀銘〉，公（轍）作〈缸硯賦〉，曾祖（洵）稱之，命佳紙脩寫裝飾，釘於所居壁上。」[50]

其次，完成六類，三、四十篇，最能代表老蘇政治思想與學術成就的作品，包括：〈幾策〉兩篇、〈權書〉十篇、〈衡論〉十篇、〈六經論〉六篇、〈洪範論〉三篇、〈史論〉三篇、〈制敵〉一篇。

第三，就是結識雷簡夫，吳照鄰和張方平；也因而全盤改變了三蘇的命運，使父子三人從偏處西隅的布衣文士，一躍為震爍千古文壇的巨擘。蘇洵〈憶山送人〉詩曰：「昨聞盧（應作「盧」）山郡，太守雷君賢，往求與識面，復見山鬱蟠。」據《宋史・地

---

[47] 吳玨：《優古堂詩話》引。王宗稷編撰之《東坡先生年譜》，於「慶曆五年乙酉」條下云：「又按《大全集》載東坡少時語云：『秦少章言，東坡十來歲，（老）蘇曾令作〈夏侯太初論〉，有人能碎千金之璧，不能無失聲於破釜，能搏猛虎，不能無變色於蜂蠆之語。老蘇愛此論，年少所作，故不傳。』」

[48] 蘇軾：〈天石硯銘序〉，《東坡全集》卷十九。其後之跋語曰：「……其匣雖不工，先君手刻其受硯處，而使工人就成之者，不可易也。」

[49] 孫汝聽：《蘇潁濱年表》，日本天理圖書館藏，明《永樂大典》本。（見王水照編《三蘇年譜》彙刊）。

[50] 《欒城集》卷十七〈缸硯賦敘〉云：「先蜀之老有姓滕者，能以藥煮瓦石，使軟可割如土，嘗以破釀酒缸為硯，極美。蜀人往往得之。以為異物。余兄子瞻嘗遊益州，有以其一遺之。子瞻以授余，因為之賦。」〈卻鼠刀銘〉，收入《東坡前集》卷廿中。

理志五》，雅州（四川、雅安）即盧山郡，而至和二年（1055）
雷太簡知雅州，見到蘇洵，頗為欣賞，乃分向韓琦、張方平、歐
陽脩修書推薦之[51]。蘇軾〈跋先君書送吳職方引〉：「始先君家居，人
罕知之者，（吳）公攜其文至京師，歐陽文忠公始見而知之。」[52]吳
職方即〈憶山送人〉詩所稱「吳君潁川秀，六載為蜀官，簿書苦
為累，天鶴囚籠樊」之吳照鄰。在至和元年（1054）九月由禮部
侍郎改戶部郎中的張方平（字安道）因謠有蠻警，遂移領西蜀，
十一月至蜀後，積極訪賢求才。張方平云：「仁宗皇祐中，僕領
益部。念蜀異日常有高賢奇士，今獨乏耶？或曰：『勿謂蜀無人，
蜀有人焉；眉山處士蘇洵其人也。』請問蘇君之為人。曰：『蘇
君隱居以求其志，行義以達其道，然非為亢者也。為乎蘊而未施，
行而未成，我不求諸人，而人莫我知者。故今年四十餘不仕。公
不禮士，士莫至，公有思見之意，宜來。』久之，蘇君果至，即
之，穆如也。聽其言，知其博物洽聞矣。既而得其所著〈權書〉、

[51] 此者可見於邵博：《聞見後錄》卷十五。雷太簡〈上韓忠獻書〉云：「一日
眉人蘇洵攜文數篇，不遠相訪。讀其〈洪範論〉，知有王佐才；〈史論〉，
得遷史筆；〈權書〉十篇‧譏時之弊；〈審勢〉、〈審敵〉、〈審備〉（各
版《嘉祐集》中不見此篇）三篇，皇皇有憂天下心。……簡夫自念，道不著、
位甚卑，言不為時所信重，無以發洵之迹；遽告之曰：『如子之文，異日當
求知于韓公，然後決不埋沒矣。』」雷太簡非僅對蘇洵文章大加讚賞，對其
之推薦更是不遺餘力，知道成都尹張安道曾舉薦洵為成都學官，卻未獲朝廷
回報，所以〈上張文定書〉云：「竊計明公（張安道）引洵之意，不祇一學
官，洵望明公之意，亦不祇一學官，……願明公薦洵之狀，至于再，至于三，
俟得其請而後已。」甚至為了蘇洵，雷太簡還上書給十餘年不通書問的翰林
學士歐陽脩，其〈上歐陽內翰書〉云：「嗚呼！起洵于貧賤之中，簡夫不能
也，然責之亦不在簡夫也；若知洵不以告于人，則簡夫為有罪矣，用是不敢
固其初心，敢以洵聞左右。恭惟執事職在翰林，以文章忠義為天下師，洵之
窮達，宜在執事；嚮者，洵與執事不相聞，則天下不以是責執事；今也，讀
簡夫之書，既達于前，而洵又將東見執事于京師，今而後，天下將以洵累執
事矣！」
[52] 蘇軾：三蘇祠本《東坡全集》卷六十六。

〈衡論〉閱之，如大雲之出於山，忽布無方，倏散無餘；如大川之滔滔，東至於海源也，委虵其無間斷也。因謂蘇君：『左丘明、國語、司馬遷善敘事，賈誼之明王道，君兼之矣。遠方不足成君名，盍游京師乎？』因以書先之於歐陽永叔。」[53]

最末，蘇洵分別於至和元年（1054）替十九歲的蘇軾，迎娶了眉州青神鄉貢進士王方之女弗爲妻[54]，於次年（1055）爲十七歲的次子轍娶妻史氏[55]。

早先蘇洵本有意仕進，施展抱負，不意屢困場屋，飽嚐折磨，〈上余青州書〉云：「洵，西蜀之匹夫，嘗有志於當世，因循不遇，遂至於老」[56]；〈與梅聖俞書〉云：「自思少年嘗舉茂材，中夜起坐，裹飯攜餅，待曉東華門外，逐隊而入，屈膝就席，俯首據案；其後每思至此，即爲寒心。」[57]他並對科考取士，持批判的態度，認爲「夫人固有才智奇絕，而不能爲章句名數聲律之學者，又有不幸而不爲者，苟一之以進士制策，是使奇才絕智有時而窮也」[58]。

---

[53] 張方平：〈文安先生墓表〉，《樂全集》卷三十九。葉夢得：《避暑錄話》卷下：「張安道與歐文忠素不相能。……蘇明允父子自眉州走成都，將求知安道。安道曰：『吾何足以爲重，其歐陽永叔乎！』不以其隙爲嫌也，乃爲作書辦裝，使人送之京師謁文忠，文忠得明允所著書，亦不以安道薦之非其類，大喜曰：『後來文章當在此。』即極力推譽。」

[54] 蘇軾：《東坡前集》卷四十〈亡妻王氏墓誌銘〉：「治平二年（1065）五月丁亥，趙郡蘇軾之妻王氏卒於京師。……生十有六年而歸于軾。……其死也，蓋年二十有七而已。」王弗二十七歲，於治平二年卒，逆數十六年，則可推知，歸坡時爲至和元年。王弗小東坡三歲。

[55] 蘇轍：《欒城後集》卷三〈寄內〉詩：「與君少年初相識，君年十五我十七。上事姑章旁兄弟，君雖少年少過失。」《蘇潁濱年表》曰：「（至和）二年乙未，轍娶史氏，年十五，父曰瞿。」

[56] 蘇洵：《嘉祐集》卷十。

[57] 蘇洵：《嘉祐集》卷十二。

[58] 蘇洵：〈廣士〉，《嘉祐集》卷四。

　　不過爲了愛兒的遠大前程，加之受到張安道諸人的熱切鼓勵，蘇洵決定於宋仁宗嘉祐元年（1056）攜二子赴京秋試。〈答陳公美〉詩曰：「昨者本不出，豪傑苦自咍，鬱鬱自不樂，誰爲子悲哀，翻然感其說，東走陵巓崖。」[59]〈上張侍郎第一書〉云：「洵有二子軾、轍，齠齔授經，不知他習，進趨拜跪儀狀甚野，而獨於文字中有可觀者。始學聲律，既成，以爲不足盡力於其間，讀孟韓文，一見以爲可作，引筆書紙，日數千言，坌然溢出，若有所相。年少狂勇，未嘗更變，以爲天子之爵祿，可以攫取，聞京師多賢士大夫，欲往從之游，因以舉進士。洵今年幾五十，以嬾鈍廢於世，誓將絕進取之意，惟此二子，不忍使之復爲湮淪棄置之人，今年三月，將與之如京師。」[60]「當至和、嘉祐之間，（洵）與其二子軾，轍偕至京師，翰林學士歐陽修得其所著書二十二篇（〈幾策〉、〈權書〉、〈衡論〉），獻諸朝，書既出，而公卿士大夫爭傳之。其二子舉進士，皆在高第，亦以文學稱於時。眉山在西南數千里外，一日，父子隱然名動京師，而蘇氏文章，遂擅天下。[61]」《宋史》卷三三八·〈列傳〉第九十七，〈蘇軾傳〉曰：「嘉祐二年（1057）試禮部，方時文磔裂詭異之弊勝，主司歐陽修思有以救之，得軾〈刑賞忠厚論〉，驚喜欲擢冠多士，猶疑其客曾鞏所爲，但寘第二，復以春秋對義居第一，殿試中乙科。」而蘇轍也與兄同登進士，年方十九。歐公「欲抑浮剽之文」，把「長於草野，不學時文，詞語甚朴，無所藻飾」[62]的蘇氏昆仲擢爲

[59] 蘇洵：《嘉祐集》卷十五。
[60] 蘇洵：《嘉祐集》卷十一。
[61] 歐陽脩：〈蘇君墓誌銘并序〉，《居士集》卷三十四。
[62] 蘇軾：〈上梅龍圖書〉，《東坡續集》卷十一。

上第，「訕公者，所在城（應作「成」）市」，不過，「未數年，忽焉若潦水之歸壑，無復見一人者」[63]。

在軾、轍高中的喜氣中，遽聞母親於四月八日[64]歿於鄉里。三蘇隨即返蜀，將程氏安葬在武陽安鎮山[65]。而老蘇從二子角度及自身觀點，對亡妻的深深感念，於〈祭亡妻文〉中，表露無遺：

> 嗚呼！與子相好，相期百年，不知中道，棄我而先。……
> 我獨悲子，生逢百殃，有子六人，今誰在堂？唯軾與轍，
> 僅存不亡。呴呴撫摩，既冠既昏；教以學問，畏其無聞，
> 晝夜孜孜，孰知子勤。提攜東去，出門遲遲，今往不捷，
> 後何以歸？二子告我，母氏勞苦，今不汲汲，奈後將悔。
> 大寒酷熱，崎嶇在外，亦既薦名，試于南宮（尚書省），
> 文字煒煒，歎驚群公。二子喜躍，我知母心，非官寔好，
> 要以文稱。我今西歸，有以藉口，故鄉千里，期母壽考；
> 歸來空堂，哭不見人，傷心故物，感涕懃懃。嗟予老矣，
> 四海一身，自子之逝，內失良朋，孤居終日，有過誰箴？
> 昔予少年，遊蕩不學，子雖不言，耿耿不樂；我知子心，
> 憂我泯沒，感歎折節，以至今日。（《嘉祐集》卷十四）

---

[63] 蘇軾：〈太息一首送秦少章〉，《東坡後集》卷九。蘇轍：《欒城後集》卷二十二〈歐陽文忠公神道碑〉亦曰：「（嘉祐）二年權知貢舉。是時，進士為文以詭異相高，文體大壞。公患之，所欲率以詞義近古為貴，凡以險怪知名者黜去殆盡。榜出，怨謗紛然，久之乃服。然文章自是變而復古。」

[64] 蘇軾：《東坡續集》卷十二〈應夢羅漢記〉云：「四月八日，先妣武陽君忌日。」

[65] 蘇洵：《嘉祐集》卷十四〈老翁井銘〉云：「丁酉歲（嘉祐二年，1057），余卜葬亡妻，得武陽安鎮之山。」同卷〈祭亡妻文〉云：嗚呼死矣，不可再得，安鎮之鄉，里名可龍，隸武陽縣，在州北東，有蟠其丘，惟子之墳。」

司馬光對程氏夫人讚賞推崇有加，並明白指出，丈夫兒子的成就，她居功厥偉。〈蘇主簿夫人墓誌銘〉曰：「嗚呼！婦人柔順足以睦其族，智能足以齊其家，斯已賢矣。況如夫人，能開發輔導成就其夫、子，使皆以文學顯重於天下，非識慮高絕，能如是乎？古之人稱，有國有家者，其興衰無不於閨門；今於夫人，益見古人之可信也。」（《溫國文正司馬公文集》卷七十六）

　　嘉祐三年（1058）年底，天子召洵試策論於舍人院，託病不赴，十二月一日〈上皇帝書〉云：「有臣無臣，不加損益。臣不幸有負薪之疾，不能奔走道路，以副陛下搜揚之心。憂惶負罪，無所容處。」（《嘉祐集》卷九）然而，蘇洵真正的理由則是「苟朝廷以為其言之可信，則何所試？苟不信其平居之所云，而其一日倉卒之言，又何足信邪？」[66]「今千里召僕而試之，蓋其心尚有所未信，此尤不可苟進，以求其榮利也。」[67]再者，「始（歐）公進其文，自丙申（仁宗嘉祐元年，1056）之秋，至戊戌（嘉祐三年）之冬，凡七百餘日而得召，朝廷之事，其節目期限如此之繁且久也。使洵今日治行，數月而至京師，旅食於都市以待命，而數月（或作「年」）間得試於所謂舍人院者，然後使諸公專（應作「傳」）考其文，亦一二年，幸而以為不謬，可以及等而奏之，從中下相府，相與擬議，又須年載間，而後可以庶幾有望於一官，如此，洵固已老，而不能為矣。」[68]

　　不過，召命又下，雷太簡、梅聖俞、歐陽脩等亦飛鴻敦促，終使三蘇於嘉祐四年（1059）七月免喪後，再次同赴闕下。不同

---

[66] 蘇洵：〈答雷太簡書〉，《嘉祐集》卷十二。
[67] 蘇洵：〈與梅聖俞書〉，《嘉祐集》卷十二。
[68] 蘇洵：〈上歐陽內翰第四書〉，《嘉祐集》卷十一。

於前次自閬中（四川、閬中），出褒斜（古道[69]），入鳳翔（陝西、鳳翔），經長安（陝西、西安）至汴京（河南、開封）陸行路線；這回改採適楚北上的舟行方式，並因「舟中無事，博奕飲酒，非所以爲閨門之歡，而山川之秀美、風俗之朴陋、賢人君子之遺迹，與凡耳目之所接者，雜然有觸於中，而發於詠歎」[70]，遂裒聚父子三人詩作一百篇，謂之《南行集》。

　　嘉祐五年（1060）春抵京師，蘇軾授河南福昌縣主簿，蘇轍授河南澠池縣主簿，皆不赴任。而蘇洵自覺年歲已大，被朝廷羅致都下，卻無法破格擢用，內心充塞著失望與無奈，〈有驥在野〉詩云：「有驥在野，百過不呻，子不我良，豈無他人；縶我于廄，乃不我駕，遇我不終，不如在野。」〈朝日載昇〉詩云：「天生斯民，相養以寧，磋我何爲，踽踽無營；初孰與我，今孰主我，我將往問，安所處我？」（俱見於《嘉祐集》卷十五）終於，八月蘇洵得除試校書郎，後授文安縣主簿，且與陳州項城令姚闢，共同修纂自宋太祖建隆以來的禮書。

　　老蘇稟持史家認真忠實的態度去修禮書，不願爲祖宗所行過差不經之事隱諱，他說：「洵等所編者，是史書之類也。遇事而記之，不擇善惡，詳其曲折，而使後世得知，而善惡自著者，是史之體也。」[71]其間，還發現了歐陽脩撰〈范文正神道碑〉之誤失，《東坡志林》卷四云：「歐陽文忠公撰〈范文正神道碑〉，載章獻太后臨朝時，仁宗欲率百官朝太后，范公力爭乃罷。其後某先

---

[69] 褒斜，古通道名。爲沿褒水（南流入沔）、斜水（北流入渭）所形成的河谷。南口稱褒谷，在今勉縣褒城鎮北十里；北口稱斜谷，在今眉縣西南三十里。總長四百七十里。通道山勢險阻，歷代鑿山架木，於中絕壁修成棧道，舊時爲川陝交通要道。

[70] 蘇軾：〈江行唱和集敘〉，《事略》卷五十六；而《東坡前集》卷二十四，篇名作〈商行前集敘〉。

[71] 蘇洵：〈議修禮書狀〉，《嘉祐集》卷十四。

君奉詔《太常因革禮》，求之故府，而朝正案牘具在，考其始末，
無諫止之事，而有已行之明驗。先君質之於文忠公，公曰：『文
正公嘗諫而卒不從，墓碑誤也，當以案牘爲正。』」

　　嘉祐八年（1063）宋仁宗駕崩，韓琦爲山陵使，將厚葬之，
蘇洵深不以爲然，寫了〈上韓昭文論山陵書〉，力主薄葬，「上
以遂先帝恭儉之誠，下以紓百姓目前之患，內以解華元不臣之譏，
而萬世之後，以固山陵不拔之安。」（《嘉祐集》卷十二）張方
平〈文安先生墓表〉亦云：「初作昭陵凶禮廢闕，琦爲大禮使事，
從其厚，調發輒辦，州縣騷動。先生以書諫琦，且再三，至引華
元大臣以責之，琦爲變色，然顧大義，爲稍省其過甚者。」（《樂
全集》卷三十九）。

　　殫精竭慮編成《太常因革禮》一百卷，方奏，未報，而蘇洵
就已病故。英宗聞而哀之，「賜其家縑銀二百，子軾辭所賜，求
贈官，特贈光祿寺丞，敕有司具舟載其喪歸蜀」[72]，「明年（治平
四年，1067）八月壬辰葬于眉州彭山縣安鎮鄉可龍里。朝野之士
爲誄者，百十有三人」[73]。

　　蘇洵的著作有《嘉祐集》、《太常因革禮》、《諡法》、《皇
祐諡錄》及《易傳》（未完稿）等[74]。

二、蘇軾

　　蘇軾字子瞻，一字和仲[75]，號老泉[76]，實則行二，因長兄景
先早卒[77]，故世稱「長公」。生於宋仁宗景祐三年（1036）十二

---

[72] 《宋史》卷四四三〈列傳二百二・文苑五〉。
[73] 張方平：〈文安先生墓表〉，《樂全集》卷三十九；孫汝聽：《蘇潁濱年表》
作：「（英宗治平四年）十月壬申，葬父彭山縣安鎮鄉可龍里。」
[74] 參見李李：〈現存蘇洵著述考〉，《文化大學中文學報》創刊號，民國82年
2月，頁231-254。

月十九日[78]，卒於徽宗建中靖國元年（1101）七月二十八日[79]，年六十六。

　　蘇軾〈洞仙歌〉二首之二‧自序中言及，七歲時見眉山九十餘高齡朱姓老尼，她爲軾誦蜀主孟昶與花蕊夫人夜起避暑池上，所作一詞之事[80]，可見其總角即已了了。八歲入小學，拜道士張易簡爲師，共學童子百餘人，老師獨獨稱許蘇軾與陳太初[81]；和張道士往來的矮道士李伯祥，亦讚美蘇軾曰：「此郎君貴人也！」[82]。蘇軾〈范文正公集敘〉云：

---

[75] 蘇轍：《欒城後集》卷二十二〈亡兄子瞻端明墓誌銘〉云：「公諱軾，姓蘇，字子瞻，一字和仲，世家眉山。」郎曄註《事略》〈東坡先生言行〉中，亦作「一字和仲」；卷五十九〈洗玉池銘〉，末句是「和仲父銘之，維以咏德」，郎註云：「公一字和仲，見墓誌。」但是《東坡後集》卷八及三蘇祠本《東坡全集》卷十九〈洗玉池銘〉，末句爲「〝仲和〞父銘之，維以咏德」。（宋）俞德鄰《佩韋齋輯聞》卷一，亦云：「東坡一字〝仲和〞。洗玉池銘末云：仲和甫銘之，維以識德。仲和甫，僕也。僕，蘇子瞻，軾也。」另外，家誠之〈丹淵集拾遺卷跋〉云：「詩中凡言及子瞻者，率以〝子平〞易之。蓋當時黨禍未解，故其家從而竄易。」

[76] 參見李李：〈坡公號老泉考〉，《國文天地》八卷六期，民國 81 年 11 月，頁 50-52。

[77] 歐陽脩：《居士集》卷三十四〈故霸州文安縣主簿蘇君墓誌銘序〉云：「生三子，曰景先，早卒」，蘇轍：《欒城後集》卷二〈次韻子瞻寄賀生日詩〉云：「弟兄本三人，懷抱喪其一。頎然仲與叔，耆老天所隤。」歷來，常誤認蘇軾爲蘇洵之長子，如朱熹《宋名臣言行錄後集》卷九云：「蘇軾，文忠公，字子瞻，老蘇之〝長子〞。」

[78] 胡仔：《漁隱叢話後集》卷二十六〈東坡一〉云：「東坡元豐五年十二月十九日，東坡生日也。」據易蘇民先生考證，景祐三年十二月十九日，應是「西元一〇三七年元月八日」。

[79] 俞樾：《茶香室四鈔》卷四「東坡忌日」條，按云：「今世（清）士大夫好事者，往往爲東坡作生日；至忌日，則無爲修供者矣。生日爲十二月十九，人人知之；忌日爲七月二十八，則能言者蓋罕。」

[80] 蘇軾：三蘇祠本《東坡全集》卷七十二。

[81] 蘇軾：《東坡志林》卷六。

[82] 蘇軾：《東坡志林》卷十一。（此卷張道士名〝簡易〞，與卷六不同）

> 慶曆三年（1043），軾始總角入鄉校。士有自京師來者，
> 以魯人石守道（石介之字）所作慶曆聖德詩示鄉先生。軾
> 從旁竊觀，則能誦習其詞，問先生以所頌十一人者，何人
> 也？先生曰：童子何用知之？軾曰：此天人也耶？則不敢
> 知，若亦人耳，何爲其不可！先生奇軾言，盡以告之，且
> 曰：韓、范、富、歐陽，此四人者，人傑也。時雖未盡了，
> 則已私識之矣。（《事略》卷五十六）

知其童少時，聰慧過人，已有頡頏當世賢哲的偉志。除隨張道士
受業三年外[83]，尚以劉巨爲師。《愛日齋叢抄》卷四云：

> 眉山劉微之巨教授郡城之西壽昌院，從游至百人。蘇明允
> 命東坡兄弟師之，時尚幼，微之賦鷺鷥詩，末云：漁人忽
> 驚起，雪片逐風斜。坡從旁曰：先生詩佳矣，竊疑斷章無
> 歸宿，曷若雪片落蒹葭乎？微之曰：吾非若師也。

至和二年（1055）弱冠少年蘇軾，以諸生至成都謁見益守張方平，
深蒙青睞[84]；嘉祐元年（1056），蘇洵知二子之文有可觀處，不忍
使其湮淪僻地，故率蘇軾兄弟入京應試[85]。

　　嘉祐二年，歐陽脩、韓絳、范鎮等權知禮部貢舉，梅堯臣爲
試官，歐陽脩疾時文詭異奇僻，思加裁抑；梅得蘇軾〈刑賞忠厚
之至論〉以薦於歐公，歐陽脩驚喜，以爲異人，欲擢冠眾人之上，

---

[83] 《東坡後集》卷十五〈眾妙堂記〉云：「眉山道士張易簡，教小學常百人，
　　予幼時亦與焉。居天慶觀北極院，予蓋從之三年。」《事略》卷五十二〈眾
　　妙堂記〉及卷五十六〈范文正公集敘〉之郎曄註，均作「道士『張簡易』」。
[84] 蘇軾：《事略》卷五十六〈樂全先生文集敘〉云：「軾年二十，以諸生見公
　　成都，公一見待以國士；今三十餘年，所以開發成就之者至矣。」
[85] 蘇洵：〈上張侍郎第一書〉，《嘉祐集》卷十一。

卻懷疑是自己門下客曾鞏所寫，遂置第二。後蘇軾再以《春秋》對義，獨佔鰲頭，殿試則中乙科[86]。葉夢得《石林詩話》曰：

> 至和、嘉祐間，場屋舉子為文尚奇澀，讀或不能成句，歐陽文忠公力欲革其弊，既知貢舉，凡文涉彫刻者，皆黜之。……及放榜，平時有聲如劉輝（煇）輩，皆不預選，士論頗洶洶。……以為主司耽於唱酬，不暇詳考校，……然是榜蘇子瞻為第二人，子由與曾子固皆在選中。

放榜後，輿論譁然，甚而「囂薄之士，候修晨朝，群聚詆斥，至街司邏吏不能禁止；或為祭歐陽修文，投其家」[87]。時久乃信服，文體稍正。

　　使軾蒙歐公青睞的名篇〈刑賞忠厚之至論〉，中云：「皋陶曰殺之三，堯曰宥之三」，歷來對此句有許多傳說，可大別為兩類。

　　第一說是「何須出處，想當然耳」。藉以誇美蘇軾文思雄放，反應敏捷。如趙令畤《侯鯖錄》卷七云：

> 東坡先生召試直言極諫科時[88]，答刑賞忠厚之至論，有云：皋陶曰殺之三，堯曰宥之三。諸主文皆不知其出處。及入謝日，引過詣兩制幄次，歐公問其出處，東坡笑曰：想當然爾！數公大笑。

---

[86] 此見於蘇轍：〈亡兄子瞻端明墓誌銘〉，《欒城後集》卷二十二；王稱《東都事略》卷九十三上〈列傳七十六上〉·〈蘇軾傳〉；及《宋史》卷三三八〈列傳卷九十七〉·〈蘇軾傳〉中。

[87] 李燾：《續資治通鑑長編》卷一八五。

[88] 如《東坡前集》卷二十一〈"省試"刑賞忠厚之至論〉，與李廌《師友談記》、葉夢得《石林燕語》卷八、陳善《捫蝨新話》下集卷二等書，均作「省試」；現據蘇轍〈亡兄子瞻端明墓誌銘〉，將《論刑賞》歸為試禮部貢舉時所作。

陸游《老學庵筆記》卷八云：

> 東坡先生省試刑賞忠厚之至論，有云：皋陶爲士，將殺人。
> 皋陶曰殺之三，堯曰宥之三。梅聖俞爲小試官，得之，以
> 示歐陽公。公曰：此出何書？聖俞曰：何須出處。公以爲
> 皆偶忘之，然亦大稱歎，初欲以爲魁，終以此不果。及揭
> 牓，見東坡姓名，始謂聖俞曰：此郎必有所據，更恨吾輩
> 不能記耳！及謁謝，首問之，東坡亦對曰：何須出處。乃
> 與聖俞語合，公賞其豪邁，太息不已。

羅大經《鶴林玉露》卷九云：

> 莊子之文，以無爲有。戰國策之文，以曲作直。東坡平生
> 熟此二書，故其爲文，橫說豎說惟意所到，俊辨痛快無復
> 滯礙。其論刑賞也，……以無爲有者也。

此外，葉夢得《石林燕語》卷八及陳善《捫蝨新話》下集卷二，
也有類似記載。

第二說是「雖出猝應，亦有據依」。藉以讚歎蘇軾善讀古書，
能靈活運用。如龔頤正《芥隱筆記》云：

> 東坡試刑賞忠厚之至論，其間有云：皋陶曰殺之三，堯曰
> 宥之三。梅聖俞以問蘇出何書？答曰：想當然耳。此語蘇
> 蓋宗曹孟德問孔北海：武王伐紂，以妲己賜周公，出何典？
> 答曰：以今準古，想當然耳。一時猝應，亦有據依。

張燧《千百年眼》卷九云：

> 東坡刑賞忠厚之至論云：殺之三，宥之三。歐陽公問其出
> 處，東坡曰：想當然耳。嘗觀曲禮云：父族無官刑。獄成，
> 有司讞於公，公曰：宥之。有司又曰：在辟。公又曰：宥
> 之。有司又曰：在辟。及三宥，不對，走出致刑於甸。人乃
> 知東坡之論，原有所本，想主司偶忘之，而東坡不敢輕拈出
> 處以對，故漫應如此。後人遂以公為趄筆，則又陋甚矣！

年方廿二的蘇軾，高中登第後，因歐陽脩引薦。得識樞密使韓琦、
宰相富弼，他們皆以國士待之[89]；軾並函謝諸公，歐陽脩見後，以
書語梅堯臣曰：「讀蘇軾之書。不覺汗出，快哉！老夫當避路放
他出一頭地也。又曰：軾所言樂，乃脩所得深者爾。不意後生達
斯理也。」[90]面對弱冠登朝才華橫溢的蘇軾，連歐陽脩也不免有長
江後浪推前浪的感慨，「一日與棐（歐公三子）論文及坡公，歎
曰：『汝記吾言，三十年後，世上人更不道著我也。』」[91]

　　來自僻遠蜀地的蘇氏父子，驟獲闕下文譽，世人為了便於稱
呼，與區別彼此關係，乃有老蘇、大蘇、小蘇之謂。

　　因大、小蘇之母程太夫人於嘉祐二年（1057）四月八日卒於
家，三蘇父子乃聞訃返蜀；服喪完畢，在嘉祐五年春還朝。年少
風發的軾轍昆仲，入仕之途較父親蘇洵順坦許多，嘉祐六年因舍
人知諫院楊畋舉薦，二蘇得「御試制科」[92]——試六論[93]，復對制

[89] 蘇軾：〈范文正公集敘〉，《事略》卷五十六。
[90] 邵博：《聞見後錄》卷十四。「放出一頭地」，亦見於蘇轍〈亡兄子瞻端明
　　墓誌銘〉，及吳曾《能改齋漫錄》卷十一、王應麟《困學紀聞》卷十八等書。
[91] 朱弁：《曲洧舊聞》卷八。
[92] 宋代，除進士、明經一類「常科」以外，還有一種皇帝特別下詔舉行的「制
　　科」考試，必須先由大臣奏薦，天子再親自殿廷策問拔擢，每次對策，最多
　　不過五人，故若出身制科，較常科進士，更加一等。《事略》卷二十〈御試
　　制科策一道〉下，郎曄註曰：「國初，制科有賢良方正、能直言極諫，經學

策，軾「入三等，自宋以來，制策入三等，惟吳育與軾而已。除
大理評事、簽書鳳翔府判官」[94]。蘇軾於嘉祐六年年底（1061）[95]，
攜妻王弗[96]到達鳳翔（陝西、鳳翔）任所，正式開始了仕宦生涯，
其盡心公職，使老吏畏服，並修改衙規，使衙前之害減半[97]。

　　治平二年（1065），蘇軾入京差判登聞鼓院。宋英宗未登基
前，早已風聞大蘇聲名，所以此刻欲按唐朝舊例，召蘇軾入翰林，
知制誥或與修起居注，然而宰相韓琦力爭不可，主張遠大人才需
加培養，使天下畏慕降服，皆欲朝廷重用時，方擢拔之。蘇軾乃
秘閣試二論，俱入三等，得直吏館；後其聽說此一波折，反認為
韓琦是愛人以德者[98]。五月，軾妻王弗卒于京師[99]。

優深，可為師法，詳閱吏理、達於教化，凡三科。至真廟景德二年（1005），
帝（宋真宗）與寇準等議，因出唐朝制科之目，采其六用之；七月十八日，
乃下詔復置賢良方正、能直言極諫，博通墳典、達於教化，才識兼茂、明於
體用，（按：尚有「詳明政理、可使從政」），武足安邊——洞明韜略、運籌
決勝，軍謀宏遠、材任邊寄等科。至仁廟嘉祐六年八月二十五日，帝（宋仁
宗）御崇政殿，試賢良方正、能直言極諫，著作佐郎王介、河南府福昌縣主
簿蘇軾、河南府澠池縣主簿蘇轍。」

[93] 試六論之題為：一、王者不治夷狄論；二、禮義信足以成德論；三、劉愷丁
鴻孰賢論；四、禮以養人為本論；五、既醉備五福論；六、形勢不如德論。
蘇軾六論，見於《事略》卷十〈程式秘閣論〉；蘇轍六論，見於《欒城應詔
集》卷十一〈試論八首〉之前六首。

[94] 《宋史》卷三三八〈列傳九十七・蘇軾〉。

[95] 蘇軾：《東坡續集》卷四，〈與楊濟甫書——鳳翔〉云：「新春起居多勝，貴
聚各佳安。某前月十四日到鳳翔，十五日已交割訖。」

[96] 蘇軾：《東坡前集》卷三十九〈亡妻王氏墓誌銘〉云：「從軾官于鳳翔，軾
有所為於外，君未嘗不問知其詳。曰：子去親遠，不可以不慎。日以先君之
所以戒軾者相語也。」

[97] 蘇轍：〈亡兄子瞻端明墓誌銘〉，《欒城後集》卷二十二。

[98] 李廌：《師友談記》：「東坡云：頃試制舉中程後，英宗皇帝即欲便授知制
誥。相國韓公（琦）曰：蘇軾之才，遠大之器也，他日自當為天下用，要在
朝廷培養之，使天下之士，莫不畏慕（應作「慕」）降伏，皆欲朝廷進用之，
然後取而用之，則人人無復異詞矣。今驟用之，則天下之士，未必以為然，
適足以累之也。英宗曰：知制誥既未可，且與修起居注，可乎？（韓）魏公
曰：記注與制誥為鄰，未可遽授，不若且於館閣中擇近上貼職與之；他日擢

英宗治平三年（1066）六月，軾、轍扶父喪歸眉州（王弗之柩隨載而行）；神宗熙寧元年（1068）秋除喪，十二月返京，翌年二月還朝。王安石時已用事，開始施行新政，二蘇遂捲入政治漩渦，淌進黨爭派鬥，仕宦隨新、舊黨勢力消長而起起落落，忽貴為朝中重臣，忽流貶於南蠻絕域。

熙寧四年（1071）正月，王安石欲變更科舉，蘇軾上〈議學校貢舉狀〉，認為「得人之道，在於知人；知人之法，在於責實」，「博通經術者，雖朴不廢；稍涉浮誕者，雖工必黜」，變更科舉根本無濟於事，徒生紛亂，患苦天下[100]。神宗見此奏議，即日召見，蘇軾又以「陛下求治太急，聽言太廣，進人太銳」進諫，致使安石新黨不悅，命軾由監官告院攝開封推官，意圖以多事困之[101]；接著又上〈諫買浙燈狀〉[102]，神宗即下召罷買燈之事；使蘇軾以為聖上英明能納忠言，故於二月繼呈〈上神宗皇帝書〉七千餘言，三月〈再上皇帝書〉千餘言，勸神宗忠恕仁厚，屈己裕人，「結人心、厚風俗、存紀綱」，更極論新法不便，「立條例司、遣青苗使、斂助役錢、行均輸法，四海騷然，行路怨咨，自宰相已下，皆知其非而不敢爭，臣愚意衰不識忌諱，乃者上疏論之詳矣」[103]。

王安石為政，每贊人主獨斷專任，蘇軾藉試開封進士，以「晉武、符堅獨斷；齊桓、燕噲專任」為問，激怒了安石，使御史謝

用，亦未為晚。乃授直史館。歐陽文忠時為參政，慮執政官中有不懌魏公者，喋於東坡；坡曰：公所以於某之意，乃古之所謂君子愛人以德者歟！」此亦見於《宋史》卷三二八·〈蘇軾傳〉。

[99] 蘇軾：《東坡前集》卷三十九〈亡妻王氏墓誌銘〉：「治平二年五月丁亥，趙郡蘇軾之妻王氏，卒於京師。六月甲午殯于京城之西，其明年六月壬午，葬於眉之東北彭山縣安鎮鄉可龍里先君先夫人墓之西北八步。」

[100] 蘇軾：《事略》卷二十九。

[101] 同註97。

[102] 同註100。

[103] 二〈書〉見於《奏議集》卷一；《事略》卷二十四及二十九。

景溫論其過[104]，誣陷蘇軾扶靈返川時，曾販私鹽，牟取暴利[105]。不過，窮治無所得。蘇軾則自乞外任避之，乃通判杭州，時年三十六。

　　蘇軾倅杭，常因新法便民行事，並以義理懾服囂張的高麗入貢使，使其發幣書稱宋朝正朔，且導正乘勢驕橫的押伴使臣，吏民畏愛之[106]。蘇軾於此，得識年已耄耋的詞人張先，不但曾一塊兒於垂虹亭上賞月、品酒、吟詞、談笑[107]，還作「詩人老去鶯鶯在，公子歸來燕燕忙」詩，以打趣張先八十餘，視聽精強，猶畜聲妓[108]。

　　熙寧七年（1074）蘇軾爲與任齊州（山東、濟南）書記的弟弟相近，求爲東州守，結果徙知密州（山東、諸城）[109]。到任後，

---

[104]《宋史》卷三三八〈列傳九十七・蘇軾〉。

[105] 誣奏事可見李燾：《續資治通鑑長編》卷六十八；蘇軾：《奏議集》卷九〈杭州召還乞郡狀〉。

[106] 蘇轍：〈亡兄子瞻端明墓誌銘〉，《欒城後集》卷二十二。

[107] 胡仔：《漁隱叢話後集》卷三十九「長短句」類：「東坡云：『吾昔自杭移高密，與楊元素（繪）同舟，而陳令舉（舜俞）、張子野（先）皆從余過李公擇（常）於湖，遂與劉孝叔俱至松江，夜半月出，置酒垂虹亭上。子野年八十五，以歌詞聞於天下，作定風波令，其略云：「見說賢人聚吳分」，試問：「也應傍有老人星。」坐客懽甚，有醉倒者，此樂未嘗忘也。』……苕溪漁隱曰：『吳興郡圃今有六客亭，即公擇、子瞻、元素、子野、令舉、孝叔。時公擇守吳興也。』」

[108] 葉夢得：《石林詩話》云：「張先郎中，字子野，能爲詩及樂府，至老不衰，居錢塘。蘇子瞻作倅時，先年已八十餘，視聽尚精強，家猶畜聲妓。子瞻嘗贈以詩云：『詩人老去鶯鶯在，公子歸來燕燕忙。』蓋全用張氏故事戲之。先和云：『愁似鰥魚知夜永，懶同蝴蝶爲春忙。』極爲子瞻所賞，然俚俗多喜傳詠先樂府，遂掩其詩聲，識者皆以爲恨云。」蘇軾：〈張子野年八十五尚聞買妾，述古令作詩〉，見於《東坡前集》卷五。

[109] 蘇轍：《欒城集》卷十七，〈超然臺賦敘〉云：「子瞻既通守餘杭，三年不得代。以轍之在濟南也，求爲東州守，既得請高密，其地介於淮海之間，風俗樸陋，四方賓客不至。」蘇軾：《事略》卷二十五〈密州謝表〉云：「臣

軾拒不施行人民自疏財產以定戶等，且旁人得告其不實之「手實法」，密州人民私以爲幸；又計誅恣行悍卒，密人賴以得安。十年（1077）自密徙徐（江蘇、徐州），八月遇黃河潰決，徐州城危在旦夕，蘇軾先留住富戶，安定民心，再親往武衛營商請禁軍加入防洪築堤行列，並且身先士卒，暫居城上，過家不入；終於，十月水去，保全了整座城池[110]。水既退，民益親，遂於城之東門建一大樓，塈以黃土，取土剋水之義，元豐元年（1078）九月九日黃樓合樂落成[111]。

　　元豐二年（1079），蘇軾四十四歲，移知湖州（浙江、吳興），以表謝上。御史中丞李定、監察御史何正臣[112]、權監察御史舒亶，摘取謝表中「知其愚不適時，難以追陪新進；察其老不生事，或能牧養小民」[113]數語，以爲愚弄朝廷，妄自尊大，並指蘇軾詩文語多譏切時事新政，即選派悍吏皇甫遵等率吏卒，前往湖州追攝

軾言，昨奉勅差知密州軍州事，已於今月三日到任上訖，……請郡東方，實欲弟昆之相近。」

[110] 蘇軾徐州抗洪始末，見於《事略》卷五十一〈獎諭勅記〉及《欒城集》卷十七〈黃樓賦敘〉。

[111] 蘇軾：三蘇祠本《東坡全集》卷六十三〈書子由黃樓賦後〉云：「子城之東門，當水之衝，府庫在焉，而地狹不可以爲甕城，乃大築其門，護以塼石。府有廢廳事，俗傳項籍所作，而非也，惡其淫名無實，毀之，取其材爲黃樓東門之上；元豐元年八月癸丑成，九月庚辰大合樂以落之。始余欲爲之記，而子由之賦已盡其略矣，乃刻諸石。」吳子良：《林下偶談》卷三「東坡享文人之至樂」條云：「王德父名象祖，臨海人，……嘗爲余言：『自古享文人之至樂者，莫如東坡，在徐州作一黃鶴樓（應爲「黃樓」），不自爲記，而使弟子由、門人秦太虛爲賦，客陳無己爲銘，但自袖手爲詩而已。有此弟、有此門人、有此客，可以指呼如意而雄視百代，文人至樂，孰過於此？』余謂自古山水游觀之處，遇名筆者七罕，幸而遇，則大者文一篇，小者詩一聯而止耳，未有同時三文而皆卓偉可以傳不朽者，……以同時遇三文而皆可傳，自古惟黃樓耳。」

[112] 《宋史》卷三三八．〈蘇軾傳〉，誤作「何正〝言〞」。

[113] 蘇軾：〈湖州謝表〉，《事略》卷二十五。

蘇軾，如捕寇賊一般。軾與妻、子訣別，留書與弟轍，交待後事，
自期必死無疑，過揚子江便欲投江，因吏卒監守不果，入御史獄
後，又絕食求死[114]。——此即著名的「烏臺詩案」[115]。

蘇軾〈上文潞公書〉云：

> 軾始就逮赴獄，有一子稍長（即長子蘇邁），徒步相隨，
> 其餘守舍皆婦女幼稚。至宿州，御史符下就家取文書，州
> 郡望風遣吏發卒圍船搜取，老幼幾怖死；既去，婦女忿罵
> 曰：是好著書，書成何所得？而怖我如此！悉取燒之。（《事
> 略》卷四十四）

可見該案彈劾之峻，追取之暴，親朋好友皆驚散，多畏避不願相
見；僅少數幾位敢奮不顧身，仗義而行。如：王適、王遹兄弟送
軾出郊，且護送其家人至南都蘇轍處[116]；鮮于侁亦往見，而臺吏

---

[114] 入獄前後情形，蘇軾於《奏議集》卷九之〈杭州召還乞郡狀〉中，自述甚詳。
舊題孔平仲：《談苑》卷一云：「蘇子瞻隨皇甫〝僎〞追攝至太湖鱸香亭下，
以柁損，修牢，是夕風濤倒，月色如晝。子瞻自惟，倉卒被拉去，事不可測，
必是下吏所連逮者多，如閉目竄身入水，頃刻間耳；既爲此計，又復思曰：
不欲辜負老弟。弟謂子由也，言己有不幸，則子由必不獨生也。由是至京師，
下御史獄。李定、舒亶、何正臣雜治之，侵之甚急，欲加以指斥之罪；子瞻
憂在必死，嘗服青金丹（即鉛丹），即收其餘，窖之土中，以備一旦當死，
則併服以自殺。有一獄卒仁而有禮，事子瞻甚謹，每夕必然湯爲子瞻濯足。
子瞻以誠謁之曰：『軾必死，有老弟在外，他日託以二詩爲訣。』獄卒曰：
『學士必不至如此。』子瞻曰：『使軾萬一獲免，則無所恨；如其不免，而
此詩不達，則目不暝矣。』獄卒受其詩，藏之枕中。……其後子瞻謫黃州，
獄卒曰：『還學士此詩。』子由以面伏案，不忍讀也。……子瞻既出，又戲
自和云：『卻對酒杯渾似夢，試拈詩筆已如神。』子瞻以詩句被劾，既作此
詩，私自罵曰：『猶不改也！』」
[115] （宋）朋九萬有《烏臺詩案》一卷，可見於重校〈說郛〉卷第八十三。
[116] 蘇軾：《東坡後集》卷十八〈王子立墓誌銘〉云：「子立諱適，趙郡臨城人
也。始予爲徐州，子立爲州學生，知其賢而有文，喜怒不見，得喪若一，曰

卻不許通[117]；張方平、范鎮上疏論救[118]；王安石之弟安禮，甚而謁聖求情[119]。蘇轍則效緹縈救父故事，乞納在身官，願為兄長贖一死罪[120]，但因御史等必欲置軾於死地，故鞫治久久不決。

葉夢得《避暑錄話》卷下云：

> 蘇子瞻元豐間赴詔獄，與其長子邁俱行，與之期，送食惟菜與肉，有不測，則徹二物而送以魚，使伺外間以為候。
>
> 邁謹守踰月，忽糧盡，出謀于陳留，委其一親戚代送，而

是有類子由者，故以其子妻之。與其弟適子敏，皆從予於吳興，學道日進，東南之士稱之。予得罪於吳興，親戚故人皆驚散，獨兩王子不去，送予出郊，曰：『死生禍福，天也！公其如天何？』返取余家，致之南都（河南、商丘）。」

[117] 《宋史》卷三四四〈鮮于侁傳〉云：「蘇軾自湖州赴獄，……交道揚，侁往見，臺吏不許通。或曰：『公與軾往來書文宜焚之勿留。』……侁曰：『欺君負友，吾不忍為也。』」

[118] 《宋史》卷三一八〈張方平傳〉云：「軾下制獄，又抗章為請。」張方平令其子張恕持書至登聞鼓院投遞，然因恕愚懦，徘徊不敢投而作罷。馬永卿編：《元城語錄》卷下：「先生（劉安世）嘗言：『子弟固欲其佳，然不佳者，未必無用處也。』元豐二年秋冬之交，東坡下御史獄，天下之士痛之，環視而不敢救。時張安道致仕在南京，乃憤然上書，欲附南京遞，府官不敢受，乃令其子恕持至登聞鼓院投進。恕素愚懦，徘徊不敢投。久之，東坡出獄。其後東坡見其副本，因吐舌色動，久之，人問其故，東坡不答。其後子由亦見之，云：『宜吾兄之吐舌也，此時正得張恕力。』或問其故，子由曰：『獨不見鄭崇之救蓋寬饒乎？其疏有云：「上無許史之屬，下無金張之託。」此語正是激宣帝之怒爾，且寬饒正以犯許史輩有此禍，今乃再計之，是益其怒也；且東坡何罪？獨以名太高，與朝廷爭勝耳。今安道之疏，乃云：「其實天下之奇材也。」獨不激人主之怒？』」蘇軾：《東坡前集》卷三十九〈范景仁墓誌銘〉云：「軾得罪，下御史臺獄，索公與軾往來書疏文字甚急，公猶上書救軾不已。」

[119] 《宋史》卷三二七〈王安禮傳〉云：「蘇軾下御史獄，勢危甚，無敢救者。安禮從容言：『自古大度之主，不以言語罪人。軾以才自奮，謂爵位可立取，顧錄錄如此，其心不能無觖望；今一旦致於理，恐後世謂陛下不能容才。』帝曰：『朕固不深譴也，行為卿貰之，卿第去，勿漏言，軾方賈怨於眾，恐言者緣以害卿也。』」

[120] 見於蘇轍：《欒城集》卷三十五，〈為兄軾下獄上書〉。

忘語其約，親戚偶得魚鮓送之，不兼他物，子瞻大駭，知
不免，將以祈哀于上而無以自達，乃作二詩寄子由，祝獄
吏致之，蓋意獄吏不敢隱，則必以聞。已而，果然神宗初
固無殺意，見詩益動心，自是遂益欲從寬釋，凡為深文者，
皆拒之。[121]

「夢遶雲山心似鹿，魂飛湯火命如雞」的蘇軾，因神宗惜才本無
深究之意，加上曹太后重病中，猶為其緩頰，故判軾謫黃州（湖
北、黃岡）。何薳《春渚記聞》卷六「裕陵睠賢士」條云：

某（軾）初逮繫御史獄，獄具奏上。是夕，昏鼓既畢，某
方就寢，忽見二人排闥而入，投篋于地，既枕臥之；至四
鼓，其睡中，覺有撼體而連語云：學士賀喜者。某徐轉仄
問之，即曰：安心熟寢。及挈篋而出。蓋初奏上，舒亶之
徒力詆上前，必欲置之死地；而裕陵（神宗）初無深罪之
意，密遣小黃門至獄中視某起居狀。適某晝寢，鼻息如雷，
即馳以聞。裕陵顧謂左右曰：朕知蘇軾胸中無事者，於是
即有黃州之命。

方勺《泊宅編》卷一云：

東坡既就逮，下御史獄。一日曹太皇（仁宗之后，時已尊
為太皇太后）詔上（神宗）曰：官家何事數日不懌？對曰：
更張數事未就緒，有蘇軾者，輒加謗訕，至形於文字。太
皇曰：得非軾、轍乎？上驚曰：孃孃何自聞之？曰：吾嘗

<hr>

[121] 蘇軾：〈獄中寄子由〉詩二首，《東坡續集》卷二。

記仁宗皇帝策試制舉人罷歸，憙而言曰：今日得二文士，然吾老矣，度不能用，將留以遺後人。二文士蓋軾、轍也。上因是感動，有貸軾意。

陳鵠《耆舊續聞》卷二云：

慈聖光獻（曹太皇太后）大漸，上（神宗）純孝欲肆赦。（太）后曰：不須赦天下兇惡，但放了蘇軾，足矣。時子瞻對吏也。（太）后又言：昔仁宗策賢良歸，喜甚，曰：吾今日又為子孫得太平宰相兩人。蓋軾、轍也，而殺之，可乎？上悟，即有黃州之貶。故蘇有聞太皇太后服藥諸詩及輓詞，甚哀。

因「烏臺詩案」而被牽連的名士多至七十餘人，如名臣之後的王鞏，被貶賓州（廣西、賓陽）五年，幾乎病死[122]；連娶了英宗次女、神宗之妹的皇親駙馬都尉王詵，亦遭波及；凡此，《烏臺詩案》記載甚詳。元豐二年年（1079）底，神宗傳旨蘇軾責授檢校尚書水部員外郎、黃州團練副使，本州安置[123]，不得簽書公事；蘇軾遂於十二月二十八日離開被羈押四個月又十二天的御史臺獄，被差人轉押前往黃州。次年二月一日到達貶所，展開「蔬食沒齒，杜門思愆；深悟積年之非，永惟多士之戒」的謫居生活[124]。

---

[122] 王鞏字定國，王文正公旦之孫，懿敏公素之子。蘇軾《事略》卷五十六〈王定國詩敘〉云：「今定國以余故得罪，貶海上（賓州）五年，一子死貶所，一子死于家，定國亦病幾死。」

[123] 「團練副使」為地方軍事的參謀助理官，屬八品：「本州安置」即限制居所，不得擅離州境。

[124] 蘇軾：〈黃州謝表〉，《事略》卷二十五。《東坡志林》卷九云：「僕以元豐三年二月一日至黃州，時家在南都，獨與兒子邁來郡中，無一人舊識者，

　　由於遭致莫大的挫折打擊，際遇陡變，反使蘇軾在黃州的四年四個月，成為其創作過程中，一個重大的轉捩點，沈潛的生命形態，淬煉出不朽的篇章。從初到黃州「自笑平生為口忙，老來事業轉荒唐。……逐客不妨員外置，詩人例作水曹郎。只慚無補絲毫事，尚費官家壓酒囊」[125]的強顏歡笑；到「杜門僧齋，百想灰滅，登覽遊從之適，一切罷矣」[126]的寂默悲鬱；再逐漸靠著樂觀積極的本性，坦然接受一切，享受當下，使心靈掙脫現實困窘，達到超逸曠懷。

　　元豐三年五月，蘇轍護送蘇軾繼室王閏之等二十餘名家眷至黃州。在軾〈答秦太虛書〉中，言及應付拮据的妙方與生活種種，令人解頤。〈書〉云：

> 初到黃，廩入既絕，人口不少，私甚憂之。但痛自節儉，日用不得過百五十，每月朔，便取四千五百錢，斷為三十塊，掛屋梁上，平旦用畫叉挑取一塊，即藏去叉，仍以大竹筒別貯用不盡者，以待賓客，此賈耘老法也。度囊中尚可支一歲有餘，至時別作經畫，水到渠成，不須預慮。以此胸中都無一事。
> 所居對岸武昌，山水佳絕，有蜀人王生（齊愈，字文甫）在邑中，往往為風濤所隔，不能即歸，則王生能為殺雞炊黍，至數日不厭。又有潘生（大臨，字邠老）者，作酒店

時時策杖至江上，望雲濤渺然，亦不知有（王）文甫兄弟在江南也。居十餘日，有長髯者惠然見過，乃文甫之弟子辯，留語半日云，迫寒食且歸東湖，僕送之江上，微風細雨，葉舟橫江而去，僕登夏墺尾高丘以望之，髣髴見舟及武昌，步乃還爾，後遂相往來。」

[125] 蘇軾：〈初到黃州〉詩，《東坡前集》卷十一。詩下自註云：「檢校官例，折支多得退酒袋。」

[126] 蘇軾：〈與蔡景繁書〉十四首之二，《東坡續集》卷五。

樊口,棹小舟徑至店下,村酒亦自醇釅。……羊肉如北方,
豬牛獐鹿如土,魚蟹不論錢。岐亭監酒胡定之,載書萬卷
隨行,喜借人看。黃州曹官數人,皆家善庖饌,喜作會。
(《事略》卷四十五)

元豐四年初,因同情蘇軾乏食缺糧,故友馬正卿於郡中請得舊營
地——東坡數十畝,使軾躬耕其間,地既久荒爲茨棘瓦礫之場,
又逢歲旱,開墾倍嚐艱辛[127]。因「平生自覺出處老少,粗似樂天,
雖才名相遠,而安分寡求,亦庶幾焉」[128],蘇軾遂自號「東坡居
士」,作草屋數間,謂之「東坡雪堂」[129]。洪邁《容齋三筆》卷
五,「東坡慕樂天」條云:

> 蘇公責居黃州,始自稱東坡居士,詳考其意,蓋專慕白樂
> 天而然。白公有東坡種花二詩,……又有步東坡詩,……
> 又有別東坡花樹詩,……皆爲忠州刺史時所作也。蘇公在
> 黃,正與白公忠州相似。[130]

---

[127] 蘇軾:〈東坡八首敘〉,《東坡前集》卷十二。
[128] 蘇軾:《東坡後集》卷一,一詩題作:「予去杭十六年而復來,留二年而去,
平生自覺出處老少粗似樂天,雖才名相遠,而安分寡求,亦庶幾焉。三月六
日來別南山諸道人,而下天竺惠淨師以醜石贈行,作三絕句。」
[129] 蘇軾:〈與子安兄書〉,《東坡續集》卷五。
[130] 葉某:《愛日齋叢抄》卷三云:「《王直方詩話》:東坡平日最愛樂天之爲
人,……而坡在錢塘,與樂天所留歲月略相似,其句云:『在郡依然六百日』
者是也。……益公雜誌亦稱,蘇公不輕許可,獨敬愛樂天,屢形詩篇,蓋其
文章皆主辭達而忠厚好施,剛直盡言,與人有情,於物無著,大略相似。謫
居黃州始號東坡,其原必起於樂天忠州之作,予因諸詩之作而考之,東坡之
慕樂天,似不盡始黃州;〈弔海月辨師〉云:『樂天不是蓬萊客,憑仗西方
作主人。』倅杭時作,已有慕白之意矣。」又云:「子由暮年賦詩亦謂:『時
人莫作樂天看,燕望端能畢此身。』自注:樂天居洛陽日,正與予年相若,

蘇軾的生活，由「灰心杜口，不曾看謁人；所云出入，蓋往村寺沐浴，及尋溪傍谷釣魚採藥，聊以自娛」[131]、「雖骨肉至親，未肯有一字往來」[132]「江上弄水挑菜，便過一日」[133]，不復近筆硯，惟看佛經，手抄《漢書》[134]，在給蘇不危（渙之三子）的信函中稱「老兄嫂團坐火爐頭，環列兒女，墳墓咫尺，親眷滿目，便是人間第一等好事，更何所羨」[135]；漸轉至「扁舟草屨，放浪山水間；客至多辭以不在，往來書疏如山，不復答也」[136]。憂讒畏譏、微有小恙、蟄黃不出的蘇軾，竟使人誤傳已仙逝作古，讓宋神宗為之停箸輟飯歎息再三、范鎮為之舉袂大慟。[137]時光荏苒，除自

非齋居道場，輒攜酒尋花，游賞泉石，略無暇日。予性拙且懶，杜門養病已僅十年，樂天未必爾也。或當日又以樂天稱子由。香山一老而兩蘇公共之。」

[131] 蘇軾：〈與王定國書〉四十一首之一，三蘇祠本《東坡全集》卷四十九。

[132] 蘇軾：〈與章子厚參政書〉二首之一，三蘇祠本《東坡全集》卷四十六。

[133] 蘇軾：〈與王元直書〉，《東坡續集》卷五。

[134] 蘇軾：〈與章子厚參政書〉二首之一云：「初到一見太守，自餘杜門不出，閒居未免看書，惟佛經以遣日，不復近筆硯矣。」陳鵠：《耆舊續聞》卷一：「朱司農載上嘗分教黃岡，時東坡謫居黃，未識司農公。客有誦公之詩云：『官閒無一事，蝴蝶飛上階。』東坡愕然曰：『何人所作？』客以公對。東坡稱賞再三，以為深得幽雅之趣。異日公往見，遂為知己；自此時，獲登門。偶一日，謁至，典謁已通名，而東坡移時不出，欲留以伺候頗倦，欲去則業已達姓名，如是者久之，東坡始出，愧謝久候之意，且云：『適了些日課，失於探知。』坐定，他話畢，公請曰：『適來先生所謂日課者何？』對云：『抄《漢書》。』公曰：『以先生天才，開卷一覽，可終身不忘，何用手抄耶？』東坡曰：『不然，某讀《漢書》，至此，凡三經手抄矣。初則一段事，抄三字為題；次則兩字，今則一字。』公離席復請曰：『不知先生所抄之書，肯幸教否？』東坡乃命老兵就書几上取一冊至，公視之皆不解其義。東坡云：『足下試舉題一字。』公如其言，東坡應聲輒誦數百言，無一字差缺，凡數挑皆然。公降歎良久曰：『先生真謫仙才也。』他日以語其子新仲曰：『東坡尚如此，中人之性，豈可不勤讀書耶？』新仲嘗以是誨其子輅叔暘云。」

[135] 蘇軾：〈與子安兄書〉，《東坡續集》卷五。

[136] 蘇軾：〈與王慶源書〉，《東坡續集》卷五。

[137] 何薳：《春渚記聞》卷六「裕陵惜人才」條云：「都下忽盛傳（坡）公病歿，裕陵以問（左臣）蒲宗孟。宗孟奏曰：『日來外間似有此語，然亦未知的實。』

身曠然天真縱情山水[138]、參禪養鍊[139]外，蘇軾還本著悲憫襟懷，修書請鄂州守朱壽昌誘喻勸禁鄉野溺殺嬰兒的陋俗，並且不顧己困率先與富者歲出十千，買米布等賙濟黃州貧戶，使其不致因無力撫育而溺殺嬰兒[140]；同時秉持孤臣耿節，猶念君上，「道理貫心肝，忠義填骨髓」，「遇事有可尊主澤民者，便忘軀爲之，禍福得喪付與造物」[141]；並承父說遺命完成《易傳》九卷，又依

裕陵將進食，因歎息再三，曰：『才難！』遂輟飯而起，意甚不懌。」葉夢得：《避暑錄話》卷上：「子瞻在黃州，病赤眼，踰月不出，或疑有他疾，過客遂傳以爲死矣。有語范仁（鎮）于許昌者，景仁絕不置疑，即舉袂大慟，召子弟具金帛遣人賙其家，子弟徐言此傳聞未審，當先書以問其安否，得實，弔恤之未晚；乃走僕以往，子瞻發書大笑。故後量移汝州謝表有云：『疾病連年，人皆相傳爲已死。』」

[138] 蘇軾：《東坡續集》卷五，〈答言上人書〉云：「去歲吳興倉卒爲別，至今耿耿。……此間但有荒山大江，脩竹古木，每飲村酒醉後，曳杖放腳，不知遠近，亦曠然天真，與武林（杭州）舊游，未見議優劣也。」

[139] 蘇軾：《事略》卷五十四〈黃州安國寺記〉云：「歸誠佛僧……得城南精舍曰安國寺。……閒三日輒往，焚香默坐，深自省察，則物我相忘，身心皆空，求罪垢所從生，而不可得。一念清淨，染汙自落，表裏翛然，無所附麗。」《事略》卷四十五〈答秦太虛書〉云：「吾儕漸衰，不可復作少年調度，當速用道書方士之言，厚自養鍊。謫居無事，頗窺其一二。已借得本州天慶觀道堂三間，冬至後當入此室，四十九日乃出。」

[140] 蘇軾：〈與朱鄂州書〉，《事略》卷四十六。《東坡志林》）卷五云：「近聞黃州小民貧者，生子多不舉，初生便於水盆中浸殺之，江南尤甚，聞之不忍，會故人朱壽昌康叔守鄂州，某以書遺之，乃立賞罰以變此風，而黃之士石耕道雖椎魯無他長，然頗誠實喜爲善，乃使率黃人之富者歲出十千，如願過此者亦聽，使耕道掌之，多買米布絹絮，使安國寺僧繼連掌其出入，訪閭里田野有貧甚不舉子者，輒少遺之，若歲活得百簡小兒，亦閒居一樂事也，吾雖貧亦當出十千。」

[141] 蘇軾：〈與李公擇書〉二首之二，《東坡續集》卷五。陸游：《渭南文集》卷二十七〈跋東坡問疾帖〉云：「東坡先生憂其親黨之疾，委曲詳盡如此，則愛君憂國之際，可知矣。」

己意作《論語說》五卷[142]，其他詩作散文亦臻爐火純青，故蘇轍曰：

> （軾）既而謫居於黃，杜門深居，馳騁翰墨，其文一變，如川之方至，而轍瞠然不能及矣。[143]

又曰：

> 子瞻嘗稱轍詩有古人之風，自以爲不若也。然自其斥居東坡，其學日進，沛然如川之方至。其詩比杜子美、李太白爲有餘，遂與淵明比。轍雖馳驟從之，常出其後。[144]

---

[142] 蘇軾：《事略》卷四十四〈上文潞公書〉云：「到黃州無所用心，輒復覃思於《易》、《論語》，端居深念，若有所得，遂因先子之學，作《易傳》九卷；又自以意作《論語說》五卷。」蘇轍：《欒城後集》卷二十二〈亡兄子瞻端明墓誌銘〉云：「先君晚歲讀《易》，玩其爻象，得其剛柔遠近、喜怒逆順之情，以觀其詞，皆迎刃而解，作《易傳》，未完疾革，命公述其志。公泣受命，卒以成書，然後千載之微言，煥然可知也。復作《論語說》，時發孔氏之秘。」蘇籀：《欒城遺言》云：「初二公（軾、轍）少年皆讀《易》，爲之解說。各仕它邦，既而，東坡獨得文王伏義超然之旨，公（轍）乃送所解予坡，今蒙卦猶是公解。」邵博：《聞見後錄》卷二十云：「晁以道爲予言，嘗親問東坡曰：『先生《易傳》當傳萬世。』曰：『尚恨某不知數學耳。』」

[143] 蘇轍：〈亡兄子瞻端明墓誌銘〉，《欒城後集》卷二十二。

[144] 同前註。梁廷柟纂：《東坡事類》卷二十，引《藏海詩話》云：「子由曰：『東坡黃州以後文章，余遂不能追逐。』」朱弁：《曲洧舊聞》卷九云：「或曰：『東坡詩始學劉夢得（禹錫），不識此論誠然乎哉？』予應之曰：『予建中靖國間，在參寥（道潛）座，見宗子士暕以此問參寥。參寥曰：『此陳無己（師道）之論也，坡天才無施不可，而少也寔嗜夢得詩，故造詞遣言岳峙淵澄，時有夢得波峭，然無己此論，施於黃州以前可也，坡自元豐末還朝後，出入李、杜，則夢得已有奔逸絕塵之歎矣。』」《竹莊詩話》卷九「種松得徠子」條云：「呂居仁（本中）云：『詩欲波瀾之闊，須放規模，令大涵養吾氣，而後可；規模既大，波瀾自闊，少加持擇，功已倍於古矣。試取

蘇軾謫黃期間，神宗原本有意復用，卻受言者沮之。梁廷枏纂《東坡事類》卷三‧引《行營雜錄》云：

> 上（神宗）一日與近臣論人才，因曰：軾方古人，孰比？近臣曰：頗似李白。上曰：不然，白有軾之才，無軾之學。屢有意復用，而言者力沮之[145]。一日忽出手札曰：蘇軾黜居思咎，閱歲滋深 人材實難，不忍終棄，因量移臨汝。[146]

對此，蘇軾頗為感念，其〈答王定國書〉三首之二云：

> 先帝（神宗）升遐，天下所共哀慕，而不肖與公（王鞏），蒙恩尤深，固宜作挽詞，少陳萬一，然有所不敢者耳！必

東坡黃州以後詩，如種松、醫眼之類便可見。』」韓淲：《澗泉日記》卷下云：「蘇子瞻自雪堂後，文字殊無制科習氣。」

[145] 王鞏：《聞見近錄》云：「王和甫嘗言，蘇子瞻在黃州，上數欲用之。王禹玉（珪）輒曰：『軾嘗有此心惟有蟄龍知之句，陛下龍飛在天而不敬，乃反欲求蟄龍乎？』章子厚（惇）曰：『龍者，非獨人君，人臣皆可以言龍也。』上曰：『自古稱龍者多矣，如荀氏八龍、孔明臥龍，豈人君乎？』及退，子厚詰之曰：『相公乃欲覆人之家族耶？』禹玉曰：『它，舒亶言爾。』子厚曰：『亶之唾，亦可食乎？』」蘇軾：《東坡前集》卷四〈王復秀才所居雙檜詩〉（熙寧六年，倅杭時作）二首之二曰：「凜然相對敢相欺，直幹凌空未要奇，根到九泉無曲處，世間惟有蟄龍知。」許顗：《彥周詩話》云：「東坡受知神廟，雖謫而實欲用之。東坡微解此意，論賈誼謫長沙事，蓋自況也。後作神廟挽詞云：『病馬空思櫪，枯葵已泫霜。』此非深悲至痛，不能道此語。」

[146] 何薳：《春渚記聞》卷六「裕陵惜人才」條云：「（坡）公自黃移汝州，謝表既上。裕陵覽之，顧謂侍臣曰：蘇軾真奇才！時有憾心者，復前奏曰：『觀軾表中，猶有怨望之語。』裕陵愕然曰：『何謂也？』對曰：『其言兄弟並列於賢科，與驚魂未定夢遊縲絏之中之語，蓋言軾、轍皆前應直言極諫之詔，今乃以詩詞被譴，誠非其□也！』裕陵徐謂之曰：『朕已灼知蘇軾衷心，實無他腸也。』於是語塞云。」

深察此意。無狀罪廢，眾欲置之死，而先帝獨哀之，而今
而後，誰復出我於溝壑者，歸耕沒齒而已矣。[147]

元豐七年（1084）元月，帝命蘇軾量移汝州（河南、臨汝），詔
書未至，軾上表自言有田在常州（江蘇、武進）乞居之，表朝入，
夕報可。因神宗於元豐八年三月駕崩，哲宗繼立，太皇太后高氏
（英宗之后）聽政，司馬光拜相，舊黨得勢，遂復朝奉郎，知登
州（山東、蓬萊），再召為禮部郎中，又除起居舍人。

宋哲宗元祐元年（1068），軾以七品服入侍延和殿，即改賜
銀緋；次年，遷中書舍人，尋除翰林學士。蘇軾為何能躐眾驟遷、
不試而用，邵博《聞見後錄》卷二十中有段記載：

東坡在翰苑，薄暮中使宣召，已半醉，遽汲泉以漱，意少
快，入對內東門小殿，……宣仁（太）后曰：學士前年為
何官？曰：臣前年為常州（應為「汝州」）團練副使。今
為何官？曰：臣今待罪翰林學士。曰：何以遽至此？曰：
遭遇太皇太后陛下。曰：不關老身事。曰：遭遇皇帝陛下。
曰：亦不關官家事。曰：豈出大臣論薦？曰：亦不關大臣
事。東坡驚曰：臣雖無狀，不敢自他途以進。宣仁（太）
后曰：久欲令學士知此是神宗皇帝之意。帝飲食停匕箸看
文字，宮人私相語，必蘇軾之作；帝每曰：奇才！奇才！
但未及進用學士，上僊耳。東坡不覺哭失聲，（太）后與
上亦泣，左右皆泣；已而，命坐賜茶。宣仁（太）后又曰：

---

[147] 蘇軾：《東坡續集》卷六。

> 學士直須盡心事官家，以報先帝。東坡下拜。撤御前金蓮
> 燭，送歸院[148]。

其實，據朱弁《曲洧舊聞》卷二中所載，元豐初年，神宗業已安排蘇軾擔任「中書舍人翰林學士」，而「其餘與新政不合者，亦各有攸處」，後來王珪、蔡確採「須作死馬醫始得」的拖延策略，直至「宮車晏駕，而裕陵之美意，卒不能行」。

　　五十二歲的蘇軾，因據實情反對將新政之免役法改爲昔日之差役法，而與舊黨發生嫌隙，由於自知不見容於朝[149]，屢上箚請

---

[148] 此亦見於王鞏：《隨手雜錄》，並云：「子瞻親語余如此」。 王稱：《東都事略》卷九十三上〈蘇軾傳〉與《宋史》卷三三八〈蘇軾傳〉，併同之。潘永因編：《宋稗類鈔》卷三云：「金蓮炬送歸，唐令狐綯已有故事。宋朝凡有三人：王岐公珪、蘇端明軾、史少保浩。」

[149] 岳珂：《桯史》卷四「蘇葛策問」條云：「東坡先生元祐中，以翰苑發策試館職，有曰：『今朝廷欲師仁祖之忠厚，懼百官有司之不舉其職，而或至於媮；欲法神考之勵精，恐監司守令不識其意，而流入於刻。』左正言朱光庭首摘其事以爲不恭，御史中丞傅堯俞、侍御史王岩叟交章劾奏，一時朝議譁然起。宣仁臨朝，爲之宣諭曰：『詳覽文意，是指今日百官有司、監司守令言之，非是譏諷祖宗。』紛紛踰時始小定，既而亦出守。紹聖崇寧治黨錮，言者屢以藉口，迄不少置也。」洪邁：《容齋四筆》卷一「畢仲游二書」條云：「先是東坡公在館閣，頗因言語文章規切時政，仲游憂其及禍，貽書戒之曰：『孟軻不得已而後辯，孔子欲無言，古人所以精謀極慮，固功業已養壽命者，未嘗不出乎此。君自立朝以來，禍福利害繫身者未嘗言，顧直惜其言爾。夫言語之累，不特出口者爲言，其形于詩歌、贊于賦頌、託于碑銘、著于序記者，亦言也；今知畏於口，而未畏於文，是其所是，則見是者喜，非其所非，則蒙非者怨，喜者未能濟君之謀，而怨者或已敗君之事矣。天下論君之文，如孫臏之用兵、扁鵲之醫疾，固所指名者矣，雖無是非之言，猶有是非之疑，又況其有耶？官非諫官，職非御史，而非人所未非，是人所未是，危身觸諱以游其間，殆由抱石而拯溺也。』」劉延世編錄：《孫公談圃》卷上云：「子瞻以溫公論薦、簾眷甚厚，議者且爲執政矣。公（孫升）力言蘇軾爲翰林學士，其任已極，不可以加。如用文章爲執政，則國朝趙普、王旦、韓琦未嘗以文稱；又言王安石在翰苑称稱職，及居相位，天下多事，以安石止可以爲翰林，則軾不過如此而已，若欲以軾爲輔佐，願以安石爲戒。」

外任，元祐四年（1089）以龍圖閣學士知杭州。蘇軾曾言「一歲率常四、五夢至西湖上」，殆與杭州有「所謂前緣者」[150]；杭人亦感念蘇軾，其下獄時，湖杭人爲作解厄齋經月[151]。及軾至杭，竟逢旱潦饑疫並作，蘇軾奏請減少上供米量，減價糶常平米，又乞得百張度牒，易米以救饑者，人民遂免於流散成爲餓莩；並出私囊黃金五十兩資助公帑設置「安樂病坊」，醫癒千人[152]；且整治西湖六井[153]，取葑田築長堤，化害爲利，堤成，遍植楊柳、芙蓉，景色如畫，杭人名之「蘇公堤」[154]。杭州吏民習軾舊政，不勞而治，加上剖決訟案果斷熟練，所以蘇軾吏治之餘，仍可徜徉於「人間天堂」，爲了避免騷擾，出遊每需「聲東擊西」，乘馬歸邸，士女雲集夾道縱觀，實一時之勝事[155]。當地民眾感戴蘇軾惠政，家備畫像，飲食必祝，又作生祠以報。

---

[150] 蘇軾：《事略》卷四十五〈答陳師仲書〉云：「軾於錢塘人有何恩意，而其人至今見念，軾亦一歲率常四、五夢至西湖上，此殆世俗所謂前緣者。在杭州嘗遊壽星院，入門便悟曾到，能言其院後堂殿山石處，故詩中嘗有『前生已到』之語。」

[151] 蘇軾：《東坡續集》卷二，〈獄中寄子由詩〉二首之二下，自註云：「獄中聞湖杭民爲余作解厄齋經月」。

[152] 周煇：《清波別志》卷一云：「蘇文忠公知杭州，以私帑金五十兩助官緡，於城中置病坊一所名安樂，以僧主之，三年醫愈千人，與紫衣。」

[153] 事見於蘇軾：〈錢塘六井記〉，《事略》卷五十。

[154] 朱彧：《可談》云：「子瞻知杭州，築大堤西湖上，人呼爲『蘇公堤』，屬吏刻石榜名。世俗以富貴相高，以堤音低，頗爲語忌，未幾，子瞻遷責。」

[155] 費袞：《梁谿漫志》卷四「東坡西湖了官事」條云：「東坡鎮餘杭，遇遊西湖，多令旌旗導出錢塘門，坡則自涌金門，從一二老兵泛舟絕湖而來，飯于曹安院，徜徉靈隱天竺間，以吏牘自隨，至冷泉亭則據案剖決，落筆如風雨，分爭辯訟談笑而辦已，乃與僚吏劇飲，薄晚則乘馬以歸，夾道燈火縱觀太守。有老僧紹興末年九十餘，幼在院爲蒼頭，能言之。當是時，此老之豪氣逸韻可以想見也。」潘永因編：《宋稗類鈔》卷十四〈志尚二十四〉云：「姚舜明廷輝知杭州，有老姥自言故娼也，及事東坡先生，云：『公，春時，每遇休暇，必約客湖上，早食於山水佳處；飯畢，每客一舟，令隊長一人，各領數妓任其所適；晡後，鳴鑼以集之，復會望湖樓、或竹閣之間，極歡而罷；

　　元祐六年（1091），蘇軾以翰林學士承旨召還，復侍邇英閣，旋即因遭排擠[156]，自請外補，以龍圖閣學士守潁州（安徽、阜陽）。七年，移知揚州（江蘇、江都），罷「萬花會」，為民除害[157]；又以兵部尚書召還，兼侍讀；尋遷禮部尚書，兼端明殿、翰林侍讀二學士，此乃蘇軾仕宦之巔。八年，以二學士出知定州（河北、定縣），嚴飭軍政。

　　紹聖元年（1094），宋哲宗業已親政，起用新派，五十九歲的蘇軾以御史奏劾、坐前掌判命語涉譏訕，故追一官（取消定州、知州之任）、落兩職（取消端明殿學士、翰林院侍讀學士的稱號），以承議郎貶知英州（廣東、英德），接著降一官（降為六品之下的充左承議郎），再謫為建昌軍司馬、惠州（廣東、惠陽）安置。蘇軾讓次子蘇迨挈領家眷歸長子蘇邁宜興（陽羨）之居，只攜幼子蘇過及侍妾朝雲赴惠[158]。繼而，再貶為寧遠軍節度副使，仍惠州安置。九月度大庾嶺[159]，十月抵惠州。

　至一、二鼓，夜市猶未散，列燭以歸，城中士女雲集夾道以觀千騎之還，實一時之勝事也。』

[156] 葉夢得：《避暑錄話》卷上云：「子瞻〈山光寺詩〉，『野花鳴鳥亦欣然』之句，其辨說甚明（蘇軾：〈辨謗箚子〉，《東坡續集》卷九），蓋為哲宗初即位，聞父老頌美之言而云，神宗奉諱在南京，而詩作于揚州。余嘗至其寺，親見當時詩刻，後書作詩日月，今猶有其本，蓋自南京回陽羨時也；始過揚州則未聞諱，既歸自揚州，則奉諱在南京，事不相及，尚何疑乎！近見子由作〈子瞻墓誌〉，載此事乃云：『公至揚州，常州人為公買田，書至，公喜而作詩，有聞好語之句。』乃與辨辭異，且聞買田而喜可矣，野花啼鳥何與而亦欣然，尤與本意不類；豈為誌時，未嘗深考而誤耶？然此言出于子由，不可有二，以啟後世之疑。余在許昌時，〈誌〉猶未出，不及見，不然，當以告迨（軾之次子）與過（軾之三子）也。」

[157] 蘇軾：《東坡志林》卷五。

[158] 蘇軾：〈答陳季常書〉，《東坡續集》卷十一。

[159] 周煇：《清波雜志》卷五云：「東坡南遷，度嶺，次于林麓間，遇二道人，見坡即深入不出。坡謂押送使臣，此中有異人，可同訪之。既入，見茅屋數間，二道人在焉，意象甚瀟灑。顧使臣，『此何人？』對以『蘇學士。』道

　　蘇軾居惠幾三年，太守詹范一如疇昔黃州守徐大受般，對軾頗爲禮遇，時相過往[160]；由於雜事有蘇過料理[161]，故無一日不遊山[162]；因「胸中泊然，無所蔕芥，人無賢愚，皆得其歡心，疾苦者畀之藥，殞斃者納之竁」[163]；又率眾造二橋，作營房三百間，變通納秋米法——或米或錢從民之便，並薦人解決廣州飲水之苦[164]。

　　朝中柄臣認爲蘇軾流竄未足、尚嫌安穩[165]，遂於紹聖四年（1097）四月責授瓊州別駕、安置昌化（海南島、儋縣）。七月

人曰：『得非子瞻乎？』使臣曰：『學士始以文章得，終以文章失。』道人相視而笑曰：『文章豈解能榮辱，富貴從來有盛衰。』東坡曰：『何處山林間無有道之士乎？』」

[160] 王明清：《揮麈後錄》云：「徐得之君猷，陽翟人，韓康公婿也。知黃州日，東坡先生遷謫於郡，君猷周旋之不遺餘力。其後君猷死於黃，東坡作祭文挽詞甚哀。又與其弟書云：『軾始謫黃州，舉眼無親，君猷一見相待如骨肉，此意豈可忘哉？』」蘇軾：《東坡續集》卷七〈答徐得之書〉二首之二云：「詹使君仁厚君子也，極蒙他照管，仍不輟攜具來相就。」

[161] 蘇軾：《東坡續集》卷七〈答徐得之書〉二首之一云：「某到惠已半年，凡百粗遣。……兒子過頗了事，寢食之餘，百不知管，過亦頗力學長進也。」

[162] 潘永因編：《宋稗類鈔》卷十四〈志尚二十四〉云：「（軾）晚貶嶺外，無一日不游山。」

[163] 蘇轍：〈亡兄子瞻端明墓誌銘〉，《欒城後集》卷二十二。

[164] 費袞：《梁谿漫志》卷四「東坡謫居中勇於爲義」條云：「其在惠州也，程正輔爲廣中提刑，東坡與之中外，凡惠州官事悉以告之，諸軍闕營房，散居市井，窘急作過，坡欲令作營屋三百間；又薦都監王約、指使藍生同幹惠州納秋米六萬三千餘石，漕符乃令五萬以上折納見錢，被以爲嶺南錢荒，乞令人戶納錢與米並從其便。博羅大火，坡以爲林令在式假，不當坐罪，又有心力可委，欲專牒令修復公宇倉庫；仍約束本州科配惠州造橋，坡以爲吏屑而胥橫，必四六分了錢，造成一座河樓橋，乞選一健幹吏來了此事。又與廣帥王敏仲書，薦道士鄧守安令引蒲澗水入城，免一城人飲鹹苦水、春夏疾疫之患。凡此等事多涉官政，亦易指以爲恩怨，而坡奮然行之不疑，其勇於爲義如此，謫居尚爾，則立朝之際，其可以死生禍福動之哉！」

[165] 梁廷枏纂：《東坡事類》卷十七，引《艇齋詩話》云：「東坡海上上梁文口號曰：『爲報先生春睡美，道人輕打五更鐘。』章子厚（惇）見之，遂再貶儋耳，以爲安穩，故再遷也。」同書卷六引《宋稗類鈔》云：「紹聖初逐元祐黨人，禁中疏出當謫人姓名及廣南州郡，以水土之美惡，較罪之經重而貶

渡海至貶所[166]。初至僦官屋數椽以居，後遭有司迫逐，乃買地結茅舍三間，昌化士人畚土運甓以助成，名爲「桄榔庵」[167]；後儋人黎子雲兄弟和軍使張中又醵錢爲作「載酒堂」[168]。

　　昌化的生活環境，非常惡劣，「食無肉，病無藥，居無室，出無友，冬無炭，夏無寒泉，然亦未易悉數，大率皆無爾」[169]，又「連歲不熟，飲食百物艱難，及泉、廣海舶絕不至，藥物醬酢等皆無」[170]；不過，已至桑榆晚景的蘇軾，依舊不失超曠自適的常度，啗菜食芋[171]、觀棋暢遊[172]、讀書著述。蘇軾居儋，唯讀陶

竄焉。執政聚議，至劉安世之時，蔣之奇頗叔云：『劉某，平昔人推其命極好。』時相章惇子厚即以筆於昭州上點之，云：『劉某命好，且去昭州試命一巡。』其他，蘇子瞻貶儋州，子由貶雷州，黃山谷貶容州，俱配其字之偏傍，皆惇所爲也。」

[166] 陳宏緒：《寒夜錄》卷上云：「蘇子瞻在海上，時號鐵冠道人。」

[167] 蘇軾：《東坡續集》卷七，〈答程全父推官書〉六首之一：「別遽逾年，海外窮獨，人事斷絕，莫由通問。……某與兒子粗無病，但黎蜑雜居，無復人理，資養所急，求輒無有。初至，僦官屋數椽，近復遭迫逐，不免買地結茅，僅免露處，而囊爲一空；困厄之中，何所不有，置之不足道，聊爲一笑而已。」蘇軾：《東坡續集》卷七〈答程天侔書〉三首之一：「近與兒子結茅屋數椽居之，僅庇風雨，然勞費已不貲矣。賴十數學生助工作，躬泥水之役，愧之不可言也。」蘇轍：《欒城後集》卷二十二〈亡兄子瞻端明墓誌銘〉云：「初僦官屋以庇風雨，有司猶謂不可，則買地築室。昌化士人，畚土運甓以助之，爲屋三間。」

[168] 蘇軾：〈和癸卯歲始春懷古田舍〉詩・〈敍〉，《東坡續集》卷三。

[169] 蘇軾：〈答程天侔書〉三首之一，《東坡續集》卷七。

[170] 蘇軾：〈與元老姪孫書〉四首之二，《東坡續集》卷七。

[171] 蘇軾：《東坡續集》卷二，〈撷菜〉詩・〈敍〉：「吾借王參軍地種菜不及半畝，而吾與過子終年飽菜。夜半飲醉，無以解酒，輒撷菜煮之，味含土膏，氣飽風露，雖粱肉不能及也。」蘇軾敍《東坡續集》卷二〈過子忽出新意，以山芋作玉糝羹，色香味皆奇絕，天上酥陀則不可知，人間決無此味也〉詩：「香似龍涎仍釀白，味如牛乳更全清，莫將北海金虀鱠，輕比東坡玉糝羹。」

[172] 蘇軾：《東坡後集》卷六，〈觀棋〉詩・〈引〉：「予素不解棋，嘗獨游廬山白鶴觀，觀中人皆闔戶晝寢，獨聞棋聲於古松流水之間，意欣然喜之，自爾欲學，終不解也。兒子過乃粗能者，儋守張中日從之戲，予亦隅坐竟日，不以爲厭也。」趙令畤：《侯鯖錄》卷七：「東坡老人在昌化，嘗負大瓢，

潛、柳宗元詩文集，規爲「南遷二友」[173]；並繼《易傳》、《論
語說》，作《書傳》十三卷，推明上古絕學，闡發先儒所未達，
因完成此三書，而「覺此生不虛過」[174]。同時還勸民農耕[175]，盼
能更易輕女劣俗[176]。縱使儋守張中事軾甚恭[177]，儋耳士民與之相
親，瓊州秀才姜唐佐遠來從學[178]，自己也有「垂老投荒，無復生

行歌於田間，有老婦年七十，謂坡云：『內翰昔日富貴，一場春夢。』坡然
之。里人呼此媼爲『春夢婆』。坡被酒獨行，遍至子雲諸黎之舍，作詩云：
『符老風情老奈何，朱顏減盡鬢絲多，投梭每困東鄰女，換扇唯逢春夢婆。』
是日老符秀才（符林）言換扇事。」蘇軾：《東坡志林》卷八云：「己卯（元
符二年，1099）上元，予在儋耳，有老書生數人來過，曰：『良月佳夜，先
生能一出乎？』予欣然從之，步城西入僧舍、歷小巷，民夷雜揉，屠酤紛然，
歸舍已三鼓矣。舍中掩關熟寢已再鼾矣，放杖而笑，孰爲得失。問『先生何
笑？』蓋自笑也，然亦笑韓退之釣魚無得更欲遠去，不知釣者未必得大魚也。」
[173] 蘇軾：《東坡續集》卷七〈答程全父推官〉六首之三云：「流轉海外，如
逃深谷，既無與晤語者，又書籍舉無有，惟陶淵明一集、柳子厚詩文數冊，
常置左右，目爲二友。」 六首之二云：「隨行有陶淵明集」。張端義：《貴
耳集》卷上：「東坡在儋耳，無書可讀，黎子家有柳文數冊，盡日玩誦。一
日遇雨，借笠屐而歸，人畫作圖，東坡自贊：『人所笑也、犬所吠也，笑亦
怪也。』用子厚語。」
[174] 蘇軾：〈答蘇伯固書〉四首之三，三蘇祠本《東坡全集》卷五十四。
[175] 蘇軾：《東坡續集》卷三，〈和勸農〉詩・〈敘〉：「海南多荒田，俗以貿
香爲業，所產杭稌不足於食，乃以藷芋雜米作粥糜以取飽。余既哀之，乃和
淵明勸農詩，以告其有知者。」蘇轍：《欒城後集》卷五〈和子瞻次韻陶淵
明勸農〉詩・〈引〉：「子瞻和淵明勸農詩六章，哀儋耳之不耕。」
[176] 蘇軾：三蘇祠本《東坡全集》卷六十四〈書杜子美詩後〉云：「夔州處女髮
半華，四十五十無夫家，更遭喪亂嫁不售，一生抱恨長咨嗟。土風坐男使女
立，男當門戶女出入，十有八九負薪歸，賣薪得錢當供給。……海南亦有此
風，每誦此詩以諭父老，然亦未易變其俗也。」
[177] 費袞：《梁谿漫志》卷四「貶所敬蘇黃」條云：「元祐黨禍烈於熾火，小人
交扇其焰，傍觀之君子深畏其酷，惟恐黨人之塵點汙之也；而東坡之在儋，
儋守張中之甚至，且日從叔黨（蘇過）棋以娛東坡。洎張解官北歸，坡凡
三作詩送之。……其義氣可書，張竟以此坐謫云。」
[178] 蘇軾：《東坡續集》卷三〈跋姜君弼課詩〉下，自註云：「姜君，瓊州人。
己卯（元符二年，1099）閏九月來從學於東坡至儋耳，庚辰（元符三年）三
月方還瓊。」蘇轍：《欒城後集》卷三〈補子瞻贈姜唐佐秀才引〉云：「予

還之望」[179]的心理準備，可是總難壓抑北歸的企慕，所以蘇軾或至道觀求籤卜吉凶[180]，或默書昔日賦作以為生還之驗[181]。

宋徽宗於元符三年（1100）正月，因神宗崩而即位，由皇太后向氏權同處分軍國事。五月告下，蘇軾仍以瓊州別駕，徙廉州（廣東、合浦）安置，終得北還。然而左遷嶺外、海南，使其文學作品豪華盡落，真淳畢現，臻於化境，恰似黃庭堅所云：「東坡嶺外文字……使人耳目聰明，如清風自外來也」[182]。六月底蘇

兄子瞻謫居儋耳，瓊州進士姜唐佐往從之遊，氣和而言道，有中州士人之風，子瞻愛之，贈之詩。」

[179] 蘇軾：《東坡續集》卷四〈與王敏仲書〉八首之一：「某垂老投荒，無復生還之望。昨與長子邁訣，已處置後事矣。今到海南，首當作棺，次便作墓，仍留手疏與諸子，死即葬於海外。」朱弁：《曲洧舊聞》卷五云：「東坡在儋耳，因試筆，嘗自書云：『吾始至南海，環視天水無際，悽然傷之曰：何時得出此島耶？已而思之，天地在積水中，九州在大瀛海中，中國在少海中，有生孰不在島者。覆盆水於地，芥浮於水，蟻附於芥，茫然不知所濟，少焉，水涸，蟻即徑去，見其類，出涕曰：幾不復與子相見，豈知俯仰之間，有方軌八達之路乎？念此可以一笑。』戊寅（元符元年，1098）九月十二日，與客飲薄酒小醉，信筆書此紙。東坡云：『遇天色明暖，筆硯和暢，便宜作草書數紙，非獨以適吾意，亦使百年之後，與我同病者，有以發之也。』」

[180] 蘇軾：《東坡志林》卷八云：「東坡居士遷於海南，憂患之餘，戊寅九月晦遊天慶觀，謁北極真聖，探靈籤，以決餘生之禍福吉凶。」

[181] 周煇：《清波雜志》卷二云：「東坡在海外，語其子過曰：『我決不為海外人，近日頗覺有還中州氣象。』乃滌硯焚香，寫平生所作八賦，當不脫誤一字以卜之；寫畢，大喜曰：『吾歸無疑矣。』後數日，廉州之命至，八賦墨蹟初歸梁師成，後入禁中。」朱弁：《曲洧舊聞》卷五所載亦同。葉某：《愛日齋叢抄》卷二云：「東坡〈松醪賦〉，李仁甫侍郎舉賦中語，謂東坡蓋知之矣。又云：東坡既再貶，親舊或勸益自做戒。坡笑曰：得非賜自盡乎？何至是！顧謂叔黨曰：吾甚喜〈松醪賦〉，盍秉燭，吾為汝書此，倘一字誤，吾將死海上，不然吾必生還。叔黨苦諫，恐偏傍點畫偶有差訛，或兆憂耳。坡不聽，徑伸紙落筆，終篇無秋毫脫謬，父子相與粲然。〈松醪賦〉之識，渡海人知之，而未知其以驗生還也。」

[182] 黃庭堅：〈與歐陽元老書〉，《豫章黃先生文集》卷十九。黃庭堅：《豫章黃先生文集》卷七〈跋子瞻和陶詩〉：「子瞻謫嶺南，時宰欲殺之；飽喫惠州飯，細和淵明詩。彭澤千載人，東坡百世士，出處雖不同，風味乃相似。」

軾父子與秦觀會面後[183]，由雷州（廣東、海康）夜渡廉州，險些罹難[184]。七月徽宗親政，八月詔移蘇軾爲舒州團練副使、永州（湖南、零陵）居住。十一月得旨，復朝奉郎提舉成都玉局觀，在外州軍任便居住[185]。

　　徽宗建中靖國元年（1101）五月，蘇軾過金山寺，題李公麟爲其所繪畫像云：「心似已灰之木，身如不繫之舟；問汝平生功業，黃州儋州惠州。」[186]因蘇轍力勸，原擬同居潁昌（河南、許昌），卻因懼人攻訐，故決計終老常州（江蘇、武進）[187]。六月

　　蘇轍：《欒城後集》卷二十一〈子瞻和陶淵明詩集引〉云：「東坡先生謫居儋耳，置家羅浮之下，獨與幼子過負擔過海。葺茅竹而居之，日啗薯芋，而華屋玉食之念不存於胸中。平生無所嗜好，以圖史爲園囿，文章爲鼓吹，至此亦皆罷去。獨喜爲詩，精深華妙，不見老人衰憊之氣。……（東坡）書來告曰：『……追和古人，則始於東坡。吾於詩人，無所甚好，獨好淵明之詩。淵明作詩不多，然其詩質而實綺，癯而實腴。……然吾於淵明，豈獨好其詩也哉？如其爲人，實有感焉。』」

[183] 蘇軾：三蘇祠本《東坡全集》卷六十五〈書秦少游挽詞後〉云：「庚辰歲（元符三年，1100）六月二十五日，予與少游相別於海康，意色自若與平日不少異，但自作挽詞一篇，人或怪之。予以謂少游齊死生、了物我，戲出此語，無足怪者。已而，北歸至藤州，以八月十二日卒於光化亭上。嗚呼！豈亦自知當然者耶？乃錄其詩云。」

[184] 梁廷枏纂：《東坡事類》卷六引《志林》云：「余自海康適合浦，連日大雨，橋梁大壞，水無津涯，自興廉村淨行院下乘小舟至官寨，聞自此西皆漲水，無復橋船，或勸乘蜑並海即白石；是日，六月晦，無月，碇宿大海中，天水相接，星河滿天，起坐四顧太息，吾何數乘此險也？已濟徐聞，復厄於此乎？稚子過在旁酣睡，呼不應，所撰《書》、《易》、《論語》，皆以自隨，而世未有別本，撫之而嘆曰：『天未欲使從是也！吾輩必濟。』已而果然。七月四日合浦記，時元符三年也。」

[185] 蘇軾：《事略》卷二十六〈提舉玉局觀謝表〉云：「臣軾言：臣先自昌化軍貶所奉敕移廉州安置，又自廉州奉敕授臣舒州團練副使、永州居住，行至英州，又奉敕授臣朝奉郎提舉成都府玉局觀、在外州軍任便居住者，七年遠謫，不自意全。」

[186] 潘永因編：《宋稗類鈔》卷二十八〈宗乘第四十六〉。

[187] 蘇軾：三蘇祠本《東坡全集》卷五十七〈與子由弟書〉十首之八：「兄近已決計從弟之言，同居潁昌。行有日矣，適程德孺過金山，往會之，并一二親

抵常，運河兩岸千萬人隨觀，蘇軾正病暑，著小冠，披半臂，坐船中，見此盛況，笑謂：「莫看殺我否！」[188]後因病致仕。臨終前以不得見弟弟蘇轍為憾，而將後事及《易傳》等三書囑託錢世雄，七月二十八日，六十六歲的蘇軾溘然長逝於借居之顧塘橋孫宅[189]。

徽宗崇寧元年（1102）閏六月二十日，遵遺囑[190]葬蘇軾於汝州（河南）郟城縣鈞臺鄉上瑞里嵩陽峨眉山[191]。蘇轍賣別業濟助

故皆在坐，頗聞北方事，有決不可往潁昌近地居者（并註云：事皆可信，人所報大抵相忌，安排攻擊者眾，北行漸近，決不靜耳），今已決計居常州，借得一孫家宅極佳，浙人相喜，決不失所也。……恨不得老境兄弟相聚，此天也！吾其如天何？然亦不知天果於兄弟終不相聚乎？士君子作事，但只於省力處行，此行不遂相聚，非本意，甚省力避害也。」

[188] 見於周輝：《清波雜志》卷三及邵博：《聞見後錄》卷二十。

[189] 何薳：《春渚紀聞》卷六「坡仙之終」條云：「冰華居士錢濟明丈嘗跋施能叟藏先生帖後云：建中靖國元年，先生以玉局還自嶺海，四月自當塗寄十一詩，且約同程德孺至金山相候，既往迓之，遂決議為毗陵之居。六月自儀真避疾臨江，再見於奔牛埭，先生獨臥榻上，徐起謂某曰：『萬里生還，乃以後事相託也，惟吾子由自再貶及歸，不復一見而決，此痛難堪，餘無言者。』久之，復曰：『某前在海外，了得《易》、《書》、《論語》三書，今盡以付子，願勿以示人，三十年後，會有知者。』因取藏篋，欲開而鑰失匙。某曰：某獲侍言，方自此始，何遽及是也。即遷寓孫氏館。……七月十二日疾少間，曰：『今日有意喜近筆研，試為濟明戲書數紙。』遂書惠州江月五詩，明日又得〈跋桂酒頌〉，自爾疾稍增，至十五日而終。」費袞：《梁谿漫志》卷四「東坡懶版」條云：「東坡北歸至儀真，得暑疾，止于毗陵顧塘橋孫氏之館，氣寖上逆不能臥，時晉陵邑大夫陸元光獲侍疾臥內，輒所御懶版以獻，縱橫三尺，偃植以受背，公殊以為便，竟據是版而終。後陸君之子以屬蒼梧胡德輝為之銘曰：『……詒萬子孫，無日不祥之器。』」周輝：《清波雜志》卷三云：「東坡初入荊谿，有樂死之語，蓋喜其風土也。……將屬纊，聞根先離，（惟）琳叩耳大聲曰：『端明勿忘西方。』曰：『西方不無，但箇裏著力不得。』語畢而終。歸老素志，竟墮渺茫一丘壑，天實嗇之。」黃庭堅：《豫章黃先生文集》卷十九〈與王庠周彥書〉云：「東坡病亟時，索沐浴，改朝衣，談笑而化。其胸中固無憾矣，所惜子由不得一見，又未得一還鄉社。」

[190] 蘇轍：《欒城後集》卷二十〈遺適歸祭東塋文〉云：「兄軾已沒，遺言葬汝。」

[191] 蘇轍：〈亡兄子瞻端明墓誌銘〉，《欒城後集》卷二十二。

歸居潁昌之姪兒蘇邁、蘇迨[192]，且爲兄撰墓誌銘。〈亡兄子瞻端
明墓誌銘〉曰：

> 予兄子瞻，……卒於毗陵。吳越之民相與哭於市，其君子
> 相弔於家。訃聞四方，無賢愚皆咨嗟出涕，太學之士數百
> 人，相率飯僧慧林佛舍[193]。……子三人：長曰邁，雄州防
> 禦推官，知河間縣事；次曰迨、次曰過，皆承務郎。孫男
> 六人：簞、符、箕、籥、筌、籌。……有東坡集四十卷、
> 後集二十卷、奏議十五卷、內制十卷、外制三卷。公詩本
> 似李、杜，晚喜陶淵明，追和之者幾遍，凡四卷。幼而好
> 書，老而不倦，自言不及晉人，至唐，褚、顏、柳，彷彿
> 近之。平生篤於孝友，輕財好施。……其於人，見善稱之，
> 如恐不及；見不善斥之，如恐不盡；見義勇於敢爲，而不
> 顧其害。用此數困於世，然終不以爲恨。[194]

蘇軾歿後，士大夫及門人所作祭文甚多，唯以李廌之作尤著，其
〈祭蘇軾文〉云：「皇天后土，鑒一生忠義之心；名山大川，還
萬古英靈之氣。」[195]

---

[192] 蘇籀：《欒城遺言》云：「東坡病歿于晉陵（毗陵），伯達（蘇邁）、叔仲
（蘇迨）歸許昌（潁昌），生事蕭然，公（蘇轍）篤愛天倫，曩歲別業在浚
都，鬻之九十數百緡，悉以助焉，囑勿輕用。時公方降三官，謫籍奪俸。」
[193] 陳師道：《後山談叢》卷四云：「眉山公卒，太學生侯泰、武學生楊選，素
不識公，率眾舉哀，從者二百餘人。」
[194] 蘇轍：《欒城後集》卷二十二。
[195] 李廌：《濟南集》——《四庫提要》云：「其祭蘇軾文所云，……當時傳誦海
內，而亦『不見其全篇』。」由於原文已佚，今傳之句，每有數字參差。朱
弁：《曲洧舊聞》卷五：「東坡之歿，士大夫及門人作祭文甚多，惟李廌方
叔文尤傳，如：『道大不容，才高爲累。皇天后土，〝鑒平生〞忠義之心；
名山大川，還千古英靈之氣。識與不識，誰不盡傷！聞所未聞，吾將安放？』

王稱論蘇軾曰：

> 受之於天，超出乎萬物之表，而充塞乎天地之之閒者，氣
> 也；施之於事業，足以消沮金石；形之於文章，足以羽翼
> 元化；惟軾，爲不可及矣。故置之朝廷之上，而不爲之喜；
> 斥之嶺海之外，而不爲之慍；邁往之氣，折而不屈，此人
> 中龍也！[196]

三、蘇轍

蘇轍字子由，一字同叔[197]，晚號潁濱遺老[198]。生於宋仁宗寶元二年（1039）二月二十日[199]，卒於徽宗政和二年（1112）十月三日[200]，享年七十四歲。

此數句，人無賢愚智能誦之。」胡仔：《漁隱叢話後集》卷三十〈東坡五〉：「《東皐雜錄》云：李廌方叔祭東坡云：「道大不容，才高見忌。皇天后土，〝明一生〞忠義之心；名山大川，還千古英靈之氣。」（郎曄註：《事略》卷四十六，所引《東皐雜錄》亦同。）呂本中：《紫薇詩話》：「方叔祭東坡文云：皇天后土，〝實表平生〞忠義之心；名山大川，〝復收自古〞英靈之氣。」

[196] 王稱：《東都事略》卷九十三下，〈列傳七十六下〉。

[197] 蘇軾：《東坡後集》卷一〈感舊詩〉，「扣門呼阿同」句下，自註云：「子由一字同叔」。卷四〈游羅浮山一首示兒子過〉，末句「還須略報老同叔，羸糧萬里尋初平」後，自註云：「子由一字同叔」。

[198] 蘇轍：《欒城後集》卷十二有〈潁濱遺老傳上〉，卷十三有〈潁濱遺老傳下〉。葉夢得：《石林燕語》卷十：「子由自嶺外歸許下，號潁濱遺老，亦自爲傳，家有遺老齋。蓋元祐人，至子由，存者無幾矣！」

[199] 蘇軾：《東坡續集》卷七〈與程正輔提刑書〉二十四首之九云：「其中乃是子由生日香合等，它是二月二十日生。」

[200] 孫汝聽編撰：《蘇潁濱年表》云：「（二年壬辰，1112）十月三日轍卒，年七十四。」

　　轍少居鄉閭，以父兄爲師[201]；亦從蘇軾讀書天慶觀[202]，並同拜劉巨門下[203]。嘉祐元年（1065）十八歲，隨父兄至成都見張方平，張盛讚軾、轍兄弟，視作騏驥[204]，許以國士[205]。次年，蘇氏昆仲皆進士及第，卻由於母喪倉卒返蜀。除服後，於嘉祐五年抵京師，三月以選人至流內詮，因楊畋荐，舉制策[206]，軾，轍乃寓居懷遠驛，一日，中夜翛然，兄弟二人始有感慨離合意[207]。當時應制舉者甚多，然因相國韓琦與客言：「二蘇在此，而諸人亦敢與之較試，何也？」此語既傳，竟使十之八九不試而去[208]。嘉祐

---

[201] 蘇轍：《欒城集》卷四十八〈謝除中書舍人表〉二首之二云：「伏念臣生本西蜀，家世寒儒，學以父兄爲師，貧無公卿之助，私有求於祿養，輒自力於文詞。」《欒城後集》卷二十〈再祭亡兄端明文〉云：「惟我與兄，出處昔同。幼學無師，先君是從。」卷二十一〈子瞻和陶淵明詩集引〉云：「轍少而無師，子瞻既冠而學成，先君命轍師焉。」

[202] 蘇轍：《龍川略志》卷一「夢中見老子言楊綰好殺，高郢、嚴震皆不殺」條云：「予幼居鄉閭，從子瞻讀書天慶觀。」

[203] 蘇轍：《欒城集》卷十五〈送家安國赴成都教授三絕〉之一，末註云：「微之先生門人，惟僕與子瞻宜。復禮（安國）與退翁（定國）兄皆仕耳。」

[204] 張方平：《樂全集》卷三十九〈文安先生墓表〉云：「初君（蘇洵）將游京師，過益州與僕別，且見其二子軾、轍，及其文卷。曰：『二子者，將以從鄉舉可哉？』僕披其卷，曰：『從鄉舉，乘騏驥而馳閭巷也；六科所以擢英俊，君二子此選，猶不足騁其逸力爾。』」

[205] 洪邁：《容齋四筆》卷四「欒城和張安道詩」條云：「張文定公在蜀，一見蘇公父子，即以國士許之。」蘇轍：《欒城三集》卷一〈追和張公安道贈別絕句引〉云：「予年十八，與兄子瞻東遊京師。是時張公安道守成都，一見以國士相許，自爾遂結忘年之契。」

[206] 蘇轍：《欒城集》卷十八〈楊樂道龍圖哀辭敘〉云：「嘉祐五年（1070）三月，轍始以選人至流內銓。是時，楊公樂道以天章閣待制調銓之官吏，見予於稠人中，曰：『聞子求舉直言，若必無人，畋顧得備數。』轍曰：『唯。』既而至其家，一見坐語如舊相識。」

[207] 蘇軾：〈感舊詩引〉，《東坡後集》卷一。

[208] 李廌，《師友談記》。同書，甚有因蘇轍染疾，試期爲之展延二十日的記錄。

六年，御試制科，試六論[209]，而蘇轍所進對策鯁亮切直，引發劇烈爭論[210]，其於〈潁濱遺老傳上〉曰：

> 轍年十九舉進士，釋褐。二十三舉直言，仁宗親策之於廷。時上春秋高，始倦於勤。轍因所問，極言得失，曰：……今陛下無事則不憂，有事則大懼，……近歲以來，宮中貴姬至以千數，歌舞飲酒，優笑無度，坐朝不聞咨謨，便殿無所顧問。……宮中好賜不爲極限，……臣恐陛下以此得謗，而民心不歸也。
> 　策入，轍自謂必見黜。然考官司馬君實（光）第以三等，范景仁（鎮）難之。蔡君謨（襄）曰：吾三司使也，司會之言，吾愧之而不敢怨。惟胡武平（宿）以爲不遜，力謂黜之。上不許，曰：以直言召入，而以直棄之，天下謂我何？宰相（韓琦）不得已，寘之下第（四等），除商州軍事推官。知制誥王介甫（安石）意其右宰相、專攻人主，比之谷永，不肯撰詞。[211]

因爲蘇軾將出任鳳翔簽判，轍乃留京侍父。朝夕與共之友于兄弟，驟因遊宦而要分袂，同讀韋應物詩，至「安知風雨夜，復此對床眠」，惻然感之，遂相約早退，共享閑居之樂[212]，正是「人生無

---

[209] 見於蘇轍：《欒城應詔集》卷十一〈試論八首〉的前六論。

[210] 蔡絛：《鐵圍山叢談》卷二云：「二公（軾、轍）將就御試，共白厥父明允，慮一有黜落，奈何？明允曰：『我能使汝皆得之，一和題、一罵題，可也。』繇是二人果皆中。」

[211] 蘇轍：《欒城後集》卷十二。《宋史》卷三三九・〈列傳九十八・蘇轍傳〉、《續資治通鑑》卷五十九所記，與〈潁濱遺老傳上〉相同；而《蘇潁濱年表》的敘述較詳，其間過程略見參差。

[212] 蘇轍：〈逍遙堂會宿詩引〉，《欒城集》卷七。

離別，誰知恩愛重」[213]。英宗治平二年（1065）蘇軾還京差判登聞鼓院，蘇轍才出爲大名府（河北、大名）推官。治平三年，扶父喪返蜀。

　　熙寧二年（1069）蘇轍還朝，上書神宗，乞去「三冗」——冗吏、冗兵、冗費[214]，帝覽而悅之，即日召對延和殿，擢爲制置三司條例司檢評文字[215]，然與王安石議事多牾，自請補外[216]。次年，張方平知陳州（河南、淮陽），辟轍爲陳州教授。熙寧六年（1073），改齊州（山東、濟南）掌書記，九年十月罷任回京，上書論時事，言青苗、免役、保甲、市易之害[217]，簡嚴有緒。熙寧十年（1077）改著作佐郎，旋即張方平再辟爲南京簽書判官。元豐三年（1080）坐蘇軾「烏臺詩案」謫監筠州（江西、高安）鹽酒稅，五年不得調，遂使分兼師友之張方平淒然涕下[218]。

　　謫筠期間，因「平生好讀《詩》、《春秋》，病先儒多失其旨，欲更爲之傳；《老子書》與佛法大類，而世不知，亦欲爲之注；司馬遷作《史記》，記五帝三代，不務推本《詩》、《書》、《春秋》，而以世俗雜說亂之，記戰國事，多斷缺不完，欲更爲

---

[213] 蘇軾：〈潁州初別子由詩〉二首之二，《東坡前集》卷三。

[214] 蘇轍：〈上皇帝書〉，《欒城集》卷二十一。

[215] 徐度：《卻掃編》卷上云：「蘇黃門子由，熙寧二年（1069）以前大名府推官上書論事，神宗覽而悅之，即日召對便殿，訪問久之，而擢爲條例司屬官。故事選人未得上殿者，自此遂爲故事云。」

[216] 見蘇轍：〈潁濱遺老傳上〉，《欒城後集》卷十二。

[217] 蘇轍：〈自齊州回論時事書——附畫一狀〉，《欒城集》卷三十五。

[218] 蘇轍：《欒城三集》卷一〈追和張公安道贈別絕句引〉云：「元豐初，子瞻以詩獲罪，竄居黃州，予謫監筠州酒稅，公淒然不樂，酌酒相命，手寫一詩爲別曰：『可憐萍梗飄浮客，自嘆匏瓜老病身。從此空齋掛塵榻，不知重掃待何人。』」蘇軾：三蘇祠本《東坡全集》卷六十五〈題張安道詩後〉云：「『因嗟萍梗才名客，自歎匏瓜老病身，一榻從茲還倚壁，不知重掃待何人。』元豐三年，家弟子由謫官筠州，張安道口占此詩爲別，已而涕下，安道平生未嘗出涕向人也。」

古史」[219]，功未及究，於元豐七年（1084）九月改任歙州（安徽、歙縣）績溪令，居半年，除秘書省校書郎。

　　哲宗元祐元年（1086），四十八歲的蘇轍回到朝中，除右司諫，尋遷起居郎，爲中書舍人；其與蘇軾的政治觀點幾無二致，反對司馬光盡去新法、驟改科舉方式，主張嚴懲新黨滋言造事帶頭者，並論蜀茶之害等。次年正月，受命編次《神宗御制集》。八月因賈易言文彥博、呂陶黨助軾、轍，乃乞外任[220]，改任戶部侍郎。元祐四年（1089）四月，軾自翰林學士出知杭州，朝廷即命轍繼任學士，又兼權吏部尚書。九月，爲賀遼生辰使，出使契丹。蘇軾〈送子由使契丹詩〉尾聯云：「單于若問君家世，莫道中朝第一人」[221]，顯見其對蘇氏一門的文名成就，充滿自信、自傲。實際上，三蘇父子的作品非僅名重當代，業已聲震蠻貊，蘇轍〈潁濱遺老傳上〉云：「虜以其侍讀學士王師儒館伴，師儒稍讀書，能道先君及子瞻所爲文，曰：『恨未見公全集』。然亦能誦〈服伏苓賦〉等」[222]；〈神水館寄子瞻兄四絕〉之三云：「誰將家集過幽都？逢見胡人問大蘇。莫把文章動蠻貊，恐妨談笑臥江湖」[223]。元祐五年還朝，爲御史中丞，極力反對「調停說」一

[219] 見蘇轍：〈潁濱遺老傳上〉，《欒城後集》卷十二。
[220] 蘇轍：〈乞外任箚子〉，《欒城集》卷四十一。
[221] 蘇軾：《東坡前集》卷十八。
[222] 蘇轍：《欒城後集》卷十二。《欒城集》卷四十二〈北使還論北邊事箚子五道：一論北朝所見於朝廷不便事〉：「臣等初至燕京，副留守刑希古相接送，令引接殿侍元辛傳語臣轍云：『令兄內翰——謂臣兄軾——《眉山集》已到此多時，內翰何不印行文集，亦使流傳至此？及至中京，度支使鄭顒押宴，爲臣轍言：『先臣洵所爲文字中事跡，頗能盡其委曲。』及至帳前，館伴王師儒謂臣轍，聞常服伏苓，欲乞其方。蓋臣轍嘗作〈服伏苓賦〉，必此賦亦已到北界故也。』
[223] 蘇轍：〈奉使契丹二十八首〉，《欒城集》卷十六。胡仔：《漁隱叢話前集》卷四十一「東坡四」：「苕溪漁隱曰：子由奉使契丹，寄子瞻詩云：……此欒城集中詩也。澠水燕談錄云：張芸叟奉使大遼，宿幽州館中，有題蘇子瞻

—即宰相呂大防與中書侍郎劉摯建言，引用元豐黨人，以平宿怨
──終使猶疑不決的宣仁太后否決了此項建議。蘇轍也曾請王鞏
暗中傳話給呂大防，密奏太后乞勿於天子正殿──文德殿垂簾發
冊，冊封孟后，以合體制[224]。

　　元祐六年（1091），蘇轍五十三歲，升任尚書右丞[225]；七年，
以太中大夫守門下侍郎，特重西境邊防及黃河整治問題。九年
（1094）三月，李清臣撰策題，痛詆元祐之政，轍上〈論御試策
題箚子〉二首[226]，力勸「慎勿輕事改易」，因「事出忽遽，則民
受其病耳」，宜「公共商議，見其可而後行，審其失而後罷」，
並認為「輕變九年已行之事，擢任累歲不用之人（指中書侍郎李
清臣、尚書右丞鄧潤甫）」，「則大事去矣」；哲宗不悅，李、
鄧又從而媒孽之，乃以本官出知汝州（河南、臨汝）軍州事。中

老人行於壁間者；聞范陽（屬幽州）書肆亦刻子瞻詩數十篇，謂之《大蘇集》。
子瞻名重當代，外至夷蠻，亦愛服如此，芸叟題其後曰：『誰傳佳句到幽都，
逢著行人問大蘇。』此二句，與子由之詩全相類，疑好事者改之也。」
[224] 王鞏：《甲申雜記》云：「元祐中，冊孟后，議備六禮，議成，皇太后於文
德殿垂簾發冊。子由招余託密語呂微仲（大防）。余曰：『公為中執法，私
通意宰相，可乎？』子由曰：『此國事，若露章陳之，恐壞事爾。』余遂造
相府，方語蘇中丞有少意俾白相公，微仲色甚屬曰：『某忝位宰相，豈可與
中丞通私意？』余曰：『國事也，若露章恐壞國事，后意恐不能甘也。』廼
曰：『何事？』蘇以文德，天子正衙殿，母后坐而發冊，此事不可啟。微仲
曰：『奈何？』余曰：『崇政可乎？』微仲曰：『容密啟。』既而，因奏事，
微仲留白：『文德殿，正衙殿也；居嘗太皇太后惟事謙抑，若只御崇政殿，
蓋所以示盛德也。』宣仁曰：『亦可必就崇政，只就本殿發冊可也。』明日
詔下，止遣內謁者傳命大臣於內東門承旨，持節成禮。二公防微杜漸之意，
宣仁謙沖之德，時無知者。」
[225] 邵博：《聞見後錄》卷二十一：「《王彥霖繫年錄》：元祐六年（1091）三
月，《神宗實錄》成，著作郎黃庭堅除起居舍人。子由不悅曰：『庭堅除
日，其為尚書右丞，不預聞也。』已而，後省封還詞頭命格不行。子由之不
悅，不平呂丞相之專乎？抑不樂庭堅也？庭堅字魯直，蚤出東坡門下；或云：
『後自欲名家，類相失云。』」
[226] 蘇轍：《欒城後集》卷十六。

書舍人吳安詩草制，有「文學風節，天下所聞」、「原誠終是愛君，薄責尚期改過」等語，帝怒，批示：「蘇轍引用漢武故事比擬先帝，事體失當；所進詞語，不著事實」[227]，命別撰制詞。紹聖元年（1094）四月二十一日至汝州，居汝數月，元豐諸人續蒙起用皆會於朝，蘇轍再謫知袁州（江西、宜春），道出潁川，留蘇遲、蘇适二子居潁，攜幼子蘇遜夫婦同赴貶所；未至，繼貶分司南京、筠州（江西、高安）居住[228]。

紹聖四年（1097）責授化州別駕，雷州（廣東、海康）安置，因蘇轍在筠州政績斐然，既罷去，父老皆嗚咽流涕，相送數十里不絕[229]。五月十一日，軾、轍兄弟相遇於藤州（廣西、藤縣），同行一個月至雷[230]，軾渡海赴海南，轍因雷州守張逢協助而得賃富民屋以居[231]。此後，二蘇即未能再行聚首，「夜雨對床」的約

---

[227] 語出孫汝聽：《蘇潁濱年表》及畢沅：《續資治通鑑》卷八十三。

[228] 蘇轍：《欒城後集》卷十八〈分司南京到筠州謝表〉：「臣轍言：『臣前得罪，蒙恩落職知汝州，六月十二日再被告降三官知袁州。即治陸行趨陳留，具舟赴任，九月十日行至江州彭澤縣界，復被告降授試少府監分司南京、筠州居住。尋拜受前行，於九月二十五日，至筠州居住訖者。』」

[229] 孫汝聽：《蘇潁濱年表》。

[230] 蘇軾：《東坡續集》卷三〈和（陶）止酒詩敘〉：「丁丑歲（紹聖四年，1097），余謫海南，子由亦貶雷州，五月十一日相遇於藤，同行至雷，六月十一日相別渡海。余時病痔呻吟，子由亦終夕不寐，因誦淵明詩，勸余止酒，乃和元韻，因以贈別，庶幾真止矣。」詩云：「蕭然兩別駕，各攜一稚子，子室有孟光，我室惟法喜（按：《維摩經》云：「法喜以爲妻」）。相逢山谷間，一月同臥起。」

[231] 梁廷枏纂：《東坡事類》卷六，引《獨醒雜志》云：「東坡自惠遷儋耳，子由自筠遷海康，二公相遇於藤，因同行。將至雷之境，郡守張逢以書通殷勤，逮至郡，延入館舍，禮遇有加。東坡將渡海，逢出送於郊，復官出錢僦居以館子由。帥臣段諷聞之大怒，劾逢館留黨人蘇軾、及爲蘇轍賃屋等事。逢坐除名勒停，子由移循州。」邵博：《聞見後錄》卷二十二云：「蘇子由謫雷州，不許占官舍，遂僦民屋。章子厚又以爲強奪民居，下本州追民究治，以僦券甚明，乃已。不一、二年，子厚謫雷州，亦問舍于民。民曰：『前蘇公來，爲章丞相幾破我家，今不可也。』其報復如此。」

定，只得寄望來生實現了。蘇轍〈雷州謝表〉[232]，言及身錮蠻陋
僻地的窘況──「夷言莫辨，海氣常昏；出有踐蛇茹蠱之憂，處
有陽淫陰伏之病」。元符元年（1098）三月，因提舉荊湖南路常
平董必彈劾知雷州張逢禮遇蘇轍[233]，詔遷轍循州（廣東、惠陽）
安置，逢則勒停官職。蘇轍與幼子蘇遜抵循，暫寓聖壽僧舍；為
排遣時光，乃借觀西鄰黃氏之《白居易文集》，羨其曠達、為官
小不合即捨去，優游終老。後蘇轍被迫盡出所有，購得民居十間
以居，父子二人且於北垣隙地荷鋤育蔬[234]。流竄嶺表的二蘇，平
生親友輒諱與交往[235]，唯鄉人巢谷，竟以七十三高齡徒步訪轍於

---

[232] 蘇轍：《欒城後集》卷十八。

[233] 孫汝聽：《蘇潁濱年表》：「提舉荊湖南路常平董必言朝請郎知雷州張逢（應
作「逢」），於轍初到州日，同本州官吏門接，次日為具召之，館於監司行
衙，又令儆進見人吳國鑑宅居止，每月率一再移廚管待，轍差借白直七人，
海康縣令陳某追工匠應副國鑑修宅。」

[234] 孫汝聽：《蘇潁濱年表》：「元符〝元〞年戊寅……八月，轍至循州，寓居
城東之聖壽寺已，及橐囊中之餘，鬻之，得五十千，以易民居大小十間，北
垣有隙地可以毓蔬，有井可以灌，乃與遜荷鉏其間。」蘇轍：〈龍川略志引〉
所記亦同。蘇轍：《欒城後集》卷二十一〈書白樂天集後〉二首之一云：「一
元符〝二〞年夏六月，予自海康（雷州）再謫龍川（循州），冒大暑，水陸
行數千里，至羅浮。……乃留家於山下，獨與幼子遠（蘇遜原名遠）葛衫布
被乘葉舟，秋八月而至。既至，廬於城東聖僧舍，閉門索然，無以終日。欲
借書於居人，而民家無畜書者。獨西鄰黃氏世為儒，粗有簡冊，乃得樂天文
集閱之。樂天少年知讀佛書，習禪定，既涉世履憂患，胸中了然，照諸幻之
空也。故其還朝為從官，小不合，即捨去，分司東洛，優游終老。蓋唐世士
大夫，達者如樂天寡矣。予方流轉風浪，未知所止息，觀其遺文，中甚愧之。
然樂天處世，不幸在牛李黨中，觀其平生，端而不倚，非有所附麗者也。蓋
勢有所至，而不能已耳。」

[235] 如邵博：《聞見後錄》卷二十七：「晁以道言：『當東坡盛時，李公麟至為
畫家廟像；後東坡南遷，公麟在京師，遇蘇氏兩院子弟於途，以扇障面不一
揖。其薄如此，故以道鄙之，盡棄平日所有公麟之畫于人。』」

循，更欲赴海南見軾，卻於途中病故，蘇轍感其高義，爲作〈巢谷傳〉[236]。

　　元符二年（1099）十一月，蘇遜之妻黃氏，由於「風波恐懼，蹙遂顛絕。……飲食異和，瘴霧昏翳，醫藥無有。歲行方閏，氣候殊惡，晝熱如湯，夜寒如冰。行道殭仆，屋室困瘁」[237]，殞滅於循州。三年，轍量移永州（湖南、零陵），復徙濠州團練副使、岳州（湖南、岳陽）居住，接著詔告授太中大夫，提舉鳳翔府上清太平宮，外州軍任便居住[238]。後，蘇轍致仕以歸潁昌（河南、許昌），時年六十二。

　　宋徽宗崇寧二年（1103），遷居汝南郡（河南、汝南）[239]，次年還居潁昌，終日杜門燕坐觀書[240]，董理舊學，完成《詩集傳》二十卷、《春秋集傳》十二卷、《老子解》二卷、《古史》六十卷，自謂得聖賢遺意，後世必爲達者所取。蘇軾盛讚《老子解》，謂能使「孔老爲一」、「佛老不爲二」[241]；朱熹則稱美《詩集傳》「好處多」[242]。蘇轍亦先後類編已作成《欒城集》五十卷、《欒

---

[236] 蘇轍：《欒城後集》卷二十四。

[237] 蘇轍：〈祭八新婦黃氏文〉，《欒城後集》卷二十。

[238] 見於蘇轍：〈復官宮觀謝表〉，《欒城後集》卷十八。

[239] 蘇轍：〈遷居汝南詩〉，《欒城後集》卷三。

[240] 蘇籀：《欒城遺言》云：「籀年十有四，侍先祖（轍）潁昌，首尾九年未嘗暫去侍側，見公終日燕坐之餘，或看書籍而已，世俗藥餌玩好，公漠然忘懷。一日，因爲籀講《莊子》二三段訖，公曰：『顏子簞瓢陋巷，我是謂矣。所聞可追記者若干語，傳諸筆墨，以示子孫。』」晁說之：《晁氏客語》云：「崇寧初，純夫（范祖禹，撰《唐鑑》十二卷）子沖見欒城先生於潁昌，欒城曰：『老來不欲泛觀書，近日且看《唐鑑》。』」

[241] 蘇軾：《東坡志林》卷五：「昨日子由寄《老子新解》，讀之，不盡卷而嘆；使戰國時有此書，則無商鞅、韓非；使漢初有此書，則孔老爲一；晉宋間有此書，則佛老不爲二；不意老年見此奇特。」

[242] 朱熹：《朱子語類》卷八十：「蘇黃門詩說疏放，覺得好。」「子由詩解好處多。」

城後集》二十四卷、《欒城第三集》十卷[243]。另有，裒輯策論及應試諸作之《應詔集》十二卷、論述朝政及雜事之《龍川略志》十卷、記述耆舊餘聞之《龍川別志》二卷。

　　潁昌雖當往來之衝，蘇轍卻閉門卻客[244]，著書為樂，十年不出，絕口不談時事[245]，戮力於治心養氣，漸臻「大德不踰，小物不廢，沈潛而樂易，致曲以遂直，欲親之不可媟，欲疎之不能忘」[246]的境界，然而仁民愛物之襟懷，無日或忘，其垂暮之作〈秋旅詩〉云：「我願人心似天意，愛惜老弱憐孤貧。古來堯舜知有否，詩書到此皆空文。」[247]政和二年（1112）九月，蘇轍由中大夫轉大中大夫致仕，十月三日卒，年七十四。王鞏為作挽詞三首[248]，蘇過〈祭叔父黃門文〉云：

---

[243] 蘇轍：〈欒城後集引〉云：「予少以文字為樂，涵泳其間，至以忘老。元祐六年，年五十有三，始以空疏備位政府，自是無述作之暇，顧前後所作至多，不忍棄去，乃裒而集之得五十卷，題曰《欒城集》。九年，得罪出守臨汝，自汝徙筠，自筠徙雷，自雷徙循，凡七年。元符三年蒙恩北歸，寓居潁川，至崇寧五年，前後十五年，憂患侵尋，所作寡矣，然亦班班可見，復類而編之，以為《後集》，凡二十四卷。」〈欒城第三集引〉云：「崇寧四（應作「五」）年，余年六十有八，編近所為文得二十四卷，目之《欒城後集》。又五年，當政和元年，便收拾遺稿，以類相從，謂之《欒城第三集》。」

[244] 朱熹：《朱子語類》卷一百三十：「劉大諫與劉草堂言，子瞻卻只是如此，子由可畏，謫居全不見人。一日，蔡京黨中有一人來見子由，遂先尋得京舊常賀生日一詩，與諸小孫輩去見人處嬉看，及請其人相見，諸孫曳之滿地，子由急自取之，曰：『某罪廢，莫帶累他元長（蔡京之子）去。』京自此甚畏之。」

[245] 蘇轍：《欒城三集》卷三，〈遊西湖詩〉云：「閉門不出十年久，湖上重遊一夢回。行過閭閻爭問訊，忽逢魚鳥亦驚猜。可憐舉日非吾黨，誰與開尊共一杯？歸去無言掩屏臥，古人時向夢中來。」

[246] 黃庭堅：〈寄蘇子由書〉三首之一，《豫章黃先生文集》卷十九。

[247] 蘇轍：《欒城三集》卷三。〈秋旅〉，蜀藩刻本作〈秋稼〉。

[248] 張邦基：《墨莊漫錄》卷三：「蘇黃門子由薨於許下，王鞏定國作挽詞三首。其一云：『憶昔持風憲，防微意獨深。一時經國慮，千載愛君心。坤道存終始，乾綱正古今。當時人物盡，惆悵獨知者。』注云：『元祐中，議冊后，

屬世故之迫隘，乃一蹢而一薰；橫江潭之鱧鮪，豈溝瀆之
容身；竟中道而出走，罹此郵之紛紛。然公之脫身南荒而
歸也，……蓋與世而相忘，默淵潛而自珍，託春秋以見志，
戮姦宄於灰塵。公雖不用也，而天下愈尊之如泰山，歸之
如鳳麟。[249]

政和三年（1113）轍妻史氏卒，遂偕葬汝州郟城縣上瑞里。蘇轍
有三子：蘇遲、蘇适、蘇遜；五女：分適于文務光、王適、曹煥、
王浚明、曹縱[250]。

　　蘇轍視兄長蘇軾為師友，崇愛備至，自認為人、文學、政事
遠不如兄，己若有成，實兄之力[251]，而平生梗概、文學風格、政
治觀點等，與軾略同，然宦達年壽則過之。《宋史》論曰：

宣仁御文德殿發冊，公語余密告呂丞相微仲，母后御前殿，茲不可啟；微仲
明日留身，宣仁詔宮中本殿發冊，時人無知者。』二云：『已矣東門路，空
悲未盡情。交親踰四紀，憂患共平生。此去音容隔，徒多涕淚橫。蜀山千萬
疊，何處是佳城。』注云：『公前年寄書，約予至許田，曰：有南齋翠竹滿
軒，可與定國為十日之飲。此老年未盡之情也。』其三云：『靜者宜膺壽，
胡為忽夢楹。傷嗟見行路，優典識皇情。徒泣巴山路，終悲蜀道程。弟兄仁
達意，千古各垂名。』注云：『公與子瞻嘗泊巴江夜雨，相約伴還蜀，竟不
果歸。今子瞻葬汝，公歸眉（按：此說非是）；王祥有言：歸葬，仁也；留
葬，達也。』右三詩，予在高郵於公之子處，見其遺稿，因錄之，皆當時事，
今公之後邈然，家集不復存，惜甚亡也，因附於此。」
[249] 蘇過：《斜川集》卷三。
[250] 孫汝聽：《蘇潁濱年表》。
[251] 蘇轍：《欒城後集》卷七〈歷代論引〉：「亡兄子瞻，予師友也。」《欒城
三集》卷二〈題東坡遺墨卷後詩〉：「少年喜為文，兄弟俱有名。世人不妄
言，知我不如兄。」蘇轍：《欒城集》卷四十七〈辭尚書右丞劄子〉四首之
二云：「臣兄軾與臣皆學，藝業先成，每相訓誘，其後不幸早孤，友愛備至，
逮此成立，皆兄之力也。……軾之為人、文學、政事過臣遠甚。」

蘇轍論事精確，修辭簡嚴，未必劣於其兄。王安石初議青苗，轍數語柅之，安石自是不復及此，後非王廣兼傅會，則此議息矣。轍寡言鮮慾，素有以得安石之敬心，故能爾也；若是者，軾宜若不及。然至論軾英邁之氣、閎肆之文，轍爲軾弟可謂難矣！元祐秉政，力斥章、蔡，不主調亭（停）；及議回河、雇役，與文彥博、司馬光異同；西邊之謀，又與呂大防、劉摯不合；君子不黨，於轍見之。

轍與兄進退出處無不相同，患難之中，友愛彌篤，無少怨尤，近古罕見，獨其齒爵皆優於兄。意者，造物之所賦與，亦有乘除於其間哉？[252]

---

[252] 脫脫等：《宋史》卷三三九，〈列傳九十八·蘇轍傳〉。

四、蘇氏譜系簡表

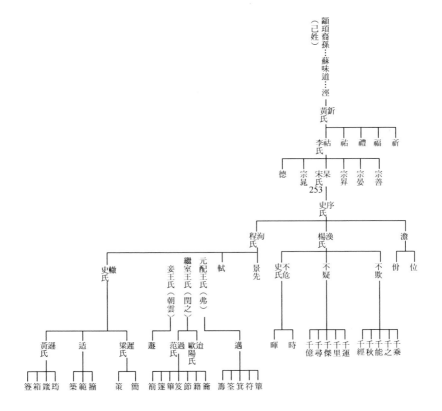

---

253 蘇洵：《四部備要》本，十五卷《嘉祐集》卷十三〈蘇氏族譜〉上，誤作「朱」氏；同卷之〈族譜後錄下篇〉云：「杲娶宋氏夫人」，而蘇轍：《欒城後集》卷二十二〈亡兄子瞻端明墓誌銘〉曰：「曾大父文諱杲，太子太保；姚宋氏，追封昌國太夫人」，亦可證之。

第三章　三蘇性格與嗜好

作家的性格與嗜好，總是深深影響他們的創作風格與取向，三蘇父子當然也不例外。究之志傳、文籍，當可獲知三蘇性格、嗜好之一斑，然而，筆記、詩話中，更有鮮活的片斷，珍貴的佚聞，絕對不能輕忽；雖說筆記、詩話不免有陳陳相因，輾轉援引，抑或誇張失考，偏以己私之弊，但仍具極高的參考價值，尤其是與三蘇時代相及，或者相去未遠的宋人著作。是故若能綜合二者，將更易近全豹，藉以作為研究三蘇散文特色的佐証。

第一節　三蘇性格

因為蘇洵四十八歲，始至京師，見知於歐陽脩，成名較遲，而蘇轍的鋒頭又遠不及其兄蘇軾，所以志傳文籍、筆記詩話，對三蘇的記錄描摹，顯有輕重之別。

雷簡夫在〈上韓忠獻書〉中，談到「洵年踰四十，寡言笑，淳謹好禮，不妄交游」[1]，由此可勾勒出老蘇中年以後循禮保守的模樣，而年少不喜讀書的豪放風情已不落痕跡。

---

[1]　邵博：《聞見後錄》卷十五。

　　蘇洵自認「傾蓋晤語，便若平生」，能臻「心相論者」[2]的歐
公眼中，老蘇「既見而溫溫，似不能言，及即之，與居愈久，而
愈可愛，間而出其所有，愈叩而愈無窮。……善與人交，急人患
難，死則卹養其孤，鄉人多德之」[3]、「履行淳（一作「純」）固，
性識明達，……守道安貧，不營仕進」[4]。對三蘇有解囊舉薦之恩
的張方平則認為：「（洵）亮直寡合，有倦游之意，獨與其子居，
非道義不談，至于名理稱會，自有孔顏之樂，一廛一區，侃侃如
也。……質直忠信，與人交，共其憂患，死則收恤其子孫，不喜
飲酒，未嘗戲狎，常談陋今而高古。」[5]曾鞏則曰：「明允為人聰
明辨智，遇人氣和而色溫，而好為策謀，務一出己見，不肯躡故
跡；頗喜言兵，慨然有志於功名者也。」[6]

　　總之：老蘇雖篤厚保守，不苟言笑，卻不乏味冷漠；有意於
功名，然不苟合取容、躁進干祿；與人交往，誠信溫和，絕不浮
妄；好權謀，喜言兵，陋今高古。

　　蘇軾〈戲子由〉詩云：「宛丘先生長如丘，宛丘學舍小如舟，
常時低頭誦經史，忽然欠伸屋打頭。斜風吹帷雨注面，先生不愧
旁人羞，任從飽死笑方朔，肯為雨立求秦優。……門前萬事不掛
眼，頭雖長低氣不屈。」[7]胡仔《漁隱叢話前集》卷四十二：「此
詩云：『任從飽死笑方朔，肯為雨立求秦優。』意取〈東方朔傳〉：

2　蘇洵：〈與歐陽內翰第三書〉，《嘉祐集》卷十一。
3　歐陽脩：〈故霸州文安縣主簿蘇君墓誌銘序〉，《歐陽文忠公集》卷三十四
　　（《居士集》卷三十四）。
4　歐陽脩：〈薦布衣蘇洵狀〉，《歐陽文忠公集》卷一百一十（《奏議集》卷
　　十四）。
5　張方平：〈文安先生墓表〉，《樂全集》卷三十九。
6　曾鞏：〈蘇明允哀詞〉，《元豐類稿》卷四十一。
7　蘇軾：《東坡前集》卷三。

『侏儒飽欲死臣朔餓欲死』；及〈滑稽傳〉：『優旃謂陛楯郎，汝雖長，何益，乃雨立；我雖短，幸休居。』言弟轍，居貧官卑，而身材長大。」蘇轍雖然身材高大，但身體狀況卻因自幼染有肺疾，一直都不太理想，蘇軾〈次韻子由病酒肺疾發〉詩云：「憶子少年時，肺喘疲坐臥，喊呀或終日，勢若風雨過。」[8]蘇轍〈飲酒過量肺疾復作〉詩曰：「惟知醍醐滑，不悟頗羅大。夜歸肺增漲，晨起脾失磨。……衰年足奇窮，一醉仍坎坷。清尊自不惡，多病欲何奈。」[9]其後，蘇轍藉養生之功，晚年的身體狀況，反較康健許多，〈丁亥（大觀元年，1107）生日〉詩曰：「少年即病肺，喘作鋸木聲。中年復疾脾，暴下泉流傾。困苦始知道，處世百欲輕。收功在晚年，二疾忽已平。」[10]

由於「多病從來少賓客」[11]，加上不善言辭「澹然無語接來賓」[12]，因此蘇轍和父親相彷彿，知交朋友並不多，不像東坡居士相交滿天下，高朋常滿座。

蘇轍個性豁達淡泊，且少年老成，蘇軾在《東坡志林》卷一中提到：

> 子由之達，蓋自幼而然。方先君與某篤好書畫，每有所獲，真以為樂，唯子由觀之漠然，不甚經意。今日有先見，固宜也。

8　蘇軾：《東坡前集》卷十二。
9　蘇轍：《欒城集》卷十。
10　蘇轍：《欒城三集》卷一。
11　蘇轍：〈初茸遺老齋〉二首之二，《欒城三集》卷一。
12　蘇轍：〈初成遺老齋〉二首之一，《欒城三集》卷一。

轍為人心口如一，「心不異口，口不異心，心即是口，口即是心」[13]，內斂嚴肅，其孫蘇籀在《欒城遺言》中說：「公讀《易》，謂人曰：『有合討論處甚多，但來理會。』籀輩弱齡駑怯，憚公嚴峻，不敢發問，今悔之無及」；蘇籀又說祖父崇尚質樸：「公聞以螺鈿作茶器者，云：『凡事要敦簡素，不然天罰。』」

　　蘇轍不喜交際，更不耽聲色。徐度《卻掃編》卷中云：

> 蘇黃門子由南遷既還，居許下，多杜門不通賓客。有鄉人自蜀川來見之，伺候於門，彌旬不得通。宅南有叢竹，竹中為小亭，遇風日清美，或徜徉亭中。鄉人既不得見，則謀之閽人，閽人使待于亭旁。如其言，後旬日果出，鄉人因趨進，黃門見之大驚，慰勞久之，曰：子姑待我於此。翩然後入，迨夜，竟不復出。

蘇籀《欒城遺言》亦云：

> 籀年十有四，侍先祖潁昌首尾九年，未嘗暫去侍側。見公終日燕坐之餘，或看書籍而已，世俗藥餌玩好，公漠然忘懷。

亦師亦友的哥哥對蘇轍的性格，了解最深，其在〈潁州初別子由二首之一〉中，明白指出「念子似元（先）君，木訥剛且靜，寡詞真吉人，介石乃機警」[14]；〈初別子由〉詩云：「我少知子由，

---

[13] 蘇軾：《東坡志林》卷二。
[14] 蘇軾：《東坡前集》卷三。

天資和而清。好學老益堅，表裏漸融明。豈獨爲吾弟，要是賢友生。」[15]

　　小蘇的性格類近老蘇，然與大蘇相距甚遠，如「東坡偕子由齊安道中，就市食胡餅，糲甚；東坡連盡數餅，顧子由曰：『尚須口耶？』」[16]從吃燒餅這種小事，就可看出蘇軾的豪邁不羈、與蘇轍的拘謹。而哥哥的直言無諱，也恰和弟弟的慎言持重成一對比；朱弁《曲洧舊聞》卷八中，正有一段記錄，可資佐證：

　　熙寧初議新法，中外惶駭。韓魏公（琦）有文字到朝廷，裕陵（神宗）之意稍疑，介甫怒，在告不出。曾魯公（公亮）以魏公文字問執政諸公，曰：此事如何？清獻趙公（抃）曰：莫須待介甫參告否？魯公默然。是夜密遣其子孝寬報介甫，且速出參政，若不出，則事未可知。是參政雖在朝，終做一事不得也。介甫明日入對，辯論不已，魏公之奏不行。其後魯公致政，孝寬遂驟用。前輩知熙豐事本末者，嘗爲予言，當此時，人心倚魏公爲重，而介甫亦以此去就，微魯公之助，則必去無疑。既久，則羽翼已成，裕陵雖亦悔，而新法終不能改。以用新法，進而爲之游說者，眾也。東坡曾與子由論清獻。子由曰：清獻異同之跡，必不肯與介甫爲，地（猶「第」字）孝寬之進，他人之子弟不與，可以明其不助。東坡曰：當時阿誰教汝鬼擘口。子由無語。

---

[15] 蘇軾：《東坡前集》卷八。
[16] 陸樹聲：《清暑筆談》。

然而，蘇轍絕對不是一個唯唯諾諾的好好先生，或是一株毫無主見的牆頭草。他在入仕之初，與試對策時，就大大露了一手，王闢之《澠水燕談錄》卷六·「貢舉」類云：

> 嘉祐中，蘇轍舉賢良對策，極言闕失。其略云：聞之道路，陛下宮中貴姬，至以百數，歌舞飲酒，歡樂失節，坐朝不聞咨謨，便殿無所顧問。考官以上初無此事，轍妄言，欲黜之。仁宗曰：朕設制舉，本待敢言之士，轍小官如此直言，特與科名。仍令史官編錄。

蘇轍能無視於功名富貴，不惜身畏懦，藉著制策直諫君上的疏怠，此正承襲了蘇氏家傳的骨耿風範，也說明，凡攸關軍國民生等大事，他也一樣坦率無諱，不讓兄長專美，唯因思慎慮周，反易錯失第一時機。

　　至於大蘇性格，既不似老蘇篤實木訥，也欠缺小蘇之含蓄沈穩，但是他的仁慈寬厚、直率敢言、瀟灑不羈、風流浪漫、幽默熱情，更耐人尋味激賞。茲分述于下：

(一)仁慈寬厚的東坡

何薳《春渚記聞》卷六·「贗換真書」條云：

> 先生元祐間出帥錢塘，視事之初，都商稅務押到匿稅人南劍州鄉貢進士吳味道。以二巨掩，作公名銜，封至京師蘇侍郎宅，顯見偽妄。公即味道前訊問，其掩中果何物也？味道蹙而前曰：味道今秋忝冒鄉薦，鄉人集錢為赴省之贐，以百千就置建陽小紗得二百端；因計道路所經場務，盡行

抽稅，則至都下，不存其半；竊計之，當今負天下重名，
而愛獎士類，唯內翰與侍郎耳！縱有敗露，必能情貸，味
道遂偽假先生臺銜緘封而來，不探知先生已臨鎮此邦，罪
實難逃，幸先生恕之。公熟視，笑呼掌牋奏書史，公令去
舊封，換題細銜，附至東京竹竿巷蘇侍郎宅，并手□子由
書一紙付示。謂味道曰：先輩這回將上天去也無妨，來年
高過，當卻惠顧也。味道悚謝再三。次年果登高第還，具
牋啟謝殷勤，其語亦多警策，公甚喜，為延欵數日而去。[17]

蘇東坡對冒用己名以避稅的士子，非但無絲毫怪罪之意，反加掖
助鼓勵，正因其仁慈寬厚，並有惜才憐才之心。又如「寫畫白團
扇」條云：

先生臨錢塘日，有陳訴負綾絹錢二萬不償者，公呼至，詢
之。云：某家以製扇為業，適父死，而又自今春已來連雨
天寒，所製不售，非固負之也。公熟視久之曰：姑取汝所
製扇來，吾當為汝發市也。須臾扇至，公取白團夾絹二十
扇，就判筆作行書草聖及枯木竹石，頃刻而盡，即以付之，
曰：出外速償所負也。其人抱扇泣謝而出，始踰府門，而
好事者爭以千錢取一扇，所持立盡，後至而不得者，至懊
恨不勝而去。遂盡償所逋，一郡稱嗟，至有泣下者。[18]

---

[17] 此亦見於周煇：《清波別志》卷一，然較簡略。
[18] 此亦見於《說郛》卷二十九——《桃源手聽》．「東坡書扇」條，然稍簡略。

「饋藥染翰」條云：

> 先生自海外還至贛上，寓居水南，日過郡城，攜一藥囊，
> 遇有疾者，必爲發藥，并疏方示之。

從前述三條坡公急人之困，施藥濟眾的事蹟來看，他處事絕不僵
化呆板，能通權達變，並具人溺己溺的胸襟。

費袞《梁谿漫志》卷四．「東坡卜居陽羨」條曰：

> 建中靖國元年（1101）東坡自儋北歸，卜居陽羨。陽羨士
> 大夫猶畏而不敢與之游，獨士人邵民瞻從學於坡，坡亦喜
> 其人，時時相與杖策過長橋訪山水爲樂。邵爲坡買一宅，
> 爲錢五百緡，坡傾囊僅能償之。卜吉入新第，既得日矣，
> 夜與邵步月，偶至一村落，聞婦人哭聲極哀，坡徙倚聽之，
> 曰：異哉！何其悲也。豈有大難割之愛，觸於其心歟？吾
> 將問之。遂與邵推扉而入，則一老嫗，見坡，泣自若。坡
> 問嫗：何爲哀傷至是？嫗曰：吾家有一居，相傳百年，保
> 守不敢動，以至於我，而吾子不肖，遂舉以售諸人，吾今
> 日遷徙來此，百年舊居一旦訣別，寧不痛心，此吾之所以
> 泣也。坡亦爲之愴然，問其故居所在，則坡以五百緡所得
> 者也；坡因再三慰撫，徐謂之曰：嫗之舊居乃吾所售也，
> 不必深悲，今當以是屋還嫗。即命取屋券，對嫗焚之，呼
> 其子命翌日迎母還舊第，竟不索其直。坡自是遂還毗陵，
> 不復買宅，而借顧塘橋孫氏居暫憩焉。[19]

---

[19] 此又見於方岳：《深雪偶談》。

而阮閱《詩話總龜後集》卷五‧「友義門」，引《陽秋》曰：

> 東坡歸陽羨時，流離顛躓之餘，絕祿已數年，受梁吉老十
> 絹百絲之贐，可見非有餘者。李憲仲之子廌，以四喪未舉
> 而見公，則盡以贈之，且贈以詩曰：推衣贈孝子，一溉滋
> 湯旱，誰能脫左驂，大事不可緩。章季默三喪未葬，亦求
> 於公，公亦以助之。

蘇東坡重義輕利，不顧自我阨窮，解衣推食，樂於助人的風範，
著實令人景仰。

　　早年因母親程太夫人「惡殺生，兒童婢僕皆不得捕取鳥雀」[20]
的身教，加上後來受到佛教思想的影響，認為「凡能動者，皆佛
子也」[21]，更由於烏臺詩案身陷囹圄，使蘇軾戒殺生、喜放生，
「有見餉蟹蛤者，皆放之江中，雖知蛤在江中無活理，然猶庶幾
萬一，便使不活，亦愈於煎烹也。非有所求，覬但以親經患難，
不異雞鴨之在庖廚，不復以口腹之故，使有生之類受無量怖苦爾；
猶恨未能忘味，食自死物也」[22]。只是，戒殺生的理念與其口腹
之慾，每起衝突，常無法自制而破戒，遂滋「從權說」──

> 子瞻曰：某昨日買十鳩，中有四活，即放之，餘者亦作一
> 杯羹；今日吾家常膳買魚數斤，以水養之，活者放而救渠

---

20 蘇軾：《東坡志林》卷二。
21 蘇軾：《東坡志林》卷六。
22 蘇軾：《東坡志林》卷八。

命，殪者烹而悅我口，雖腥羶之慾未能盡斷，且一時從權
爾。魯直曰：吾兄從權之說，善哉！[23]

東坡的仁慈寬厚，非僅止于人，業已博及世間動物，此全出自純
然美善的本性，實非強學者可致。

(二)直率敢言的東坡

「子瞻雖才行高世，而遇人溫厚，有片善可取者，輒與之傾
盡城府」[24]，又嘗自言：「性不謹語言，與人無親疏，輒輸寫府
藏，有所不盡，如茹物不下，必吐出乃已。」[25]蘇軾與人相交坦
率真誠，對於不合禮法之事，即使涉及太后或皇后，他也直諫無
諱。李廌《師友談記》云：

> 東坡不惟文章可以蓋代，而政事忠亮，風節凜凜，過人遠
> 甚。元祐七年（1092），上祀南郊，公以兵部尚書爲鹵簿
> 使，上因太廟宿齋行禮畢，將至青城，儀衛甚肅，五使乘
> 車至景靈宮東欞輦門外，忽有赭傘覆犢車并青蓋犢車百許
> 兩（輛），衝突而來。東坡呼御營巡檢使立於車前，曰：
> 西來誰何？敢爾亂行。曰：皇后并某國太夫人、國大長公
> 主也。東坡曰：可以狀來。比至青城，諭儀仗使御史中丞
> 李端伯之純曰：中丞職當肅政，不可不聞。李以中宮（皇
> 后）不敢言。坡曰：某自奏之。即於青城上疏皇帝曰：臣
> 備員五使，竊見二聖寅畏祗慎，昭事天地，敬奉宗祧，而
> 內中犢車，衝突鹵簿，公然亂行，恐累二聖所以明祀之意，

---

[23] 陳錄編：《善誘文》・「東坡放生」條。
[24] 王闢之：《澠水燕談錄》卷四・「才識」類。
[25] 蘇軾：〈密州倅廳題名記〉，《事略》卷五十。

謹彈刻以聞。上欣然開納。舊例明日法駕回，中宮當迎於
朱雀門下，是時因疏，明日中宮亦不復出。

同書又云：

> 東坡爲禮部尚書，宣仁上仙（逝世），乃與禮官與太常諸
> 官直宿禁中，關決諸禮儀事。至七日，忽有旨下光祿供羊
> 酒若干，欲爲太后太妃皇后暖孝。東坡上疏，以暖孝之禮
> 出於俚俗，王后之舉，當化天下，不敢奉詔。有旨遂罷。

司馬光在上給神宗的奏章中，就明言自己「敢言不如蘇軾」[26]。
王暐《道山清話》曰：

> 東坡在雪堂，一日讀杜牧之阿房宮賦，凡數遍，每讀徹一
> 徧，即再三咨嗟歎息，至夜分猶不寐。有二老兵，皆陝人，
> 給事左右，坐久甚苦之；一人長歎操西音曰：知他有甚好
> 處，夜久寒甚，不肯睡。連作冤苦聲。其一曰：也有兩句
> 好（西人皆作吼音）。其人大怒曰：你又理會得甚底？對
> 曰：我愛他道天下人不敢言而敢怒。叔黨（坡之三子蘇過）
> 臥而聞之，明日以告，東坡大笑曰：這漢子也有鑒識！

　　蘇軾出言行文每見耿介的性格，不肯隨波逐流或迎合奉承，
其在〈思堂記〉中云：「嗟夫！余天下之無思慮者也，遇事則發，
不暇思也。……言發於心，而衝余口，吐之則逆人，茹之則逆余，

---

[26] 梁廷枏纂：《東坡事類》卷三，引自《聞見前錄》。

以爲寧逆人也，故卒吐之。」[27]風骨巉巖，嫉惡如仇，「賦性剛拙，議論不隨」[28]的蘇軾，當然常罹災遭難。馬永卿編《元城語錄》卷上曰：

> 東坡立朝大節極可觀，才意高廣，惟己之是信。在元豐則不容於元豐，人欲殺之；在元祐則雖與老先生（司馬光）議論，亦有不合處。非隨時上下人也。

　　東坡與人相處，不存戒心，不慎言語，所以蘇轍、文同、晁端彥、章惇等人，屢勸其慎擇交友，並戒口舌筆端之禍，元城先生劉安世也約以典故。高文虎所錄《蓼花洲閒錄》，引《滄浪野錄》云：

> 蘇子瞻泛愛天下士，無賢不肖歡如也。嘗言自上可以陪玉皇大帝，下可以陪悲田院乞兒。子由晦默少許可，嘗戒子瞻擇交。子瞻曰：吾眼前見天下無一箇不好人。此乃一病。子由監筠州酒稅，子瞻嘗就見之，子由戒以口舌之禍，乃餞之郊外，不交一談，唯指口以示之。

葉夢得《石林詩話》曰：

> 文同字與可，蜀人，與蘇子瞻爲中表兄弟，相厚，爲人靖深超然，不攖世故。……熙寧初，時論既不一，士大夫好惡紛然，同在館閣未嘗有所向背；時子瞻數上書論天下事，

---

[27] 蘇軾：《東坡前集》卷三十二。
[28] 蘇軾：〈乞罷學士除閑慢差遣箚子〉，《奏議集》卷五。

退而與賓客亦言多以時事爲譏誚，同極以爲不然，每苦口
力戒之，子瞻不能聽也。出爲杭州通判，同送行詩有：北
客若來休問事，西湖雖好莫吟詩之句，及黃州之謫，正坐
杭州詩語，人以爲知言。

而朱弁《曲洧舊聞》卷五裏，也有一段晁端彥規勸蘇軾，多忍耐、
少開口的有趣對話：

東坡性不忍事，嘗云：如食中有蠅，吐之乃已。晁美叔（端
彥）每見，以此爲言。坡云：某被昭陵擢在賢科，一時魁
舊往往爲知己，上賜對便殿，有所開陳，悉蒙嘉納。已而，
章疏屢上，雖甚剴切，亦終不怒；使某不言，誰當言者。
子之所慮，不過恐朝廷殺我耳。美叔默然，坡浩歎久之，
曰：朝廷若果見殺我，微命亦何足惜，只是有一事，殺了
我後，好了你。遂相與大笑而起。

東坡〈與章子厚書〉云：「平時惟子厚（章惇）與子由極口
見戒，反覆甚苦；而某強狠自用，不以爲然。及在囹圄中，追悔
無路，謂必死矣；不意聖主寬大，復遣視息人間。若不改者，某
真非人也！」[29]話雖如此，但是眾人的苦心勸諫、外界的橫逆打
擊、自身的反省覺悟，終究還是無法改變東坡直率敢言的個性。
邵博《聞見後錄》卷二十云：

劉器之（安世）與東坡元祐初同朝，東坡勇于爲義，或失
之過，則器之必約以典故。東坡至發怒曰：何處把上（把，

---

[29] 蘇軾：《東坡續集》卷十一。

去聲，農人乘以事田之具）曳得一劉正言來，知得許多典
故。或以告器之，則曰：子瞻固所畏也。若恃其才欲變亂
典常，則不可。

（三）瀟灑不羈的東坡

坎坷的宦途，艱困的生活，不免使東坡心緒一時隨之高下起
伏，然其隨即自我提升超越，將不遂意之種種，付之大笑，於是，
無往而不適，呈現出瀟灑不羈的人生哲學及生活態度。

蘇軾好友趙令畤，記下一段東坡談硯論筆，說茶品酒的話，
其中卻寓有極深的哲理，耐人尋味：

> 東坡云：硯之美者必費筆，不費筆則退墨，二德難兼，非
> 獨硯也。大字難結密，小字常局促；真書患不放，草書患
> 無法；茶苦患不美，酒美患不辣；萬事無不然，可以付之
> 大笑也。[30]

烏臺詩案後，元豐三年（1080）東坡謫居黃州，初寓定惠院，
院東小山上有一株開得特別茂盛的海棠花，每歲花開時，東坡必
定與客攜酒，醉賞花下，並曾做了一首頗為自得的詩，詩題為〈寓
居定惠院之東，雜花滿山，有海棠一株，土人不知貴也〉，其中
數句是：「先生食飽無一事，散步逍遙自捫腹，不問人家與僧舍，
拄杖敲門看脩竹。」[31]蘇軾不管是寺院還是住家，一見美竹，就
敲門要求入內品賞，正是灑脫率性的表現；藉此，亦可想見黃州
人士對這位才子的敬仰和寬容。他時與田夫野老相過往，並不講

---

[30] 趙令畤：《侯鯖錄》卷三。
[31] 蘇軾：《東坡前集》卷十一。

究士大夫的身段，更不拘俗套虛儀，所以才有殺耕牛飲私酒、醉
酒踰城觸犯夜禁，以及蓬首趕吃屋主豆粥，遇雨借笠著屐而歸的
美事。何薳《春渚記聞》卷六·「牛酒帖」條云：

> 先生在東坡，每有勝集，酒後戲書以娛坐客，見於傳錄者
> 多矣，獨畢少董所藏一帖，醉墨瀾翻而語特有味，云：今
> 日與數客飲酒，而純臣適至，秋熱未已，而酒白色，此何
> 等酒也？入腹無臟，任見大王。既與純臣飲，無以侑酒，
> 西鄰耕牛適病足，乃以爲臠（同「炙」），飲既醉，遂從東
> 坡之東直之出至春草亭，而歸時已三鼓（夜十二時）矣。

東坡〈豆粥〉詩曰：「孤地碓春，秔光似玉，沙餅煮豆軟如酥，
我老此身無著處，賣書來問東家住，臥聽雞鳴粥熟時，蓬頭曳履
君家去」[32]，而「東坡在儋耳，一日過黎子雲，遇雨，乃從農家
借箬笠，戴之著屐而歸；婦人小兒相隨爭笑，邑犬群吠」[33]。

　　他本著「江山風月本無常主，閒者便是主人」[34]的心境，於
貶謫流寓中，依舊享受了灑落的生活情趣，「前輩訪人不遇，皆
不書壁，東坡作行不肯書牌，其特地止書壁耳；候人未至，則掃
墨竹」[35]。「苕溪漁隱曰：東坡守汝陰，作擇勝亭，以帷幕爲之，
世所未有也。……子由亦云：子瞻爲汝陰守，以幄爲亭，欲往即
設，不常其處，名曰擇勝。」[36]

[32] 蘇軾：《東坡前集》卷十四。
[33] 費袞：《梁谿漫志》卷四·「東坡戴笠」條。
[34] 蘇軾：《東坡志林》卷十。
[35] 釋惠洪：《冷齋夜話》卷一·〈東坡書壁〉。
[36] 胡仔：《漁隱叢話後集》卷三十·〈東坡五〉。蘇轍：〈潁川擇勝亭詩引〉，《欒城後集》卷五。

東坡居士的仁慈、真率、瀟灑，與折節苦讀前的老蘇，應頗類似，不過，繼承其祖蘇序的遺風，則更顯明。

李廌在《師友談記》中，述及東坡新遷東闕之第後，廌偕同李之儀（端叔）、秦觀（少游）往見之，東坡說：

> 今日乃先祖太傅之忌（五月十一日），祖父名序，甚英偉，才氣過人，雖不讀書，而氣量甚偉。頃年在鄉里郊居，陸田不多，惟種粟，及以稻易粟，大倉儲之，人莫曉其故，儲之累年，凡至三四千石，會眉州大饑，太傅公即出所儲，自族人次外姻次佃戶鄉曲之貧者，次第與之，皆無凶歲之患。或曰：公何必粟也？惟粟性堅能久，故可廣儲以待匱爾。文繞宅皆種芋魁，所收極多，即及時多蓋薪蒭，野民乏食時，即用大甑蒸之，羅置門外，恣人取食之，賴以無饑焉。又曰：祖父嗜酒，甘與村父箕踞高歌大飲，忽伯父（蘇渙）封告至，伯父登朝，而外氏程舅亦登朝，外祖甚富，二家連姻，皆以子貴封官，程氏預爲之，謂祖父曰：公何不亦預爲之？太傅曰：兒子書云：作官器用亦寄來。一日方大醉中，封告至，并外縀公服、筍交椅、水罐子、衣版等物，太傅時露頂戴一小冠子如指許大，醉中取告，箕踞讀之畢，并諸物置一布囊中；取告時，有餘牛肉多，亦置一布囊中，令村童荷而歸，跨驢入城，城中人聞受告，或就郊外觀之，遇諸塗，見荷擔二囊，莫不大笑。程老聞之，面誚其太簡，惟有識之士奇之。

(四)風流浪漫的東坡

　　風流倜儻、浪漫多情的蘇軾，一生曾與許多女子結緣。正室王弗，是青神鄉貢進士王方之女，曉書達理，謹肅敏靜，非僅止於妻室，時亦為諍友，可惜天不假年，歸嫁東坡十一年，育有一子蘇邁，卻於廿七歲早逝[37]。繼室王閏之為王弗從妹，也具文學涵養，且富生活情趣，堪與才子匹配。趙令時《侯鯖錄》卷四曰：

> 元祐七年（1092）正月，東坡先生在汝陰州，堂前梅花大開，月色鮮霽。先生王夫人曰：春月色勝如秋月色，秋月色令人悽慘，春月色令人和悅，何如召趙德麟（令時）輩來，飲此花下。先生大喜曰：吾不知子能詩耶！此真詩家語耳。遂相召，與二歐飲，用是語作減字木蘭詞。

王閏之於元祐八年（1093）八月一日卒於京師，年四十六，生迨、過二子，東坡請名畫家李公麟繪釋迦文佛及十大弟子像，並設水陸道場供養，為閏之祈福[38]。

　　愛妾王朝雲，十二歲入蘇家，並隨侍東坡南遷，生蘇遯卻早夭，三十四歲病逝惠州（廣東、惠陽）。朝雲不但與坡公貼心，且具慧根；東坡前後為她寫了詩、詞、散文各類文體近廿篇，其間深情，不言而喻。費袞《梁谿漫志》卷四云：

> 東坡一日退朝，食罷，捫腹徐行，顧謂侍兒曰：汝輩且道是中有何物？一婢遽曰：都是文章。坡不以為然。又一人

---

[37] 蘇軾：〈亡妻王氏墓誌銘〉，《東坡前集》卷三十九。
[38] 蘇軾：〈釋迦文佛頌并引〉、〈阿彌陀佛贊〉，《東坡後集》卷十九。

曰：滿腹都是識見。坡亦未以爲當。至朝雲，乃曰：學士一肚皮不入時宜。坡捧腹大笑。

梁廷枏纂《東坡事類》卷二，引《林下詩談》曰：

> 子瞻在惠州與朝雲閒坐，時青女（霜神也）初至，落木蕭蕭，悽然有悲秋之意，命朝雲把大白（酒杯也），唱花褪殘紅，朝雲歌喉欲囀，淚滿衣襟。子瞻詰其故，答曰：奴所不能歌，是枝上柳綿吹又少，天涯何處無芳草也。子瞻翻然大笑曰：是吾政悲秋，而汝又傷春矣。遂罷。朝雲不久抱疾而亡，子瞻終身不復聽此詞。

對朝雲能忠誠摯情的伴隨謫南，東坡是既憐惜又心喜，其在〈朝雲詩并引〉云：

> 世謂樂天有粥（鬻）駱馬放楊柳枝詞，嘉其主老病不忍去也。然夢得有詩云：春盡絮飛留不得，隨風好去落誰家。樂天亦云：病與樂天相伴住，春隨樊子一時歸。則是樊素竟去也。予家有數妾，四五年相繼辭去，獨朝雲者，隨予南遷；因讀樂天集，戲作此詩。朝雲姓王氏，錢塘人，嘗有子曰幹兒，未朞而夭云。詩曰：不似楊枝別樂天，恰如通德伴伶玄，阿奴絡秀不同老，天女維摩揔解禪，經卷藥爐新活計，舞衫歌扇舊因緣，丹成逐我三山去，不作巫陽雲雨仙。[39]

---

[39] 蘇軾：《東坡後集》卷四。

苕溪漁隱曰：

> 詩意佳絕，善於爲戲，略去洞房之氣味，翻爲道人之家風，
> 非若樂天所云：櫻桃樊素口，楊柳小蠻腰。但自咤其佳麗
> 塵俗哉！[40]

東坡〈悼朝雲詩〉云：

> 紹聖元年（1094）十一月戲作〈朝雲詩〉，三年七月五日
> 朝雲病亡於惠州，葬之栖禪寺松林中，東南直大聖塔。予
> 既銘其墓，且和前詩以自解。朝雲始不識字，晚忽學書，
> 粗有楷法。蓋嘗從泗上比丘尼義沖學佛，亦略聞大義。且
> 死，誦金剛經四句偈而絕。詩曰：……傷心一念償前債，
> 彈指三生斷後緣，歸臥竹根無遠近，夜燈勤禮塔中仙。

跟在詩詞、書畫、文學俱是大家的東坡身邊，朝雲可學的東西當
然不少；而暮年流貶江南的坡公，對「敏而好義，事先生二十有
三年，忠敬若一」[41]的王朝雲，一定也依戀頗深，無奈，佳人亦
自薄命[42]。

　　被黃庭堅譽爲「語意高妙，似非喫煙火食人語，非胸中有數
萬卷書，筆下無一點塵俗氣，孰能至此」[43]的〈卜算子〉，背後

---

[40] 胡仔：《漁隱叢話後集》卷二十九・〈東坡四〉。

[41] 蘇軾：《東坡續集》卷十二。

[42] 沈宗元輯：《東坡逸事》・「詩詞」類：「朝雲姓王氏，錢塘名妓也。蘇子
　　瞻宦錢塘，絕愛幸之，納爲常侍。」由蘇子瞻的著作中，很輕易地就可證明，
　　錢塘名妓云云，實乃子虛烏有。

[43] 黃庭堅：〈跋東坡樂府〉，《豫章黃先生文集》卷二十六。

更有著淒美感人的故事，王楙撰輯之《野客叢書》卷二十四‧「東坡卜算子」條云：

> 山谷曰：東坡在黃州所作卜算子云云，詞意高妙，非喫煙
> 火食人語。吳曾亦曰：東坡謫居黃州，作卜算子云云，其
> 屬意王氏女也，讀者不能解，張文潛繼貶黃州，訪潘邠老
> 得其詳，嘗題詩以志其事。僕謂二說如此，無可疑者，然
> 嘗見臨江人王說夢得，謂此詞東坡在惠州白鶴觀所作，非
> 黃州也。惠有溫都監女，頗有色，年十六，不肯嫁人，聞
> 東坡至，喜謂人曰：此吾婿也。每夜聞坡諷詠，則徘徊窗
> 外，坡覺而推窗，則其女踰牆而去。坡從而物色之，溫具
> 言其然，坡曰：吾當呼王郎與子為婿。未幾，坡過海，此
> 議不諧，其女遂卒，葬於沙灘之側。坡回惠日，女已死矣，
> 悵然為賦此詞。坡蓋借鴻為喻，非真言鴻也。揀盡寒枝不
> 肯棲者，謂少擇偶不嫁；寂寞沙洲冷者，指其葬所也。說
> 之言如此，其說得之廣人蒲仲通，未知是否，姑志於此，
> 以俟詢訪。

此闋詞，除溫都監女的故事外，尚有一說，見於《東園叢說》：

> 愚（李如箎）幼年嘗見先人與王子家同直閣論文，王子家
> 言及蘇公少年時，常夜讀書，鄰家豪右之女常竊聽之，一
> 夕來奔，蘇公不納，而約以登第後聘以為室，暨公既第，
> 已別娶，仕宦歲久，訪問其所適何人，以守前言不嫁而死。
> 其詞時有：幽人獨往來，縹緲孤鴻影之句，正謂斯人也；
> 揀盡寒枝不肯棲，楓落吳江冷之句，謂此人不嫁而云亡也。
> 其情意如此繾綣，使他人為之，豈能脫去脂粉，輕新如此。

山谷之云，不輕發也；而俗人乃以其詞中有鴻影二字，便認鴻雁，改後一句作寂寞沙洲冷，意謂沙洲，鴻雁之所棲宿者也。……王子家諱俊明，官至中大夫，直秘閣，與先人道此語，時在紹興三年（1133），寓居於婺州蘭溪縣之西安寺，王公時已年七十餘，蘇子由之婿也。[44]

除了他愛或愛他的女子外，東坡對娼妓也有憐香惜玉之心，胡仔《漁隱叢話後集》卷四十・「麗人雜記」條，引《東皐雜錄》云：

東坡自錢塘被召，過京口，林子中作守郡，有會，坐中營妓出牒——鄭容求落藉（籍）、高瑩求從良。子中命呈東坡，坡索筆爲減字木蘭花，書牒後云：鄭莊好客，容我樽前先墮幘，落筆生風，藉藉聲名，不負公。高山白早，瑩骨冰膚那解老，從此南徐，良夜清風，月滿湖。[45]暗用此八字于句端也。苕溪漁隱曰：《聚蘭集》載此詞，乃東坡贈潤守許仲塗，且以鄭容落藉、高瑩從良爲句首，非林子中也。[46]

---

[44] 舊題李如箎撰：《東園叢說》卷下・「坡詞」條。

[45] 據道光壬辰新鑴眉州三蘇祠板《東坡全集》，改「樓前」爲「〝樽〞前」；改「風生」爲「〝生風〞」；改「球肌」爲「〝冰膚〞」。

[46] 此亦見於陳善：《捫蝨新話下集》卷三・「東坡爲鄭容落藉高瑩從良」條，而詞中，「先墮幘」作「〝時〞墮幘」，「藉藉聲名」作「藉〝甚〞聲名」，「不負公」作「〝獨我〞公」，「瑩骨冰膚」作「瑩〝雪肌〞膚」；並云：「坡昔過京口，官妓鄭容、高瑩二人嘗侍宴，坡喜之，二妓閒請於坡，欲爲脫籍，坡許之，而終不爲言。及臨別，二妓復之船所懇；坡曰：爾但持我此詞以往，太守一見，便知其意。」——陳善的描述，較具懸想效果。

阮閱《詩話總龜後集》卷三十三・〈樂府門〉，引《古今詩話》云：

> 蘇子瞻守錢塘，有官妓秀蘭，天性黠慧，善於應對。湖中
> 有宴會，群妓畢至，惟秀蘭不來，遣人督之，須臾方至；
> 子瞻問其故，具以髮結沐浴，不覺困睡，忽有人叩門聲，
> 急起而問之，乃樂營將催督也，非敢怠忽，謹以實告，子
> 瞻亦恕之。坐中倅車屬意於蘭，見其晚來，恚恨未已，責
> 之曰：必有他事，以此晚至。秀蘭力辯，不能止倅之怒，
> 是時榴花盛開，秀蘭以一枝藉手告倅，其怒愈甚。秀蘭收
> 淚無言，子瞻作〈賀新涼〉以解之，甚怒始息。……子瞻
> 之作，皆紀目前事，蓋取其沐浴新涼，曲名〈賀新涼〉也，
> 後人不知之，誤爲〈賀新郎〉，蓋不得子瞻之意也，子瞻
> 真所謂風流太守也，豈可與俗吏同日語哉！[47]

甚至有女婢因不願離開多情的東坡，觸槐而死的故事，沈完元所
輯《東坡逸事》・「貶謫及終逝」類云：

> 蘇子瞻謫黃州，蔣運使餞之，子瞻命婢春娘勸酒。蔣問：
> 春娘去否？子瞻曰：欲還父母家。蔣曰：公行必須馬，乞
> 以馬易春娘。可乎？子瞻諾之。蔣題詩云：不惜霜毛雨雪
> 蹄，等閒分付贖蛾眉，雖無金勒嘶明月，卻有佳人捧玉巵。
> 子瞻答詩曰：春娘別去太匆匆，無陽離情此夜中，只爲山
> 行多險阻，故將紅粉換追風。春娘亦賦一絕云：爲人莫作

---

[47] 胡仔對楊湜此說，深不以爲然，「真可入笑林，東坡此詞冠絕古今，記意高
遠，寧爲一娼而發耶？」（見同書引）

婦人身，苦樂無端總屬人，今日始知人賤畜，君前碎首又何嗔？遂下階觸槐而死。

（五）幽默熱情的東坡

蘇軾的幽默，根植於率真、瀟脫、浪放、多情的本性，非插科打諢者可望其項背，在他出語行文、待人處事間，常能發現詼諧調笑的趣味，或一語雙關、意在言外，或語含禪機、發人深省，對看不慣的人與事喜加嘲謔，也善自我解嘲，有時還會做出一些無傷大雅，令人發噱的妙事來。周密《齊東野語》卷二十‧「讀書聲」條云：

昔有以詩投東坡者，朗誦之，而請曰：此詩有分數否？坡曰：十分。其人大喜。坡徐曰：三分詩，七分讀耳。

張端義《貴耳集》卷上曰；

東坡因訪呂微仲，偶在書屋坐久，因見盆中養一龜有六目。微仲出，與東坡言，偶晝寢，久坐。東坡云：盆中之龜作得一口號奉白：莫要鬧、莫要鬧，聽取龜兒口號，六隻眼兒睡一覺，卻比他人睡三覺。呂大笑。[48]

---

[48] 此又見於張世南：《游宦紀聞》卷二，然情節內容稍有差異──「東坡謁呂微仲，值其晝寢，久之方出見。便坐，有昌陽盆養綠毛龜，坡指曰：『此易得耳。唐莊宗時，有進六目龜者，敬新磨獻口號云：「不要鬧、不要鬧，聽取龜兒口號：六隻眼兒睡一覺，抵別人三覺。」』世南嘗疑坡寓言以諷呂，未暇尋閱質究，偶因見《嶺海雜記》有載六目龜，出欽州，只兩眼，餘四目乃斑紋，金黃花圍長中黑，與真目排比，正正不偏，仔細辨認，方知為非真目也。」其實，東坡是藉眼前偶見之六目龜，來開開微仲晝寢的玩笑，並發

　　蘇東坡學問淵博，反應靈敏，又風趣喜謔，在他周遭的人，如壯碩肥偉的顧子敦、過於俊秀的錢穆父、多鬚髯的秦少游、懼內的孫賁、陳慥，都被消遣過。

胡仔《漁隱叢話後集》卷二十六・〈東坡一〉，引《東皋雜錄》云：

> 顧子敦肥偉，號顧屠，故東坡送行詩，有磨刀向豬羊之句，以戲之。又尹京時，與從官同集慈孝寺，子敦凭几假寐，東坡大書案上曰：顧屠肉案，同會皆大笑；又以三十錢擲案上，子敦驚覺，東坡曰：且快片批四兩來。[49]

東坡對同樣心廣體胖的呂微仲，也戲稱其有「大臣體」，不過，與「顧屠」之號相較，顯有天壤之別。同引書曰：

> 東坡善嘲謔，以呂微仲豐碩，每戲曰：公真有大臣體；坤六二，所謂直方大也。後拜相，東坡當制，有云：果藝以達，有孔門三子之風，直方而大，得坤爻六二之動。

曾敏行《獨醒雜志》卷五云：

> 東坡多雅謔，嘗與許沖元、顧子敦、錢穆父同舍。……子敦肥碩，當暑袒裼，據鞍（應作「案」）而寐，東坡書四

　　淺自己久候的不耐，龜是否真有六目，並不太重要。此亦見於《漁隱叢話後集》卷二十六，引自《東皋雜錄》。
[49] 又見於《獨醒雜志》卷五，然較疏略。

> 大字於其側，曰：顧屠肉案。穆父眉目秀雅，而時有九子，
> 東坡曰：穆父可謂之九子母丈夫。同舍皆大笑。[50]

而「秦少游在東坡坐中，或調其多髯者；少游曰：君子多乎哉？東坡笑曰：小人樊須也。」[51]《論語・子罕第九》中，孔子曾說：「君子多乎哉？不多也。」秦觀運用修辭學上所謂的「藏詞法」，巧妙地回應了某人「調其多髯」。而東坡隨即據《論語・子路第十三》，子曰：「小人哉！樊須也」，反將了少游一軍；因為樊須雖是樊遲之名，但二字分開解釋，「樊」者，紛雜貌，「須」者，鬚髯也，所以「多髯者」，則成了「小人」。

被東坡稱「這漢病中，瘦則瘦，儼然風雅」的孫賁公素，因為非常懼內，坡公故意以歷史上與孫同「病」相憐者的情況為詩，題其扇面。趙令時《侯鯖錄》卷一云：

> 公素畏內，眾所共知。嘗求坡公書扇，坡題云：披扇當年笑溫嶠，握刀晚歲戰劉郎[52]：不須戚戚如馮衍[53]，但與時時說李陽。公素昔為程宣徽門賓。後娶程公之女，性極悍，故云。

---

[50] 又見於《漁隱叢話前集》卷卅九・〈東坡二〉，引自《王直方詩話》。

[51] 邵博：《聞見後錄》卷三十。

[52] 周瑜本欲使出「美人計」，討回荊州，「美人」即孫權之妹，她極其剛勇，侍婢數百皆佩劍懸刀，房中則滿列軍器，洞房花燭夜時，嚇得新郎倌劉玄德魂不附體。（見《三國演義》第五十四回〈吳國太佛寺看新郎　劉皇叔洞房續佳偶〉）

[53] 馮衍應作“王”衍，其妻郭氏，好干預人事，聚斂無饜，衍患之卻不能禁。郭氏唯憚京都大俠——曾任幽州刺史之同鄉李陽。當王衍勸戒妻子時，必云：非但我言卿不可，李陽亦謂卿不可。郭氏乃稍收斂。（見《晉書・王衍傳》及《世說新語・規箴篇》）

胡仔《漁隱叢話前集》卷卅八·〈東坡一〉，引《西清詩話》云：

> 東坡謫黃州，與陳慥季常游。季常自以飽禪學，而妻柳頗
> 悍忌，季常畏之。故東坡因詩戲之曰：龍丘居士亦可憐，
> 談空說有夜不眠，忽聞河東獅子吼，拄杖落手心茫然。

　　東坡與從表兄文同，不但在文學、藝術的領域中，切磋琢磨，
而且惺惺相惜，更難能可貴的是，二人同樣擁有高度的幽默感。
蘇軾於〈篔簹谷偃竹記〉一文中，記述了幾個有趣的片段：

> 與可（文同之字）畫竹，初不自貴重，四方之人持縑素而
> 請者，足相躡於其門，與可厭之，投諸地而罵曰：吾將以
> 爲韈（襪）。士大夫傳之，以爲口實。及與可自洋州還，
> 而余爲徐州，與可以書遺余曰：近語士大夫，吾墨竹一派
> 近在彭城，可往求之，韈材當萃於子矣。書尾復寫一詩，
> 其略曰：擬將一段鵝谿絹，掃取寒梢萬尺長。予謂與可，
> 竹長萬尺，當用絹二百五十匹，知公倦於筆硯，願得此絹
> 而已。與可無以答，則曰，吾言妄矣，世豈有萬尺竹哉！
> 余因而實之，答其詩曰：世間亦有千尋竹，月落庭空影許
> 長。與可笑曰：蘇子辯矣。然二五十匹絹，吾將買田而歸
> 老焉。因以所畫篔簹谷偃竹遺予，曰：此竹數尺耳，而有
> 萬尺之勢。篔簹谷在洋州，與可嘗令予作洋州三十詠，篔
> 簹谷，其一也，予詩云：漢川脩竹賤如蓬，斤斧何曾赦籜

龍，料得清貧饞太守，渭濱千畝在胸中。與可是日與其妻游谷中，燒筍晚食，發函得詩，失笑噴飯滿案。[54]

又如王暐《道山清話》云：

文潛戲謂子瞻：公詩有獨看紅蕖傾白墮，不知白墮是何物？子瞻云：劉白墮善釀酒，出洛陽伽藍記。文潛曰：云白墮既是一人，莫難爲傾否？子瞻笑曰：魏武短歌行云：何以解憂，惟有杜康。杜康，亦是釀酒人名也。文潛曰：畢竟用得不當。子瞻又笑曰：公且先去共曹家那漢理會，卻來此間廝魔。蓋文潛時有僕曹某者，在家作過，亦去失酒器之類，既送天府推治，其人未招承，方文移取會也。坐皆絕倒。

蘇門四學士之一的張耒，戲謂坡公用典不當，但該典用法原出曹操，故反被東坡以張家曹姓僕役官司未了爲喻，取笑了一番。

「東坡在維揚設客，十餘人皆一時名士，米元章在焉，酒半，元章忽起立云：『少事白吾丈，世人皆以芾爲顛，願質之。』坡云：『吾從眾。』坐客皆笑。」[55]

東坡喜謔的個性，非徒及於友儕，連方外之交，他也一視同仁。潘永因編《宋稗類鈔》卷二十四·〈稱譽第四十〉云：

東坡守彭城，參寥（即道潛）嘗往見之，坡遣官妓馬盼盼索詩，參寥笑，口占絕句云：多謝尊前窈窕娘，好將幽夢

---

[54] 蘇軾：《事略》卷四十九。
[55] 趙令時：《侯鯖錄》卷七。

惱裏王，禪心已作沾泥絮，不逐春風上下狂。坡喜曰：予
嘗見柳絮落泥中，私謂可以入詩，偶未曾收拾，乃為此老
所先，可惜也！[56]

沈宗元輯《東坡逸事》，「雜錄」類云：

東坡挾妓登金山（寺），以酒醉佛印（即了元），戲命妓
同臥。佛印醒而書壁云：夜來酒醉上床眠，不覺琵琶在枕
邊，傳語翰林蘇學士，不曾彈動一條絃。

參寥子與佛印果然是得道高僧，文學造詣、胸襟涵養及幽默感，
均堪與東坡抗衡。

　蘇軾文名既盛，聲望又高，為人風趣，不擺架子，當然邀宴
聚會不斷，熱情與人酬唱往來的他，有時也會消受不了，「東坡
倅杭州，不勝杯酌，部使者知公頗有才望，朝夕聚首，疲於應接，
乃號杭倅為酒食地獄」[57]。而他的待客之道，更令人莞爾，「東
坡待過客，非其人，則盛列妓女，奏絲竹之聲聒兩耳，至有終晏
不交一談者，其人往返，更為待己之厚也；至有佳客至，則屏去
妓樂，盃酒之間，惟終日笑談耳」[58]。

　王闢之《澠水燕談錄》卷四云：「子瞻文章議論，獨出當世，
風格高邁，真謫仙人也。至于書畫，亦皆精絕，故其簡筆方落手，
即為人藏去，有得真跡者，重于珠玉。」因此遂有「換羊書」、
「今日斷屠」的趣事發生，趙令時於《侯鯖錄》卷一中云：

---

[56] 此亦見於《侯鯖錄》卷三，及《冷齋夜話》卷六・「東坡稱賞道潛詩」條，
　　然三者所記稍有出入。
[57] 朱彧：《可談》。
[58] 施德操：《北牕炙輠錄》卷下。

> 魯直戲東坡曰：昔王右軍字爲換鵝字，韓宗儒性饕餮，每
> 得公一帖，於殿帥姚麟許換羊肉十數斤，可名二丈書爲換
> 羊書矣。坡大笑。一日公在翰苑，以聖節製撰紛冗，宗儒
> 日作數簡，以圖報書，使人立庭下，督索甚急，公笑謂曰：
> 傳語本官今日斷屠。

用幽默的態度與話語，去面對失意挫折，或婉拒要求，應是最上
乘的策略，而東坡正是個中高手，張邦基《墨莊漫錄》卷五中，
即有段令人啞然失笑的故事：

> 蘇子由在政府，子瞻爲翰苑，有一故人與子由兄弟有舊者，
> 來干子由求差遣，久而未遂；一日來見子瞻，且云：某有
> 望內翰以一言爲助。公徐曰：舊聞有人貧甚，無以爲生。
> 乃謀伐冢，遂破一墓，見一人裸而坐，曰：爾不聞漢世楊
> 王孫手？裸葬以矯世，無物以濟汝也。復鑿一冢，用力彌
> 艱，既入，見一王者，曰：我漢文帝也，遺制壙中無納金
> 玉，器皆陶瓦，何以濟汝？復見有二冢相連，乃穿其在左
> 者，久之方透，見一人，曰：我伯夷也，瘠羸面有饑色，
> 餓於首陽之下，無以應汝之求。其人嘆曰：用力之勤無所
> 獲，不若更穿西家，或冀有得也。瘠羸者謂曰：勸汝別謀
> 於他所，汝視我形骸如此，舍弟叔齊豈能爲人也！故人大
> 笑而去。

在蘇軾的朋友當中，同具高度幽默感，不致道貌岸然，而能相互
笑謔者，非劉攽（字貢父）莫屬。朱弁《曲洧舊聞》卷六曰：

東坡嘗與劉貢父言，其與舍弟習制科時，日享三白，食之甚美，不復信世間有八珍也。貢父問三白，答曰：一撮鹽、一楪生蘿蔔、一盌飯，乃三白也。貢父大笑。久之，以簡招坡過其家喫晶（音「曉」）飯，坡不省憶嘗對貢父三白之說也，謂人云：貢父讀書多，必有出處。比至赴食，見案上所設。惟鹽、蘆菔、飯而已，乃始悟貢父以三白相戲，笑投匕著，食之幾盡，將上馬，云：明日可見過，當具毳（音「脆」）飯奉待。貢父雖恐其爲戲，但不知毳飯所設何物，如期而往，談論過食時，貢父饑甚，索食，坡云：少待。如此者再三，坡答如初。貢父曰：饑不可忍矣。坡徐曰：鹽也毛，蘆菔也毛，飯也毛，非毳而何？貢父捧腹曰：固知君必報東門之役，然慮不及此也。坡乃命進食，抵暮而去。世俗呼無爲模，又語訛模爲毛，當同音，故坡以此報之，宜乎貢父思慮不到也。[59]

何薳《春渚記聞》卷六・「蘇劉互謔」條曰：

劉貢父舍人，滑稽辨捷，爲近世之冠，晚年雖得大風惡疾，而乘機決發，亦不能忍也。一日與（東坡）先生擁爐於慧林僧寮，謂坡曰：吾之鄉人，有一子稍長，因使之代掌小解，不逾歲，偶誤質盜物，資本耗折殆盡。其子媿之，引乃罪而請其父曰：某拙於運財，以敗成業，今請從師讀書，勉赴科舉，庶幾可成，以雪前恥也。其父大喜，即擇日具酒肴以遣之，既別，且囑之曰：吾老矣！所恃以爲窮年之養者，子也，今子去我而遊學，儻或僥倖改門換戶，吾之

---

[59] 此故事亦見於曾慥：《高齋漫錄》，然作「『錢穆父』」，而非「劉貢父」。

　　大幸也；然切有一事，不可不記，或有交友與汝唱和，須
　　子（仔）細看，莫更和卻賊詩，狠狽而歸也。蓋譏先生前
　　逮詔獄，如王晉卿、周開祖之徒，皆以和詩為累也。貢父
　　語始絕口，先生即謂之曰：某聞昔夫子自衛反魯，會有召
　　夫子食者，既出，而群弟子相與語曰：魯，吾父母之邦也，
　　我曹久從夫子轍環四方，今幸俱還鄉里，能乘夫子之出，
　　相從尋訪親舊，因之閱市否？眾忻然許之。始過闤闠，未
　　及縱觀，而稠人中望見夫子巍然而來，於是惶惶相告，由
　　夏之徒奔踔越逸，無一留者，獨顏子拘謹，不能遽為闊步，
　　顧市中石塔似可隱蔽，即屏伏其旁，以俟夫子之過矣，而
　　群弟子因目之為避孔子塔。貢父風疾之劇，以報之也。[60]

劉攽因患病而至鼻陷，東坡遂以「避孔塔」之諧音，譏其「鼻孔
塌」。「貢父晚苦風疾，鬢眉皆落，鼻梁且斷。一日，與子瞻數
人小酌，各引古人語相戲；子瞻戲貢父云：大風起兮眉飛颺，安
得壯士兮守鼻梁。座中大噱，貢父恨恨不已」[61]。

---

[60] 陳師道：《後山談叢》卷四中，亦有類似記載：「世以癩疾鼻陷為死證，劉
　　貢父晚有此疾，又嘗坐和蘇子瞻詩罰金。元祐中同為從官，貢父曰：前於曹
　　州，有盜夜入人家，室無物，但有書數卷耳，盜忌空還，取一卷而去，乃舉
　　子所著五七言也，就庫家質之，主人喜事，好其詩不舍（捨）手；明日盜敗，
　　吏取其書，主人賂吏而私錄之，吏督之急，且問其故，曰：吾愛其語，將和
　　之也。吏曰：賊詩不中和他。子瞻亦曰：少壯讀書，頗知故事，孔子常出，
　　顏仲二子行而過市，而卒遇其師，子路趫捷，躍而升木，顏淵懦緩，顧無所
　　之，就市中刑人所經幢避之，所謂石幢子者；既去，市人以賢者所至，不可
　　復以故名，遂共謂避孔塔。坐者絕倒。」二說大同小異，卻各有趣味，故併
　　錄之。
[61] 王闢之：《澠水燕談錄》卷十〈談謔〉。

　　雖說東坡一貫不改喜謔本性，但對司馬光，卻不敢太放肆，惱其固執己見，也只能暗呼「司馬牛」而已，蔡絛《鐵圍山叢談》卷四云：

> 東坡公元祐時既登禁林，以高才狎侮諸公卿，率有標目殆遍也，獨於司馬溫公不敢有所重輕，一日，相與共論免役、差役利害，偶不合同，及歸舍，方卸巾弛帶，乃連呼曰：司馬牛！司馬牛！

充其量，蘇子瞻也只能透過僕役，開開司馬光的小玩笑，沈宗元《東坡逸事續編》‧「懿行」類云：

> 蘇長公一日過溫公，值公外出，一僕應門曰：君實不在。長公曰：爾主人已自作相，何得復稱君實？此後當稱司馬相公。溫公歸，遽稱相公。公驚問曰：誰教汝來？僕曰：適蘇學士見語如此。公笑曰：一個好僕，被蘇學士教壞了。

　　但，東坡對某些名不副實、自以為高者，每蓄意嘲諷，不留情面。《東坡前集》卷三十〈答畢仲舉書〉云：

> 往時陳述古好論禪，自以為至矣，而鄙僕所言為淺陋。僕嘗語述古，公之所談，譬之飲食，龍肉也；而僕之所學，豬肉也；豬之與龍，則有間矣；然公終日說龍肉，不知僕之食豬肉，實美而真飽也，不知君所得於佛書者，果何耶？

《漁隱叢話前集》卷五十五・〈宋朝雜記下〉，引《王直方詩話》云：

> 東坡有言，世間事，忍笑爲易，惟讀王祈大夫詩，不笑爲難。祈嘗謂東坡云：有竹詩兩句，最爲得意，因誦曰：葉垂千口劍，幹聳萬條槍。坡曰：好則極好，只是十條竹竿一箇葉兒也。

蘇東坡常因已不善飲卻好酒，欲有施爲反罹貶逐，乃自我解嘲：「東坡在黃州時，……潘長官以東坡不能飲，每爲設醴，坡笑曰：此必錯著水也」[62]。儘管無酒量，卻極愛酒，對僕吏失手跌破人贈之佳釀，東坡依舊保有幽默，只是難掩惋惜之感，「東坡居惠，廣守月餽酒六壺，吏嘗跌而亡之，坡以詩謝曰：不謂青州六從事，翻成烏有一先生。」[63]。

蘇軾於《東坡志林》卷六云：

> 昔年過洛，見李公簡，言真宗既東封，訪天下隱者，得杞人楊朴，能爲詩，召對，自言不能。上問：臨行有人作詩送卿否？朴曰：唯臣妻有一首。云：更休落魄躭盃酒，且莫猖狂愛詠詩，今日捉將官裏去，這回斷送老頭皮。上大笑，放還山。余在湖州坐作詩，追赴詔獄，妻、子送余出門，皆哭，無以語之，顧謂妻曰：獨不能如楊處士妻作一詩送我乎？妻、子不覺失笑，余乃出。

62　周紫芝：《竹坡（老人）詩話》卷三。
63　舊題陳師道撰：《後山詩話》；而《漁隱叢話後集》卷二十一・「王禹玉」條，則作：「東坡得章質夫書，遺酒六瓶，書至而酒亡，因作詩寄之云："豈意"青州六從事，"化爲"烏有一先生。」

《東坡志林》卷十云：「近日頗多賊，兩夜皆來入吾室，吾近護魏王葬，得數千緡，略已散去，此梁上君子，當是不知耳！」雖已金盡，東坡仍不忘自我調侃，瀟灑解頤中，暗藏幾許心酸。他對世人費錢蓄風雅之物來逞豪鬥富，也加以反諷，「近時世人好蓄茶與墨，閒暇輒出二物校勝負，云：『茶以白為尚，墨以黑為勝。』予既不能校，則以茶校墨，以墨校茶，未嘗不勝也。」

　　東坡的熱情，洋溢在頻繁的游款中，更呈現在提攜英才後進的舉措裏。他認為「人有尺寸之長，瑣屑之文，雖非其徒，驟加獎借，……將攬天下之英才，提拂誘掖，敎載成就之耳」[64]。方勺在《泊宅編》卷一中，追述了坡公對自己的掖助：「元祐中，東坡帥杭，予自江西來應舉，引試有日矣，忽同保進士訟予戶貫不明，賴公照憐，得就試，因預薦送，遂獲游公門。」

　　坡公熱忱掖誘後學，甚至有不惜洩題給李廌的傳說，羅大經《鶴林玉露》卷十五曰：

> 元祐中，東坡知貢舉，李方叔（李廌）就試，將鎖（鎖）院，坡緘封一簡，令送方叔，值方叔出，其僕受簡置几上，有頃，章子厚（惇）二子，曰持、曰援者來，取簡竊觀，乃揚雄優於劉向論一篇，二章驚喜，攜之以去，方叔歸來，求簡不得，知為二章所竊，悵惋不敢言。已而，果出此題，二章皆模倣坡作，方叔幾於閣（擱）筆。乃拆號，坡意魁必方叔也，乃章援，第十名文意與魁相侶，乃章持，坡失色。二十名間，一卷頗奇，坡謂同列曰：此必李方叔。視之，乃葛敏修。……而方叔竟下第，坡出院聞其故，大歎恨，作詩送其歸，謂：平生漫說古戰場，過眼終迷日五色

---

[64] 張表臣：《珊瑚鈎詩話》卷一。

者，是也。其母歎曰：蘇學士知貢舉，而汝不成名，復何
望哉？抑鬱而卒。[65]

苕溪漁隱於《漁隱叢話前集》卷五十‧「秦少游」條中，說到：

東坡嘗有書薦少游於荊公，云：向屢言高郵進士秦觀太虛，
公亦粗知其人，今得其詩文數十首拜呈，詞格高下，固已
無逃於左右，此外，博綜史傳，通曉佛書，若此類，未易
一一數也。

蘇軾〈答李琮書〉亦云：「秦太虛維揚勝士，固知公喜之，無乃
亦可令荊公一見之歟！」[66]抱著爲國舉材，提攜後進之心，東坡
甚至肯向宿有閒隙的王安石推薦秦觀。

第二節　三蘇嗜好

　蘇軾〈四菩薩閣記〉云：「始吾先君於物無所好，燕居如齋，
言笑有時，顧常嗜畫，弟子門人無以悅之，則爭致其所嗜，庶幾
一解其顏。故雖爲布衣，而致畫與公卿等。」[67]經由此一敘述，
可約略勾勒出蘇洵的嗜好；他寡欲恬靜，卻講求生活的藝術，除
酷愛蒐集畫作外，自己也會撫琴抒懷。蘇軾〈舟中聽大人彈琴〉
詩云：「彈琴江浦夜漏永，斂衽竊聽獨激昂，風松瀑布已清絕，

更愛玉珮聲琅璫。」[68]蘇轍亦有〈大人久廢彈琴，比借人雷琴，以記舊曲十得三四，率爾拜呈〉詩：「久厭凡桐不復彈，偶然尋繹尚能存。⋯⋯終宵竊聽不能學，庭樹無風月滿軒。」[69]

《東坡志林》卷六中也提及，老蘇和杜叔元（君懿）友善，欲求杜家世代相傳之許敬宗硯，而不可得。

蘇洵〈祭史彥輔文〉云：「予不喜酒」[70]，但並不排斥別人飲酒，如史彥輔某天半夜，喝醉後去拜訪他，既狂歌又歡叫，老蘇只是「正襟危坐，終夕無言」，二人似乎格格不入，實則「契心忘顏」相處甚歡。

大蘇承襲了老蘇的藝術氣質，無論在酒食、品茗、書墨，或養生間，都呈現出獨特的品味及豐盈的內涵，他的生活嗜好一如性格，既具多樣性，且令人景仰神往。朱弁《曲洧舊聞》卷五云：

> 東坡與客論食，次取紙一幅，書以示客云：爛蒸同州羊羔，灌以杏酪，食之以匕不以箸，南都麥心麵作槐芽溫淘糝，襄邑抹豬，炊共城香粳，薦以蒸子鵝，吳興庖人斫松江鱠；既飽，以廬山康王谷簾泉烹曾坑鬥品（茶）；少焉，解衣仰臥，使人誦東坡先生赤壁前後賦，亦足以一笑也。

食盡天下佳餚，啜品良泉所泡上茶，再臥聽世間至文，誠南面亦不易也。

---

[68] 蘇軾：《東坡續集》卷一。
[69] 蘇轍：《欒城集》卷二。
[70] 蘇洵：《嘉祐集》卷十四。

　　堪稱老饕的東坡，除嗜食「直那一死」的河豚[71]，「味格兩絕」的荔枝[72]外，也喜大塊吃豬肉。其〈豬肉頌〉曰：「淨洗鐺，少著水，柴頭罨（音「掩」，覆蓋也）煙焰不起，待他自熟莫催他，火候足時他自美。黃州好豬肉，價賤如泥土，貴者不肯喫，貧者不解煮。早晨起來打兩椀，飽得自家君莫管。」[73]周紫芝《竹坡詩話》卷二中，也有一首東坡所做，關於豬肉的妙詩：

> 東坡喜食燒豬，佛印住金山時，每燒豬以待其來，一日爲人竊食；東坡戲作小詩云：遠公沽酒飲陶潛，佛印燒豬待子瞻，採得百花成蜜後，不知辛苦爲誰甜？

蘇東坡非徒「坐而食」，亦能「起而行」，所以才可能將烹飪的過程與關鍵處，仔細地加以描述，如〈東坡羹頌〉之引言所述[74]。而《東坡志林》卷九亦曰：

> 予在東坡，嘗親執鎗匕煮魚羹以設客，客未嘗不稱善，意窮約中易爲口腹耳；今出守錢塘，厭水陸之品，今日（元祐四年十一月廿九日）偶與仲夫覘、王元直、秦少章會食，

---

[71] 趙彥衛：《雲麓漫抄》卷五云：「東坡在資善堂嘗與人談河魨之美，云：也直一死。其美可知。」不過，吳曾卻認爲河豚「非忠臣孝子所宜食」，見於《能改齋漫錄》卷十「東坡知味、李公擇知義」條。

[72] 蘇軾：《東坡後集》卷五〈四月十一日初食荔支〉詩：「似開江鰩斫玉柱，更洗河豚烹腹腴。」自注云：「予嘗謂荔支，厚味高格兩絕，果中無比，惟江鰩柱、河豚魚近之耳。」

[73] 蘇軾：《東坡續集》卷十。

[74] 蘇軾：《東坡續集》卷十〈東坡羹頌引〉云：「其法以菘若蔓菁，若蘆菔，若薺，皆揉洗數過，去辛苦汁，先以生油少許，塗釜緣及瓷盌，下菜湯中，入生米爲糝，及少生薑，以油覆之，不得觸，觸則生油氣，至熟不除，其上置甑炊飯如常法。」

復作此味，客皆云：此羹超然有高韻，非世俗庖人所能
彷彿。

基於樂觀的態度，獨特的品味，東坡總能吃出東西的最佳味
道，《宋稗類鈔》卷卅一〈飲食第五十四〉曰：

> 蘇文忠五帖，其獻蠔帖，極言蠔之美，至今叔黨（蘇過）
> 勿宣傳，北方君子恐求謫海南，以分其味。又云：惠州市
> 肆寥落，日殺一羊；不敢與在官者爭買，時囑屠，買其脊
> 骨。骨間亦有微肉，熟煮，熱酒漉，隨意用酒，薄點鹽，
> 炙微焦，食之，終日摘剔牙綮間，如蟹螯逸味，率三五日
> 一餔吾。子由三年堂庖所飽芻豢，滅齒而不得骨，豈復知
> 此味乎！

酒與歷代文人雅士的生活，幾達密不可分的地步，大蘇〈飲酒〉
詩四首之一曰：「我觀人間世，無如醉中真。」之二曰：「天生
此神物，爲我洗憂患。」[75]酒量不佳的蘇東坡，自有一套飲酒哲
理，〈書東皋子傳後〉云：

> 予飲酒終日，不過五合，天下之不能飲，無在予下者；然
> 喜人飲酒，見客舉盃徐引，則予胸中爲之浩浩焉，落落焉，
> 酣適之味乃過於客；閒居未嘗一日無客，客至未嘗不置酒，
> 天下之好飲，亦無在予上者。
> 常以謂人之至樂，莫若身無病而心無憂，我則無是二者矣，
> 然人之有是者接於予前，則予安得全其樂乎？故所至常蓄

---

[75] 蘇軾：《東坡續集》卷一。

善藥，有求者則與之，而尤喜釀酒以飲客。或曰：子無病而多蓄藥，不飲而多釀酒，勞己以爲人，何也？予笑曰：病者得藥，吾爲之體輕；飲者困於酒，吾爲之酣適。蓋專以自爲也。[76]

被少游戲稱「飲酒」爲「飲溼」的坡公，實已領略杜康妙趣，《東坡志林》卷八云：「吾酒後乘興作數字，覺酒氣拂拂，從十指上出去也。」[77]只是，釀酒功夫似差一籌，葉夢得《避暑錄話》卷上曰：

蘇子瞻在黃州作蜜酒，不甚佳，飲者輒暴下，蜜水腐敗者爾，嘗一試之後，不復作。在惠州作桂酒，嘗問其二子邁、過，云一試之而止，大抵氣味似屠蘇酒，二子語及亦自撫掌大笑。二方未必不佳，但公性不耐事，不能盡如其節度。

趙令畤《侯鯖錄》卷四，記東坡論茶云：

除煩去膩，世固不可無茶，然闇中損人不少。昔人云：自茗飲盛後，人多患氣不患黃，雖損益相半，而消陽助陰，不償損也。吾有一法，常自脩之，每食已，輒以濃茶漱口，煩膩既去，而脾胃不知。凡肉之在齒間者，得茶漱浸，乃不覺脫去，不煩刺挑也；而齒性便苦，緣此漸堅密，蠹病自已。然率用中下茶，其上者亦不常有。閒數日一啜，亦不爲害也。

---

[76] 蘇軾：《東坡後集》卷九。
[77] 此又見於趙令畤：《侯鯖錄》卷四。

在《志林》中，屢見東坡談茶，且與司馬光討論茶、墨時，將之比作賢人君子，卷十云：

> 司馬溫公曰：茶與墨正相反，茶欲白、墨欲黑，茶欲重、墨欲輕，茶欲新、墨欲陳。予曰：二物之質誠然矣，然亦有同者。公曰：何謂？予曰：奇茶妙墨皆香，是其德同也；皆堅，是其操同也；譬如賢人君子，妍醜黔晳之不同，其德操蘊藏，實無以異。公笑以爲是。[78]

蘇東坡雖然自謂不通琴棋[79]，然書畫已是大家，在其生前，早就身價非凡，故於寺廟樑柱上的題字，竟會遭雅賊盜去，羅大經《鶴林玉露》卷九曰：

> 坡之北歸，經過韶州月華寺，值其改建法堂，僧丐坡題梁，坡欣然援筆，……右梁題字（「歲月」二字）一夕爲盜所竊，左梁字尚存。

但是東坡每每率性揮灑，不吝與人，何薳《春渚記聞》卷六「饋藥染翰」條曰：

> （東坡）寓居水南，日過郡城，攜一藥囊，遇有疾者，必爲發藥，并疏方示之。每至寺觀，好事者及僧道之流，有欲得公墨妙者，必預探公行遊之所，多設佳紙，於紙尾書記名氏，堆積案間，拱立以俟。公見即笑，視略無所問，

---

[78] 此亦見於趙令畤：《侯鯖錄》卷四。

[79] 蘇軾：《東坡志林》卷七：「元祐五年十二月一日遊小零隱，聽林道人論琴棋，極有妙語，予雖不通此伎，然以理度之，知其言足信也。」

縱筆揮染，隨紙付人，至紙尚多，即笑語之曰：日暮矣，
恐小書不能竟紙，或欲齋名及佛偈，幸見語也。及歸，人
人厭滿忻躍而散。

東坡〈書黃泥坂詞後〉云：

余在黃州，大醉中作此詞，小兒輩藏去稿，醒後不復見也。
前夜與黃魯直、張文潛、晁無咎夜坐，三客飜倒几案，搜
索篋笥，偶得之；字半不可讀，以意尋究，乃得其全。文
潛喜甚，手錄一本遺余，持元本去。明日得王晉卿（詵）
書云：吾日夕購子書不厭，近又以三縑博兩紙，子有近書，
當稍以遺我，毋多費我絹也。乃用澄心堂紙、李承晏墨，
書此遺之。元祐元年十一月二十一日。[80]

坡公與門人友執間，充溢著真性至情與藝術美感的生活情
趣，實令人嚮往。東坡好硯[81]，喜蓄墨，甚而興竈製墨，幾乎燒
掉了屋子[82]；且與父親一樣地嗜畫，在《東坡後集》卷三的三首
詩「詩目」中，就出現了王詵欲奪蘇軾之仇池石，而坡則願與其
擁有韓幹所繪馬畫交換之記錄：

僕所藏仇池石，希代之寶也。王晉卿以小詩借觀，意在於
奪，僕不敢不借，然以此詩先之。自註云：僕在揚州，程
德孺自嶺南解官，以此石見遺。又註云：僕以高麗所鑄大

---

[80] 蘇軾：三蘇祠本《東坡全集》卷六十五。
[81] 蘇軾：《東坡前集》卷十四，有〈龍尾硯歌并引〉、〈張近幾仲有龍尾子石硯，以銅劍易之詩〉。
[82] 見於蘇軾：《東坡志林》卷十，與葉夢得：《避暑錄話》上。

銅盆貯之，又以登州海石如碎玉者附其足。

王晉卿示詩，欲奪海石。錢穆父、王仲至、蔣潁叔皆次韻，
穆、至二公以為不可許，獨潁叔不然。今日潁叔見訪，親
睹此石之妙，遂悔前語。軾以謂晉卿豈可終閉不予者，若
能以韓幹二散馬易之者，蓋可許也。復次前韻。

軾欲以石易畫，晉卿難之。穆父欲兼取二物，潁叔欲焚畫
碎石。乃復次前韻，并解三詩之意。

　　大、小蘇均優遊於儒、釋、道三家，不過蘇轍生性超然恬淡，
寧謐寡欲，所著《龍川略志》與其孫蘇籀之《欒城遺言》內，迭
見子由和僧道異人往來請益的記錄，如其善養生、喜煉丹。

　　三蘇祠本《東坡全集》卷七十六，有一詩題云：「子由將赴
南都，與余會宿於逍遙堂。……余觀子由，自少曠達，天資近道，
又得至人養生長年之訣，而余亦竊聞其一二。」而東坡〈答張文
潛書〉四首之一又云：「子由在筠，甚自適，養氣存神幾於有成，
吾儕殆不如也。」[83]劉延世編錄之《孫公談圃》卷下云：

　　子由嘗為黃白術（煉丹砂以化成金銀），先治一室，甚密，
　　中置大爐，將舉火，見一大貓據爐而溺，須臾不見；子由
　　以謂神仙之術，天使濟貧乏，待其人然後傳，予非其人，
　　遂不復講。

　　老蘇、小蘇的生活嗜好，均極單純，不似大蘇的多彩多姿；
不過，喜遊山玩水，以增廣見聞，拓展襟懷的主張，三蘇父子倒

---

[83] 蘇軾：三蘇祠本《東坡全集》卷四十九。

很一致。蘇洵〈憶山送人〉詩云：「少年喜奇迹，落拓鞍馬間，縱目視天下，愛此宇宙寬。山川看不厭，浩然遂忘還。」[84]

蘇轍〈武昌九曲亭記〉云：「昔余少年，從子瞻遊，有山可登，有水可浮，子瞻未始不褰裳先之。有不得至，爲之悵然移日。至其翻然獨往，逍遙泉石之上，擷林卉，拾澗實，酌水而飲之，見者以爲仙也。」[85]〈上樞密韓太尉書〉云：「轍生十有九年矣，其居家所與游者，不過其鄰里鄉黨之人，所見不過數百里之間，無高山大野可登覽以自廣，……恐遂汩沒，故決然捨去，求天下奇聞壯觀，以知天地之廣大。」[86]

概言之，無論在性格、嗜好等方面，大蘇總以天縱的才情，攬住最多的目光及筆墨，父親與弟弟都不得不瞠乎其後。

[84] 蘇洵：《嘉祐集》卷十五。
[85] 蘇轍：《欒城集》卷二十四。
[86] 蘇轍：《欒城集》卷二十二。

第四章　三蘇記體散文特色

　　蘇氏父子在政治主張、文學理論、文藝批評等方面，是一脈相承的，而於散文創作上，因性格、環境諸多因素的影響，風格便同中有異了。為了取得一個比較三蘇散文的平衡點，且側重文學藝術面，故就三蘇均曾採用的記體散文中，以「記」名篇者，作為研討對象。

　　由於「盡燒曩時所為文數百篇」[1]，造成蘇洵在三蘇中，留傳的作品數量最少，又因好為策論，所以在其文集中，「記」僅五見：《嘉祐集》卷十三之〈蘇氏族譜亭記〉，卷十四之〈張益州畫像記〉、〈彭州圓覺禪院記〉、〈極樂院造六菩薩記〉及〈木假山記〉。

　　蘇軾所寫的「記」最多，在明成化刊本《東坡全集》裏，有六十五篇，分別是：《前集》卷三十一有十三篇，卷三十二有十四篇，卷三十三有五篇，卷四十有二篇；《後集》卷十五有四篇，卷十九有一篇，卷二十有一篇；《續集》卷十二有二十五篇。由於篇數過多，遂改採南宋·郎曄選註《經進東坡文集事略》卷四十八至五十四所收之三十六篇記體散文，作為討論的根據。

　　蘇轍則在《欒城集》卷二十三、二十四中有「記」十八篇；在《欒城後集》卷二十一，有「記」二篇；《欒城三集》卷十中，有「記」四篇，共二十四篇。

---

[1]　蘇洵：〈上歐陽內翰第一書〉，《嘉祐集》卷十一。

　　此外，依蘇轍嫡孫蘇籀之《欒城遺言》云：「〈大悲圓通閣記〉，公（轍）偶爲東坡作。坡云：『好箇意思！』欲別作，而卒用公所著。」則東坡集子中的〈大悲閣記〉[2]，應歸蘇轍。

　　現分命意、章法、修辭、內容四節，論述三蘇記體散文的特色。

第一節　命意

　　記敘雜記體的散文，因受文體拘限，通常都採用窄題寬作法，否則必成流水帳式的呆板文字；也正因爲記敘體散文較難寫得出色，更可顯出三蘇散文的造詣。就三蘇記體散文分析歸納，可得八種立題命意法，分別爲：

　(一) 依題鋪敘法：此乃敘事雜記體散文最常使用的寫作方法，按照題目之意，娓娓記述，但可藉由章法變化及修辭技巧，使作品呈現不同的風貌。

　(二) 就題生情法：此乃透過題目，以平實的敘述筆法，傳達因題而生之情感或感慨，常能造成情景交融的意境。

　(三) 借題寓意法：通常在不便或不願明說的情況下，採用此種寓意寫法，每因意在言外，更耐人深思尋繹。與「就題生情」的最大區別，在於「借題寓意」多含嘲諷、規戒的意味。

　(四) 側筆入題法：此法先寫一些與題目略不相涉的文字，再漸漸導入本題，這樣常可蘊蓄出婉曲的效果，文氣則平順而不突兀。

---

[2]　〈大悲閣記〉見於《東坡前集》卷四十，與《事略》卷五十四中。

(五) 對襯映題法：對兩個主體，運用不同的方式描寫，在相互映襯之下，烘托出題意；而主體可偏重其一、也可同等對待，映襯也能有正面、反面等變化。

(六) 兩意夾題法：對一個描述主體運用兩種不同的方式或角度切入，此法除增加文章的廣度外，也使文意緊密，文氣也不致鬆散。

(七) 反面逼題法：先駁難本題，然後申論，屬先破後立命意法。運用此法行文，文勢最為磅礡、懾人。

(八) 題外滋意法：通篇寫來，似有極多筆墨與文旨風馬牛不相及，忽地，卻在某處巧妙扣回本題，全文隨即結束，留下無窮餘韻。

　　蘇洵僅有的五篇「記」中，業已運用了四種命意法。

　　(一)借題寓意法：

　　1〈蘇氏族譜亭記〉，篇首說明作族譜、立亭刻石於祖塋西南的表面原因，在於族人「歲時蠟社，不能相與盡其歡欣愛洽；稍遠者，至不相往來，是無以示吾鄉黨鄰里也」。然後，筆鋒突轉至「見有為不義者，……則相與安之耳，是起於某人也」，展開對「某人」的全面批判，而以「吾不敢以告鄉人，而私以戒族人焉」收筆，回應篇首。文字鋪排中，作者真正的意旨，已昭然若揭。

　　2〈木假山記〉，前半在敘述樹木自萌生起，必得經歷許多磨練考驗，最最幸運者，方成「木假山」；後半說明「非徒愛其似山」，且又「有所感」、「有所敬焉」。其實，蘇洵是以「魁岸踞肆，意氣端重」的中峰自喻，以「莊栗刻峭，凜乎不可犯，雖

其勢服於中峰，而岌然決無阿附意」的旁邊二峰，暗誇兩兒——蘇軾與蘇轍。

(二)就題生情法：

〈張益州畫像記〉，由蜀人欲留張公像于淨眾寺起筆，說明張方平是個「能處茲文武之間」的重臣，銜帝命入蜀平寇，蜀地「遂以無事」，其輕易化解了「有亂之萌，無亂之形」——最為難治的「將亂」，更對號稱「多變」的蜀人，「約之以禮，驅之以法」，「愛蜀人之深，待蜀人之厚」，前所未有。再從「平居聞一善，必問其人之姓名」、「鄉里」、「長短大小美惡之狀」，「甚者，或詰其平生所嗜好」，「以想見其為人」而「思之於心」的一般情形，推回蜀地人民基於感恩懷念，留下張公畫像的必然性。整篇文致感懷，盡由「畫像」而出。

(三)反面逼題法：

〈彭州圓覺禪院記〉，先總論「居而不樂，不樂而不去」，是「心不能御其形」，乃「自欺」「欺天」之人；再從反面角度談，「自唐以來，天下士大夫爭以排釋老為言」，故使釋老之徒「自叛其師」，「求知」「求容」於士大夫；將文勢逼至「彭州僧保聰來求識予甚勤」，且「不以叛其師悅予也」，使得蘇洵樂於為之作記，記錄彭州圓覺禪院之因革。

(四)側筆入題法：

〈極樂院造六菩薩記〉，蘇洵先自述「少年時，父母俱存，兄弟妻子備具，終日嬉遊，不知有死生之悲」，然後「自長女之夭」，到「年四十有九，而喪妻焉」，三十年之間，迭遭骨肉零落之痛；導入如今惟願「徜徉於四方，以忘其老將去」，但「追

念死者，恐其魂神精爽滯於幽陰冥漠之間」，「於是造六菩薩并龕座二所」，「置於極樂院阿彌如來之堂」，希望逝去的親人得藉以「所適如意，亦若余之遊於四方，而無繫云爾」。

　　東坡三十五篇以「記」爲名的作品當中，除了〈大悲閣記〉應是蘇轍作品外，以「借題寓意」、「側筆入題」二法，使用的頻率最高，各有七篇之多；其次是「反面逼題法」，有五篇；而「對襯映題」與「題外滋意」法，各有四篇；「依題鋪敘」、「就題生情」法，各有三篇；「兩意夾題法」最少，僅有兩篇。茲依類分析於後：

（一）借題寓意法

　　1〈墨妙亭記〉，從吳興守孫莘老（覺）「作墨妙亭於府第之北、逍遙堂之東，取凡境內自漢以來古文遺刻以實之」起筆，藉著莘老於「歲適大水」田不登、民大飢，「朝廷方更化立法，使者旁午」的情況下，猶能「賦詩飲酒爲樂」，「又以其餘暇，網羅遺逸」爲說，寓有闡釋「知命」真諦的深意——即治國如養身，「凡可以存存而救亡者無不爲，至於不可奈何而後已」。此乃蘇軾對北宋積弱不振的國勢，君臣苟且偷安的心態，暗藏針砭。

　　2〈眾妙堂記〉，先藉夢中與道士語：「妙一而已，容有眾乎？」道士笑答：「一已陋矣，何妙之有。若審妙也，雖眾可也。」再將「妙」推至如蜩、雞之「蛻與伏」，暗寓無妙之妙方爲眾妙的哲理。

　　3〈傳神記〉，由「傳神之難在目」，「其次在顴頰」，繼論「傳神與相一道，欲得其神之天，法當於眾中陰察之」；然後稱美程懷立「蕭然有意於筆墨之外」，以闡發蘇軾自己「超乎技矣」之文藝觀，並暗中規戒從事文藝創作者，不可一味追求形式。

　　4〈李君山房記〉，首云：「悅於人之耳目，而適於用，用之而不弊，取之而不竭；賢不肖之所得，各因其才，仁智之所見，各隨其分，才分不同，而求無不獲者；惟書乎！」淡淡數語，道盡書冊諸般優點。再以今昔之比，論古之士學難、書少不易得，卻「習於禮樂、深於道德」；今之「學者之於書，多且易致」，然「皆束書不觀，遊談無根」。終了，歸結到李公擇（常）非但藏書豐富，且已涉流探源得其精華，「發於文詞、見於行事」，本「仁者之心」，把九千餘卷書籍，「藏於其故所居之僧舍」，人稱「李氏山房」；文末則以感歎「今之學者，有書而不讀，為可惜也」作結。其實，本文旨在諷刺新政施行後，科考廢詩賦，改採王安石新經義取士，所造成文詞學術低落、道德淪喪之弊害。

　　5〈鹽官大悲閣記〉，以為酒食設譬，說明「求精於數外，而棄迹以逐妙」、「略其分齊、捨其度數」，「而一以意造，則其不為人之所嘔棄者寡矣」，「今吾學者之病亦然」，「廢學而徒思者」，竟為「今世之所尚」，推及「為佛者亦然」；不過杭州鹽官安國寺僧居則，獨「勤苦從事於有為，篤志守節，老而不衰」，終造成千手千眼觀世音像；而蘇軾於文末僅云「故為記之，且以風吾黨之士」。此記與〈李君山房記〉同一寓意，郎曄於文內曾引《烏臺詩話》云：

　　　　熙寧八年，軾知徐州日，有杭州鹽官縣安國寺相識僧居則，請軾作大悲閣記。意謂，舊日科場以賦取人，賦題所出多關涉天文、地理、禮樂、律曆，故學者不敢不留意於此等事；今來科場以大義取人，故學者只務大言高論，而無實學，以見朝廷改更科場法度不便也。

　　6〈勝相院藏經記〉一文，蘇軾先寫成都大聖慈寺勝相院中大寶藏佛經，能使「時見聞者，皆爭捨施，富者出財、壯者出力、巧者出技，皆捨所愛，及諸結習，而作佛事，求脫煩惱濁惡苦海」；反觀自己，「即欲隨眾，舍所愛習，周視其身，及其室廬，求可舍者，了無一物」；在「無有毫髮可捨」的情形下，「惟有無始已來結習口業，妄言綺語，論說古今，是非成敗」，「自云是巧，不知是業」；遂「作寶藏偈，願我今世，作是偈已，盡未來世，永斷諸業、塵緣妄想、及事理障」，整篇記，就隨著偈語完了而結束。但若細加尋思探索，必能發現東坡寄寓文內之深意，主在申訴「烏台詩案」中，自己因詩文言語而獲罪的不平，畢竟「所出言語，猶如鍾磬，黼黻文章，悅可耳目」，「當有無耳人，聽此非舌言，於一彈指頃，洗我千劫罪」。

　　7〈四菩薩閣記〉，先述唐·吳道子所畫長安藏經龕門板上四菩薩畫像之滄桑，繼云以十萬錢購得，獻給蘇洵。以取悅父親；老蘇「所嗜百有餘品，一旦以是四板爲甲」，後因惟簡之言，爲亡父捨施，終取蘇洵「之所甚愛」，自己「之所不忍捨者」與之。惟簡即使將「以錢百萬，度爲大閣以藏之」，而蘇軾依舊恐其無法長久保有，故爲此記，諭示不可竊取「四菩薩」之諸端，來規戒覬覦者。

　　(二)側筆入題法：

　　1〈仁宗皇帝飛白記〉，從「論世知人」，言及賢臣必出於聖君之際，而宋仁宗的聖德，在崩殂十二年後，猶能使上下內外之人「流涕稽首者」，全肇因於君臣無間，共同致力而成；導入仁宗賜太子太傅王舉正「端敏字二、飛白筆一」之本題；最後巧以「推點畫以究觀其所用之意」、「因褒貶以想其所與之人」作結。

2〈篔簹谷偃竹記〉，從文同教蘇軾「成竹在胸」，掌握「如兔起鶻落」的靈感，並經由學習達到「心手相應」之畫墨竹意法起筆，並追述二人疇昔因畫竹而戲笑之種種，導入文同以所繪篔簹谷偃竹贈東坡，並令作「洋洲三十詠，篔簹谷其一也」之本題。文末舉曹操祭橋玄祀文中，有車過腹痛之語，正襯文同與蘇軾「親厚無間」作結。

3〈密州倅廳題名記〉，全文從蘇軾和趙成伯結識之始、相善之由寫起，導入軾為膠州守、成伯為倅，請蘇軾作密州倅廳壁記之本題，而終以「立言」或可不朽作結。

4〈滕縣公堂記〉，從養士豐厚則使人樂於出仕，反之則不然；談到宮室，「蓋有所從受，而傳之無窮，非獨以自養也」，絕無猶疑之餘地，因為「今日不治，後日之費必倍」；導入「滕、古邑也，在宋魯之間，號為難治。庭宇陋甚，莫有葺者，非惟不敢，亦不暇」之本題。說明「自天聖元年（1023），縣令太常博士張君太素，實始改作」，歷經五十三年，「贊善大夫范君純粹，自公府掾謫為令，復一新之」；最後引魏人徐邈不於時變易、改其常度之風範，來讚美范純粹，無視儉陋延宕政風，反而戮力從事的道德勇氣。

5〈雩泉記〉，先寫東武郡「濱海多風」、「溝瀆不留」、「率常苦旱」，若禱於郡治之南的常山，則「未嘗不應」，因「有常德」，「故謂之常山」；轉入蘇軾發現山「能常其德，出雲為雨，以信於斯民者」，全因「有泉汪洋折旋如車輪」，故「琢石為井」，「作亭於其上，而名之曰雩泉」之本題。篇末，申言官吏反不「如常出雩泉之可信而恃」。

6〈南安軍學記〉，自「古之為國者四」，「獨學校僅存耳」；「古之為學者四」，今「直誦而已」起筆，再引舜言，及《論語》、《詩》、《禮》、《春秋傳》所云，彰明「古之取士論政，必於

學，有學而不論政、不取士，猶無學也」，此學須與「王政」配合，方不致禍敗；導入「太守朝奉郎曹侯登以治郡顯聞，所至，必建學，故南安之學，甲於江西」之本題，終以作記之由結筆。

　　7〈黃州安國寺記〉，由「余自吳興守得罪，上不忍誅，以為黃州團練副使，使思過而自新焉」發端，後述「歸誠佛僧」以修道養性，「鋤其（過）本」，轉入「得城南精舍曰安國寺」，「間三日輒往，焚香默坐，深自省察」之本題。隨之寫僧首繼連的德行，文末則說明作記之緣由，及安國寺之建築與盛會。

　（三）反面逼題法：

　　1〈石氏畫苑記〉，首述石康伯（字幼安）之家世，不願以蔭得官的態度，與「獨好法書名畫，古器異物，遇有所見，脫衣輟食求之，不問有無」之癖好；再寫石氏「異人」般的相貌，「善滑稽、巧發微中」，急人之難「甚於為己」的個性，及蘇軾「獨深知之」，知其「識慮甚遠，獨口不言耳」。然後扣題云「其家書畫數百軸，取其毫末雜碎者，以冊編之，謂之石氏畫苑」，繼引蘇轍一段「畫無用論」，而以「今幼安好畫，乃其一病，無足錄者，獨著其為人之大略云爾」駁難逼題作結。

　　2〈張君寶墨堂記〉[3]，由世人之所共嗜者，如美食、華服、聲色、書畫、辭章，甚或功名，層層推說，然終歸是「人特以己之不好，笑人之好，則過矣」。然後扣題云：「毗陵人張君希元，家世好書，所蓄古今人之遺跡至多，盡刻諸石，築室而藏之，屬予為記」，再引蜀諺「學書者紙費，學醫者人費」為說，認為張

---

[3]　《東坡前集》卷三十一和三蘇祠本《東坡全集》卷十二，皆作〈墨寶堂記〉。

君「豈久閑者，蓄極而通，必將大發之於政」，當以「政之費人
也甚於醫」[4]爲鑒，駁難本題作結。

　　3〈李太白碑陰記〉，開首即云：「李太白，狂士也，又嘗失
節於永王璘，此豈濟世之人哉？而畢文簡公以王佐期之，不亦過
乎！」從失節狂士何足爲其作記之反面行文，再逼至本題，彰明
太白使當權之宦官高力士「脫靴殿上，固已氣蓋天下矣」，能「識
郭子儀之爲人傑」，必「能知璘之無成」，終歸結至「太白之從
永王璘，當由迫脅」。

　　4〈清風閣記〉，是因文慧大師應符築成清風閣後，多次修函
請求蘇軾爲之作記而寫成。東坡開筆即「戲爲浮屠語」，詰問應
符曰：「而所謂身者，汝之所寄也；而所謂閣者，汝之所以寄所
寄也。身與閣，汝不得有，而名烏乎施？名將無所施，而安用記
乎？」反面強勢逼題。再以「吾爲汝放心遺形而強言之，汝亦放
心遺形而強聽之」鋪敘下文，最後以清風之起，得到「力生於所
激，而不自爲力，故不勞；形生於所遇，而不自爲形，故不窮」
之哲理收筆。

　　5〈中和勝相院記〉，先說「佛之道難成」，並反諷所謂「長
老」，既「剗其患，專取其利」，「又愛其名，治其荒唐之說，
攝衣升坐，問答自若」，而蘇軾「見輒反覆折困之，度其所從遁，
而逆閉其塗，往往面頸發赤」。續云：「吾之於僧，慢侮不信如
此[5]，今寶月大師惟簡乃以其所居院之本末，求吾文爲記，豈不謬

4　《事略》卷五十〈張君寶墨堂記〉，郎曄引《東坡詩話》云：「熙寧五年（1072）
　　內，軾往通判杭州日，太子中舍越州簽判張次山有書求軾作寶墨堂記，其間
　　有學醫之說，軾以謂學醫者當知醫書，以窮疾之本原，若今庸醫瞽伎，多妄
　　投藥石，以害人命。意言不練事之人，驟施民政，喜怒不常，有害人甚於庸
　　醫之未習。」
5　《事略》卷五十四〈中和勝相院記〉原誤作「如 "比"」，現依三蘇祠本《東
　　坡全集》卷十三、《東坡前集》卷三十一改之。

哉！」此乃從本題反面加以駁難成文，然破之重，則立之崇，故逆轉整篇文勢，寫道：「文雅大師惟度，器宇落落可愛，渾厚人也」，「惟簡則其同門友也，其爲人，精敏過人，事佛齊眾，嚴謹如官府。二僧皆吾之所愛，而此院又有唐僖宗皇帝像，及其從官文武七十五人，……而畫又皆精妙冠世，有足稱者，故強爲記之。」許多人憑此記，誤斷蘇軾輕蔑高僧、不信竺乾，正緣於不明瞭蘇軾爲文命意之法。

(四)對襯映題法：

1〈鳳鳴驛記〉，經由昔日之「不可居」，與現今「所居與其凡所資用，如官府、如廟觀、如數世富人之宅；四方之至者，如歸其家，皆樂而忘去」的對比情況，來描寫鳳鳴驛；透過所花費之時間——五十五日，所動用之人力——三萬六千夫，所需之木竹瓦甓坏釘與稭的數目——二十一萬四千七百二十有八，而「民未始有知者」的對比情況，來描寫鳳翔知府宋選整修驛站工程的龐大，卻絲毫不擾民。文末云：「夫修傳舍，誠無足書者，以傳舍之修，而見公之不擇居而安、安而樂、樂而喜從事者，則是真足書也。」業已交待側重的主體與爲文之深意。

2〈張氏園亭記〉，經由「道京師而東，水浮濁流，陸走黃塵，陂田蒼莽，行者倦厭，凡八百里，始得靈壁張氏之園於汴之陽」，與園外「脩竹森然」，「喬木蓊然」，園中「有江湖之思」、「有山林之氣」、「有京洛之態」、「有吳蜀之巧」，「其深可以隱、其富可以養，果蔬可以飽鄰里，魚鱉筍茹可以餽四方之賓客」的截然對比。來描繪未見與既見張氏亭園之差異。透過「世有顯人」、「張氏之先君，所以爲其子孫之計慮者遠且周」兩個角度，來形容張碩。蘇軾並藉「築室藝園於汴泗之間」，「開門而出仕，則跬步市朝之上；閉門而歸隱，則俯仰山林之下。於以養生治性、

行義求志，無適而不可」的「張氏園亭」，來闡發「君子不必仕，不必不仕；必仕，則忘其身；必不仕，則忘其君」的政治理念，強調士者應該避免「處者安於故而難出」，「有違親絕俗之譏」，「出者狃於利而忘返」、有「懷祿苟安之弊」。

3〈韓魏公醉白堂記〉，先點明魏國公韓琦「意若有羨於樂天而不及者」[6]，乃名堂曰「醉白」，再從「公豈獨有羨於樂天而已乎？方且願為尋常無聞之人而不可得者」起筆。「文致太平、武定亂略」，「天下以其身為安危」，「此公之所有，而樂天之所無也」；「日與其朋友賦詩飲酒，盡山水園池之樂，府有餘帛、廩有餘粟，而家有聲妓之奉」，「此樂天之所有，而公之所無也」；韓魏公擁有樂天所無之勳業，樂天則擁有韓魏公所無之閒適。全文對兩個描述主體，從不同方向刻劃映襯後，帶至「公與樂天之所同」──「忠言嘉謨效於當時，而文采表於後世；死生窮達不易其操，而道德高於古人」，再歸結於本旨──「公既不以其所有自多，亦不以其所無自少，將推其同者而自託焉。方其寓形於一醉也，齊得喪、忘禍福、混貴賤、等賢愚，同乎萬物，而與造物者遊，非獨自比於樂天而已」，回應起筆。文末論述取名「醉白堂」，是因為「古之君子，其處己也厚，其取名也廉」，「是以實浮於名，而世誦其美不厭」。

4〈墨君堂記〉，有兩個描述主題：一是竹，一是人──文同（字與可）。「凡人相與號呼者，貴之則曰公，賢之則曰君，自其下則爾汝之」；「獨王子猷謂竹君，天下從而君之無異辭」。至於「與可之為人也，端靜而文，明哲而忠」，和竹君一樣，俱有賢德。而「今與可又能以墨象（竹）君之形容，作堂以居君」，

6 世界書局民國六十四年元月再版之《經進東坡文集事略》下冊，821 頁，闕漏此十一個關鍵字，現依三蘇祠本《東坡全集》卷十二、《東坡前集》卷三十二補之。

「獨能得君之深，而知君之所以賢」。在竹君、文同相互正襯下，說竹不顧四時之大變，一如賢士不以欣戚喪其所守；稱美竹君「得志，遂茂而不驕，不得志，瘁瘦而不辱」，「群居不倚，獨立不懼」之情性，也同時讚賞了文同之品行。

（五）題外滋意法：

1〈超然臺記〉，一開頭，先說上一段人生哲理：「凡物皆有可觀，苟有可觀，皆有可樂。非必怪奇偉麗者也，餔糟啜漓，皆可以醉；果蔬草木，皆可以飽。推此類也，吾安往而不樂。」人如「遊於物之內」，則將「美惡橫生，而憂樂出焉」。蘇軾再寫自己由杭州通判移守密州（膠西），二地的生活條件判若雲泥，甚至「齋廚索然」，需要「日食杞菊」裹腹，「人固疑余之不樂」，但其「處之期年，而貌加豐；髮之白者，日以反黑」。「余既樂其風俗之淳，而其吏民亦安予之拙也」，於是「因城以爲臺者，舊矣，稍葺而新之。時相與登覽，放意肆志焉」，「臺高而安、深而明，夏涼而冬溫。雨雪之朝，風月之夕，余未嘗不在，客未嘗不從」。文末突以「樂哉遊乎」扣回本題，續云：「子由適在濟南，聞而賦之，且名其臺曰超然。以見余之無所往而不樂者，蓋遊於物之外也。」全文隨即戛然而止。

2〈眉州遠景樓記〉，蘇軾先談家鄉眉州有三項近古之俗，「其士大夫貴經術而重氏族，其民尊吏而畏法，其農夫合耦以相助」；再論「其民皆聰明才智，務本而力作，易治而難服」，雖尊吏畏法，但是「守令始至，視其言語動作，輒了其爲人，其明且能者，不復以事試，終日寂然；苟不以其道，則陳義秉法以譏切之，故不知者以爲難治」。繼將文勢從人民轉向官吏，「今太守黎侯希聲，軾先君子之友人也。簡而文、剛而仁、明而不苟，眾以爲易事」，任期屆滿，朝廷應民懇求，「既留三年」。而以「遂以無

事」，黎太守「因守居之北墉而增築之，作遠景樓，日與賓客僚吏游處其上」的句子，終使前面似與題旨無關的長篇論述，巧妙地扣住本題。結處交待作記主因，在於「今吾州近古之俗，獨能累世而不遷，蓋耆老昔人豈弟之澤，而賢守令撫循教誨不倦之力也。可不錄乎！」，至於「登臨覽觀之樂，山川風物之美」已成餘事。

3〈蓋公堂記〉，起筆言「有病寒而嗽者」，「三易醫而疾愈甚」，「里老父教之曰：是醫之罪、藥之過也。子何疾之有？人之生也，以氣為主、食為輔」；「子退而休之，謝醫却藥而進所嗜，氣全而食美矣，則夫藥之良者，可以一飲而效。從之，期月而病良已」。接著以「昔之為國者亦然」一句，轉而述及漢朝蕭何、曹參為相，見秦「立法更制，以鑱磨鍛鍊其民，可謂極矣」，遂「一切與之休息，而天下安」。起初曾參為齊相，曾向善治黃老的蓋公請教安民之道，「蓋公為言治道貴清淨，而民自定」，參「用其言而齊大治」，後以之治天下，「天下至今稱賢焉」。蘇軾「為膠西守」時，「師其言，想見其為人」，故修建「蓋公堂」，「時從賓客僚吏遊息其間」。[7]

4〈王君寶繪堂記〉，先分「寓意於物」、「留意於物」兩線行文。「寓意於物，雖微物足以為樂，雖尤物不足以為病；留意於物，雖微物足以為病，雖尤物不足以為樂」。再引聖人（老子）之言，前賢（劉備、嵇康、阮孚）之行為佐證。續云可悅喜人，「而不足移人者，莫若書與畫」，「然至其留意而不釋」，則會有凶身害國之禍。全文敷衍至此，則以「譬之煙雲之過眼，百鳥之感耳」，說明蘇軾自己如何由「好書畫」中，悟解本心，使「二

---

7 洪邁：《容齋五筆》卷四．「東坡文章不可學」條云：「東坡作〈蓋公堂記〉……是時，熙寧中，公在密州，為此說者，以諷王安石新法也。」此一觀點，當可成立，故〈蓋公堂記〉也能歸於「借題寓意法」中。

物者，常為吾樂而不能為吾病」。然後歸至本題，駙馬都尉王晉卿「平居擺去膏粱，屏遠聲色，而從事於書畫，作寶繪堂於私第之東，以蓄其所有，而求文以為記」，蘇軾則以前所云云，「庶幾全其樂而遠其病」，即收筆結束全文。

(六)依題鋪敘法：

1〈錢塘六井記〉，先寫六井之大略，再寫熙寧五年（1072）杭州太守陳述古為去民瘼，而修治六井，末述作記之由，以及全篇主旨──「以其不常有，而忽其所甚急，此天下之通患也，豈獨水哉？」

2〈獎諭勑記〉，乃就宋神宗獎諭勑，記蘇軾知徐州時，率領吏民抗洪全城之種種，文末說明作記的原因，在於「恐久遠倉卒，吏民不復究知」。

3〈順濟廟石砮記〉，記敘「軾自儋耳北歸，艤舟吳成山順濟龍王祠下。既進謁而還，逍遙江上」，失而復得「孔子所謂楛矢石砮」，因是異物寶貝，「軾不敢私有，而留之廟中，與好古博雅君子共之，以昭示王之神聖英烈，不可不敬」。

(七)就題生情法：

1〈喜雨亭記〉，先點題「亭以雨名，志喜也」，「示不忘也」。繼而分寫因雨、因不雨所滋之喜與憂；因適時獲得足夠的雨水，方能擺脫「無麥無禾，歲且荐飢，獄訟繁興，而盜賊滋熾」的憂，而有「官吏相與慶於庭，商賈相與歌於市，農夫相與忭於野，憂者以樂，病者以愈」的喜；在喜雨的氣氛中，「吾亭適成」。蘇軾將文情感懷完全依題抒發，故此記屬「就題生情」法。

2〈凌虛臺記〉，開篇說明凌虛臺於理當築，與未築前、既築後之情景。鳳翔太守陳希亮名臺曰「凌虛」，「而求文以為記」，

蘇軾乃就凌虛臺，滋衍出「廢興成毀」與「世有足恃者，而不在乎臺之存亡也」之感慨。

　　3〈放鶴亭記〉，起筆言「放鶴亭」之來由，續興「隱居之樂」，「雖南面之君未可與易也」的感歎，再舉史事為證，「南面之君，雖清遠閑放如鶴者，猶不得好，好之則亡其國；而山林遁世之士，雖荒惑敗亂如酒者，猶不能為害，而況於鶴乎？」

　　(八)兩意夾題法：

　　1〈石鍾山記〉，蘇軾以酈道元《水經注》「人常疑之」的說法，和唐‧李勃「余尤疑之」的說法，兩意夾本題——「石鍾山」行文。就自身目見耳聞的實證經歷，推翻臆斷，並「歎酈元之簡，而笑李勃之陋也」。

　　2〈淨因院畫記〉，以畫之「常形」、「常理」兩意，夾題為文。認為「常形之失，人皆知之；常理之不當，雖曉畫者有不知」。「常形之失，止於所失」；「常理之不當，則舉廢之矣」。「世之工人，或能曲盡其形，而至於其理，非高人逸才不能辨」。「(文)與可之於竹石枯木，真可謂得其理者矣」，「合於天造，厭於人意」；由於淨因院長老道臻「治四壁於法堂，而請於與可，與可既許之矣，故余并為記之」。

　　蘇轍現存二十五篇「記」，其中「借題寓意」，「側筆入題」命意法，各有五篇；「就題生情」法有五篇，「依題鋪敘」法有四篇，「題外滋意」法二篇；另外，各有一篇分用「兩意夾題」法、「反面逼題」法。現依類分析於後：

（一）借題寓意法：

1〈吳氏浩然堂記〉，首先破題，「新喻吳君，志學而工詩」，以孟子為師，「隱居不仕，名其堂曰浩然」。繼而以水「無求於深，無意於行，得高而渟，得下而流，忘己而因物」的特性，喻「古之君子」，其或止或行、或貴賤或死生，「未有不浩然者也」；此因「平居以養其心，足乎內，無待乎外，其中潢漾，與天地相終始」。蘇轍藉此記，發揮其之「養氣說」，亦暗寓自我期許與仕宦態度。

2〈黃州快哉亭記〉，亦先交待本題，「清河張君夢得，謫居齊安，即其廬之西南為亭，以覽觀江流之勝，而余兄子瞻名之曰快哉」。接著從亭所見之自然美景與歷史陳跡，說明「所以為快哉者也」。最後引出全文寓意──「士生於世，使其中不自得，將何往而非病？使其中坦然，不以物傷性，將何適而非快？」

3〈南康直節堂記〉，首云：「南康太守聽事之東，有堂曰直節，朝請大夫徐君望聖之所作也」，因「庭有八杉，長短鉅細若一，直如引繩，高三尋而後枝葉附之」，府吏簿書「莫知貴也」，唯徐君「見而憐之」。全記後半部分藉庭杉之直節，正襯徐望聖與蘇轍自己「特立不倚」的風骨，以「客醉而歌」，巧陳「吾欲為曲，為曲必屈，曲可為乎；吾欲為直，為直必折，直可為乎」之無奈。

4〈遺老齋記〉，起筆寫築齋命名之種種，再藉「予之遭遇者再，皆古人所希有；然其間與世俗相從，事之不如意者，十常六七，雖號為得志，而實不然」，寄意人若投身仕途，就絕對無法擁有「心之所可，未嘗不行；心所不可，未嘗不止」之「如意」。

5〈藏書室記〉，蘇轍追述父親遺行遺言，「有書數千卷，手緝而校之，以遺子孫曰：讀是。內以治身，外以治人，足矣。此

孔氏之遺法也」；以闡發「知道者必由學，學者必由讀書」，「勿
忘勿助」、「待其久而自得」之深意，以垂誡蘇氏子孫。

　　6〈大悲閣記〉，開篇即云：「大悲者，觀世音之變也。觀世
音由聞而覺，始於聞，而能無所聞；始於無所聞，而能無所不聞」。
其後彰明「觸而不亂，至而能應」的道理，勸戒世人「緣何得無
疑，以我無心故」。

（二）側筆入題法：

　　1〈上高縣學記〉，以今昔之比開篇。「古者以學為政」，「習
其耳目，而和其志氣，是以其政不煩，其刑不瀆，而民之化之也
速」；「古之君子，正顏色、動容貌、出詞氣，從容禮樂之間，
未嘗以力加其民，民觀而化之」。上位者以身作則，而所以藏身
之政，必然穩固。「至於後世不然，廢禮而任法，以鞭朴刀鋸力
勝其下」，則民不服、政必敗。再導入「上高，筠之小邑，介於
山林之間。民不知學，而縣亦無學以詔民。縣令李君懷道始至，
思所以導民，乃謀建學宮」之本題。最後，以上高邑學成而民如
禮守法作結。

　　2〈京西北路轉運使題名記〉，先寫京西因「土廣而民淳」，
「外無蠻夷疆場之虞，內無兵屯餽饟之勞」，「為吏者常閒暇無
事」；「然其壤地瘠薄，多曠而不耕；戶口寡少，多惰而不力，
故租賦之入於他路為最貧」，「轉運使之職，於他路為最急」，
不過「無外憂」、「無外奉」，「則雖貧而可以為富，雖急而可
以為佚」。施行熙寧新政後，「轉運使無所不總」，「奔走於外，
咨度於內，日不遑食」。行文漸入殿中丞陳知儉身上，「為轉運
判官，復為副使，以領（京西）北道，始終勞瘁，置功最力，將
刻名於石。以貽厥後」之本題，末以「政之去取，地之合離，與
其人之在是者，後世將有考焉」收攏全文。

　　3〈筠州聖壽院法堂記〉，先行描述高安郡「民富而無事」，然地勢險遠，「士之行乎當時者，不至於其間」。蘇轍「以罪遷焉」，「飽食而安居」，「忽焉不知險遠之為患」。筠州高安郡佛道盛行，「道士比他州為多，至於婦人孺子，亦喜為道士服」，又有五道場、四十二精舍。蘇轍由於「少而多病，壯而多難」，故學道又學禪，遂「病以少安」、「憂以自去」。再導入「獨聖壽者，近在城東南隅，每事之間，輒往遊焉」之本題，結處交待郡人吳智納「治生有餘，輒盡之於佛」，修治後室、法堂，「皆極壯麗」，與自己應僧省聰所求，乃為此記。

　　4〈杭州龍井院納齋記〉，先記錢塘辯才法師「居天竺十四年」，「吳越人歸之如佛出世，事之如養父母，金帛之施不求而至」，後為避「立於爭地」，乃往「天竺之南山」，「以茅竹自覆」。「人復致其所有，鑱險堙圮，築室而奉之」，不期年而成，「如天帝釋宮」，秦觀「名其所居曰納齋」；行文至此，已入本題。蘇轍再論辯才法師「以法教人，叩之必鳴、如千石鐘，來不失時、如滄海潮，故人以辯名之；及其退居南山，「閉門燕坐，寂默終日；葉落根榮、如冬枯木，風止浪靜、如古澗水，故人以訥名之」。雖然，師之大全，「不大不小，不長不短，不垢不淨，不辯不訥」，但循「眾人意」，則名訥齋，也未嘗不可。

　　5〈黃州師中庵記〉，開篇即云：「師中姓任氏，諱伋，世家眉山，吾先君子之友人也」，「平生好讀書，通達大義，而不治章句，性任俠喜事，故其為吏通而不流，猛而不暴」；「始為新息令，知其民之愛之，買田而居」，亦「嘗通守齊安，去而其人思之不忘」。文章從任伋之背景、個性，為官態度及深獲愛戴之點點滴滴，導入「子瞻以謫遷齊安，人知其與師中善也，復於任公亭之西為師中庵，曰：師中必來訪子，將館於是」之本題。記

末頌讚任伋爲吏，「獨能使民思之於十年之後，哭之皆失聲，此豈徒然者哉」，並以朱仲卿臨終告子之語爲輝映。

　　6〈汝州龍興寺修吳畫殿記〉，蘇轍先說父親「好畫，家居甚貧，而購畫常若不及」，兄長「少而知畫，不學而得用筆之理」，自己則「雖不能深造之，亦庶幾焉」。繼云，世之志於畫者，莫不以唐畫爲師法對象；並記蜀老能評畫者言：「畫格有四，曰能、妙、神、逸。」甚中以「逸」爲最高，唯孫遇而已；堪稱「神」者，亦僅范瓊、趙公祐二人。然東遊岐下，始見畫聖吳道子真跡，「比范、趙爲奇，而比孫遇爲正」。最後才將文章帶至本題，言已謫守汝州，間與通守李純繹遊龍興寺，觀華嚴小殿東西夾壁皆道子所繪，較岐下筆迹尤放，適僧惠真方葺大殿，蘇、李乃喻告襄助使先修小殿，遂得保存「吳畫」，使後世達者猶有以知之。餘筆附記「前後葺此皆蘇氏，豈偶然也哉！」

　　（三）就題生情法：

　　1〈齊州閔子祠堂記〉，前半描述歷城東有閔子騫墓，「墳而不廟，秩祀不至，邦人不寧」；熙寧八年（1075），「天章閣待制右諫議大夫濮陽李公來守濟南」，「政修事治」之餘，應邦之耆老所請，庀工修建閔子祠堂，「且使春秋修其常事」。後半透過「有言者曰」、「有應者曰」之設問方式，傳達出亂世出仕，如適東海，當備大舟巨帆之感觸。「方周之衰，禮樂崩弛，天下大壞」，「夫子之不顧而仕，則其舟楫足恃也」；「諸子之汲汲而忘返，蓋亦有陋舟而將試焉，則亦隨其力之所及而已矣」；而孔門德行科，除仲弓外，閔子等三人，「願爲夫子而未能，下顧諸子而以爲不足爲也，是以止而有待」。

　　2〈廬山栖賢寺新修僧堂記〉，經廬山入棲賢谷，所見情景駭目移人，至棲賢寺智遷長老因其徒惠遷新修僧堂，「完壯邃密，

非復其舊」，而請蘇轍為文誌之。轍乃感慨，「達者所以必因山林築室廬，蓄蔬米，以待四方之遊者」，在於慕求有道之人；假使「飲食得充、衣服得完、居處得安，於以求道而無外擾，則其為道也輕」；然而己身，「居於塵垢之中，紛紜之變日邁於前，而中心未始一日忘道」。

3〈東軒記〉，先寫自己「以罪謫監筠州鹽酒稅」及築東軒之原委，再寫一人任三吏之事，早出晚歸，「終不安於所謂東軒者」；並藉顏淵甘於困辱貧窶，以感嘆自己為求升斗之祿的無可奈何，卻無憤慨、嘲諷的味道。接著申述未聞大道者之樂與得道有德者之樂，絕難相提並論，自己雖然不敢奢望獲致「顏氏之樂」，惟願「歸伏田里，治先人之敝廬，為環堵之室而居之，然後追求顏氏之樂，懷思東軒」。

4〈武昌九曲亭記〉，記敘子瞻謫居齊安三年，「風止日出」時，每與山中好客而喜遊之二三子，倘佯武昌諸山，「埽葉席草，酌酒相勞」；後因大風雷雨拔去了九曲廢亭旁古木一株，亭方得以擴建，「亭成，而西山之勝始具，子瞻於是最樂」。篇末，蘇轍點明「蓋天下之樂無窮，而以適意為悅」的感懷，並云「子瞻之所以有樂於是」，正因「無愧於中，無責於外」。

5〈汝州楊文公詩石記〉，記述翰林學士楊大年稱病求解官，卻以秘書監知汝州，其擺脫吏事，馳騖於瀚墨，得詩百餘首，還朝後，汝人刻之於石，後之郡守又為建「思賢亭」。蘇轍左遷守汝時，亭已廢，詩石散落過半，故乃增廣思賢亭，並取楊公汝陽編詩補刻之。文末興發「凡假外物以為榮觀，蓋不足恃」，唯「清風雅量，固自不隨世磨滅」的感觸。

(四)依題鋪敘法：

1〈筠州聖祖殿記〉，從「周制，天下邑立后稷祠，而唐禮，州祀老子」，「既以為民祈福，俾雨露之施，無有遠邇，亦以一民之望，使知飲食作息，皆上之賜」起筆。續寫聖祖「功緒永遠」，「威神在天，靈德在下」，宋真宗大中祥符六年（1013）「始詔四方萬國咸建祠宮，立位設像，歲時朝謁」，「以教民順」；而筠州「吏民樸陋，野不達禮，承命不虔」，僅就故宮東廂為之，歷經六十九年，「弗革弗新」。元豐三年（1080）蘇轍「受命作守，始至伏謁，惕然不寧」，遂於次年鳩工重建聖祖殿，費時九個月而完工，盼得「神來顧享，民以祗肅」。

2〈齊州濼源石橋記〉，敘述齊州城西門濼源橋，「自京師走海上者，皆道於其上」，每年逢水潦，「橋不能支，輒敗」。熙寧六年（1073），知歷城施君向上請求修建石橋，並說明城東「有廢河敗堰焉，其棄石鐵可取以為用」，「府用其言，以告轉運使，得錢二十七萬，以具工廩之費。取石於山，取鐵以府，取力於兵」，「橋成，民不知焉。三跌二門，安如丘陵，驚流循道，不復為虐」。其間，「太守李公日至於城上」督工勸相，「兵馬都監張君用晦實董其事」；他們同時也疏濬了橋之西、橋之南的大溝，「以殺暴水之怒」。結處蘇轍拿昔時與現今作一比較，認為「其勞且難成於舊則倍，不可不記也」。

3〈洛陽李氏園池詩記〉，由「洛陽古帝都，其人習於漢唐衣冠之遺俗，居家治園池，築台榭，植草木，以為歲時遊觀之好」，「而其貴家巨室園囿亭觀之盛，實甲天下」；接著鋪敘「李侯之園，洛陽之一二數者也」，「李氏家世名家」，「李侯以將家子，結髮從仕，歷踐父祖舊職，勤勞慎密，老而不懈，實能世其家。既得謝，居洛陽，引水植竹，求山谷之樂」；「朝之公卿，皆因

其園而贈之以詩，凡若干篇。仰以嘉其先人，而俯以善其子孫」。最後則交待作記之緣由。

4〈墳院記〉，先追述軾、轍年少時，父親蘇洵，母親程氏，對二子之殷切期許，盼望「有志茲世」；而蘇轍終「至尚書右丞，與聞國政，以故事得于墳側建剎度僧，以薦先福」，名曰「旌善廣福禪院」。數年後，軾、轍以罪廢黜去，執政「奪墳上剎」，而墳旁之泉，也隨之日耗枯竭；又二年，天子「手詔復還畀之」，「泉亦瀷然而復」。末尾，蘇轍說明「使世世子孫知茲剎廢興所自，以無忘朝廷之德」，「乃為之記」。

（五）題外滋意法：

1〈光州開元寺重修大殿記〉，起首言「古之循吏，因民而施政，有餘者損之，不足者與之；興其所欲，而廢其所患苦；順其風俗之宜，而吾無作焉」，並且舉出四位循吏「非其強民者」為說；假若所施非當地人民所欲，那麼「則玩」、「則厭」、「未免於非且笑」。繼而言「弋陽郡（屬光州）居長淮之西，地僻而事少，田良而民富。朝散大夫彭城曹公受命作守，因俗為政，安而不擾，誅其豪強而佑其善良，民化服之」。全文以曹公「始至，訪其士民，問其所欲為」為關鍵，導入重修開元寺大殿之本題，文末則交待作記主因。

2〈待月軒記〉，借隱者之口，「言性命之理曰：性猶日也，身猶月也，接著「反復其理」，而以「予異其言而志之久矣」為關鍵，導入「築室於斯，闢其東南為小軒，……每月之望，開戶以須月之至」之本題，再以為客道隱者之語收束全文。

(六) 兩意夾題法：

〈太子少保趙公詩石記〉，分別由「高安太守朝請大夫毛公」和蘇轍自身的角度，來描摹太子少保趙公其人其詩。毛公、趙公是同鄉，而且當趙公告老還家時，毛公「適方家居，與公出入相從，爲山林之遊，朝夕無間」，二人「輒以詩相屬」；毛公守高安後，「間與客語，有歸歟之嘆，曰：『要當從公於松石之間，逍遙以忘吾老。』時又出公之詩，以夸其坐人」；趙公之詩「清新律切，筆迹勁麗」、「老而益精，不見衰憊之氣」。蘇轍則「始見公於成都，中見公於京師，其容睟然以溫，其氣肅然以清」，「十年之間」，趙公「湛然無毫髮之異」，「今又十餘年」，「見之公之詩書」，「亦與始見無異」。記末云：「大夫將刻公詩於石，而屬轍爲記」，合兩線爲一，扣繫本題。

(七) 反面逼題法：

〈王氏清虛堂記〉，先云：「王君定國爲堂於其居室之西，前有山石瓌奇琬琰之觀，後有竹林陰森冰雪之植，中置圖史百物，而名之曰清虛」。再以「清濁一觀，而虛實同體」駁難逼題，認爲「及其年日益壯，學日益篤，經涉世故，出入患禍，顧疇昔之好，如其未離乎累也」，「將曠焉黜去外累而獨求諸內，意其有真清虛者在焉！」

總之，爲文首重立意，文章中心思想一旦確立，如何著筆展現主旨，即見作者文學造詣之高下。綜合以上分析，單就命意方式而言，三蘇散文特色爲不拘於文體，手法多變，妙造自然。無怪乎朱熹要說：「自三蘇文出，學者始日趨於巧。」[8]

8　朱熹：《朱子語類》卷一百三十九。

水心先生葉適於《習學記言》卷四十九云：

> 韓愈以來，相承以碑、誌、序、記為文章家大典冊，而記，
> 雖愈及宗元猶未能擅所長也，至歐、曾、王、蘇，始盡其
> 變態。……若超然臺、放鶴亭、篔簹偃竹、石鐘山，奔放四
> 出，其鋒不可當，又關鈕繩約之不能齊，而歐、曾不逮也。

三蘇散文善於命意，涵泳玩索若不究此者，必錯失文章精義，
而猶未自知，似《室中語》所謂：「東坡作文如天花變現，初無
根葉，不可揣測，如作蓋公堂記，共六百餘字，僅（當作「竟」）
三百餘字說醫。」[9]

第二節　章法

好發議論，長於說理，本是宋代文風特點之一，加上三蘇主
張文貴實用，因此將議論說理融入記體散文中，乃極其自然。

三蘇之「記」，在章法佈局上，可分成七大類：(一)先敘後
議；(二)先議後敘；(三)前後均議，中為敘述；(四)前後均敘，中
為議論；(五)夾議夾敘；(六)幾乎通篇為議；(七)幾乎通篇為敘。

(一)「先敘後議」類：

蘇洵無此類作品。

---

[9]　魏慶之：《詩人玉屑》卷十七・「如天花變現」條所引。

蘇軾的作品有：

　　〈鳳鳴驛記〉（《事略》卷四十八）

　　〈墨妙亭記〉（《事略》卷四十八）

　　〈張氏園亭記〉（《事略》卷四十九）

　　〈密州倅廳題名記〉（《事略》卷五十）

　　〈放鶴亭記〉（《事略》卷五十一）

　　〈雩泉記〉（《事略》卷五十一）

　　〈順濟廟石砮記〉（《事略》卷五十二）

蘇轍的作品有：

　　〈齊州閔子祠堂記〉（《欒城集》卷二十三）

　　〈齊州濼源石橋記〉（《欒城集》卷二十三）

　　〈廬山栖賢寺新修僧堂記〉（《欒城集》卷二十三）

　　〈杭州龍井院訥齋記〉（《欒城集》卷二十三）

　　〈東軒記〉（《欒城集》卷二十四）

　　〈武昌九曲亭記〉（《欒城集》卷二十四）

　　〈黃州快哉亭記〉（《欒城集》卷二十四）

　　〈黃州師中庵記〉（《欒城集》卷二十四）

　　〈南康直節堂記〉（《欒城集》卷二十四）

　　〈太子少保趙公詩石記〉（《欒城集》卷二十四）

　　〈汝州楊文公詩石記〉（《欒城後集》卷二十一）

　　〈遺老齋記〉（《欒城三集》卷十）

（二）「先議後敘」類：

蘇洵的作品是：

　　〈彭州圓覺禪院記〉（《嘉祐集》卷十四）

蘇軾的作品有：

　　〈超然臺記〉（《事略》卷五十）

　　〈南安軍學記〉（《事略》卷五十二）

　　〈鹽官大悲閣記〉（《事略》卷五十四）

　　〈中和勝相院記〉（《事略》卷五十四）

　　〈淨因院畫記〉（《事略》卷五十四）

蘇轍的作品有：

　　〈上高縣學記〉（《欒城集》卷二十三）

　　〈光州開元寺重修大殿記〉（《欒城集》卷二十三）

　　〈大悲閣記〉（佚文）

(三)「前後均議，中為敘述」類：

蘇洵無此類作品。

蘇軾的作品有：

　　〈仁宗皇帝飛白記〉（《事略》卷四十八）

　　〈喜雨亭記〉（《事略》卷四十八）

　　〈石鍾山記〉（《事略》卷四十九）

　　〈滕縣公堂記〉（《事略》卷五十一）

　　〈李太白碑陰記〉（《事略》卷五十二）

蘇轍亦無此類作品。

(四)「前後均敘，中為議論」類：

蘇洵無此類作品。

蘇軾的作品有：

〈黃州安國寺記〉（《事略》卷五十四）

〈四菩薩閣記〉（《事略》卷五十四）

蘇轍的作品是：

〈筠州聖壽院法堂記〉（《欒城集》卷二十三）

(五)「夾議夾敘」類：

蘇洵的作品有：

〈蘇氏族譜亭記〉（《嘉祐集》卷十三）

〈張益州畫像記〉（《嘉祐集》卷十四）

蘇軾的作品有：

〈凌虛臺記〉（《事略》卷四十八）

〈篔簹谷偃竹記〉（《事略》卷四十九）

〈眉州遠景樓記〉（《事略》卷五十一）

〈眾妙堂記〉（《事略》卷五十二）

〈蓋公堂記〉（《事略》卷五十三）

〈傳神記〉（《事略》卷五十三）

〈李君山房記〉（《事略》卷五十三）

〈勝相院藏經記〉（《事略》卷五十四）

蘇轍的作品有：

〈京西北路轉運使題名記〉（《欒城集》卷二十三）

〈洛陽李氏園池詩記〉（《欒城集》卷二十四）

〈汝州龍興寺修吳畫殿記〉（《欒城後集》卷二十一）

(六)「幾乎通篇為議」類：

　　蘇洵的作品是：
　　　　〈木假山記〉（《嘉祐集》卷十四）

　　蘇軾的作品有：
　　　　〈韓魏公醉白堂記〉（《事略》卷五十）
　　　　〈張君寶墨堂記〉（《事略》卷五十）
　　　　〈清風閣記〉（《事略》卷五十二）
　　　　〈墨君堂記〉（《事略》卷五十三）
　　　　〈王君寶繪堂記〉（《事略》卷五十三）

　　蘇轍的作品有：
　　　　〈王氏清虛堂記〉（《欒城集》卷二十四）
　　　　〈吳氏浩然堂記〉（《欒城集》卷二十四）
　　　　〈藏書室記〉（《欒城三集》卷十）
　　　　〈待月軒記〉（《欒城三集》卷十）

(七)「幾乎通篇為敘」類：

　　蘇洵的作品是：
　〈極樂院造六菩薩記〉（《嘉祐集》卷十四）

　　蘇軾的作品有：
　　　　〈石氏畫苑記〉（《事略》卷四十九）
　　　　〈錢塘六井記〉（《事略》卷五十）
　　　　〈獎諭勅記〉（《事略》卷五十一）

蘇轍的作品有：

　　〈筠州聖祖殿記〉（《欒城集》卷二十三）

　　〈壙院記〉（《欒城三集》卷十）

　在三蘇「記」中，佔有極重比例的議論部分，主要爲了以下五點：

(一)闡發題意、說明道理，如：

　　〈極樂院造六菩薩記〉（蘇洵《嘉祐集》卷十四）

　　〈鹽官大悲閣記〉（蘇軾《事略》卷五十四）

　　〈齊州閔子祠堂記〉（蘇轍《欒城集》卷二十三）

(二)乃一篇警策所在，如：

　　〈彭州圓覺禪院記〉（蘇洵《嘉祐集》卷十四）

　　〈王君寶繪堂記〉（蘇軾《事略》卷五十三）

　　〈武昌九曲亭記〉（蘇轍《欒城集》卷二十四）

(三)層層遞進、分析事理或反覆論辯、深入主題，如：

　　〈木假山記〉（蘇洵《嘉祐集》卷十四）

　　〈李君山房記〉（蘇軾《事略》卷五十三）

　　〈黃州快哉亭記〉（蘇轍《欒城集》卷二十四）

(四)寄寓感慨或諷刺，如：

　　〈蘇氏族譜亭記〉（蘇洵《嘉祐集》卷十三）

　　〈放鶴亭記〉（蘇軾《事略》卷五十一）

　　〈上高縣學記〉（蘇轍《欒城集》卷二十三）

(五)評價當代人物或論斷歷史人物,如:

〈張益州畫像記〉(蘇洵《嘉祐集》卷十四)
〈李太白碑陰記〉(蘇軾《事略》卷五十二)
〈黃州師中庵記〉(蘇轍《欒城集》卷二十四)

　　三蘇記敘雜記體散文,在章法中,特別注重文勢順逆的安排。李耆卿《文章精義》曰:

> 論語氣平,孟子氣激,莊子氣樂,楚辭氣悲,史記氣勇,漢書氣怯。文字順易而逆難,六經都順,惟莊子、戰國策逆。韓、柳,歐、蘇順(封建論一篇逆),惟蘇明允逆。子瞻或順或逆,然不及明允處極多。

蘇洵僅有的五篇「記」,除〈極樂院造六菩薩記〉是順起逆承以行文外,都是運用較爲複雜的手法,或順、或逆,往復取勢以成篇。例如:〈蘇氏族譜亭記〉從「國有君,邑有大夫,而爭訟者訴於其門;鄉有庠,里有學,而學道者赴於其家」順起,以「今吾族人猶有服者,不過百人」,「稍遠者,至不相往來」逆承;再以「作蘇氏族譜、立亭……刻石焉,即而告之」云云順勢作一小結。繼而文勢由昔日風俗之美的順勢,驟轉入今日風俗之惡的逆勢,最後又以「庶其有悔」的順勢結筆。
　　蘇軾、蘇轍對父親此一行文方式,理所當然地,加以學習承繼。蘇軾〈墨妙亭記〉是順起逆承,〈李太白碑陰記〉是逆起順承;而〈放鶴亭記〉之論鶴與酒、〈凌虛臺記〉之論興廢成毀,則採邊立邊破、順逆往復以成文。蘇轍〈上高縣學記〉、〈京西

北路轉運使題名記〉、〈杭州龍井院訥齋記〉等篇，亦是順逆往復取勢，形成意外的文瀾。

此外，在章法佈局上，三蘇也常常使用「虛實相生」、「今昔相襯」等技巧。

「虛實相生」，是創作篇章時，把真實的情景與設想之情景並呈，使作品的內涵豐富、角度擴增。

如蘇洵〈蘇氏族譜亭記〉裏，就用了兩回「虛實相生」的技法。一是蘇氏族譜亭完成前，族人疏離且不協和的實況，與預期完成後，團結互助的假想情形，「虛實相生」；一是「某人」已經做出所謂「大慚而不容」的「六行」，與盼望其在看了蘇氏族譜亭後，會「面熱、內慚、汗出，而食不下也」，遂幡然悔悟之虛境，「虛實相生」。

蘇軾〈喜雨亭記〉以既雨之實，與不雨之虛，相生成文。〈凌虛臺記〉以確已築成「高出於屋之危而止」的實臺，與臺毀「復為荒田野草」之假想情形，「虛實相生」而成文。〈超然臺記〉以「西望穆陵，隱然如城郭，師尚父齊桓公之遺烈，猶有存者」之實筆，與「北俯濰水，慨然太息，思淮陰之功而弔其不終」之虛筆，相生成篇。

蘇轍〈光州開元寺重修大殿記〉以四位循吏「文翁治蜀，立之學官；龔遂治渤海，督之耕牛；衛颯治桂陽，教之嫁娶；茨充代楓，誨之織屨[10]」的實際政績，與「蜀之學官，施於齊、魯之邦見玩；渤海之耕牛，試於邠、邰之野則厭；衛之嫁娶，茨之織屨，行之華夏之國，亦未免於非且笑也」的假想情況，「虛實相生」成文。〈東軒記〉由居於東軒之種種，與「歸伏田里，治先人之敝廬」的期盼，一實、一虛相對完篇。〈黃州快哉亭記〉末，以

---

[10] 中華書局西元 1990 年 8 月初版之《蘇轍集》冊二，399 頁，原作「屨」，現依道光壬辰新鐫眉州三蘇祠板《欒城集》卷二十二，改為「屨」。

「張君不以謫爲患」，自適於山水之間的實筆，與騷人思士因山林風月「悲傷憔悴而不能勝者」的虛筆，相對以結束全文。

至於運用「今昔相襯」的章法技巧，三蘇散文內，俯拾皆是。如蘇洵〈蘇氏族譜亭記〉云：「其老者顧少者而歎曰：『是不及見吾鄉鄰風俗之美矣！自吾少時，見有爲不義者，則眾相與疾之，如見怪物焉，慄焉而不寧；其後少衰也，猶相與笑之。今也，則相與安之耳。』」蘇軾〈鳳鳴驛記〉云：「始余丙申歲（1056）舉進士，過扶風，求舍於館人，既入，不可居，而出次於逆旅。其後六年，爲府從事，至數日，謁客於館，視客之所居與其凡所資用，如官府、如廟觀，如數世富人之宅；四方之至者，如歸某家，皆樂而忘去；將去，既駕，雖馬亦顧其皁而嘶。」蘇轍〈齊州濼源石橋記〉云：「異時郡縣之役，其利與民共者，其費得量取於民，法令寬簡，故其功易成；今法嚴於咄民，一切仰給於官，官不能盡辦，郡縣欲有所建，其功比舊實難。」

在章法佈局方面，三蘇散文依舊呈現力求變化的特色，絕不會千「記」一律、讀一知十，但是彼此的區隔，卻很模糊，家學淵源的影響，則極明顯。

第三節　修辭

想要了解三蘇記體散文的意象，與文辭美感，必得就其等較常使用的修辭方式加以研究。

（一）排比

黃慶萱《修辭學》說：

> 用結構相似的句法，接二連三地表出同範圍同性質的意象，叫作排比。……是數種意象有秩序有規律地連接發生，

其秩序或為交替的，或為流動的。……基於多樣的統一與
共相的分化。[11]

蘇洵〈蘇氏族譜亭記〉中，排比句子甚多，如：「相與疾之……
相與笑之……相與安之」；「自斯人之……」如何如何「而……
也」；「其……足以……」。

〈張益州畫像記〉的排比句有：「毋養亂，毋助變。……不
可以文令，又不可以武竟」；「待之以……而繩之以……；約之
以禮，驅之以法」；「愛蜀人之深，待蜀人之厚」。

〈彭州圓覺禪院記〉的排比句是：「恥食其食而無其功，恥
服其服而不知其事」。

〈極樂院造六菩薩記〉的排比句是：「或生於天，或生於四
方上下」。

〈木假山記〉的排比句子，也很多，如：「或蘗而殤，或拱
而夭……或……或……」；「幸而……不幸而……」；「……而
不為……而不為……」；「非徒愛其似山，而又有所感焉；非徒
愛之，而又有所敬焉」。

蘇軾、蘇轍之雜記散文，和蘇洵的五篇記一樣，排比的例子，
每篇均有，只是或多、或少罷了。

如蘇軾〈喜雨亭記〉，排比句有：「周公得禾，以名其書；
漢武得鼎，以名其年；叔孫勝狄，以名其子」；「官吏相與慶於
庭，商賈相與歌於市，農夫相與忭於野」；「憂者以樂，病者以
愈」；「五日不雨則無麥……十日不雨則無禾」。

〈張氏園亭記〉的排比句極多，如：「水浮濁流，陸走黃塵」；
「脩竹森然以高，喬木蓊然以深」；「因汴之餘浸，以為陂池；

11　黃慶萱：《修辭學》下篇〈優美形式的設計〉第二十四章·「排比概說」，
　　頁 469。

取山之怪石，以為巖阜」；「……有……之思；……有……之氣；……有……之態；……有……之巧」；「其深可以……，其富可以……，果蔬可以……，魚鱉筍茹可以……」；「必仕，則忘其身；必不仕，則忘其君」；「蹈其義，赴其節」；「處者……，出者……，於是有……之譏，……之弊」；「朝夕之奉，燕遊之樂」；「開門而出仕，則……；閉門而歸隱，則……」；「養生治行、行義求志」；「仕者皆有循吏良能之稱，處者皆有節士廉退之行」。

　　而〈清風閣記〉，幾乎全由排比句銜接而成，「而所謂身者，汝之……；而所謂閣者，汝之……」；「吾……而強言之，汝……而強聽之」；「木生於山，水流於淵」；「……之相……；……之相……」；「執之而……也，遂之而……也」；「汝為……名之，吾又為……記之」；「彷徨乎出澤，激越乎城郭道路」；「力生於……而……故不勞；形生於……而……故不窮」。

　　如蘇轍〈上高縣學記〉，排比句有：「習其耳目，而和其志氣，是以其政不煩，其刑不瀆」；「正顏色，動容貌，出詞氣」；「君子學道則愛人，小人學道則易使」；「其君子愛人而不害，其小人易使而不違」；「奠享有堂，講勸有位，退習有齋，膳浴有舍」。

　　〈筠州聖壽院法堂記〉的排比句子亦極多，有：「水有蛟蜃，野有虎豹」；「風氣之和，飲食之良」；「洞山有價，黃蘗有運，真如有愚，九峰有虔，五峰有觀」；「少而多病，壯而多難」；「多病則與學道者宜，多難則與學禪者宜」；「網罟之在前與桎梏之在身」；「險遠之不為予安，而流徙之不為予幸」；「近者數十里，遠者數百里」。

　　〈洛陽李氏園池詩記〉的排比句有：「治園地，築臺榭，植草木」；「山林之勝，泉流之潔」；「上矚青山，下聽流水」；

「繕守備，撫士卒」；「仰以嘉其先人，而俯以善其子孫」；「視聽不衰，筋力益強」。

三蘇的散行文字中，屢屢融入原屬韻文的排比句式，非但可以突顯重心、強調意旨，更能增添文章的韻律節奏，加強文字的渲染力量。不過，相對而言，蘇轍所寫的排比句子，遠不如父兄來得多，所以文風趨於平淡，須人細品。

(二)層遞

黃慶萱《修辭學》說：

> 凡要說的有兩個以上的事物，這些事物又有大小輕重等比例，而且比例又有一定秩序，於是說話行文時，依序層層遞進的，叫層遞。[12]

捵管爲文，若能運用具規律性、和諧感的層遞法以說理議事，極易讓人理解、接受，三蘇實深諳此理。

如蘇洵〈張益州畫像記〉，說明畫張益州（方平）像，在使蜀人「思之於心，則存之於目，存之於目，故思之於心也」；藉著反覆層遞法，加強了畫像之必要。

〈彭州圓覺禪院記〉先點明「人之居乎此也，其必有樂乎此也；居此樂，不樂不居也」，再用意義上的層遞法強調，「居而不樂，不樂而不去，爲自欺，且爲欺天」。

如蘇軾〈仁宗皇帝飛白記〉，開篇即用反覆層遞法──「問世之治亂，必觀其人；問人之賢不肖，必以世考之。」文末則用

12　黃慶萱：《修辭學》下篇・〈優美形式的設計〉第二十五章・「層遞概說」，頁481。

典，以排比句式，在意義上層層遞進，由書體筆法、仁宗墨寶、其中含義，推至帝所賞賜之賢臣——「抱烏號之弓，不若藏此筆；保曲阜之履，不若傳此書；考追蠡以論音聲，不若推點畫以究觀其所用之意；存昌歜以追嗜好，不若因褒貶以想其所與之人。」。

〈鳳鳴驛記〉也用了兩次層遞法。先寫驛館翻修後，使「四方之至者，如歸其家」，非僅求舍得居，且賓至如歸，再寫「皆樂而忘去」；由如歸其家，推至樂不思蜀；最後由人及物，「將去、既駕，雖馬亦顧其皁而嘶」。蘇軾續論古之君子，「不擇居而安，安則樂，樂則喜從事；使人而皆喜從事，則天下何足治與?」。

〈墨妙亭記〉云：「余以為知命者，必盡人事，然後理足而無憾。」此乃依意義，分「知命」、「盡人事」、「理足」、「無憾」四個層次，依序遞進。

〈張君寶墨堂記〉以己好為高，而笑人之所好，層層遞進以開篇。而〈南安軍學記〉起筆云：「古之為國者四：井田也、肉刑也、封建也、學校也。今亡矣，獨學校僅存耳。古之為學者四，其大則取士論政，其小則弦誦也。今亡矣，直誦而已」，則是層層遞減。

此外，如〈蓋公堂記〉、〈李君山房記〉等篇，也曾運用層遞法。

而蘇轍之〈藏書室記〉云：「如孔子猶養之以學而後成，故古之知道者必由學，學者必由讀書。」是層層遞減，以讀書為求學知道的根本。

〈汝州龍興寺修吳畫殿記〉，以層遞法談「畫格」與「畫家」。蜀老云：「畫格有四，曰能、妙、神、逸。」而「能不及妙，妙不及神，神不及逸。」運用頂真修辭，層層遞至畫藝的最高境界。繼而續論畫家，「稱神者二人，曰范瓊、趙公祐」、「稱逸者一人，孫遇而已」；再往上推抵畫聖吳道子，其岐下真跡，「比范、

趙爲奇，而比孫遇爲正」；最後，終止於汝州龍興寺、華嚴小殿
東西夾壁吳道子所繪維摩、文殊、佛成道的畫作，猶「比岐下所
見，筆迹尤放」。

　　〈大悲閣記〉云：「觀世音由聞而覺；始於聞而能無所聞，
始於無所聞而能無所不聞」，乃以迴環層遞修辭來闡釋佛理。

　　(三) 設問

　　黃慶萱《修辭學》說：

> 講話行文，忽然變平敘的語氣爲詢問的語氣，叫作設
> 問。……所謂設問是一種屬於刺激性質的語言。它可能由
> 於心中確有疑問，……也可能心中早有定見，只爲促使對
> 方自省……。……內心已有定見的設問，方式有二：其一，
> 爲激發本意而發問，叫作激問。激問的答案必定在問題的
> 反面。……其二，爲提起下文而發問，叫作提問。所以提
> 問之後，一定附有答案。[13]

如蘇洵〈張益州畫像記〉云：「蘇洵又曰：『公之恩在爾心，爾
死在爾子孫，其功業在史官，無以像爲也；且公意不欲，如何？』」
即屬設問法之「提問」。

　　蘇軾〈仁宗皇帝飛白記〉云：「（仁宗）升遐以來，十有二
年，若臣若子，罔有內外，下至深山窮谷老婦稚子，外薄四海裔
夷君長，見當時之人，聞當時之事，未有不流涕稽首者也。此豈
獨上之澤歟？」屬設問法之「激問」。〈喜雨亭記〉之：「於是

13　黃慶萱：《修辭學》上篇〈表意方法的調整〉，第二章・「設問概說」，頁
　　35-38。

舉酒於亭上以屬客，而告之曰：『五日不雨，可乎？……十日不雨，可乎？』」與〈韓魏公醉白堂記〉之：「天下之士，聞而疑之。以爲公既已無愧於伊周矣，而猶有羨於樂天，何哉？」皆爲「提問」，藉以提起下文。

　　蘇轍的「記」，全都用設問法之「提問」，敷衍下文，如〈齊州閔子祠堂記〉：「有言者曰：『……三子之不仕，獨何歟？』言未卒，有應者曰：『子獨不見夫適東海者乎？……』」。〈王氏清虛堂記〉：「或曰：『此其所以爲清虛者耶？』客曰：『不然。……』」云云。〈待月軒記〉：「昔予遊廬山，見隱者焉，爲予言性命之理曰：『性猶日也，身猶月也。』予疑而詰之。則曰：『……』」云云。其中較爲特殊的一篇〈吳氏浩然堂記〉，竟將自己一剖爲二，以「吾」問、「余」應，提問行文。

(四)譬喻

　　黃慶萱《修辭學》說：

> 譬喻是一種借彼喻此的修辭法，凡二件或二件以上的事物中有類似之點，說話作文時運用那有類似點的事物來比方說明這件事物的，就叫譬喻。……通常是以易知說明難知；以具體說明抽象。使人在恍然大悟中驚佩作者設喻之巧妙，從而產生滿足與信服的快感。[14]

蘇洵僅見的五篇記裏，有三篇用了「以具體說明抽象」的譬喻修辭法。

---

[14] 黃慶萱：《修辭學》上篇・第十二章・「譬喻概說」，頁227。

　　如〈張益州畫像記〉，將「有亂之萌，無亂之形」的「將亂」，喻作「如器之敧，未墜於地」。

　　〈彭州圓覺禪院記〉云：「天之畀我以形，而使我以心馭也；今日欲適秦，明目欲適越，天下誰我禦。」兩小段間，雖無明確的喻詞（「如」、「似」、「彷彿」、「有若」等），但實際上，已用譬喻手法，把「以心馭形」具體化了。

　　〈極樂院造六菩薩記〉末云：「庶幾死者有知，或生於天，或生於四方上下，所適如意；亦若余之遊於四方，而無繫云爾。」以人之暢遊四方，來比喻亡者之魂神精爽，無窒無礙。

　　〈蘇氏族譜亭記〉，借老者之口說出，以前鄉俗淳美，「見有為不義者，則眾相與疾之，如見怪物焉，慄焉而不寧」。是「以人擬物」的譬喻法，把為不義者比作可怕的怪物，令人膽戰心驚。

　　〈木假山記〉則採「以物擬人」譬喻法，將木假山之形，與人之氣勢風骨結合，除表達寓意外，尚可藉著人「意氣端重」、「決無阿附意」之種種風神，想像勾勒出木假山之奇形。

　　蘇軾為「記」，也慣用譬喻法來修飾強化文辭。如用「以易知說明難知」譬喻法的篇章有三：

　　〈鳳鳴驛記〉以「嘗食芻豢者，難於食菜；嘗衣錦者，難於衣布」，來比喻嘗為大官者，不屑為小吏。

　　〈張氏園亭記〉以「譬之飲食，適於飢飽而已」，來說明「古之君子，不必仕，不必不仕」的道理。

　　〈超然臺記〉以「餔糟啜漓，皆可以醉；果蔬草木，皆可以飽」，來說明「非必怪奇偉麗者」，「皆有可觀」、「皆有可樂」的道理。

　　運用「以具體說明抽象」譬喻法的篇章有六：

　　〈篔簹谷偃竹記〉，將「少縱則逝」的靈感，喻成「兔起鶻落」。

　　〈密州倅廳題名記〉，將「不謹語言，與人無親疏，輒輸寫府藏，有所不盡」的直率個性，喻成「如茹物不下，必吐出乃已」。

　　〈蓋公堂記〉，將爲國之理，用病急亂投醫，「三易醫而疾愈甚」之譬喻，來加以說明。

　　〈鹽官大悲閣記〉，將學者之病，用調製酒食，「而略其分齊、捨其度數」，「一以意造，則其不爲人之所嘔棄者寡矣」之喻，來作說明。

　　〈勝相院藏經記〉，將寶藏佛法「隨其根性，各有所得」之妙，喻成「如眾飢人，入於太倉，雖未得食，已有飽意。又如病人，遊於藥市，聞眾藥香，病自衰減。更能取米，作無礙飯，恣食取飽，自然不飢。又能取藥，以療眾病，病有盡而藥無窮，須臾之間，無病可療。」

　　〈中和勝相院記〉，將所謂長老，以荒唐之說問答自若，喻成「設械以應敵，匿形以備敗，窘則推墮滉漾中，不可捕捉」。

　　而〈墨君堂記〉採「以物擬人」譬喻法，把墨竹「疏簡抗勁」等美德，用來比擬文同。〈放鶴亭記〉採「以物擬物」譬喻法，把「彭成之山，岡嶺四合」，喻作「隱然如大環」。

　　此外，蘇軾運用譬喻法時，還有新穎、貼切、巧妙等特色，所以文風較蘇轍富贍。

　　「新穎」者如：〈凌虛臺記〉中云：「見山之出於林木之上，纍纍如人之旅行於墻外而見其髻也。」〈石鍾山記〉云：「大石側立千尺，如猛獸奇鬼，森然欲搏人。」又把山鳥磔磔鳴聲，喻成「老人欬且笑於山谷中」，具迴蕩、特異效果。〈張君寶墨堂記〉引用蜀諺：「學書者紙費，學醫者人費」，來譬喻說明「世有好功名者，以其未試之學，而驟出之於政，其費人豈特醫者之比乎？」。

「貼切」者如：〈鳳鳴驛記〉將翻修之後，清爽舒適至極的驛館，喻成「如官府、如廟觀、如數世富人之宅。」〈墨妙亭記〉云：「物之有成必有壞，譬如人之有生必有死，而國之有興必有亡也。」。〈雩泉記〉描寫常山離東武郡治甚近，則喻成「下臨城中，如在山下，雉堞樓觀，髣髴可數。自城中望之，如在城上，起居寢食，無往而不見山者。」。〈王君寶繪堂記〉，以「煙雲之過眼，百鳥之感耳」，來譬喻蘇軾得其本心後，對書畫的態度。

「巧妙」者如：〈仁宗皇帝飛白記〉僅云：「合抱之木，不生於步仞之丘；千金之子，不出於三家之市。」此已暗喻了——「賢能之臣，不見於昏君之廷」。

蘇轍二十五篇「記」，有九篇使用了譬喻修辭法。其中「以具體說明抽象」者為：

〈齊州閔子祠堂記〉先就近取譬，以適茫洋汗漫的東海，需有大船，「其舟如蔽天之山，其帆如浮空之雲」；再以舟楫足恃與否，來譬喻是否學成出仕。

〈杭州龍井院訥齋記〉敘述吳越人對辯才法師的崇敬，「歸之如佛出世，事之如養父母」。並且描寫辯才以法教人，「叩之必鳴，如千石鐘」、「來不失時，如滄海潮」；閉門燕坐則「葉落根榮，如冬枯木」、「風止浪靜，如古澗水」。

〈東軒記〉以「磨洗濁污」，來喻「循理以求道，落其華而收其實」。

〈武昌九曲亭記〉，將「天下之樂無窮，而以適意為悅」的看法，「譬之飲食雜陳於前，要之一飽，而同委於臭腐」。

〈吳氏浩然堂記〉則以江水之流，來譬喻說明君子的浩然之氣。

〈藏書室記〉，將讀書「因其才而成之」的說法，比作「農夫墾田，以植草木，小大長短，甘辛鹹苦，皆其性也」。

〈待月軒記〉談性命之理，將「性」比作「日」，將「身」比作「月」。

而〈南康直節堂記〉云：「庭有八杉，長短鉅細若一，直如引繩，高三尋而後枝葉附之。岌然如揭太常之旗、如建承露之莖，凜然如公卿大夫高冠長劍立於王廷，有不可犯之色。」則混用了「以物擬物」、「以物擬人」的譬喻法。

最後談一談深獲蘇軾讚美，打算「書之，刻石堂上」的〈廬山栖賢寺新修僧堂記〉。文之首段幾乎全用譬喻修辭法：「水行石間，其聲如雷霆，如千乘車行者，震掉不能自持，雖三峽之險不過也。」——此用譬喻來模擬水行石間之聲、之形，並傳達出水的強烈震撼；「水平如練，橫觸巨石，匯爲大車輪，流轉汹湧，窮水之變。」——此用譬喻來刻畫水的平靜、水的顏色，與「橫觸巨石」後，水的動態、水的聲勢；「狂峰怪石，翔舞於簷上。……每大風雨至，堂中之人，疑將壓焉。」——此用譬喻來描摹石奇峰險且貼近僧堂，加上風雨交加，自會給人巨大的壓迫感。和前八篇相比，蘇轍於此不只大量運用譬喻修辭法，且具變化、巧思，文風類近其兄[15]，而「匯爲大車輪」的手法，應該也是脫胎於蘇軾〈雪泉記〉之「有泉汪洋折旋如車輪」[16]。

《東坡志林》卷二云：「子由作栖賢僧堂記，讀之便如在堂中，見水石陰森，草木膠葛也。僕當爲書之，刻石堂上，且欲與廬山結緣，予他日入山，不爲生客也。」

---

[15] 洪邁：《容齋三筆》卷六「韓蘇文章譬喻」條云：「韓蘇兩公爲文章，用譬喻處，重複聯貫，至有七八轉者。」

[16] 蘇轍〈廬山棲賢寺新修僧堂記〉，作於元豐四年（1081）；蘇軾〈雪泉記〉，作於熙寧八年（1075）。

(五)虛字

三蘇均善用、愛用虛字，每藉虛字轉筆，或在虛字處用力。

蘇洵記體散文，特別喜歡以「而」字轉折語氣筆勢，例如〈蘇氏族譜亭記〉內，「而」字共出現了二十八次（「既而」之「而」不包括在內），佔全記六百一十四字的百分之五弱。〈彭州圓覺禪院記〉用了十五次「而」（不包括「而已」），〈極樂院造六菩薩記〉也寫了十二個「而」字以轉筆，甚至全文不過三百三十九字的〈木假山記〉，竟也用了二十次「而」字。

幸好，老蘇的文學功力，使「而」字襯出了流暢的節奏，雄渾的文風，深刻的內容，不致陷於板滯乏味。

蘇軾、蘇轍一仍父習，卻後出而轉精，減少了「而」字的使用頻率，改採「雖然」、「然而」，「況」、「則」等字詞。

例如蘇轍的〈超然臺記〉，全文的氣勢、節奏，全繫於「乎」、「而」、「其」、「也」四個虛字上。

《三蘇文範》卷十四・評〈篔簹谷偃竹記〉云：「前後曰字凡八見，是虛處著力。」又云：「前以數曰字翻波瀾，此文以笑與哭生游戲。」[17]

例如蘇轍的〈京西北路轉運使題名記〉，先以「然」字銜接由順轉逆的文勢，再以「雖然」，把文氣扳回順勢。

第四節　內容

三蘇著作中，記體散文均非蘇氏父子刻意著力的部分，驟觀之，似皆信筆揮灑而就，實則，屬稿並不輕率，反在命意、章法、修辭等方面，較高文大冊，更具變化、講究的表現空間。

---

[17] 《（嘉樂齋選評註）三蘇文範》十八卷，（明）楊慎選編，袁宏道評釋，艾南英參訂。

　　亭臺樓閣、堂廡廳壁、軒齋室苑、祠廟池囿、書畫碑石等等，都是三蘇記體散文的寫作題材，而「記」中底蘊異常豐富，政治、社會、人生、釋道、藝術，無所不談，真情至性亦隨處可見。此正符合劉熙載《藝概》卷一‧〈文概〉中所論：「敘事之學，須貫六經九流之旨；敘事之筆，須備五行四時之氣；維其有之，是以似之，弗可易矣。」「敘事有寓理、有寓情、有寓氣、有寓識，無寓則如偶人矣。」

　　三蘇的「記」，內容不受題目拘牽，理、情、氣、識俱有之。然因父子三人思想淵源博雜，觀念主張總是通權達變，所以歷來一些「醇儒」、理學家，對蘇氏作品的內容，迭有批評，朱熹即是最具份量、代表性的一位，他曾說：

　　　老蘇之文高，只議論乖角。
　　　老蘇文字初亦喜看，後覺得自家意思都不正當，以此知人不可看此等文字，固宜以歐、曾文字為正。
　　　坡文只是大勢好，不可逐一字去點檢。
　　　東坡晚年文，雖健不衰，然亦疏魯，如南安軍學記；海外歸作，而有弟子楊皞序點者三之語，序點是人姓名，其疏如此。
　　　或問：蘇子由之文，比東坡稍近理否？曰：亦有甚道理，但其說利害處，東坡文字較明白，子由文字不甚分曉。要之學術，只一般。

（以上俱見《朱子語類》卷一百三十九）

　　　如東坡、子由，見得箇道理，更不成道理，又卻便開心見膽說，教人理會得。

（《朱子語類》卷一百二十三）

> 舊嘗看欒城集，見他文勢甚好，近日看，全無道理。……
> 或舉老蘇五經論，先生曰：說得聖人都是用術了。

（《朱子語類》卷六十二）

朱熹《朱文公文集》卷三十，〈答汪尚書書〉云：

> 至於王氏、蘇氏，則皆以佛老爲聖人，既不純乎儒者之學
> 矣！……蘇氏之言，高者出入有無，而曲成義理；下者指
> 陳利害，而切近人情；其智識、才辨、謀爲、氣概，又足
> 以震耀而張皇之，使聽者欣然而不知倦，……然語道學，
> 則迷大本；論事實，則尚權謀；衒浮華、忘本實，貴通達、
> 賤名檢，此其害天理、亂人心、妨道術、敗風教，亦豈盡
> 出王氏之下也哉？……使其行於當世，亦如王氏之盛，則
> 其爲禍，不但王氏而已。

如今看朱子論評，覺其失之過激、失之過偏。實則，三蘇記體散文
的內容，常僅側重某一點逞辭發揮，當然不免有缺漏偏頗處[18]，但
別具隻眼、擁有巧思的地方亦不少，不能一概抹殺塗黑。

黃震《黃氏日抄》卷六十二末，論蘇軾之文云：

> 尤長於指陳世事，述敘民生疾苦；方其年少氣銳，尚欲汎
> 掃宿弊，更張百度，有賈太傅流涕漢庭之風；及既懲創王

---

[18] 比方：洪邁：《容齋隨筆》卷八・「石䂬」條，認爲蘇軾〈順濟廟石䂬記〉
「不考耳」。葉適：《習學記言》卷四十九・「呂氏文鑑」類，認爲蘇轍〈齊
州閔子祠堂記〉，「不考詳矣」；批評〈東軒記〉之論，「所知未深而然耳」；
〈遺老齋記〉所言，乃「聖賢之所禁也」。

氏，一意忠厚，思與天下休息，其言切中民隱，發越懇到，使嚴廊崇高之地，如親見閭閻哀痛之情，有不能不惻然感動者，真可垂訓萬世矣。嗚呼！休哉。

在內容取向上，蘇洵、蘇轍和蘇軾，並無二致。

三蘇行文手法幾乎如出一轍，呈現出的文勢風格卻迴然不同，老蘇雄渾，大蘇明快，小蘇委婉，此正符合他們篤信的文論——「文如其人」。蘇軾真率豪邁的個性，使其記體散文，在命意、章法上，較常架虛行危，縱橫倏忽，有跨竈之興；而於生活品味等方面，也可看出他比父親、弟弟有更濃的藝術傾向，與對美的企求，遂於修辭上，使寫景詠物說理論事，無一不曲盡其妙，如化工之賦形萬物。蘇籀《欒城遺言》記蘇轍之言曰：「子瞻之文奇，予文但穩耳。」確為的評。

第五章　三蘇散文成就

第一節　三蘇文論

　　所謂「文論」，包括文藝理論與文學批評；而三蘇父子均非文藝理論、文學批評家，也無意建立系統的文學條規戒律，只是承繼、熔鑄、發揮了前人的看法、學說，並在實際創作過程中，因有所感悟領會，隨筆寫出一些文論，但這些見解，對時人後學的啟迪影響，卻極深遠。

一、立意

　　蘇洵〈與孫叔靜書〉云：「凡作論，但欲意立而理明，不必覓事應副。」[1]認爲作文應以「立意」爲根本，文章的中心意旨一旦確立，所欲闡釋的道理自然彰明，引類據典已成餘事。

　　蘇軾〈策總敘〉云：「臣聞有意而言，意盡而言止者，天下之至言也」[2]又曰：「意盡而止者，天下之至言也，然而言止而意

---

[1] 〈與孫叔靜書〉，見於王正德：《餘師錄》卷一・「蘇明允」條所引、與《四庫全書》・十六卷《嘉祐集》卷十三。

[2] 蘇軾：〈策總敘〉，《事略》卷十五，別置於〈策略一〉前；《應詔集》卷一，則合置於〈策略第一〉中。

不盡，尤爲極致。如《禮記》、《左傳》可見。」[3]無論是「意盡言止」或「言止而意不盡」，都在說明「立意」的重要性。

　　宋人筆記中，有蘇軾傳授葛延之「作文之法」的記錄，費袞《梁谿漫志》卷四・「東坡教人作文寫字」條云：

> 葛延之（遠自江陰來海南，向蘇軾請益）在儋耳，從東坡遊甚熟。坡嘗教之作文字云：譬如市上店肆諸物，無種不有，卻有一物可以攝得，曰錢而已。莫易得者，是物；莫難得者，是錢。今文章詞藻事實，乃市肆諸物也；意者，錢也；爲文若能立意，則古今所有翕然並起，皆赴吾用。汝若曉得此，便會做文字也。[4]

蘇軾用有錢方能購得所需之物爲喻，說明立意後，才可御辭使事以行文。此一文論當然是祧承紹繼父說，而以父兄爲師的蘇轍，於此顯無異議。

　　立意必本乎誠，誠於中而形於文。蘇軾推崇范仲淹「其於仁義禮樂、忠信孝悌，蓋如飢渴之於飲食，欲須臾忘而不可得，……雖弄翰戲語，率然而作，必歸於此。故天下信其誠，爭師尊之。孔子曰：『有德者必有言。』非有言也，德之發於口者也。」[5]

　　蘇洵〈太玄論上〉云：「方其（聖人）爲書也，猶其爲言也；方其爲言也，猶其爲心也。書有以加乎其言，言有以加乎其心，聖人以爲自欺。」[6]

---

[3] 陳秀明編：《東坡文談錄》。而陳鵠：《耆舊續聞》卷二云：「老蘇作文，真所謂意盡而言止也。學者亦當細觀。」

[4] 此亦見於《韻語陽秋》卷三、《容齋四筆》卷十一。

[5] 蘇軾：〈范文正公集敘〉，《事略》卷五十六。

[6] 蘇洵：《嘉祐集》卷七。

蘇轍〈上曾參政書〉云：「轍，西蜀之匹夫，……其言語文章，雖無以過人，而其所論說，乃有矯拂切直之過。」[7]蘇氏父子明知或有不合君心人意處，依然一貫本諸赤誠立意行文。

此外，老蘇還在〈史論中〉提出一個「有不可以文曉，而可以意達」的說法，例如讀遷固史書，遇「隱而章」、「直而寬」、「簡而明」、「微而切」的筆法時，就需要「意達」了[8]。

掌握了作品意旨，即能突破章句文辭層面，直指作者本心，所以經由詩文，當可想見其人，蘇軾〈樂全先生文集敘〉云：「公（張方平）盡性知命，體乎自然，而行乎不得已，非蘄以文字名世者也；然自慶曆以來訖元豐，四十餘年，所與人主論天下事，見于章疏者多矣，或用或不用，而皆本於禮義，合於人情，……及其他詩文，皆清遠雄麗，讀者可以想見其爲人。」[9]

了解「文如其人」，以及聖人亦如凡人，有喜怒好惡之情後，再研讀聖哲經典，即知其「意之所主」，蘇轍於〈春秋論〉云：「然天下之人，常患求而莫得其意之所主，此其故何也？天下之人，以爲聖人之文章，非復天下之言也，而求之太過。求之太過，是以聖人之言更爲深遠而不可曉。且夫天下何不以己推之也？」[10]

二、貴用

蘇洵《嘉祐集》卷一〈幾策〉，對宋初政治狀況、外交情勢，作番總檢；卷二〈權書上〉乃研議戰略、戰術，希爲世用；卷三

7　蘇轍：《欒城集》卷二十二。
8　蘇洵：《嘉祐集》卷八。
9　蘇軾：《事略》卷五十六。
10　蘇轍：《欒城應詔集》卷四。

〈權書下〉借古鑑今；卷四、卷五〈衡論〉則具體提出政治主張。
其以實際創作，來突顯文貴實用的文學理論。

　　歐陽脩於嘉祐五年（1060）〈薦布衣蘇洵狀〉云：「其論議
精於物理，而善識變權，文章不為空言，而期於有用。」[11]

　　蘇洵〈太玄論上〉末云：

> 君子之為書，猶工人之作器也，見其形以知其用。有鼎而
> 加柄焉，是無問其工之材不材，與其金之良苦，而其不可
> 以為鼎者，固已明矣。況乎加踦與！贏而不合乎二十八宿
> 之度，是柄而不任操，吾無取也已。[12]

〈上韓樞密書〉首云：

> 太尉執事：洵著書無他長，及言兵事，論古今形勢，至自
> 比賈誼，所獻權書，雖古人已往成敗之迹，苟深曉其義，
> 施之於今，無所不可；昨因請見，求進末議，太尉許諾，
> 謹撰其說，言語朴直，非有驚世絕俗之談、甚高難行之論，
> 太尉取其大綱，而無責其纖悉。[13]

蘇軾〈鳧繹先生詩集敘〉中，追述了父親「貴用」、「反浮華」、
「有為而作」等文論：

> 昔吾先君，適京師與卿士大夫遊，歸以語軾曰：自今以往，
> 文章其日工，而道將散矣。士慕遠而忽近，貴華而賤實，

---

[11] 歐陽脩：《歐陽文忠公集》卷一百一十——《奏議集》卷十四。
[12] 蘇洵：《嘉祐集》卷七。
[13] 蘇洵：《嘉祐集》卷十。

吾已見其兆矣。以魯人亀繹先生之詩文十餘篇示軾曰：小
子識之！後數十年，天下無復爲斯文者也。先生之詩文，
皆有爲而作，精悍確苦，言必中當世之過；鑿鑿乎如五穀
必可以療飢，斷斷乎如藥石必可以伐病。其遊談以爲高，
枝詞以爲觀美者，先生無一言焉。[14]

大、小蘇承續了老蘇的「貴用」論，主張文不徒發，必要切中利
害，能經世濟民，適於世用；反對一味藻飾字句的空言浮文，鄙
視僅憑記問之學干祿求仕者。

　　蘇軾關於此一見解的文字屢見，如：

　　〈與元老姪孫書〉四首之三云：「須多讀書史，務令文字華
實相副，期於適用乃佳。勿令得一第後，所學便爲弃物也。」[15]

　　〈答俞括書〉云：「今覽所示議論，自東漢已下十篇，皆欲
酌古以御今，有意乎濟世之實用，此正平生所望於朋友與凡學道
之君子也。」[16]

　　〈答喬舍人啟〉云：「某聞人才以智術爲後，而以識度爲先；
文章以華采爲末，而以體用爲本。國之將興也，貴其本而賤其末；
道之將廢也，取其後而弃其先。用舍之間，安危攸寄。」[17]

　　〈謝除兩職守禮部尚書表〉云：「始臣之學也，以適用爲本，
而恥空言。」[18]

　　〈答王庠書〉云：「儒者之病，多空文而少實用。」[19]

---

[14] 蘇軾：《東坡前集》卷二十四。
[15] 蘇軾：《東坡續集》卷七。
[16] 蘇軾：《事略》卷四十七；《東坡後集》卷十四，題作〈答虔倅俞括奉議書〉。
[17] 蘇軾：《東坡續集》卷十。
[18] 蘇軾《東坡續集》卷十三。
[19] 蘇軾：《事略》卷四十六。

〈策總敘〉云：「故戰國之際，其言語文章雖不能盡通於聖人，而皆卓然近於可用，出於其意之所謂誠然者。自漢以來，世之儒者，忘己以徇人，務爲射策決科之學，其言雖不叛于聖人，而皆泛濫於詞章，不適於用。」[20]

而郎曄註〈屈原廟賦〉，引晁無咎云：「（坡）公嘗言古爲文譬造室，……公之文常以用爲主。」[21]

蘇籀《欒城遺言》記蘇轍曰：「文貴有謂。」

蘇轍〈民政上・第二道〉云：「士大夫爲聲病剽略之文，而治苟且記問之學，曳裾束帶，俯仰周旋，而皆有意於天子之爵祿。」[22]

蘇轍並依「貴實用、反浮華」的觀點，批評李白之詩，其云：「李白詩類其爲人，駿發豪放，華而不實，好事喜名，不知義理之所在也。」[23]

老蘇還提出「大凡文之用四：事以實之，詞以章之，道以通之，法以檢之。」[24]作品會因文體性質不同，對「事」、「詞」、「道」、「法」四者，有所偏重；當然，以儘量符合四用爲作文最高標準。知其爲文、論文，縱使都以適用爲貴，不過並沒忽略作品的文學性和藝術價值。

蘇軾爲章子平作詩序，亦把「文章之美」，與經術、政事、德行之美並列而相頡頏。該〈敘〉云：「子平以文章之美、經術之富、政事之敏，守之以正、行之以謙，此功名富貴之所迫逐而不赦者也。」[25]

---

[20] 蘇軾：《事略》卷十五。
[21] 蘇軾：《事略》卷一。
[22] 蘇轍：《欒城應詔集》卷九。
[23] 蘇轍，〈詩病五事〉，《欒城三集》卷八。
[24] 蘇洵，〈史論上〉，《嘉祐集》卷八。
[25] 蘇軾，〈章子平詩敘〉，《事略》卷五十六。

三、尚氣

針對駢文、時文文體卑弱之弊，三蘇爲文，特別注重文章氣勢，即氣在篇章中貫注呈現出的力道；而散行文字，最適合表現氣的充盛及流動。

蘇轍〈上樞密韓太尉書〉，雖是一封不卑不亢，懇求韓琦接見辱教的自薦信，但也是一篇「養氣說」的名作；首段云：

> 太尉執事：轍生好爲文，思之至深，以爲文者，氣之所形，然文不可以學而能，氣可以養而致。孟子曰：我善養吾浩然之氣。今觀其文章，寬厚宏博，充乎天地之間，稱其氣之小大。太史公行天下，周覽四海名山大川，與燕、趙間豪俊交游，故其文疏蕩，頗有奇氣。此二子者，豈嘗執筆學爲如此之文哉？其氣充乎其中而溢乎其貌，動乎其言而見乎其文，而不自知也。[26]

蘇轍的養氣理論，上承孟子、韓愈而來，然有突破創新處，因其除純粹內省式的道德淬勵外，尚可外求以致氣，且提出了具體的方法。第一法是拋開不足以激發志氣之「古人陳迹」，去周覽奇聞壯觀之名山勝川，以開拓胸襟、豐富閱歷[27]。第二法是結交天下豪傑賢士，藉彼此切磋論辯，收潛移默化，惕厲奮勉之效。

---

[26] 蘇轍：《欒城集》卷二十二。

[27] 蘇轍：《欒城集》卷一〈舟中聽琴〉詩，亦傳達類似見解，「昔有至人（指伯牙）愛奇曲，學之三歲終無成。一朝隨師（成連）過滄海，留置絕島不復迎。終年見怪心自感，海水震掉魚龍驚。翻回蕩漾有遺韻，琴意忽忽從此生。師來迎笑問所得，撫手無言心已明。」。蘇軾：《事略》卷五十九〈六一泉銘〉亦曰：「（江山）奇麗秀絕之氣，常爲能文者用。」

蘇轍於〈孟子解二十四章[28]〉中，曾詮釋孟子的「浩然之氣」：

> 天下之人，莫不有氣。氣者，心之發而已。行道之人，一
> 朝之忿而鬥焉，以忘其身，是亦氣也。方其鬥也，不知其
> 身之爲小也，不知天地之大，禍福之可畏也，然而是氣之
> 不養者也。不養之氣橫行於中，則無所不爲而不自知。……
> 養志以致氣，盛氣以充體。體充而物莫敢逆，然後其氣塞
> 于天地。

而蘇轍於〈吳氏浩然堂記〉[29]，對養氣作了巧妙的聯想，其以爲
君子應師法水「無求於深，無意於行，得高而渟，得下而流，忘
己而因物，不爲易勇，不爲險怯」的本性，「平居以養其心，足
乎內，無待乎外，其中潢漾，與天地相終始」。

　　養氣的過程中，若逢磨難摧折，「氣雖傷而益壯」[30]；養氣
已成，不自知、不自見，卻能形於外、見乎文，「其中無所顧，
其浩然之氣，發越於外，不自見而物見之矣！」[31]

　　三蘇尚氣養氣，主要目的在推己及人，用於當世，假使不幸
不用，方退而著之藻翰。蘇轍曰：

> 予，少而力學。先君，予師也。亡兄子瞻，予師友也。父
> 兄之學，皆以古今成敗得失爲議論之要。以爲士生於世，

---

[28] 此題下實有二十一章，見於《欒城後集》卷六。
[29] 蘇轍：《欒城集》卷二十四。
[30] 蘇轍：〈墨竹賦〉，《欒城集》卷十七。
[31] 蘇轍：〈孟德傳〉，《欒城集》卷二十五。

治氣養心，無惡於身，推是以施之人，不爲苟生也。不幸不用，猶當以其所知，著之翰墨，使人有聞焉。[32]

蘇洵〈上歐陽內翰第一書〉亦云：「洵也自度其愚魯，無用之身，不足以自奮於其間，退而養其心，幸其道之將成，而可以復見於當世之賢人君子。」[33]

蘇軾也認爲「士以氣爲主」[34]，其〈送人序〉云：

士之不能自成，其患在於俗學。俗學之患，枉人之材，窒人之耳目，誦其師傅造字之語，從俗之文，才數萬言，其爲士之業盡此矣。夫學以明理，文以述志，思以通其學，氣以達其文。古之人，道其聰明，廣其聞見，所以學也；正志完氣，所以言也。[35]

以涵養完備之氣行文，自然文勢澎湃順暢，甚可達到「嶺斷雲連」的文學妙境。蘇轍曰：「事不接、文不屬，如連山斷嶺，雖相去絕遠，而氣象聯絡，觀者知其脈理之爲一也。蓋附離不以鑿枘，此最爲文之高致耳。」[36]

---

[32] 蘇轍：〈歷代論引〉，《欒城後集》卷七。
[33] 蘇洵：〈嘉祐集〉卷十一。
[34] 蘇軾：〈李太白碑陰記〉，《事略》卷五十二。軾之三子蘇過《斜川集》卷三〈書先公字後〉云：「吾先君子，豈以書自名哉？特以其至大至剛之氣，發於胸中，而應之於手，故不見其有刻畫撫媚之工，而端章甫若有不可犯之色。」
[35] 蘇軾：《東坡續集》卷八。
[36] 蘇轍：〈詩病五事〉，《欒城三集》卷八。

四、辭達

蘇軾〈書子由超然臺賦後〉云：

> 子由之文，詞理精確，有不及吾，而體氣高妙，吾所不及；雖各欲以此自勉，而天資所短，終莫能脫。至於此文，則精確高妙，殆兩得之，尤為可貴也。[37]

軾、轍昆仲情篤，彼此知之甚深，因此，蘇軾對自己與弟弟文章長短處，作了確切的評析。「氣」是蘇轍為文最注重及擅長的部分，而遣「辭」造語方面，蘇軾較為拿手。

但是，蘇洵「文章其日工，而道將散矣」[38]的訓誨，早已樹立於前，所以，蘇軾主張「辭至於達，足矣，不可以有加矣」[39]。

「辭達」當然不是「雕蟲篆刻」，也不是枯索不文，蘇軾於〈答謝民師書〉中，指明「能了然於口與手者」，就是「辭達」。其云：

> 孔子曰：言之不文，行而不遠。又曰：辭達而已矣。夫言止於達意，即疑若不文，是大不然。求物之妙，如繫風捕影，能使是物了然於心者，蓋千萬人而不一遇也。而況能使了然於口與手者乎？是之謂辭達。辭至於能達，則文不可勝用矣。[40]

---

[37] 蘇軾：《東坡全集》卷六十三。
[38] 蘇軾：〈鳧繹先生詩集敘〉，《東坡前集》卷二十四。
[39] 蘇軾，〈答王庠書〉，《事略》卷四十六。
[40] 蘇軾：《事略》卷四十六。

其於〈答俞括書〉又云：

> 孔子曰：辭達而已矣。物固有是理，患不知之；知之，患
> 不能達之於口與手。辭者，達是而已矣。[41]

欲臻「辭達」的條件有二：

(一)內外如一、心手相應

〈篔簹谷偃竹記〉[42]記文同教蘇軾畫竹，告之不可「節節而
為之，葉葉而累之」，先要「成竹在胸」，再掌握瞬間靈感，「急
起從之，振筆直遂」，蘇軾卻「心識其所以然，而不能然者，內
外不一、心手不相應」，肇因於「不學之過也」。

推衍畫理至文理，故知行文要能「辭達」，必得讀書、練習、
了悟，將主、客觀思維交融如一，使心與手相應密合，然後用文
字順勢表達出來。

蘇軾曰：「有道有藝，有道而不藝，則物雖形於心，不形於
手。」[43]徒讀書明道，猶不及「辭達」，尚須依循適當方法，反
覆鍛練。譬如烹調佳餚，釀製美酒，卻「求精於數外，而棄迹以
逐妙」，「一以意造，則其不為人之所嘔棄者寡矣」[44]。

誦習師法佳作名篇，或是潛心靜觀自然奧妙，都不失為可資
循行之良方。蘇軾〈答李昭玘書〉云：「少年好文字，雖自不能
工，喜誦他人之工者，今雖老，餘習尚在。」[45]，〈上曾丞相書〉

---

[41] 蘇軾：《事略》卷四十七。
[42] 蘇軾：《事略》卷四十九。
[43] 蘇軾：〈書李伯時山莊圖後〉，《東坡前集》卷二十三。
[44] 蘇軾：〈鹽官大悲閣記〉，《事略》卷五十四。
[45] 蘇軾：《事略》卷四十七。

云：「以爲凡學之難者，難於無私。無私之難者，難於通萬物之理。……是故幽居默處而觀萬物之變，盡其自然之理，而斷之於中；其所不然者，雖古之所謂賢人之說，亦有所不取。」[46]

蘇轍亦認爲「輪扁，斲輪者也，而讀書者與之」，故對文同投身自然，心觀竹變，手繪修竹的說法，極爲推崇；其於〈墨竹賦〉云：

> 與可听然而笑曰：夫予之所好者道也，放乎竹矣。……視聽漠然，無概乎予心。朝與竹乎爲游，莫與竹乎爲朋。飲食乎竹間，偃息乎竹陰，觀之變也多矣。……始也，余見而悅之；今也，悅之而不自知也。忽乎！忘筆之在手與紙之在前，勃然而興，而修竹森然。雖天造之無朕，亦何以異於茲焉！[47]

(二)博觀約取、厚積薄發

蘇洵於〈上歐陽內翰第一書〉裏，自述刻意厲行，真積力久，自然成文的經過：

> 取論語、孟子、韓子，及其他聖人賢人之文，而兀然端坐終日以讀之者七、八年。方其始也，入其中而惶然，博觀於其外，而駭然以驚；及其久也，讀之益精，而其胸中豁然以明，若人之言固當然者，然猶未敢自出其言也；時既

---

[46] 蘇軾：《事略》卷四十一。
[47] 蘇轍：《欒城集》卷十七。

久，胸中之言日益多，不能自制，試出而書之，已而再三
讀之，渾渾乎覺其來之易矣，然猶未敢以爲是也。[48]

　　蘇軾〈答張嘉文書〉云：「凡人爲文，……著成一家之言，
則不容有所悔，當且博觀而約取，如富人之築大第，儲其材用，
既足，而後成之，然後爲得也。」[49]〈稼說〉云：

> 古之人，其才非有以大過今之人也。平居所以自養而不敢
> 輕用，以待其成者，閔閔焉如嬰兒之望長也。弱者養之以
> 至於剛，虛者養之以至於充。……信於久屈之中，而用於
> 至足之後；流於既溢之餘，而發於持滿之末。……務學……
> 博觀而約取，厚積而薄發。[50]

　　蘇轍一如父兄，主張「縱觀博覽，而辨其是非、論其可否、
推其精粗，而後至於微密之際，則講之當益深，守之當益固。」[51]
爲學至左右逢源之境界，措辭必達之於口與手。

五、自然成文

　　〈仲兄字文甫說〉一文中，蘇洵認爲兄長蘇渙原字「公群」，
不合聖人「解散滌蕩」的本心，乃經由替蘇渙改字「文甫」，鋪
陳出——「風行水上，自然成文；文出無心，方爲至文」的文論。
其云：

[48] 蘇洵：《嘉祐集》卷十一。
[49] 蘇軾：《事略》卷四十七。
[50] 蘇軾：《事略》卷五十七。
[51] 蘇轍：〈上兩制諸公書〉，《欒城集》卷二十二。

> 風行水上渙，此亦天下之至文也。……無意乎相求，不期
> 而相遭，而文生焉。……非能為文，而不能不為文也。[52]

唯在耳聞、目見、身觸、心感，學篤、慮深、思悟、習善，「有
所不能自已而作」、「非勉強所為」的情況下，才可能寫出撼動
人心、裨益于世、名震一時、聲垂千古的佳構妙作。

蘇軾〈江行唱和集敘〉云：

> 夫昔之為文者，非能為之為工，乃不能不為之為工也。山
> 川之有雲霧，草木之有華實，充滿勃鬱，而見於外，夫雖
> 欲無有，其可得耶？自聞家君之論文，以為古之聖人有所
> 不能自已而作者。故軾與弟轍為文至多，而未嘗敢有作文
> 之意。……己亥之歲（1059），侍行適楚，……山川之秀
> 美、風俗之朴陋、賢人君子之遺迹，與凡耳目之所接著，
> 雜然有觸於中，而發於詠歎，……非勉強所為之文也。[53]

蘇洵〈上田樞密書〉云：

> 今洵用力於聖人、賢人之術，亦已久矣。其言語、其文章
> 雖不識其果可以有用於今，而傳於後與否，獨怪其得之之
> 不勞。方其致思於心也，若或起之；得之心而書之紙也，
> 若或相之；夫豈無一言之幾乎道！[54]

---

[52] 蘇洵：《嘉祐集》卷十四。
[53] 蘇軾：《事略》卷五十六；《東坡前集》卷二十四，題作〈南行前集敘〉。
[54] 蘇洵：《嘉祐集》卷十。

蘇軾一仍父論，反對「人造作言語，務相粉飾」[55]，〈文說〉曰：

> 吾文如萬斛泉源，不擇地而出，在平地滔滔汨汨，雖一日
> 千里無難。及其與山石曲折，隨物賦形，而不可知也。所
> 可知者，常行於所當行，常止於不可不止，如是而已矣。
> 其他，雖吾亦不能知也。[56]

蘇氏父子論文，每藉水性設譬作喻，因水無僵化特定之形，卻有自然變幻之妙，正符合他們自然成文，隨物賦形的文論。

蘇籀《欒城遺言》云：「公（轍）曰：予少作文，要使心如旋床；大事大圓成，小事小圓轉，每句如珠圓。」蘇轍認為提筆為文，心思若能靈動如旋床，則字句必如圓珠，自然躍出以串成動人篇章。

六、反模擬炫奇

三蘇推崇並師法西漢以前文章，對科考時文抱持輕忽的態度；大蘇更因王安石變法後，廢詩賦改考新經義，強使天下士者皆同王氏一家之說，大加抨擊。

蘇洵〈上田樞密書〉，就對田沉坦承，「曩者，見執事於益州，當時之文淺狹可笑，飢寒窮困亂其心，而聲律記問又從而破壞其體，不足觀也。」[57]

---

[55] 蘇軾：〈答李方叔書〉，《事略》卷四十六。《東坡後集》卷十九，〈虔州崇慶禪院新經藏記〉云：「口必至於忘聲，而後能言；手必至於忘筆，而後能書。」

[56] 蘇軾：《事略》卷五十七。

[57] 蘇洵：《嘉祐集》卷十。

蘇軾亦認為「今程試文字，千人一律」[58]，「今之讀書取官者，皆屈折拳曲，以合規繩，曾不得自伸其喙」[59]。「文字之衰，未有如今日者也，其源實出於王氏。王氏之文，未必不善也，而患在於好使人同己」[60]；「王氏之學，正如脫墼，案其形模而出之，不待脩飾而成器耳，求為桓璧彝器其可乎？」[61]

蘇氏一門，論其文如其人，要能獨出新意，使文風具個人特色，反對千人一律，千文一式；然而，卻不貴華賤實，炫奇立異，倒用平常簡易的字句，塑造出三蘇各自的文學風格。

蘇洵評論歐陽脩文，「斷然自為一家之文」[62]，蘇軾評論弟弟之文，強調「子由之文實勝僕，……其為人深，不願人知之，其文如其為人，故汪洋澹泊，有一唱三歎之聲，而其秀傑之氣終不可沒」[63]。

蘇轍本「文章自一家」[64]，不欣賞寸步不遺地依樣畫葫蘆，其云：「余觀古人為文，各自用其才耳，若用心專模倣一人，捨己徇人，未必貴也。」[65]

艱澀、迂闊、怪僻、奇衺的字眼，絕少出現於三蘇文中；蘇軾曾提及：「凡人文字，務使平和，至足之餘，溢為奇恠，蓋出於不得已爾。」[66]蘇洵即因揚雄文字「好奇而務深」，遂認定其「辭多夸大，而可觀者鮮」[67]。

---

[58] 蘇軾：〈答王庠書〉，《事略》卷四十六。
[59] 蘇軾：〈送水丘秀才序〉，《東坡續集》卷八。
[60] 蘇軾：〈答張文潛書〉，《事略》卷四十五。
[61] 蘇軾：〈送人序〉，《東坡續集》卷八。
[62] 蘇洵：〈上歐陽內翰第一書〉，《嘉祐集》卷十一。
[63] 同註60。
[64] 蘇轍：〈閒窗〉詩，《欒城後集》卷四。
[65] 蘇籀：《欒城遺言》。
[66] 蘇軾：〈與魯直書〉二首之一，《東坡續集》卷四。
[67] 蘇洵：〈太玄總例引〉，《嘉祐集》卷七。

三蘇爲文，「精能之至，反造疏淡」[68]，是故，朱熹曰：「歐公文章及三蘇文好處，只是平易說道理，初不曾使差異底字，換卻那尋常底字。」[69]朱子的批評，恰是三蘇「反炫奇」文論的好註腳，也道出了三蘇散文的長處。

　　三蘇文論主立意，貴實用，尚氣重辭達，強調自然成文，反模擬雕琢、炫奇逞怪，乃紮根於實者；然並未輕忽文學之藝術性，與突破形似拘縻，以追求神似，妙在法度筆墨之外的重要。

　　宋代古文運動之巨擘歐陽脩，雖以唐古文領袖韓愈之後繼者自居[70]，然對韓〈原道〉一文中，所特重標舉的儒學「道統」，顯已略加調整，漸有重視「文統」的傾向，歐公〈代人上王樞密求先集序書〉云：

> 言之無文，行而不遠。君子之所學也，言以載事而文以飾言，事信言文乃能表見於後世。……其言之所載者大且文，則其傳也章；言之所載者不文而又小，則其傳也不章。[71]

---

[68] 蘇軾：〈書唐氏六家書後〉，《事略》卷六十。

[69] 朱熹：《朱子語類》卷一百三十九。羅大經：《鶴林玉露》卷十五，亦云：「歐似韓、蘇（軾）似柳，……然韓、柳猶用奇重字，歐、蘇唯用平常輕虛字，而妙麗古雅，自不可及。」

[70] 歐陽脩：《歐陽文忠公集》卷七十三——《居士外集》卷二十三〈記舊本韓文後〉云：「嗚呼！韓氏之文之道，萬世所共尊，天下所共傳而有也。予之始得於韓也，當其沈沒棄廢之時，予固知其不足以追時好而取勢利，於是就而學之，則予之所爲者，豈所以急名譽而干勢利之用哉？亦志乎久而已矣。」

[71] 歐陽脩：《歐陽文忠公集》卷六十七——《居士外集》卷十七。又，此〈書〉在敘述完孟、荀後，續云：「其次，楚有大夫者，善文，其謳歌以傳；漢之盛時，有賈誼、董仲舒、司馬相如、揚雄，能文，其文辭之傳。」

三蘇論文，更不受內容羈絆，純就作家風格、形式技巧加以探究，實已凸顯、確立了己身之「文統」觀。蘇洵〈上田樞密書〉云：

> 大肆其力於文章，詩人之優柔、騷人之精深、孟韓之溫淳、遷固之雄剛、孫吳之簡切，投之所嚮，無不如意。[72]

洵〈上歐陽內翰第一書〉云：

> 孟子之文，語約而意盡，不爲巉刻斬絕之言，而其鋒不可犯；韓子之文，如長江大河渾浩流轉，魚黿蛟龍萬怪惶惑，而抑遏蔽掩不便自露，而人自見其淵然之光、蒼然之色，亦自畏避不敢迫視。執事（歐陽脩）之文，紆餘委備往復百折，而條達疎暢無所間斷，氣盡語極，急言竭論，而容與閒易，無艱難勞苦之態；此三者，皆斷然自爲一家之文也。惟李翱之文，其味黯然而長，其光油然而幽，俯仰揖讓，有執事之態；陸贄之文，遣言措意切近的當，有執事之實。而執事之才，又自有過人者；蓋執事之文，非孟子、韓子之文，而歐陽子之文也。[73]

蘇軾〈六一居士集敘〉云：

> 愈之後三百餘年而後得歐陽子，其學推韓愈、孟子，以達於孔氏，著禮樂仁義之實，以合於大道。其言簡而明、信

---

[72] 蘇洵：《嘉祐集》卷十。
[73] 蘇洵：《嘉祐集》卷十一。

而通，引物連類，折之於至理，以服人心，故天下翕然師
尊之。[74]

蘇轍〈賀歐陽副樞啟〉云：

> 昔者漢之賈誼，談論俊美，……唐之韓愈，詞氣磊落，……
> 伏惟樞密侍郎（歐公）天才奇特，高出古人，餘論溫純，
> 和樂海內。[75]

轍〈歐陽文忠公神道碑〉云：

> 昔孔子生於衰周而識文武之道，……而其文卒不可揜，孔
> 子既沒，諸弟子如子貢、子夏，皆以文名於世。數傳之後，
> 子思、孟子、孫卿，並為諸侯師。……及漢，……叔孫通，
> 陸賈之徒，以詩書禮樂彌縫其闕矣。其後賈誼、董仲舒相
> 繼而起，則西漢之文後世莫能彷彿。……自漢以來，更魏
> 晉歷南北，文弊極矣。……惟韓退之一變復古，……自退
> 之以來，五代相承，天下不知所以為文。……及（歐）公
> 之文行於天下，乃復無愧於古。[76]

　　軾、轍品畫評文，喜在法度中別出新意，並將神韻妙理寄寓
筆墨之外者；且極度讚賞，簡古澹泊的作品，卻能蘊蓄纖穠腴潤。
蘇軾〈書黃子思詩集後〉云：

---

[74] 蘇軾：《事略》卷五十六。
[75] 蘇轍：《欒城集》卷五十。
[76] 蘇轍：《欒城後集》卷二十三。

予嘗論書，以謂鍾王之迹，蕭散簡遠，妙在筆畫之外，……
至於詩亦然。蘇李之天成，曹劉之自得，陶謝之超然，蓋
亦至矣；而李太白、杜子美，以英瑋絕世之姿，凌跨百代，
古今詩人盡廢，然魏晉以來高風絕塵，亦少衰矣。李杜之
後，……獨韋應物、柳宗元，發纖穠於簡古，寄至味於澹
泊，非餘子所及也。唐末司空圖，……其論詩曰：梅止於
酸，鹽止於鹹，飲食不可無鹽梅，而其美常在鹹酸之外。……
恨當時不識其妙，予三復其言而悲之。[77]

軾〈書吳道子畫後〉云：

道子畫人物，如以燈取影，逆來順往，旁見側出，橫斜平
直，各相乘除，得自然之數，不差毫末；出新意於法度之
中，寄妙理於豪放之外，所謂遊刃餘地，運斤成風，蓋古
今一人而已。[78]

軾〈書唐氏六家書後〉云：

永禪師書，骨氣深穩，體兼眾妙，精能之至，反造疎淡，
如觀陶彭澤詩，初若散緩不收，反覆不已，乃識其奇趣。[79]

---

[77] 蘇軾：《事略》卷六十。
[78] 蘇軾：《事略》卷六十。
[79] 蘇軾：《事略》卷六十。《事略》卷五十三〈傳神記〉云：「傳神與相一道，
欲得其神之天，法當於眾中陰察之。……凡人意思各有所在，……使畫者悟
此理，則人人可爲顧、陸。……南都程懷立，眾稱其能，於傳吾神，大得其
全。懷立舉止如諸生，蕭然有意於筆墨之外者也。」《東坡前集》卷十七〈書
鄢陵王主簿所畫折枝詩〉二首之一云：「論畫以形似，見與兒童鄰。賦詩必

轍〈汝州龍興寺修吳畫殿記〉云：

> 范（瓊）、趙（公祐）之工，方圓不以規矩，雄傑偉麗，見者皆知愛之；而孫氏（孫遇，原名「位」[80]）縱橫放肆，出於法度之外循法者不逮其精，有從心不逾矩之妙。[81]

轍〈子瞻和陶淵明詩集引〉云：

> （東坡）書來告曰：……淵明作詩不多，然其詩質而實綺，癯而實腴。[82]

第二節　三蘇影響

　　不管是從歐陽脩、文苑公論，甚或蘇軾本身來看，資質偉岸、氣骨卓犖、藻翰炳蔚的蘇軾，繼歐公成為文壇宗主，已無疑議。

此詩，定非知（按：應作「知非」）詩人。詩畫本一律，天工與清新。」費袞：《梁谿漫志》卷七‧「東坡論石曼卿紅梅詩」條云：「東坡嘗見石曼卿紅梅詩云：『認桃無綠葉，辨杏有青枝。』曰：『此至陋語，蓋村學中體也。』故東坡作詩，力去此弊。其觀畫詩云：『論畫以形似，見與兒童鄰。賦詩必此詩，定知非詩人。』此言可為論畫作詩之法也，世之淺近者，不知此理，做月詩便說明，做雪詩便說白，間有不用此等語，便笑其不著題，此風，晚唐人尤甚。」

[80] 蘇軾：《事略》卷六十〈書蒲永昇畫後〉云：「唐廣明中，處士孫位始出新意，畫奔湍巨浪，與山石曲折，隨物賦形，盡水之變，號稱神逸。」

[81] 蘇轍：《欒城後集》卷二十一。《欒城集》卷十五〈韓幹三馬詩〉云：「畫師韓幹豈知道，畫馬不獨畫馬皮。畫出三馬腹中事，似欲譏世人莫知。伯時一見笑不語，告我韓幹非畫師。」

[82] 蘇轍：《欒城後集》卷二十一。

歐陽脩對受己擢拔，「願長在下風，與賓客之末」[83]的蘇軾，期許甚殷。蘇軾〈（潁州）祭歐陽文忠公文〉云：

> 嗚呼！軾自齠亂，以學爲嬉。童子何知，謂（歐）公我師，晝誦其文，夜夢見之，十有五年，乃克見公。公爲拊掌，歡笑改容；此我輩人，餘子莫群；我老將休，付子斯文。再拜稽首，過矣公言，雖知其過，不敢不勉。……公曰子來，實獲我心；我所謂文，必與道俱；見利而遷，則非我徒。又拜稽首，有死無易。[84]

軾〈太息一首送秦少章〉云：

> 昔吾舉進士，試於禮部。歐陽文忠公見吾文曰：此我輩人也，吾當避之。……今吾衰老廢學，自視缺然，而天下士不吾棄，以爲可以與於斯文者，猶以文忠公之故也。[85]

晁說之《嵩山文集》卷十五〈與三泉李奉議書〉云：「本（宋）朝以來，王元之（禹偁）之後晏公（幾道），晏公之後歐陽公，歐陽公之後東坡，皆爲一時之龍門。」毛滂《東堂集》卷六〈上蘇內翰書〉云：「本朝以文章聳動搢紳之伍者，天下最知有歐陽文忠公，中間先生父子兄弟，懷才抱道，吐秀發奇，又相鳴於翰墨之囿，如長江大河浩無畔岸，崇嵓峭壁萬仞崛起，此天下所以

---

[83] 蘇軾：〈謝南省主文啟〉五首之一——〈歐陽內翰〉，《東坡前集》卷二十六。

[84] 蘇軾：《東坡後集》卷十六。

[85] 蘇軾：《東坡後集》卷九。

目駭耳回，而披靡於下風也。」蘇軾當然亦覺捨我其誰、責無旁貸，更盼蘇門諸君能紹述承繼之[86]。李廌《師友談記》云：

> 東坡嘗言，文章之任，亦在名世之士，相與主盟，則其道不墜，方今太平之盛，文士輩出，要使一時之文，有所宗主；昔歐陽文忠常以是任付與某，故不敢不勉；異時文章盟主，責在諸君，亦如文忠之付授也。

一、蘇門四學士、六君子

蘇門四學士爲黃庭堅、晁補之、秦觀、張耒。蘇軾〈答李昭玘書〉云：

> 軾蒙庇粗遣，每念處世窮困，所向輒值牆谷，無一遂者，獨與文人勝士，多獲所欲，如黃庭堅魯直、晁補之無咎、秦觀太虛、張耒文潛之流，皆世未之如，而軾獨先知之。[87]

而陳師道〈答李端叔書〉云：

> 兩（蘇）公之門，有客四人，黃魯直、秦少游、晁無咎，長公（蘇軾）之客也；張文潛，少公（蘇轍）之客也。[88]

---

[86] 蘇軾：《東坡後集》卷一〈聚星堂雪詩敘〉云：「元祐六年（1091）十一月一日，禱雨張龍公，得小雪，與客會飲聚星堂。忽憶歐陽文忠公作守時，雪中約客賦詩，禁體物語，於艱難中特出奇麗。爾來四十餘年，莫有繼者，僕以老門生繼公後，雖不足追配先生，而賓客之美，殆不減當時。」
[87] 蘇軾：《事略》卷四十七。
[88] 陳師道：《後山集》卷九。

黃、晁、秦、張四人，之所以稱爲「學士」，錢大昕《十駕齋養新錄》卷七‧「蘇門四學士」條，釋之云：

> 黃魯直、秦少游、張文潛、晁無咎，稱蘇門四學士。宋沿唐故事，館職皆得稱學士，魯直官著作郎祕書丞，少游官祕書省正字，文潛官著作郎，無咎官著作郎，皆館職。元豐改官制，以祕書省官爲館職，故有學士之稱；不特非翰林學士，亦非殿閣諸學士也，唯學士爲館閣通稱，故翰林學士特稱內翰以別之。

在「蘇門四學士」外，加上陳師道、李廌二人，即成「蘇門六君子」。蘇軾〈與李方叔書〉四首之三云：

> 頃年於稠人中，驟得張、秦、黃、晁，及方叔（李廌）、履常（陳師道），意謂天不愛寶，其獲蓋未艾也。比來經涉世故，間關四方，更欲求其似，邈不可得；以此知人決不徒出，不有立於先，必有覺於後也。[89]

軾〈答張文潛書〉云：

> 僕老矣，使後生猶得見古人之大全者，正賴黃魯直、秦少游、晁無咎、陳履常、與君等數人耳。[90]

---

[89] 蘇軾：《東坡續集》卷四。
[90] 蘇軾：《事略》卷四十五。

宋人陳亮曾輯《蘇門六君子文粹》七十卷[91]，可見「蘇門六君子」一如「蘇門四學士」，在宋朝，已成二蘇門下客之卓越特出者的代稱。然而，蘇門四學士或六君子的文學成就，各有所長，不盡在散文方面，只是其等文論、文風，深受蘇門影響。吳曾《能改齋漫錄》卷十一・「四客各有所長」條云：「四客各有所長，魯直長於詩辭，秦，晁長於議論。」張耒〈贈李德載詩〉二首之二云：

> 長翁波濤萬頃陂，少翁巉秀千尋麓。黃郎蕭蕭日下鶴，陳子峭峭霜中竹。秦文倩悇[92]舒桃李，晁論崢嶸走金玉。六公文字滿人間，君欲高飛附鴻鵠。[93]

（一）黃庭堅（西元一〇四五～一一〇五年）

黃庭堅字魯直，洪州（江西、南昌）分寧人；初游灊皖山谷寺石牛洞，樂其林泉之勝，因自號山谷道人[94]；嘗謫涪州別駕，又號涪翁。蘇軾始見庭堅詩文於其岳父孫覺（字莘老）之座上，「聳然異之，以為非今世之人也」，譽為「如精金美玉，不即人而人即之，將逃名而不可得」；軾後過訪庭堅之舅李常（字公擇），見庭堅詩文愈多，認為「超逸絕塵，獨立萬物之表；馭風騎氣，以與造物者遊；非獨今世之君子所不能用，雖如軾之放浪自弃，與世闊疎者，亦莫得而友也」[95]，由是庭堅聲名始震。

91　《蘇門六君子文粹》七十卷，現有明崇禎間毛氏汲本閣刊本、崇禎六年胡仲修刊本等數種版本傳世。

92　吳曾：《能改齋漫錄》卷十一・「四客各有所長」條及王應麟《困學紀聞》卷十八，所引張耒此詩，皆作「倩〝麗〞」。

93　張耒：《張右史文集》卷十三。

94　脫脫等：《宋史》卷四四四，〈列傳卷二百三・文苑六〉。

95　蘇軾：〈答黃魯直書〉，《東坡前集》卷二十九。

　　黃庭堅自居後生晚輩，「執禮恭甚，如見所畏者」⁹⁶，冀獲蘇軾親炙，藉其學問文章、道德風範，以增益己所不能⁹⁷；而蘇軾卻視庭堅爲友儕⁹⁸，並嘗推譽舉以自代。軾〈舉黃庭堅自代狀〉云：

　　　蒙恩除臣翰林學士，伏見某官黃某，孝友之行，追配古人，
　　　瑰瑋之文，妙絕當世。舉以自代，實允公議。⁹⁹

蘇、黃相互引重¹⁰⁰，黃庭堅〈東坡先生真贊〉三首云：

---

⁹⁶ 同前註。

⁹⁷ 黃庭堅：〈上蘇子瞻書〉二首之一，《豫章黃先生文集》卷十九。

⁹⁸ 蘇軾：《東坡前集》卷二十九〈答黃魯直書〉云：「軾方以此求交於足下，而懼其不可得，豈意得此於足下乎？喜愧之懷，殆不可勝。」

⁹⁹ 蘇軾，《東坡續集》卷九。周輝：《清波雜志》卷六云：「正郎初遇郊，止得蔭子，不及他親，法也。元祐中，黃魯直應任子，特請于朝，捨子而先姪，後遂爲例，東坡薦黃自代之詞：瑰"琦"之文，妙絕當世；孝友之行，追配古人。今士夫當郊該蔭補，而累奏其子者，有之。」

¹⁰⁰ 宋人筆記中，亦有「蘇黃爭名，互相譏誚」的說法，如阮閱：《詩話總龜後集》卷三十七云：「元祐文章，世稱蘇黃，然二公當時爭名，互相譏誚。東坡嘗云：『黃魯直詩文如蝤蛑、江珧柱，格韻高絕，盤飧盡廢，然不可多食，多食則發風動氣。』山谷亦云：『蓋有文章妙一世，而詩句不逮古人者也。』此指東坡而言也。二公文章，自今視之，世自有公論，豈至各如前事，蓋一時爭名之詞耳；俗人便以爲誠然，遂爲譏誚，所謂蚍蜉撼大樹，可笑不自量者邪！」又如史繩祖《學齋佔畢》卷二・「坡詩不入律」條云：「黃魯直次東坡韻云：『我詩如曹鄶，淺陋不成邦；公如大國楚，吞五湖三江。』其尊坡公可謂至，而自況可謂小矣；而實不然，其深意乃自負，而諷坡詩之不入律也。曹、鄶雖小，尚有四篇之詩入國風；楚雖大國，而三百篇絕無取焉，至屈原而始以騷稱，爲變風矣。黃又嘗謂坡公文好罵，謹不可學；又指坡公文章妙一世，而詩句不迫古人。信斯證也。」

然持「蘇黃相互引重」看法者，更爲合理。如王楙：《野客叢書》卷七・「蘇黃互相引重」條云：「漁隱（胡仔）云：『元祐文章，世稱蘇黃，然二公爭名，互相譏誚。』……殊不知蘇黃二公，同時實相引重，黃推蘇尤謹，而蘇亦獎成之甚力。黃云：『東坡文章妙一世。』乃謂效庭堅體，正如退之效孟郊、盧仝詩。蘇云：『讀黃直詩，如見魯仲連、李太白，不敢復論鄙事。』其互相推許如此，豈爭名者哉！詩文比之蝤蛑、江珧柱，豈不謂佳；至言發

子瞻堂堂，出於峨眉，司馬班揚，金馬石渠。……嬉笑怒罵
皆成文章，……九州四海知有東坡，東坡歸矣，民笑且歌。
岌岌堂堂，如山如河。……至於臨大節而不可奪，則與天
地相終始。

眉目雲開月靜，文章豹蔚虎炳，連世愛憎怡怡，立朝公忠
炯炯。[101]

庭堅晚年，每天早晨薦香於蘇軾畫像，並謂己為「望東坡門弟子
耳」[102]。

黃庭堅論詩文，以理為主，博觀厚積則理得辭順；反對雕琢
造作、生硬奇語，實不出三蘇之說。其〈與王觀復〉三首之一云：

語生硬不諧律呂，或詞氣不逮初造意時，此病亦只是讀書
未精博耳。……好作奇語，自是文章病，但當以理為主，
理得而辭順，文章自然出群拔萃。……文章蓋自建安以來
好作奇語，故其氣象衰苶。其病至今猶在，……近世歐陽
永叔、王介甫、蘇子瞻、秦少游，乃無此病耳。

風動氣，不可多食者，謂其言有味，或不免譏評時病，使人動不平之氣，乃
所以深美之，非譏之也。文章妙一世，而詩句不逮古人；此語蓋指曾子固，
亦當時公論如此，豈坡公邪？以坡公詩句不逮古人，則是陳壽謂孔明，兵謀
將略非其所長者也。此郭次象云。」又如吳曾：《能改齋漫錄》卷十一・「東坡
稱重黃魯直書（按：應作「詩」）」條云：「歐陽季默（歐陽脩之四子——
歐陽辯）嘗問東坡：『魯直詩何處是好？』東坡不答，但極稱重黃詩。季默
云：『如臥聽疎疎還密密，曉看整整復斜斜，豈是佳耶？』東坡云：『此正
是佳處。』」
[101] 黃庭堅：《豫章黃先生文集》卷十四。
[102] 邵博：《聞見後錄》卷二十一云：「趙肯堂親見魯直晚年懸東坡像于室中，
每晨，作衣冠薦香，肅揖甚敬。或以同時聲名相上下為問，則離席驚避曰：
『庭堅，望東坡門弟子耳，安敢失其序哉！』今江西君子曰蘇黃者，非魯直
本意。」

三首之二云：

> 所寄詩多佳句，猶恨雕琢功多耳。……句法簡易而大巧出
> 焉，平淡而山高水深，似欲不可企及。文章成就更無斧鑿
> 痕，乃爲佳作耳。[103]

　　黃庭堅詩名擅天下，被尊爲「江西詩派」之祖[104]，在蘇門中，
影響最鉅也最遠。

（二）晁補之（一〇五三～一一一〇）

　　晁補之字無咎，濟州（山東、鉅野）鉅野人，後慕陶潛爲人，
號歸來子。宗慤之曾孫，父端友（字君成）工於詩文。補之十七
歲從父官杭州，見錢塘山川風物秀麗，乃著〈七述〉以謁州通判
蘇軾，竟使蘇軾爲之讚嘆擱筆[105]。

　　蘇軾〈晁君成詩集引〉云：「其子補之，於文無所不能，博
辯俊偉，絕人遠甚，將必顯於世。」[106]〈書晁無咎所作杜輿子師
字說後〉云：「若無咎者，可謂富於言而妙於理者也。」[107]

---

[103] 黃庭堅：《豫章黃先生文集》卷十九。

[104] 北宋末，呂本中（字居仁）作〈江西詩社宗派圖〉，推黃庭堅爲宗派之祖；
　　因庭堅爲江西人，故有江西詩派之稱。次爲陳師道等二十五人，呂本中亦自
　　居其列。

[105] 脫脫等：《宋史》卷四四四，〈列傳卷二百三‧文苑六〉。晁補之：《雞肋
　　集》卷五十一〈上蘇公書〉云：「某濟北之鄙人，生二十年矣，其才力學術
　　不足以自致於閣下之前，獨幸閣下官於吳，而某亦侍親從官於吳也，故願隨
　　吳人拜堂廡而望精光焉。」

[106] 蘇軾：《東坡前集》卷二十四。

[107] 蘇軾：《東坡後集》卷九。

　　本諸提攜愛護後進之心，蘇軾曾請庭堅在不傷晁補之「邁往之氣」的前提下，婉轉勸其修正務為怪奇之文弊。軾〈與魯直書〉二首之一云：

> 晁君寄騷，細看甚奇，信其家多異材耶！然有少意，欲魯直以己意微箴之。凡人文字，務使平和，至足之餘，溢為奇怪，蓋出於不得已爾。晁文奇怪似差早，然不可直云耳，非謂其諱也，恐傷其邁往之氣，當為朋友講磨之語乃宜。不知公謂然否？[108]

晁補之〈及第謝蘇公書〉云：

> 蓋補之始拜門下年甫冠，先人方彊仕家，固自如在門下二年，所聞於左右，不曾為今日名第計也。[109]

　　拜入蘇門，甫冠的晁補之，對「非儒非僊非世出」[110]的蘇軾，景仰至極，對外舅兵部杜侍郎批評蘇軾「尚氣好辯」，也認為是「聖人各有所長，亦有所短」[111]。
　　晁補之「才氣飄逸，嗜學不知倦，文章溫潤典縟，其凌麗奇卓，出於天成，尤精楚詞論。」[112]

[108] 蘇軾：《東坡續集》卷四。
[109] 晁補之：《雞肋集》卷五十二。
[110] 晁補之：〈東坡先生真贊〉，《雞肋集》卷三十二。
[111] 晁補之：〈答外舅兵部杜侍郎書〉，《雞肋集》卷五十二。
[112] 脫脫等：《宋史》卷四四四，〈列傳卷二百三・文苑六〉。

(三)秦觀（一○四九～一一○○）

秦觀字少游，一字太虛，號淮海居士，揚州（江蘇、揚州）高郵人。少舉進士不中。後知蘇軾自杭倅移密，將道經揚州（維揚），乃擬坡筆語，題於山寺壁中，蘇軾見之果不能辨，大驚；後於孫覺處見秦觀詩詞數百篇，嘆曰：「向書壁者，豈此郎邪？」[113] 蘇軾對秦觀詩文、學養，均獎掖有加[114]，曾先後分向王安石、趙君錫等朝中重臣舉薦之，如〈上荊公書〉云：

> 向屢言高郵進士秦觀太虛，公亦粗知其人，今得其詩文數
> 十首拜呈。詞格高下，固已無逃於左右，獨其行義餝脩，
> 才敏過人，有志於忠義者，其請以身任之。此外，博綜史
> 傳，通曉佛書，講集醫藥，明練法律，若此類，未易一一
> 數也。才難之歎，古今共之；如觀等輩，實不易得。願公
> 少借齒牙，使增重於世，其他無所望也。[115]

---

[113] 釋惠洪：《冷齋夜話》卷一・「秦少游作東坡筆語題壁」條。

[114] 蘇軾：《事略》卷四十五〈答秦太虛書〉云：「寄示詩文皆超然勝絕，亹亹爲來逼人矣。……竊爲君謀，宜多著書，如所示論兵及盜賊等數篇，但似此得數十首，皆卓然有可用之實者，不須及時事也。」《東坡前集》卷二十〈秦少游真贊〉云：「以君爲將仕也，其服野，其行方；以君爲將隱也，其言文，其神昌。置而不求，君不即；即而求之，君不藏。以爲將仕將隱者，皆不知君者也，蓋將挈所有而乘所遇，以游於世，而卒反於其鄉者乎！」

[115] 蘇軾：《東坡續集》卷十一。胡仔：《漁隱叢話前集》卷五十・「秦少游」條：「苕溪漁隱曰：『東坡嘗有書薦少游於荊公，……荊公答書云：『示及秦君詩，適葉致遠一見，亦以謂清新嫵麗，鮑謝似之。公奇秦君，口之而不置，我得其詩，手之而不釋。又聞秦君嘗學至言妙道，無乃笑我與公嗜好異乎！』』」

軾〈辨賈易彈奏待罪箚子〉云：

> 秦觀自少年從臣學文，詞采絢發，議論鋒起，臣實愛重其
> 人，與之密熟。……此人文學議論過人，宜爲朝廷惜之。[116]

蘇軾鼓勵貧寒的秦觀爲養親而應舉，果登第出仕[117]，後坐黨籍遭
貶抑，徽宗立，放還，至藤州（廣西、藤縣），出遊華光亭，含
笑而亡。秦觀對自己之不久人世，似有預感，乃爲己作挽詞一
篇[118]，辭語甚哀。蘇軾痛觀之卒，以爲「當今文人第一流，豈可
復得！」[119]

---

[116] 蘇軾：《奏議集》卷九。

[117] 秦觀：《淮海集》卷三十〈與蘇公先生簡〉云：「某比侍親如故，敝廬數間，
足以庇風雨；薄田百畝，雖不能盡充饘粥絲麻，若無橫裏，亦可給十七；家
貧素無書，而親戚時肯見借，亦足諷誦；深居簡出，幾不與世人相通。老母、
家人見其如此，又得先生所賜詩書，稱借過當，副之藥物，亦可以湔所敗辱，
爲不朽矣。」另〈簡〉云：「辱誨諭且令勉彊科舉，如某者，實無所有，豈
敢求異於時，但長年頗慚，爲兒女子所嗤耳；得公書，重以親老之命，頗自
摧折，不復如向來簡慢，盡取今人所謂時文者讀之，意謂亦不甚難。及試，
就其體作數首，輒有見推可者，因以應書，遂亦蒙見錄。今復加工如求應舉
時矣，但恐南省所取又不同，儻只如此，恐十有一二可得也。」

[118] 蘇軾：三蘇祠本《東坡全集》卷六十五〈書秦少游挽詞後〉：「庚辰歲（元
符三年，1100）六月二十五日，予與少游相別於海康，意色自若，與平日不
少異，但自作挽詞一篇，人或怪之。予以謂：『少游齊死生、了物我，戲出
此語，無足怪者。』已而，北歸至藤州，以八月十二日卒於光化亭（《宋史》
卷四四四，〈列傳卷二百三·文苑六〉，作「華光亭」）上。嗚呼！豈亦自
知當然者耶？乃錄其詩云。」

[119] 蘇軾：三蘇祠本《東坡全集》卷五十五〈與歐陽元老書〉云：「當今文人第
一流，豈可復得？此人（秦觀）在，必大用於世；不用，必有所論著，以曉
後人。前此所著，已足不朽，然未盡也，哀哉！哀哉！」《東坡續集》卷七
〈答蘇伯固書〉云：「離英卅日，已得玉局敕，感恩之外，實荷餘庇。得來
示，又如少游乃至如此，某全軀得還，非天幸而何！但益痛少游無窮已也。
同貶死去大半，最可惜者，范純父及少游，當爲天下惜之，奈何奈何！」

秦觀言「人才各有分限」[120]，與蘇洵「才難強而道易勉也」[121]的看法暗合。認爲蘇軾「最深於性命自得之際；其次則器足以任重，識足以致遠；至於議論文章，乃其與世周旋，至粗者也。」[122]

秦觀長於議論，文麗而思深，自成一家[123]。蘇軾譽爲「文章如美玉無瑕」，「琢磨之功，殆未有出其右者」；李廌則稱歎秦觀之文，「詞雖華而氣古，事備而意高，如鍾鼎然；其體質規模，質重而簡易；其刻畫篆文，則後之鑄師莫彷彿。」[124]而且，秦觀亦工詩詞。

(四)張耒（一○五四～一一一四）

張耒字文潛，楚州（江蘇、淮安）淮陰人。因游學陳州（河南、淮陽），而入學官蘇轍門下，深受轍之影響與欣賞[125]，乃得從軾游[126]。蘇軾〈太息一首送秦少章〉云：

> 張文潛、秦少游，此兩人者，士之超逸絕塵者也。非獨吾云爾，二三子亦自以爲莫及也；士駭於所未聞，不能無異

---

[120] 蘇軾：三蘇祠本《東坡全集》卷六十五〈記少游論詩文〉：「秦少游言：『人才各有分限。杜子美詩冠古今，而無韻者，殆不可讀；曾子固以文名天下，而有韻者，輒不工。』此未易以理推之也。」

[121] 蘇洵：〈養才〉，《嘉祐集》卷五。

[122] 秦觀：〈答傅彬老簡〉，《淮海集》卷三十。

[123] 陳善：《捫蝨新話》上集卷四・「少游文字自成一家」條云：「呂居仁嘗言：『少游從東坡游，而其文字乃自學西漢。』以予觀之，少游文字格似止此，前進論策辭句，頗若刻露，不甚含蓄；若以比坡，當不覺望洋而歎也，然亦自成一家。」

[124] 見於李廌：〈師友談記〉。

[125] 蘇軾：《事略》卷四十五〈答張文潛書〉云：「惠示文編，三復感歎，甚矣！君之似子由也。」

[126] 張耒：《張右史文集》卷四十八〈東坡書卷〉：「余與（潘）邠老皆蘇學士徒也」。

同，故紛紛之言常及吾與二子；吾策之審矣，士如良金美
玉，市有定價，豈可以愛憎口舌貴賤之歟！少游之弟少章，
復從吾游，不及期年，而論議日新，若將施於用者。[127]

當蘇軾訃聞傳出，張耒時知潁洲（安徽、阜陽），本諸「受學師
門，義等族戚」[128]，即出已俸於薦福禪寺修供，並爲舉哀行服，
遂遭論列，責授房州別駕，黃州安置[129]。

蘇軾認爲「秦少游、張文潛，才識學問爲當世第一，無能優
劣二人者」[130]，而張耒「儀觀甚偉，有雄才，筆力絕健，於騷詞
尤長」[131]，同時「氣韻雄拔，疏通秀朗」[132]，當二蘇及黃，晁輩
相繼沒世後，士子從游者甚眾，因比，張耒對後學之影響匪淺。

張耒的文論，師承二蘇，主張自然成文，氣正辭達，強調理
勝者，文不期而工，固不能以奇爲主。其〈賀方回樂府序〉云：

---

[127] 蘇軾：《東坡後集》卷九。《事略》卷四十七，〈答毛滂書〉云：「世間惟
名實不可欺。文章如金玉，各有定價。先後進相汲引，因其言以信於世，則
有之矣。至其品目高下，蓋付之眾口，決非一夫所能抑揚。軾於黃魯直、張
文潛軍數子，特先識之耳；始誦其文，蓋疑信者相半，久乃自定，翕然稱之，
軾豈能爲之輕重哉？」
[128] 張耒：〈祭蘇端明郡君文〉，《張右史文集》卷四十五。
[129] 見於周輝：《清波雜志》卷七。
[130] 朱弁：《曲洧舊聞》卷五云：「東坡嘗語子過曰：『秦少游、張文潛，才識
學問爲當世第一，無能優劣二人者。少游下筆精悍，心所默識，而口不能傳
者，能以筆傳之；然而氣韻雄拔，疏通秀朗，當推文潛。二人皆辱與予遊，
同升而並黜。有自雷州來者，遞至少游所惠書詩累幅，近居蠻夷得此，如在
齊聞韶也。汝可記之，勿忘吾言。』」
[131] 脫脫等：《宋史》卷四四四，〈列傳卷二百三‧文苑六〉。
[132] 同註130。

> 文章之于人，有滿心而發，肆口而成，不待思慮而工，不
> 待雕琢而麗者，皆天理之自然，而情性之道也。[133]

張耒〈答汪信民書〉云：

> 古之文章，雖制作之體不一端，大抵不過記事辨理而已。
> 記事而可以垂世，辨理而足以開物，皆詞達者也。雖然，
> 有道，詞生于理，理根于心，苟邪氣不入于心，僻學不接
> 于耳目，中和正人之氣溢于中，發于文字言語，未有不明
> 白條暢。[134]

張耒〈答李推官書〉云：

> 耒不才，少時喜爲文詞，與人遊又喜論文字，……足下之
> 文可謂奇矣，捐去文字常体，力爲瓌奇險怪，務欲使人讀
> 之，如見數千歲前科蚪、鳥迹所記，弦匏之歌、鐘鼎之文
> 也。……抑耒之所聞，所謂能文者，豈謂其能奇哉！能久
> 者，固不能以奇爲主也。夫文何爲而設也，如理者不能言，
> 世之能言者多矣，而文者獨傳，豈獨傳哉？因其能文也，
> 而言益工，因其言工而理益明，是以聖人貴之。
> 自六經以下，至于諸子百氏，騷人辯士論述，大抵皆將以
> 爲寓理之具也，是故，理勝者，文不期工而工，理詘者，
> 乃爲粉澤而隙間百出。

---

[133] 張耒：《張右史文集》卷五十一。
[134] 張耒：《張右史文集》卷五十八。

> 江河淮海之水，理達之文也，不求奇而奇至矣；激溝瀆，
> 而求水之奇，此無見于理，而欲以言語句讀爲奇之文也。
> 六經之文，莫奇于易，莫簡于春秋，夫豈以奇與簡爲務哉！
> 勢自然耳。[135]

至於「文窮而後工」、「文評出于眾口公論」等，由歐陽脩正式揭櫫的文論，經蘇軾及張耒等人呼應，遂成宋代流風[136]。歐陽脩〈梅聖俞詩集序〉云：

> 予聞世謂詩人少達而多窮，夫豈然哉？蓋世所傳詩者，多
> 出於古窮人之辭也。凡士之蘊其所有而不得施於世者，多
> 喜自放於山巔水涯（之）外，見蟲魚草木、風雲鳥獸之狀
> 類，往往探其奇怪，內有憂思感憤之鬱積，其興於怨刺，
> 以道羈臣寡婦之所歎，而寫人情之難言。蓋愈窮則愈工，
> 然則非詩之能窮人，殆窮者而後工也。[137]

文人每以窮扼之際遇，而使詩文益工；亦常因舞文弄墨，而致困窘。蘇軾〈王定國詩敘〉云：

---

[135] 同前註。
[136] 當然也有少數人反對「文窮而後工」說，如張表臣：《珊瑚鈎詩話》卷二中所云。
[137] 歐陽脩：《歐陽文忠公文集》卷四十二——《居士集》卷四十二。《歐陽文忠公文集》卷四十四——《居士集》卷四十四〈薛簡肅公文集序〉：「君子之學，或施之事事，或見於文章，而常患於難兼也。蓋遭時之士，功烈顯於朝廷，名譽光於竹帛，故其常視文章爲末事，而又有不暇與不能者焉；至於失志之人，窮居隱約，苦心危慮，而極於精思，與其有所感激發憤，惟無所施於世者，皆一寓於文辭，故曰：『窮者之言易工也。』」

定國詩益工，飲酒不衰，所至翱翔徜徉，窮山水之勝，不
以厄窮衰老改其度。[138]

蘇軾〈邵茂誠詩集敘〉云：

至於文人，其窮也固宜。勞心以耗神，盛氣以忤物，未老
而先衰，無惡而得罪，鮮不以文者。[139]

張耒〈投知己書〉云：

如耒之窮者，亦可以謂之極矣，其平生之區區，既嘗自致
其工于此，而又遭會窮厄，投其所便，故朝夕所接事物百
態，長歌慟哭，詬罵怨怒，可喜可駭，可愛可惡，出馳而
入息，陽屬而陰肅，沛然于文，若有所得。耒之于文，雖
不可謂之工，然其用心亦已專矣。[140]

軾〈答謝民師書〉云：

歐陽文忠言，文章如精金美玉，市有定價，非人所能以口
舌定貴賤也。[141]

---

[138] 蘇軾：《事略》卷五十六。《東坡前集》卷六〈僧惠勤初罷僧職詩〉：「『非
詩能窮人，窮者詩乃工。』此語信不妄，吾聞諸醉翁。」
[139] 蘇軾：《事略》卷五十六。
[140] 張耒：《張右史文集》卷五十八。
[141] 蘇軾：《事略》卷四十六。蘇軾於其他篇章，曾多次提及此一觀點，如：《事
略》卷四十七〈答毛滂書〉；《東坡後集》卷九〈太息一首送秦少章〉等。

張耒〈與魯直書〉云：

> 蘇公黜官貶走數千里外，放之大荒積水之上，飦粥不給，
> 風雨不蔽，平日之譽德美者，皆諱之矣，誰復議于蘇公之
> 徒哉？……然言足下姓名文章，不減于昔，而有加焉；夫
> 天下人之公議，固不可終閼。[142]

(五)陳師道（一○五三～一一○一）

　　陳師道字履常，一字無己，號后山，彭城（江蘇、銅山）人。
年十六，攜文謁曾鞏，鞏大器之，納於門下；其後，則學詩於黃
庭堅。樞密章惇高其義，囑秦觀延致[143]，冀師道求見而特薦於朝，
然終不一往。元祐初，翰林學士蘇軾與中丞傅堯俞、侍郎孫覺聯
名薦其文行，方起爲徐州（彭城）教授[144]。未幾，除太學博士；
言者謂其在官嘗越境至南京私謁蘇軾，乃移潁洲（安徽、阜陽）
教授；又論其進非科第，罷換江州彭澤令，不赴。師道家素寒貧，

---

[142] 張耒：《張右史文集》卷五十八。
[143] 陳師道：〈與少游書〉，《後山集》卷九。
[144] 蘇軾：《東坡續集》卷十一〈與李方叔書〉云：「陳履常居都下逾年，未嘗
　　一至貴人之門；章子厚欲一見，終不可得。中丞傅欽之、侍郎孫莘老薦之，
　　某亦掛名其間，會朝廷多知履常者，故得一官。」蘇軾：《奏議集》卷三〈薦
　　布衣陳師道狀〉：「元祐二年（1087）四月十九日，翰林學士朝奉郎知制誥
　　蘇軾，同傅堯俞、孫覺狀奏。右臣等伏見徐州布衣陳師道，文詞高古，度越
　　流輩；安貧守道，若將終身；苟非其人，義不往見。過壯未仕，實爲遺才，
　　欲望聖慈特賜錄用，以獎士類。兼臣軾，臣堯俞，皆曾以十科薦師道，伏乞
　　檢會前奏，一處施行。謹錄奏聞，伏候勅旨。」陳鵠：《耆舊續聞》卷二：
　　「陳無己少有譽，曾子固過徐，徐守孫莘老薦無己往見，投贄甚富，子固無
　　一語，無己甚慚，訴於莘老。子固云：『且讀史記數年。』子固自明守亳，
　　無己走泗州間，攜文謁之，甚歡，曰：『讀史記有味乎？』故無己於文，以
　　子固爲師。元祐初，東坡率莘老、李公擇（按：應爲「傅堯俞」）薦之，得
　　徐州教授，徙潁洲，東坡出守，無己但呼二丈，而謂子固南豐先生也。……
　　至論詩，即以魯直爲師，謂豫章先生。」

或經日不炊，蛙生其釜，妻子慍見弗恤；後雖召爲秘書省正字，尋卒，僅四十九歲[145]。陳師道英年早逝的原因，朱熹述之甚詳，《朱子語類》卷百三十云：

> 陳無己、趙挺之、邢和叔皆郭大夫壻。陳在館職，當時祠郊丘，非重裘不能禦寒氣，無己止有其一，其內子爲於挺之家，假以衣之，無己詰所從來，內以實告。無己曰：汝豈不知我不著渠家衣耶？卻之。既而，遂以凍病而死。謝克家作其文集序，中有云：篋無副裘。又云：此豈易衣食者。蓋指此事。

蘇軾謂讀陳師道之詩，「如聞玉音」，可想見「作者之格」[146]；其雖文行高潔[147]，然因晚出蘇門，故名次「四學士」之後[148]。

宋徽宗政和五年（1115），陳師道的門人魏衍作〈後山陳先生集記〉云：

---

[145] 脫脫等：《宋史》卷四四四，〈列傳卷二百三·文苑六〉。
[146] 蘇軾：《東坡續集》卷五〈答陳履常書〉二首之二：「遠承寄貺詩刻，讀之灑然，如聞玉音，何幸獲此榮觀，不獨以見作者之格，且足以知風政之多暇，而高躅之難繼也。」葉夢得：《石林燕語》卷八：「蘇子瞻嘗稱陳師道詩云：『凡詩，須做到眾人不愛可惡處，方爲工。今君詩，不惟可惡，卻可慕；不惟可慕，卻可妬。』」
[147] 晁補之：《雞肋集》卷五十三〈太學博士正錄薦布衣陳師道狀〉：「伏見徐州布衣陳師道，年三十五，孝弟忠信聞於鄉閭，學知聖人之意，文有作者之風。懷其所能，深恥自售；恬淡寡欲，不干有司；隨親京師，身給勞事；蛙生其釜，慍不見色。」
[148] 胡仔：《漁隱叢話後集》卷三十「東坡五」條曰：「《復齋漫錄》云：子瞻、子由門下客，最知名者，黃魯直、張文潛、晁無咎、秦少游，世謂之四學士。至若陳無己，文行雖高，以晚出東坡門，故不及四人之著。故無己作〈佛指記〉云：『余以詞義名次四君，而貧於一代是也。』而無咎詩云：『黃子似淵明，城市亦復真；陳君有道澤，化行閭井淳；張侯公瑾流，英思春泉新；高才更難及，淮海一鶺秦。』」

> 竊惟先生之文，簡重典雅，法度謹嚴，詩語精妙，蓋未嘗
> 無謂而作，其志意行事，班班見於其中，小不逮意則棄
> 去，……先生之文早見稱於曾、蘇二公，世人好之者，猶
> 以二公故也。

而黃庭堅論陳無己之語，見於政和六年（1116）王雲之〈後出陳
先生集題記〉：

> 建中靖國辛巳（元年，1101）之冬，雲別涪翁於荊州，翁
> 曰：陳無己，天下士也，其讀書如禹之治水，如天下之脈
> 絡，有開有塞，至於九州滌源，四海會同者也。其論事，
> 救首救尾如常山之蛇；其作文，深知古人之關鍵；其作詩，
> 深得老杜之句法，今之詩人不能當也。子有意學問，不可
> 不往掃斯人之門。

李之儀則推譽陳師道之文，「類兩蘇」而遠勝於秦觀[149]。

　　陳師道曾慷慨陳辭勸諫坡公──不在其位，不言其事[150]；並
評論蘇軾詩，初學劉禹錫，老則深入杜甫堂奧[151]；於此，可見其
在為蘇門中之不同地位。

---

[149] 陳師道：《後山集》卷九〈答李端叔書〉：「師道啟：『前日秦少游處，得
所惠書，教以空竈舐鼎之說，……此殆少游有以欺足下，足下信之，過矣！
少游之文過僕數等，其詩與楚詞，僕願學焉，若其傑才偉行，聽遠察微，僕
終不近也。……足下謂僕之文類兩蘇，人情喜以自伸，蔽於自知，至其擬之
非其倫，譽之非其情，亦知避矣。……僕自念不敢齒四士，而足下遽進僕於
兩公之間，不亦怵乎？』」

[150] 陳師道：《後山集》卷九〈上蘇公書〉云：「君子之於事，以位為限；居位
而不言則不可，去位而言則又不可；其言之者義也，其不言者亦義也。閣下
前為潁州，言之可也；今為揚守，而與潁事，其亦可乎？……天下之事，行
之不中理，使人不平者，豈此一事，閣下豈能盡爭之耶？爭之，豈能盡如人

(六)李廌（一○五九～一一○九）

李廌[152]字方叔，號濟南先生、太華逸民，華州（陝西、華縣）人。少孤，能自奮立，稍長以學問稱鄉里，後齎文謁見蘇軾於黃州，軾謂其筆墨瀾翻，有飛沙走石之勢，附其背曰：「子之才，萬人敵也；抗之以高節，莫之能禦矣！」[153]蘇軾與廌父李惇爲同年友，惇不幸早世，軾先轉送他人贈己之餽贐，再作詩以勸風義者解囊相助，遂使李廌得舉三世三十喪；不過蘇軾依例，婉拒了爲作阡表之請求[154]。

意耶？徒使咕咕者，以爲多事耳。嘗謂士大夫視天下不平之事，不當懷不平之意；平居憤憤切齒扼腕，誠非爲己，一旦當事而發之如決江河，其可禦耶？必有過甚覆溺之憂。前日王荊公、司馬溫公是也。夫言之以行義耳，豈如馮婦攘臂下車，取眾人之一快耶！竊謂閣下必不出此，而寧一陳之以效其愚耳。」

[151] 朱弁：《曲洧舊聞》卷九：「或曰：『東坡詩始學劉夢得，不識此論誠然乎哉？』予應之曰：『予建中靖國間，在參寥座，見宗子士暕以此問參寥，參寥曰：「此陳無己之論也。」坡天才，無施不可，而少也寔嗜夢得詩，故造詞遣言岳峙淵潯，時有夢得波峭，然無己此論，施於黃州以前可也；坡自元豐末還朝後，出入李杜，則夢得已有奔逸絕塵之歎矣。無己近來得渡嶺越海篇章，行吟坐詠，不絕舌吻，常云：此老深入少陵堂奧，他人何可及！其心悅誠服如此，則豈復守昔日之論乎？予聞參寥此說三十餘年矣，不因吾子，無由發也。』」

[152] 梁廷枏纂：《東坡事類》卷八，引《嬾真子》云：「李方叔初名豸，從東坡遊。東坡曰：『五經中無公名，獨左氏曰：庶有豸乎？』乃音直氏切，故後人以爲蟲豸之豸。又《周禮》，供其緌，亦音治，乃牛鼻繩也。獨《玉篇》有此豸字，非《五經》不可用，今宜易名曰廌（按：「廌」爲「豸」之本字）。方叔遂用之。秦少游見而嘲之曰：『昔爲有腳之狐乎！今作無頭之箭乎？』豸以況狐，廌以況箭，方叔倉卒無以答之，終身以爲恨。」

[153] 脫脫等：《宋史》卷四四四，〈列傳卷二百三·文苑六〉。

[154] 梁廷枏纂：《東坡事類》卷十，引〈詩序〉云：「同年友李君諱惇，字憲仲，賢而有文，不幸早世，軾不及與之遊也。而識其子廌有年矣，廌自陽翟見余南京，泣曰：『吾祖母邊、母馬、前母張與君之喪，皆未葬，貧不敢以飢寒爲戚，顧四喪未舉，死不瞑目矣。』適會故人梁先吉老聞余當歸陽羨，以絹十四、絲百兩爲贐，辭之不可，乃以遺廌，曰：『此亦仁人之餽也。』既又作詩以告知君與廌者，庶幾皆有以助之。」蘇軾：《東坡續集》卷六〈答李

　　元祐初，蘇軾典貢舉時，錯失李廌，使不得第，甚自愧責，乃作詩贈之，中有「與君相從非一日，筆勢翩翩疑可識。平時謾說古戰場，過眼終迷日五色。我慚不出君大笑，行止皆天子何責」的句子[155]。後來，「軾與范祖禹謀曰：『廌雖在山林，其文有錦衣玉食氣，棄奇寶於路隅，昔人所歎，我曹得無意哉？』將同薦諸朝。未幾，相繼去國。不果。」[156]軾歿，李廌事師之勤，不敢以死生為間，乃奔忙許、汝兩地，相地卜兆、為作祭文。

　　李廌少時好名躁進，蘇軾輒加教誨，廌《師友談記》云：

　　　　廌少時有好名急進之弊，獻書公車者三，多觸聞罷，然其志不已，復多游巨公之門。自丙寅年（元祐元年，1086），

方叔書〉三首之一云：「示諭固識孝心深至，然某從來不獨不作、不書銘誌，但緣子孫欲追述祖考而作者，皆未嘗措手也。近日與溫公作行狀、書墓誌者，獨以公嘗為先姚墓銘，不可不報耳；其他決不為，所辭者眾矣，不可獨應命。」三首之二云：「承遞舉三十喪，哀勞極矣，此古人事，復見於君，恨不能兼助耳，不易不易！阡表與墓誌異名而同實，固難如教，不罪不罪！」
[155] 蘇軾：《東坡前集》卷十七。葉夢得：《石林詩話》云：「李廌，……少以文字見蘇子瞻，子瞻喜之。元祐初，知舉，廌適就試，意在必得廌，以魁多士。及考章援程文大喜，以為廌無疑，遂以為魁，既拆號，悵然出院，以詩送廌歸。」李廌：《師友談記》云：「東坡帥定武，諸館職餞於惠濟。坡舉白浮歐陽叔弼、陳伯修二校理、常希古少尹，曰：『三君但飲此酒，酒釃當言所罰。』三君飲竟。東坡曰：『三君為主司，而失李方叔，茲可罰也。』三君者無以為言，慚謝而已。張文潛舍人在坐，輒舉白浮東坡先生，曰：『先生亦當飲此。』東坡曰：『何也？』文潛曰：『先生昔知舉而遺之，與三君之罰均也。』舉坐大笑。」相傳因軾知舉，而廌竟落榜，使廌之乳母絕望而自隘。陸游：《老學庵筆記》卷十云：「東坡索知李廌方叔。方叔赴省試，東坡知舉，得一卷子，大喜，手批數十字，且語黃魯直曰：『是必吾李廌也。』及拆號，則章持致平，而廌乃見黜，故東坡、山谷皆有詩在集中。初廌試罷歸，語人曰：『蘇公知舉，吾之文必不在三名後。』及被黜，廌有乳母，年七十，大哭曰：『吾兒遇蘇內翰知舉不及第，他日尚奚望？』遂閉戶睡，至夕不出，發壁視之，自縊死矣。廌果終身不第以死，亦可哀也。」
[156] 脫脫等：《宋史》卷四四四，〈列傳卷二百三·文苑六〉。

東坡嘗誨之曰：如子之才，自當不沒，要當循分，不可躁求王公之門，何必時曳裾也！爾後常以爲戒。

軾〈與李方叔書〉云：

累書見責以不相薦引，讀之甚愧，然其說不可不盡。君子之知人，務相勉於道，不務相引於利也。……猶冀足下積學不倦，落其華而成其實；深願足下爲禮義君子，不願足下豐於才而廉於德也。若進退之際，不甚慎靜，則於定命不能有毫髮增益，而於道德有丘山之損矣。……實至則名隨之，名不可掩，其自爲世用，理勢固然，非力致也。……某於足下，非愛之深、期之遠，定不及此，猶能察其意否？[157]

中年以後，廌已絕意仕進，居於潁洲（安徽、阜陽）。

李廌與蘇軾一樣，「喜論古今治亂，條暢曲折，辯而中理」[158]，爲文神速，筆勢翻瀾。蘇軾評李廌詩賦，氣韻卓越，意趣不凡，然有冗漫、粉飾之失。軾〈答李方叔書〉云：

惠示古賦、近詩，詞氣卓越，意趣不凡，甚可喜也；但微傷冗，後當稍收斂之，今未可也。足下之文，正如川之力增，極其所至，霜降水落，自見涯涘，然不可不知也。[159]

---

[157] 蘇軾：《東坡續集》卷十一。
[158] 脫脫等：《宋史》卷四四四，〈列傳卷二百三・文苑六〉。
[159] 蘇軾：《事略》卷四十六。

軾〈與李方叔書〉云：

> 錄示子駿（鮮于侁）行狀及數詩，辭意整暇，……足下之
> 文，過人處不少，……筆勢翩翩，有可以追古作者之道；
> 至若前所示兵鑑，則讀之終篇，莫知所謂，意者足下未甚
> 有得於中，而張其外者。[160]

軾〈答李方叔書〉六首之三云：

> 前日所貺高文，極爲奇麗，但過相粉飾，深非所望，殆是
> 益其疾耳。無由往謝，悚汗不已。[161]

　　沈德潛《說詩晬語》卷下云：「蘇門諸君子，清才林立，並
人寰中，猶之邾莒已。」錢謙益《牧齋初學集》卷二十九〈蘇門
六君子文粹序〉則云：

> 當是時，天下之學盡趨金陵，所謂黃茅白葦，斥鹵彌望者[162]。
> 六君子者，以雄駿出群之才，連鑣於眉山之門，奮筆而與
> 之爲異；而履常者，心非王氏之學，熙寧中，遂絕意進取，
> 可謂特立不懼者矣。方黨論之再熾也，自方叔外，五君子
> 皆坐黨，履常坐越境出見，文潛坐舉哀行服，牽連貶謫，
> 其擊排蘇門之學，可謂至矣。至於今（清代），文忠與六
> 君子之文，如江河之行地，而依附金陵之徒，所謂黃茅白
> 葦者，果安在哉？

---

[160] 蘇軾：《東坡續集》卷十一。
[161] 蘇軾：《東坡續集》卷六。
[162] 語出蘇軾：〈答張文潛書〉，《事略》卷四十五。

當然，歷來也有極少數對蘇門四學士或六君子，持負面評價者，如朱熹即是，《朱子語類》云：

> 因言東坡所薦引之人，多輕儇之士，若使東坡為相，則此等人定布滿要路，國家如何得安靜？（卷一百三十九）
> 東坡只管罵王介甫，介甫固不是，但教東坡作宰相時，引得秦少游、黃魯直一隊進來，壞得更猛。（卷一百三十）
> 至如坡公，……從其遊者，皆一時輕薄輩，無少行檢，就中如秦少游，則其最也，諸公見得說得去，更不契勘。當時若使盡聚朝廷之上，則天下何由得乎？更是坡公首為無稽，游從者從而和之，豈不害事，但其用之不久，故他許多敗壞之事未出，兼是後來群小用事，又費力似他，故覺得他簡好。（卷一百三十）
> 東坡薦秦少游，後為人所論，他書不載，只丁未錄上有，嘗謂：東坡見識如此，若作相也，弄得成蔡京了；李方叔如許，東坡也薦他。（卷一百三十）

二、蜀學、黨禁及其他

　　宋仁宗慶曆年間，專主性理之學的道學家蠭起，逮於仁宗末年，邵雍，周敦頤、張載、二程（程顥、程頤）並世而出。明末清初，黃宗羲作《宋元學案》（清‧全祖望補輯成百卷），述之甚詳。

　　而元豐八年（1085）神宗駕崩，哲宗嗣位，宣仁高太后垂簾聽政，次年（元祐元年）司馬光任宰輔，對神宗時王安石推行的新法，全盤加以否定，恢復舊制，並盡斥元豐諸臣，號稱「元祐更化」。但是舊黨群賢，以類相從，慢慢有了洛黨、川黨、朔黨

之別，彼此攻詰[163]，相互不容，漸成古文家（川黨）與理學家（洛黨、朔黨結合[164]）的對抗，終於，導致了紹聖初，元祐黨人遭重錮遠竄，及宋徽宗崇寧初的「元祐黨禁」。邵伯溫《聞見錄》卷十三云：

> 哲宗即位，宣仁后垂簾聽政，群賢畢集於朝，專以忠厚不擾爲治，和戎偃武，愛民重穀，庶幾嘉祐之風矣；然雖賢者，不免以類相從，故當時有洛黨、川黨、朔黨之語。洛黨者，以程正叔（頤）侍講爲領袖，朱光庭、賈易等爲羽翼；川黨者，以蘇子瞻（軾）爲領袖，呂陶等爲羽翼；朔黨者，以劉摯、梁燾、王巖叟、劉安世爲領袖，羽翼尤眾。諸黨相攻擊而已，正叔多用古禮，子瞻謂其不近人情，如王介甫深疾之，或加抗侮，故朱光庭、賈易不平，皆以謗訕誣子瞻，執政兩平之。是時，既退元豐大臣於散地，皆銜怨刺骨，陰伺間隙，而諸賢者不悟，自分黨相毀。至紹聖初，章惇爲相，同以爲元祐黨，盡竄嶺海之外，可哀也。

蘇軾不滿程頤袖手談心性，拘謹迂闊[165]，程頤不樂蘇軾權宜以行事，曠放諧謔，終因爭主司馬光喪禮，引發「是日哭則不歌」與

---

[163] 余嘉錫：《四庫提要辯證──孫公談圃三卷》云：「蜀洛相攻，人盡知之。朔黨與蘇、程皆無深仇，故其於蜀、洛，或離或合，或中立兩黨之間，或於兩黨並加排詆，其議論亦互有是非異同。」

[164] 元祐六年（1091），劉摯等攻敗洛黨，朱光庭、賈易失其領袖，乃轉附朔黨以干進，並攻擊蘇軾兄弟；詳見畢沅：《續資治通鑑》卷八十二。

[165] 梁廷枬纂：《東坡事類》引《吹劍錄·外集》云：「道學黨禁始於元祐間，伊川出入呂申公之門，東坡導諫議孔文仲奏頤爲呂門五鬼之魁，編管涪州。」沈作喆：《寓簡》卷五云：「程氏之學自有佳處，至椎魯不學之人，竊迹其中，狀類有德者，其實土木偶也，而盜一時之名，東坡譏罵斬侮略無假借，人或過之，不知東坡之意，懼其爲楊墨，將率天下之人，流爲矯虔庸惰之習

「致齋葷素」的論辯、衝突，而使蜀黨、洛黨失歡，斲傷了舊黨的團結，削減了國家的實力，使奸渠豎宦有機可乘，把持國秉爲所欲爲，間接加速了北宋的淪喪。邵博《聞見後錄》卷二十云：

> 司馬丞相薨于位，程伊川（頤）主喪事，專用古禮。將祀明堂，東坡自使所來弔，伊川止之曰：公方預吉禮，非哭則不歌之義，不可入。東坡不顧以入，曰：聞哭則不歌，不聞歌則不哭也。伊川不能敵其辨也。

張端義《貴耳集》卷上云：

> 元祐初，司馬公薨。東坡欲主喪，遂爲伊川所先，東坡不滿意伊川以古禮斂用錦囊囊其尸，東坡見而指之曰：欠一件物事。當寫作：信物一角，送上閻羅大王。東坡由是與伊川失歡。[166]

集北宋理學大成的朱熹，對三蘇向採嚴苛批判的態度，唯就程子堅持「是日哭則不歌」，認爲「伊川有些過處」[167]；而「致齋」之爭，倒是蘇軾理虧，戴植《鼠璞》卷下·「程蘇爭致齋」條云：

也，聞之，恨不力耳，豈過也哉？劉元城之言：『哲宗皇帝嘗因春日經筵講罷，移坐一小軒中賜茶，自起折一枝柳；程頤爲說書，遽起，諫曰：「方春，萬物生榮，不可無故摧折。」哲宗色不平，因擲棄之。溫公聞之不樂，謂門人曰：「使人主不欲親近儒生者，正爲此等人也。」歎息久之。然則，非特東坡不與，雖溫公亦不與也。』」

[166] 沈作喆：《寓簡》卷十云：「司馬溫公薨，時程頤以臆說斂如封角狀，東坡嫉其怪妄，因恕詆曰：『此豈信物一角，附上閻羅大王耶？』人以東坡爲戲，不知《妖亂志》所載吳堯卿事，已有此語，東坡以比程之陋耳。坡每不假借程氏，誠不堪其迂僻也。」

[167] 朱熹：《朱子語類》卷九十七云：「魯叔問溫公薨背，程子以郊禮成賀而不弔，如何？曰：『這也可疑。』或問：『賀則不弔，而國家事躰又重則不弔，

東坡年譜載：程、蘇當致齋，廚稟造食葷素，蘇令辦葷，程令辦素。蘇謂致齋在心，豈拘葷素，爲劉者左袒。時館中附蘇者，令辦葷；附程者，令辦素。予謂不然，齋之禁葷，見於法令，乃禁五辛，慮耗散人之氣，間其精誠，與禁飲酒、聽樂、嗜慾、悲哀一同。欲其致一之妙，通於神明耳。

全祖望因眉山之學，雜於禪云，乃爲補〈蘇氏蜀學略〉，而不曰「案」；其列蜀學傳授表爲：

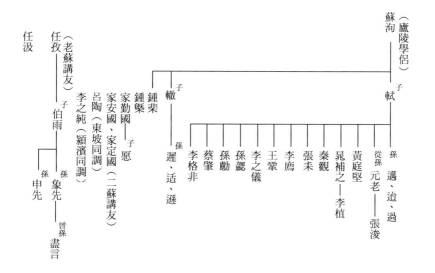

似無可疑。』曰：『便是不恁地。』所以東坡謂：『子於是日哭則不歌，即不聞歌則不哭，蓋由哀而樂則難，由樂而哀則甚易；且如早作樂，而暮聞親屬緦麻之戚，不成道。既歌則不哭，這簡是一腳長，一腳短，不解得平，如所謂三揖而進，一辭而退，不成道，辭亦當三；這所在，以某觀之也，是伊川有些過處。』」

　　宋哲宗親政後，紹聖元年（1094）章惇入相，蔡卞，呂惠卿
擢登朝列，無論蜀黨、朔黨，凡元祐人一概籍黨，或貶或謫；元
符元年（1098），蔡京等復極意羅織。徽宗即位，韓忠彥爲門下
侍郎，始敘復元祐舊黨，任便居住；蔡京爲相後，又以南箕具錦
奏請朝廷立元祐姦黨碑[168]，崇寧五年（1106）重定元祐、元符黨
人，自司馬光以下多達三百九人[169]，黨禍愈熾，舊黨之著作印板
悉行焚毀。周煇《清波雜志》卷五云：

　　　淮西憲臣霍漢英奏：欲乞應天下蘇軾所撰碑刻，並一例除
　　毀。詔從之，時崇寧三年（1104）也。明年，臣僚論列司
　　農卿王詔，元祐中知滁州，諂事姦臣蘇軾，求軾書歐陽修
　　所撰醉翁亭記，重刻于石，仍多取墨本爲之贐遺，費用公
　　使錢。詔坐罪。漢英遺臭萬年，臣僚亦應同科。政和間（1111
　　～1118），潭州倅畢漸亦請碎元祐中諸路所刊碑，從之。[170]

---

[168] 王明清：《揮麈三錄》卷二云：「九江有碑二。李仲寧，刻字甚工，黃太史
題其居，曰：『琢玉坊。』崇寧初，詔郡國刊元祐黨籍姓名，太守呼仲寧使
劚之。仲寧曰：『小人家舊貧窶，止因蘇內翰、黃學士詞翰，遂至飽暖；
今日以姦人爲名，誠不忍下手。』守義之曰：『賢哉！士大夫之所不及也。』
餽以酒，而從其請。」

[169] 費袞：《梁谿漫志》卷三・「元祐黨人」條云：「吾州蒼梧先生胡德輝理嘗
對劉元城（安世）歎息張天覺之亡，元城無語。蒼梧疑而問之。元城云：『元
祐黨人只是七十八人，後來附益者不是。』又云：『今七十七人都不存，惟
某在耳。』元城爲此言時，實宣和六年（1124）十月六日也。蓋紹聖初，章
子厚、蔡京、卞得志，凡元祐人皆籍爲黨，無非一時忠賢，七十八人者，可
指數也；其後，每得罪於諸人者，駸駸附益入籍；至崇寧間，京悉舉不附己
者，籍爲元祐姦黨，至三百九人之多；於是耶正混殽，其非正人而入元祐黨
者，蓋十六七也。建炎、紹興間，例加褒贈推恩，其後而議者，謂其間多姦
邪，今日子孫又從而僥倖恩典，遂有詔甄別之。」

[170] 吳曾：《能改齋漫錄》卷十一・「除東坡書撰碑額」條云：「崇寧〝二〞年
有詔旨，應天下碑碣牓額係東坡書撰者，並一例除毀，蓋本於淮南西路提點

禁文、碎碑，卻絲毫無礙於坡文流傳，朱弁《曲洧舊聞》卷八云：

崇寧、大觀間（1102～1110），……是時朝廷雖嘗禁止（坡作），賞錢增至八十萬，禁愈嚴而傳愈多，往往以多相夸；士大夫不能誦坡詩，便自覺氣索，而人或謂之不韻。[171]

刑獄〝霍英〞所請。時廬山簡寂觀牓亦遭毀去。李商老為賦云：『筆底颶風吹海波，牓懸鬱鬱照巖阿。十年呵禁煩神護，奈爾焚香滅札何。』」阮閱：《詩話總龜後集》卷十二，引《陽秋》云：「東坡文章妙一世，然在掖垣作呂吉甫謫詞，繼而呂復用，遂納告毀抹；在翰苑作〈上清儲祥碑〉，繼而蔡元長（京）復作，遂遭磨毀。非特此也，蘇叔黨云：『昔公為〈藏經記〉，云傳於世，或以為非，在惠州作〈梅花詩〉，至有以為笑。』此皆士大夫以文鳴者，其說能使人必信，乃謬妄如此，信知讀古戰場文者，鮮矣。子由嘗跋東坡遺稿云：『展卷得遺草，流涕濕冠纓。斯文久衰弊，流涇自為清。科斗藏壁間，見者空歎驚。廢興自有時，詩書付西京。』費袞：《梁谿漫志》卷四・「東坡錄沿流館詩」條云：「東坡在翰林，被旨作〈上清儲祥宮碑〉，哲宗親書其額。紹聖黨禍起，磨去坡文，命蔡元長（京）別撰。《玉局遺文》中，有詩云：『淮西功德冠吾唐，吏部文章日月光。千載斷碑人膾炙，不知世有段文昌。』其題云：『紹聖中，得此詩於沿流館中，不知何人作也。戲錄之，以益篋笥之藏。』此詩乃東坡自作，蓋寓意儲祥之事，特避禍故託以得之，味其句法則可知矣。」「石屋洞題名」條云：「臨安石屋洞，崖石上有題名二十五字，云：陳襄、蘇頌、孫奕、黃灝、曾孝章、蘇軾同遊。熙寧六年二月二十一日。內東坡姓名磨去，僅存髣髴，蓋崇寧黨禍時也。」梁廷枏纂：《東坡事類》卷六，引《宋元通鑑》云：「太學生陳東上書，請誅蔡京等六人；崔鷗上疏曰：『數十年來，王公卿相皆自蔡京出，安得寔是之言聞於陛下哉？京又以學校之法取士人，如軍法之取卒伍，一有異論，累及學官；若蘇軾、黃庭堅之文章，范鎮、沈括之雜說，悉以嚴刑重賞，禁其收藏，其苛錮多士，亦已密矣。』」

171 費袞：《梁谿漫志》卷七・「禁東坡文」條云：「宣和間（1119-1125），申禁東坡文字甚嚴。有士人竊攜集出城，為閽者所獲，執送有司，見集後有一詩，云：『文星落處天地泣，此老已亡吾道窮。才力漫超生仲達，功名猶忌死姚崇。人間便覺無清氣，海內何曾識古風。平日萬篇誰愛惜，六丁收拾上瑤宮。』京尹義其人，且畏累己，因陰縱之。」

徐度《卻掃編》卷下云：

> 東坡既南竄，議者復請悉除其所為之文，詔從之。於是，
> 士大夫家所藏，既莫敢出，而吏畏禍，所在石刻多見毀。
> 徐州黃樓，東坡所作，而子由為之賦，坡自書；時為守者，
> 獨不忍毀，但投其石城濠中，而易樓名觀風。宣和末年，
> 禁稍弛，而一時貴游以蓄東坡之文相尚，鬻者大見售，故
> 工人稍稍就濠中摹此刻；有苗仲先者，適為守，因命出之，
> 日夜摹印，既得數千本，忽語僚屬曰：蘇氏之學，法禁尚
> 在。此石奈何獨存，立碎之。人聞石毀，墨本之價益增，
> 仲先秩滿，攜至京師，盡鬻之，所獲不貲。

奄宦梁師成因善逢迎，蒙君貴幸，政和間竄名進士籍中，宣和四
年（1122）後，陰竊用人之柄，權勢熏灼一時，然為自我標榜，
乃自言蘇軾出子，訴於徽宗，使對蘇軾文禁稍寬[172]。

---

[172] 見於王稱：《東都事略》卷一百二十一及脫脫等：《宋史》卷四五八·〈列
傳卷二二七〉。朱熹：《朱子語類》卷一百三十：「蘇東坡子過、范淳夫子
溫，皆出入梁師成之門，以父事之，然以其父名在籍中，亦不得官職。師成
自謂東坡『遺腹子』，待叔黨如親兄弟，諭宅庫云：『蘇學士使一萬貫以下，
不須覆。』叔黨緣是多散金，卒喪其身。又有某人亦以父事師成，師成妻死，
溫與過當以母禮喪之，方疑忌某人，不得已衰絰而往，則某人先衰絰在帷下
矣。」焦竑輯：《焦氏筆乘·續集》卷四·「子瞻」條云：「子瞻高才重名，
為時君所知，一時宵人，共出力排之。僧了元所謂：『特忌子瞻為宰相耳。』
近人輯《長公外紀》，可謂詳備。然《宋史》猶有二事極可笑，閹人梁師成
擅權，王黼、蔡京悉諂附之，而謬以文自高，至竄名進士籍中，自言為蘇軾
出子，時方禁誦軾文，訴於上，曰：『先臣何罪？』自是長公之文乃稍出。
又有李彥者，銜鈐轄范寥，誣其刊蘇軾詩文於石，指為十惡。二閹之好惡，
亦懸絕矣。當時師成之請得行，而察彥捃摭亦令勒停，未至如後世盡無公論
也。」劉聲木：《萇楚齋續筆》卷七云：「南宋·孫覿公然自認為蘇東坡遺
體，自記於家譜中，見於〈快雪堂集跋語〉中。梁師成亦自認為蘇東坡遺體，

　　直至南宋孝宗乾道六年（1170），從眉州守何耆仲之請，始
諡蘇軾曰文忠，九年（1173）孝宗御制文集序，特贈蘇軾爲「太
師」[173]，以賜與軾之曾孫蘇嶠。〈御制文集序〉中，對蘇軾倍加
推崇，謂云：

> 故贈太師諡文忠蘇軾，忠言讜論，立朝大節，一時廷臣，
> 無出其右；負其豪氣，志在行其所學，放浪嶺海，文不少
> 衰；力幹造化，元氣淋漓，窮理盡性，貫通天人；山川風
> 雲，草木華實，千彙萬狀，可喜可愕，有感於中，一寓之
> 於文；雄視百代，自作一家，渾涵光芒，至是而大成矣。
> 朕萬幾餘暇，紬繹詩書，他人之文，或得或失，多所取捨，
> 至於軾所著，讀之終日，亹亹忘倦，常寘左右，以爲矜式，
> 信可謂一代文章之宗也歟！

　　孝宗淳熙三年（1176），應禮部尚書趙雄奏請，乃賜蘇轍諡曰文
定。故而，「人傳元祐之學，家有眉山之書」[174]，三蘇之文行，
不僅冠冕百代，且千載聞風。
　　從南宋高宗建炎（1127～1130）以後，士子即專尚蘇氏文章，
視作科考利器，故曰：「蘇文熟，喫羊肉；蘇文生，喫菜羹。」[175]
三蘇的思致、文論、筆法，在南宋‧陸游、辛棄疾，元‧元遺山
等人，及明‧公安、竟陵，清‧桐城等派中，顯見承續之迹。

待蘇過若兄弟，見於《朱子語錄》。孫、梁二人，本姦邪，是以不知人間有
羞恥事，縱使蘇文忠公性好狹邪，安得有如許遺體耶？」
[173] 朱熹：《朱子語類》卷一百三十：「東坡諡文忠時，無太師，曾誤寫作太師。
人與言之。曰：『何妨。』遂因而贈之。今行遣年月前後可考。」
[174] 宋孝宗：〈蘇文忠公贈太師制〉。
[175] 陸游：《老學庵筆記》卷八。

第六章　結論——三蘇散文同異

第一節　三蘇散文相同處

　　蘇軾、蘇轍兄弟幼承庭訓，家學淵源深厚，受父親蘇洵影響至巨，而小蘇又以大蘇爲師友，因此三蘇之思想、文學技巧及政治觀點，均一脈相傳。

　　蘇轍〈潁濱遺老傳上〉云：

> 先生（蘇洵）既不用於世，有子軾、轍，以所學授之，曰：是庶幾能明吾學者。母成國太夫人程氏，亦好讀書，明識過人，志節凜然，每語其家人：二子必不負吾志。[1]

〈墳院記〉亦云：

> 先公（洵）既壯而力學，晚而以德行、文學名於世。夫人程氏，追封蜀國太夫人，生而志節不群，好讀書，通古今，知其治亂得失之故。有二子，長曰軾，季則轍也。方其少

---

[1]　蘇轍：《欒城後集》卷十二。

> 時，先公、先夫人皆曰：吾嘗有志茲世，今老矣，二子其
> 尚成吾志乎？[2]

識見超卓過人，志節凜然不群的母教，已為軾、轍兄弟紮下良好
的根基；而有志於世、卻未得施展的老蘇，也將畢生所學、一世
所願，盡付二子，希冀軾、轍紹繼實踐之。此外，伯父蘇渙對大、
小蘇亦略有教誨，蘇轍〈伯父墓表〉云：

> 轍幼與兄軾皆侍伯父，聞其言曰：予少而讀書，師不煩；
> 少長為文，日有程，不中程不止；出遊於塗，行中規矩；
> 入居室，無惰容。……爾曹才不逮人，姑亦師吾之寡過焉
> 可也。皆再拜曰：謹受教。[3]

由蘇轍〈祭亡嫂王氏文〉云：「轍幼學於兄，師友實兼。志氣雖
同，以不逮慚。」[4]〈歷代論引〉云：「予少而力學。先君，予師
也。亡兄子瞻，予師友也。父兄之學，皆以古今成敗得失為議論
之要。」[5]可知，蘇氏一門父子兄弟間，學養關連的緊密程度；而
思想內涵會直接影響個人的文學表現、政治主張等方面；是故，
沿波溯源，必先探討老蘇的思想範疇。
　　蘇洵的中心思想，以儒家為本，卻不以儒家為限，兼及法家、
兵家、縱橫家、道家、釋教。小蘇〈藏書室記〉云：「予幼師事
先君，聽其言，觀其所事。……有書數千卷，手緝而校之，以遺
子孫曰：『讀是，內以治身，外以治人，足矣！此孔氏之遺法也。』」

2　蘇轍：《欒城三集》卷十。
3　蘇轍：《欒城集》卷二十五。
4　蘇轍：《欒城後集》卷二十。
5　蘇轍：《欒城後集》卷七。

[6]儒家仁義禮智、忠信孝悌的精神，在《嘉祐集》內，隨處可見，如：卷三〈子貢〉，強調智信；卷四〈御將〉、〈任相〉，強調禮智信；卷十三〈蘇氏族譜〉，強調孝悌；而卷九之〈上皇帝書〉，慷慨條陳十通建言，皆本諸忠義；卷五之〈議法〉，主張本諸仁義，以施行法律；因法律即使公正，而官吏往往不能無私，何況法律也不可能毫無缺失。

但是，法家主刑名法術、嚴賞罰的觀點，蘇洵也加以吸收，如：《嘉祐集》卷二之〈法制〉、卷五〈申法〉諸篇中，顯可見此。

研究軍事權謀、形勢的兵家思想，則見於《嘉祐集》卷一〈審敵〉、卷二〈強弱〉、〈攻守〉、〈用間〉；卷三〈孫武〉、〈六國〉等篇內；然而，蘇洵於〈權書序〉中強調：

> 人有言曰：儒者不言兵，仁義之兵，無術而自勝。使仁義之兵，無術而自勝也，則武王何用乎太公？而牧野之戰，四伐五伐六伐七伐乃止，齊焉又何用也？權書，兵書也，而所以用仁濟義之術也。吾疾夫世之人不究本末，而妄以我為孫武之徒也；夫孫氏之言兵為常言也，而我以此書為不得已而言之之書也。故仁義不得已，而後吾權書用焉；然則權者，為仁義之窮而作也。[7]

至於盱衡情勢，權事制宜，捭闔往復的縱橫家，如蘇秦、張儀之流，《嘉祐集》卷八之〈諫論上〉已明言，「取其術，不取其心」；換言之，對聖賢哲理、事物見解，能權衡通變，不執一端，但絕不藉此為己干祿求仕。如：卷四〈遠慮〉云：「聖人之道，有經、

---

[6]　蘇轍：《欒城三集》卷十。
[7]　蘇洵：三蘇祠本《嘉祐集》卷二。

有權、有機。」「聖人而無權，則無以成天下之務；無機，則無以濟萬世之功。」卷八〈利者義之和論〉云：「利在則義存，利亡則義喪。」「義利、利義相為用，而天下運諸掌矣！……義必有利而義和。」老蘇〈諫論上〉又云：「仲尼之說，純乎經者也；吾之說，參乎權而歸乎經者也。」故其以權變、人情，來詮釋《易》、《禮》、《樂》、《詩》、《書》、《春秋》，遂成卷六之〈六經論〉。

　　《嘉祐集》卷二〈心術〉篇，既有儒家之「為將之道，當先治心」、「凡兵上（尚）義，不義，雖利勿動」；法家之「凡將欲智而嚴，凡士欲愚；智則不可測，嚴則不可犯，故士皆委己而聽命，夫安得不愚」；且有兵家之「古之賢將，能以兵嘗敵，而又以敵自嘗，故去就可以決」；道家之「一靜可以制百動」。老蘇胸有洪爐，諸家之說皆歸鎔鑄，而適如意之所欲出。

　　蘇軾〈真相院釋迦舍利塔銘敘〉云：「昔予先君文安主簿、贈中大夫、諱洵，先夫人武昌太君程氏，皆性仁行廉，崇信三寶（佛、法、僧）。」[8]是故，《嘉祐集》卷十四之〈極樂院造六菩薩記〉，就濃染釋教色彩。

　　曾鞏撰〈蘇明允哀詞〉云：

> 所有既富矣，乃始復為文，蓋少或百字，多或千言。其指事析理、引物託諭，侈能盡之約、遠能見之近，大能使之微、小能使之著，煩能不亂、肆能不流。其雄壯俊偉，若決江河而下也；其輝光明白、若引星辰而上也。……明允每於其窮達、得喪、憂歡、哀樂，念有所屬，必發之於此；於古今治亂、興壞，是非、可否之際，意有所擇，亦必發

之於此；於應接、酬酢，萬事之變者，雖錯出於外，而用
心於內者，未嘗不在此也。[9]

業已彰明，老蘇得之心應之手發而爲文，文則條理井然，層次分
明，言必中的，剖析切當。其自云，文源爲詩騷、孟韓、遷固、
孫吳，並且自比賈誼，得聖人之經權，卻不流爲迂詐，見〈上田
樞密書〉云：

> 大肆其力於文章，詩人之優柔，騷人之精深，孟韓之溫淳，
> 遷固之雄剛，孫吳之簡切，投之所嚮無不如意。常以爲董
> 生得聖人之經，其失也流而爲迂；鼂錯得聖人之權，其失
> 也流而爲詐，有二子之才而不流者，其惟賈生乎？惜乎！
> 今之世，愚未見其人也。[10]

洵〈上韓樞密書〉亦云：

> 洵著書無他長，及言兵事，論古今形勢，至自比賈誼。[11]

歐陽脩認爲老蘇之〈六經論〉，似荀子之文；張方平覺得洵文似
司馬遷，然其「不悅辭焉」[12]。黃庭堅觀洵〈木假山記〉，「以

---

[9]　曾鞏：《元豐類稿》卷四十一。
[10]　蘇洵：《嘉祐集》卷十。
[11]　同前註。
[12]　見於蘇洵：〈上歐陽內翰第二書〉，《嘉祐集》卷十一。同卷〈上張侍郎第
　　二書〉云：「伏惟明公所謂潔廉而有文，可以比漢之司馬子長者。」張邦基：
　　《墨莊漫錄》卷三云：「蘇明允作〈成都府張公安道畫像記〉，魯直讀之，
　　云：『司馬子長復出也。』」

為文章氣旨似莊周、韓非」[13]。朱子則曰:「如老蘇輩,只讀孟、韓二子,便翻繹得許多文章出來」,「孟子文章妙不可言。……惟老蘇深得其妙」[14]。《文章精義》云:「《老子》、《孫武子》,一句一語,如串八寶珍瑰,間錯而不斷,文字極難學,惟蘇老泉(洵)數篇近之。──〈心術〉,〈春秋〉論之類是也。」茅坤《唐宋八大家文鈔》・〈蘇文公文鈔引〉云:

> 蘇文公崛起蜀徼,其學本申韓,而其行文雜出於荀卿、孟軻及戰國策諸家,不敢遽謂得古六藝者之遺,然其鑱畫之議,幽悄之思,博大之識,奇崛之氣,非近代(明)儒生所及。要之,韓歐而下,與諸名家相爲表裏,及其二子繼響,嘉祐之文,西漢同風矣。

《宋史》卷四三九・〈文苑傳〉云:

> 藝祖革命,首用文吏,而奪武臣之權,宋之尚文,端本乎此。……子孫相承,上之爲人君者,無不典學;下之爲人臣者,自宰相以至令錄,無不擢科,海內文士彬輩出焉。

宋太祖趙匡胤鑒於唐季五代藩鎮割據跋扈,乃採強幹弱枝、右文偃革之計,以致地方兵少且弱,郡守權輕,盜賊蜂起,邊塞防務鬆弛,外敵予取予求。蘇洵眼見政治委靡,匡救鮮聞,不得不稟雄邁之氣,堅老之筆,淋漓感慨於翰墨間,發爲幽憂激宕之詞,

---

[13] 黃庭堅:〈跋子瞻木山詩〉,《豫章黃先生文集》卷二十六。
[14] 朱熹:《朱子語類》卷十九。

庶幾一遇。故似「蘇門文字，到底脫不得縱橫氣習」[15]的評論，
乃僅由文學技巧著眼，卻忽略了作者的本心、旨意。

　　蘇軾「嘗自謂學出於孟子」[16]，蘇洵〈上張侍郎第一書〉亦
云：「洵有二子軾、轍，齠齔授經，不知他習。……讀孟、韓文，
一見以爲可作，引筆書紙，日數千言，坌然溢出，若有所相。」[17]
梅摯深愛蘇軾之文，「以爲有孟軻之風」[18]。凌濛初〈蘇老泉文
集序〉云：

> 抑聞諸先正云：老泉（蘇洵）平生最嗜孟夫子文，丹船（應
> 作「鉛」）不一，藏爲帳中秘，寢寐於是；子瞻疑爲異書，
> 再三請觀而不得。他日，竊發而見之；老泉一日見子瞻文，
> 而驚曰：豈嘗見吾孟子邪？何以驟能爾？問得其故，因嘆
> 曰：吾不夙示子，以此也，今不復進矣！

15　李耆卿：《文章精義》。朱熹：《朱子語類》卷一百三十：「以某觀之，只
　　有荊公修仁宗實錄，言老蘇之書，大抵皆縱橫者流，程子未嘗言也。」章炳
　　麟：《國故論衡》中・〈論式〉云：「若乃蘇軾父子，則佞人之矣矣者，凡
　　立論欲其本名家，不欲其本縱橫，儒言不勝，而取給于氣矜，游貐怒特，踸
　　稼踐蔬，卒之數篇之中，自爲錯牾，古之人無有也。」
16　晁補之：〈再見蘇公書〉，《雞肋集》卷五十一。邵博：《聞見後錄》卷二
　　十一：「東坡帥揚州。曾眅罷州學教授，經真州，見呂惠卿。惠卿問：『軾
　　何如人？』眅曰：『聰明人也。』惠卿怒曰：『堯聰明、舜聰明邪？大禹之
　　聰明邪？』眅曰：『雖非三者之聰明，是亦聰明也。』惠卿曰：『軾學何人？』
　　眅曰：『學孟子。』惠卿益怒，起立曰：『何言之不倫也？』眅曰：『孟子
　　以民爲重，社稷次之。此所以知蘇公學孟子也。』惠卿默然。」
17　蘇洵：《嘉祐集》卷十一。
18　蘇軾：〈上梅直講書〉，《事略》卷四十一。如「反面逼題」命意法，即行
　　文採捭闔跌宕，可喜可愕的寫作方式，實從縱橫家法中蛻化而得。必有得力
　　處，亦有受病處。

葉適《習學記言》卷四十九‧〈呂氏文鑑〉類云：

> 蘇洵自比賈誼，曾鞏、王安石皆畏其筆，至以爲過之。……
> 或傳，洵常自秘一書誦習，二子不得見，它日竊視之，戰
> 國策也。洵聞而歎息。此雖未可信，然觀其遺文，大略可
> 見矣。

朱熹《朱子語類》卷一百三十九云：

> 老蘇父子，自史中戰國策得之，故皆自小處起議論，歐公
> 喜之。

戰國策士之言，其用意類能先立穩根基，隨機應變；或明快雄儁，
鋪張揚厲，翻空作奇；或婉曲微諷，沈鬱頓挫；蘇氏父子極得其
妙，故最擅議論，然因此亦迭遭批詆[19]。

　　受父親橐籥陶鈞的蘇轍，廣取博采，轉益多師，乃綜合諸家
之長，以爲己資；如儒家經世濟民、注重禮樂教化，法家尚法明
刑重威，兵家之生聚訓練等概念，可以併呈於〈進策別〉十七篇
中，〈策別敘例〉云：

> 臣聞爲治者有先後、有本末，嚮之所論者，皆當今之所宜
> 先，而爲治之大要也。若夫事之利害、計之得失，臣請列
> 而言之，蓋其總有四，其別有十七。所謂其總四者：一曰
> 課百官、二曰安萬民、三曰厚貨財、四曰訓兵旅，此之謂

---

[19] 邵博：《聞見後錄》卷十四：「東坡中制科。王荊公問呂申公見蘇軾制策否？
申公稱之。荊公曰：『全類戰國文章，若安石爲考官，必黜之。』」

其總有四。一曰課百官：所謂課百官者，其別又有六焉；
一曰厲法禁、二曰抑僥倖、三曰決壅蔽、四曰專任使、五
曰無責難、六曰無沮善者是也。二曰安萬民：所謂安萬民
者，其別又有六焉；一曰崇教化、二曰勸親睦、三曰均戶
口、四曰較賦稅、五曰教戰守、六曰去姦民是也。三曰厚
貨財：所謂厚貨財者，其別又有二焉；一曰省費用、二曰
定軍制者是也。四曰訓兵旅：所謂訓兵旅者，則別又有三
焉；一曰蓄財用、二曰練軍實、三曰倡勇敢者是也。別而
言之，十有七焉，故謂之策別。[20]

蘇軾〈答王庠書〉云：

儒者之病，多空文而少實用，賈誼、陸贄之學，殆不傳於
世。老病且死，獨欲以此教子弟。[21]

軾取賈、陸，主因其為適用之學[22]。賈誼明治世大體、君臣大義，
意念純正，論理恰當，文辭順暢[23]，惜不善處窮，不能忍、待，

20　蘇軾：《事略》卷十六。
21　蘇軾：《事略》卷四十六。
22　錢謙益：《牧齋初學集》卷二十九，〈蘇門六君子文粹序〉云：「吾嘗觀王
　　氏之學，高談先王，援據《周官》，其稱名甚高；而文忠則深嘆賈誼、陸贄
　　之學不傳於世，老病且死，獨欲以教其子弟而已。夫食期於適口，不必取陳
　　羹也；藥期於療病，不必其求古方也。是故為周公而偽，不若為賈誼、陸贄
　　而真也；真賈、陸足以救世，而偽周公足以禍世，此眉山、金陵異同之大端
　　也。」
23　蘇軾：《東坡前集》卷二十四，〈田表聖奏議敘〉云：「古之君子，必憂治
　　世，而危明主。明主有絕人之資，而治世無可畏之防。夫有絕人之資，必輕
　　其臣；無可畏之防，必易其民。此君子之所甚懼也。方漢文時，刑措不用，
　　兵革不試，而賈誼之言曰：『天下有可長大息者，有可流涕者，有可痛哭者。』
　　後世不以是少漢文，亦不以是甚賈誼。由此觀之，君子之遇治世而事明主，

志大而量小，才有餘而識不足[24]。陸贄體國啟沃，急公廢私，宏構藻翰，深獲蘇軾欽慕[25]，軾〈乞校正陸贄奏議上進劄子〉云：

> 伏見唐宰相陸贄才本王佐，學爲帝師，論深切於事情，言不離於道德。智如子房，而文則過；辯如賈誼，而術不疎；上以格君心之非，下以通天下之志。但其不幸仕不遇時，德宗以苛刻爲能，而贄諫之以忠厚；德宗以猜疑爲術，而贄勸之以推誠；德宗好用兵，而贄以消兵爲先；德宗好聚財，而贄以散財爲急；至於用人聽言之法，治邊馭將之方，罪己以收人心，改過以應天道，去小人以除民患，惜名器以待有功。如此之流，未易悉數，可謂進苦口之藥石，鍼害身之膏肓。[26]

蘇轍〈亡兄子瞻端明墓誌銘〉云：

> （坡）公之於文，得之於天，少與轍皆師先君。初好賈誼、陸贄書，論古今治亂，不爲空言。既而讀莊子，喟然嘆息

法當如是也。誼雖不遇，而其所言略已施行，不幸早世，功烈不著於時；然誼嘗建言使諸侯王子孫，各以次受分地，文帝未及用，歷孝景至武帝而主父偃舉行之，漢室以安。」

[24] 蘇軾：《應詔集》卷十，〈賈誼論〉云：「非才之難，所以自用者實難。惜乎！賈生，王者之佐，而不能自用其才也。夫君子所取者遠，則必有所待；所就者大，則必有所忍。……愚觀賈生之論，如其所言，雖三代何以遠過？得君如漢文，猶且以不用死，……是亦不善處窮者也。夫謀之一不見用，安知終不復用也。不知默默以待其變，而自殘至此。嗚呼！賈生志大而量小，才有餘而識不足也。」

[25] 蘇軾：《事略》卷四十七，〈答俞括書〉云：「文人之盛，莫若近世，然私所欽慕者，獨陸宣公一人；家有宣公奏議善本，頃侍講讀，繕寫奏御，區區之忠，自謂庶幾於孟軻之敬王，且欲舉天下，家藏此方、人挾此術，以待世之病者，此仁人君子至情也。」

[26] 蘇軾：《奏議集》卷十三。

　　曰：吾昔有見於中，口未能言，今見莊子，得吾心矣。乃
　　出中庸論[27]，其言微妙，皆古人所未喻。[28]

蘇軾除孟子、國策，賈陸外，其文學內涵、風格、技巧等，較父親更受莊子的影響。羅大經《鶴林玉露》卷九云：

　　莊子之文，以無爲有；戰國策之文，以曲作直。東坡平生
　　熟此二書，故其爲文，橫說豎說，惟意所到，俊辨痛快，
　　無復滯礙。其論刑賞也，……其論武王也，……其論范增
　　也。……其論戰國任俠也，……凡此類，皆以無爲有者。
　　其論屬法禁也，……其論唐太宗征遼也，……其論從眾
　　也，……凡此類，皆以曲作直者也。

如〈六國論〉：「不知其槁項黃馘以老死於布褐乎」[29]，出於《莊子‧列禦寇第三十二》「（曹商）見莊子曰：『夫處窮閭阨巷，困窘織屨，槁項黃馘者，商之所短也』」；〈提舉玉局觀謝表〉：「猖狂妄行，乃蹈大難」[30]，出於《莊子‧山本第二十》：「市南子曰：……猖狂妄行，乃蹈乎大方」；〈篔簹谷偃竹記〉：「庖丁，解牛者也，而養生者取之。輪扁，斲輪者也，而讀書者與之。」[31]，分出於《莊子‧養生主第三、天道第十三》。又如〈答畢仲舉書〉：「既無所失亡，而有得於齊寵辱、忘得喪者，是天相子也。……然禍福

27　蘇籀：《欒城遺言》云：「東坡遺文流傳海內。中庸論上、中、下篇，……今後集不載此三論，誠爲闕典。」
28　蘇轍：《欒城後集》卷二十二。
29　蘇軾：《事略》卷十四。
30　蘇軾：《事略》卷二十六。
31　蘇軾：《事略》卷四十九。

要不可推避，初不論巧拙也」³²，〈醉白堂記〉：「齊得喪、忘禍福、混貴賤，等賢愚，同乎萬物，而與造物者遊」³³，〈石室先生畫竹贊〉：「物之相物，我爾一也」³⁴，亦全是莊子喪我、齊物、樂天知命的思想。

王正德《餘師錄》卷四·〈李方叔〉類云：

> 東坡教人讀戰國策，學說利害；讀賈誼、晁錯、趙充國章疏，學論事；讀莊子，學論理性；又須熟讀論語、孟子、檀弓，要志趣正；當讀韓、柳，令記得數百篇，要知作文體面。

蘇軾曾云：「春秋古史乃家法」³⁵，故知，蘇氏父子還主張熟讀《春秋》等史籍³⁶，以廣蒐論據知古鑑今。

蘇轍之學一本父兄，仍似儒學為主，希慕孟子，而於賈陸、蘇張、老莊等，亦能取精用弘。轍〈免尚書右丞表〉二首之二云：

> 伏念臣家世寒儒，僅守父兄之樸學；文史末技，不通邦國之大猷。³⁷

---

³² 蘇軾：《事略》卷四十五。
³³ 蘇軾：《事略》卷五十。
³⁴ 蘇軾：三蘇祠本《東坡全集》卷二十一。
³⁵ 蘇軾：〈次子由詩相慶〉，《東坡續集》卷一。
³⁶ 蘇軾：《東坡續集》卷六，〈與千之姪書〉：「近來史學凋廢，去歲作試官，問史傳中事，無一兩人詳者；可讀史書，為益不少也。」蘇軾：《東坡續集》卷七，〈與元老姪孫書〉四首之三：「姪孫宜熟前後漢史及韓柳文。」洪邁：《容齋四筆》卷七·「替戾岡」條，解說蘇軾運用《晉書·佛圖澄傳》中之羯語入詩。若非熟讀史冊，豈得如此？
³⁷ 蘇轍：《欒城集》卷四十七。

轍〈辭尚書右丞箚子〉四首之二云：

> 伏念臣幼無他師，學於先臣洵；而臣兄軾與臣皆學，藝業
> 先成，每相訓誘，其後不幸早孤，友愛備至，逮此成立，
> 皆兄之力也。……軾之為人、文學、政事，過臣遠甚，此
> 自陸下所悉。[38]

轍〈上兩制諸公書〉云：

> 今轍山林之匹夫，其才術技藝無以大過於中人，而何敢自
> 附於孟子？然其所以汎觀天下之異說，三代以來，興亡治
> 亂之際，而皎然其有以折之者，蓋其學出於孟子而不可誣
> 也。[39]

轍〈御試制策〉云：

> 臣聞老子之所以為得者，清淨寡欲；而其失也，棄仁義，
> 絕禮樂。儒者之得也，尊君卑臣；而其失也，崇虛文而無
> 實用。然而道之可以長行而無弊者，莫過於儒術；其所以
> 有弊者，治之過也。[40]

---

[38] 同前註。
[39] 蘇轍：《欒城集》卷二十二。
[40] 蘇轍：《欒城應詔集》卷十二。

蘇轍自言「予幼從事《詩》、《書》」[41]，並讀賈、陸議論，認為陸贄詳練超過賈誼[42]。而鄧光則將小蘇比作賈、陸，〈宋淳熙刻本欒城集鄧光序〉云：

> 於政事書條例司狀，見公（轍）入朝之始揆事中遠，如漢賈誼。議河流、邊事、茶役法，分別君子小人之黨，反復利害，深入骨髓，竊比之陸宣公贄。

　　甚而對人物、政事的看法，蘇氏父子亦相襲不忒。如嘉祐初，因議事觀點歧異，蘇洵與王安石互不相能，交惡於歐公席上；嘉祐六年（1061）二蘇應制科，時王知制誥，意轍專攻人君，不肯為撰詞，蘇王之間隙愈烈；嘉祐八年，安石之母喪，士大夫皆弔之，老蘇獨不往，並作〈辨姦論〉一篇，謂王乃「不近人情者，鮮不為大姦慝」[43]。
葉夢得《避暑錄話》卷上云：

> 蘇明允本好言兵，見元昊叛西方，用兵久無功，天下事有當改作，因挾其所著書，嘉祐初來京師，一時推其文章。王荊公為知制誥，方談經術，獨不嘉之，屢詆于眾，以故明允惡荊公甚于仇讐。會張安道亦為荊公所排，二人素相善，明允作辨姦一篇密獻安道，以荊公比王衍、盧杞，而不以示歐文忠。荊公後微聞之，因不樂子瞻兄弟，兩家之隙遂不可解。辨姦久不出，元豐間，子由從安道辟南京，

---

[41] 蘇轍：〈遺老齋記〉，《欒城三集》卷十。
[42] 蘇轍：《欒城後集》卷十一，〈陸贄〉云：「昔吾先君博觀古今議論，而以陸贄為賢。吾幼而讀其書，其賢比漢賈誼，而詳練過之。」
[43] 蘇洵：三蘇祠本《嘉祐集》卷十一。

請爲明允墓表，特全載之，蘇氏亦不入石，比年，少傳于世。荊公性固簡率不緣飾，然而謂之食狗彘之食，囚首喪面者，亦不至是也。[44]

---

[44] 葉夢得：《石林燕語》卷十云：「王荊公性不善緣飾，經歲不洗沐，衣服雖弊，亦不浣濯。與吳沖卿同爲群牧判官，時韓持國在館中，三數人尤厚善，無日不過從；因相約，每一兩月，即相率洗沐定力院家，各更出新衣，爲荊公番號拆洗。王介甫云，出浴見新衣輒服之，亦不問所從來也。」朱弁：《曲洧舊聞》卷十云：「王荊公性簡率，不事修飾奉養；衣服垢污，飲食麤惡，一無所擇，自少時則然。……然少喜與呂惠穆、韓獻肅兄弟游，爲館職時，玉汝常率與同浴於僧寺，潛備新衣一襲易其敝衣，俟其浴出，俾其從者舉以衣之，而不以告，荊公服之如固有，初不以爲異也。及爲執政，或言其喜食獐脯者，其夫人聞而疑之曰：『公平日未嘗有擇於飲食，何忽獨嗜此？』因令問左右執事者曰：『何以知公之嗜獐脯耶？』曰：『每食不顧他物，而獐獨盡，是以知之。』復問：『食時置獐脯何所？』曰：『在近匕箸處。』夫人曰：『明日姑易他物近匕箸。』既而，果食他物盡，而樟脯固在。而後人知其特以其近故食之，而初非有所嗜也。人見其太甚，或者多疑其偽云。」謝伯采：《密齋筆記》卷一：「仁宗朝，王安石知制誥，賞花釣魚，內侍各以金楪盛釣餌置几上，安石食之盡。明日帝謂輔臣曰：『王安石詐人也。』老蘇云：『王安石乃盧杞、王衍合爲一人，天下將被其禍。』後安石參政，御史中丞呂晦叔云：『安石外示樸野，中藏巧詐，驕蹇慢上，陰賊害物，大姦得路，群陰彙進，則賢者漸去，亂由是生，誤天下蒼生者，必斯人矣。』」當然，亦有爲王安石迴護者，如陳善：《捫蝨新話》下集卷三‧〈蘇氏作辨姦論憾荊公〉云：「辨姦論、王司空贈官制，皆蘇氏宿憾之言也。予聞老蘇初來京師，以所著〈權書〉、〈衡論〉投歐陽公，一時推其文章；王荊公時已爲知制誥，獨不善之，以其文縱橫有戰國氣習，屢詆於眾；故明允惡荊公基於仇讎。會張安道亦爲荊公所排，明允遂作〈辨姦論〉一篇，以荊公比王衍、盧杞，密獻安道，而不敢示歐公，荊公後微聞之，因不樂子瞻兄弟。然當時此論不出，元豐間，子由從安道辟於南京，請爲明允墓表，遂全載之，而蘇氏亦不敢上石，諒有愧於其言哉！贈官制，當元祐初，方盡廢新法，蘇子由作〈神宗御集序〉，尚以曹操比之，何有於荊公？以此知王蘇之憾，固不獨論新法也。然後學至今，莫不黨元祐而薄王氏，寧不可笑！」朱熹：《朱子語類》卷一百三十，亦云：「老蘇辨姦，初間只是私意如此，後來荊公做不著，遂中他說，然荊公氣習，自是一簡要逞形骸、離世俗底模樣，喫物不知飢飽，……往往於食未嘗知味也，至如食釣餌，當時以爲詐，其實自不知

方勺《泊宅編》卷上云：

> （歐）公在翰苑時，嘗飯客，客去，獨老蘇少留，謂公曰：
> 適坐有囚首喪面者，何人？公曰：王介甫也，文行之士，
> 子不聞之乎？洵曰：以某觀之，此人異時必亂天下，使其
> 志立朝，雖聰明之主，亦將爲其誑惑，內翰何爲與之游乎？
> 洵退，於是作辯姦論行於世。是時，介甫方作館職，而明
> 允猶布衣也。

張方平〈文安先生墓表〉云：

> 嘉祐初，王安石名始盛，黨友傾一時，其命相制曰：生民
> 以來數人而已，造作言語至以爲幾於聖人。歐陽修亦善之，
> 勸先生與之游，而安石亦願交於先生；先生曰：吾知其人
> 矣，是不近人情者，鮮不爲天下患。安石之母死，士大夫
> 皆弔之，先生獨不往，作辨姦論一篇。……當時見者多不
> 謂然，曰：嘻！其甚矣。先生既沒三年，而安石用事，其
> 言乃信。夫惟有國者之患，常由辨之不早。子言之，如風
> 之自、見動之微，非天下之至精，其孰能至於此。嘗試評
> 之曰：定天下之臧否，一人而已。[45]

了。……辨姦以此等爲姦，恐不然也。老蘇之出，當時甚敬崇之，惟荊公不
以爲然，故其父子皆切齒之。」胡仔：《漁隱叢話後集》卷二十七‧〈東坡
二〉：「龜山（楊時）《語錄》云：『因論蘇明允〈衡書〉、〈權書〉，觀
其著書之名已非，豈有山中逸民立言垂世，乃汲汲於用兵，如此所見，安得
不爲荊公所薄。』」

[45] 張方平：《樂全集》卷三十九。沈斐輯：四庫全書本《嘉祐集》‧《附錄》
卷下，〈東坡謝張太保撰先人墓表書〉云：「軾頓首再拜：伏蒙再示先人墓

蘇軾、蘇轍也不滿王安石獨斷專任，驟行新政，不顧民怨[46]。軾〈上神宗皇帝書〉云：

> 治財用者，不過三司使副判官，經今百年，未嘗闕事，今者無故又創一司，號曰：制置三司條列，使六七少年日夜講求於內，使者四十餘輩分行營幹於外，造端宏大，民實驚疑，創法新奇，吏皆惶惑。[47]

轍〈乞誅竄呂惠卿狀〉云：

> 安石，山野之人，強狠傲誕，其於吏事冥無所知。（呂）惠卿指摘教導，以濟其惡。[48]

表，特載〈辨奸〉一篇，恭覽涕泗，不知所云。竊惟先人早歲汨沒，晚乃有聞，雖當時學者知師尊之，然於其言語文章，猶不能盡，而況其中有不可形者乎！所謂知之盡而信其然者，雖公一人。……〈辨奸〉之始作也，自軾與舍弟，皆有嬉（嘻）其甚矣之諫，不論他人，惟明公一見，以爲與我意合。……而先人之言，非公表而出之，則人未必信。」清・李紱（《穆堂初稿》卷四十五，〈書辨姦論後二則〉）、蔡上翔（《王荊公年譜考略》卷十）等人，以爲〈辨姦論〉非蘇洵所作，乃邵伯溫贗作。邵伯溫《聞見錄》卷十二云：「眉山蘇明允先生，……作辯（辨）姦一篇，爲荊公發也。……獨張文定公表先生墓具載之。」

46 佚名：《楓窗小牘》卷上云：「荊公柄國時，有人題相國寺壁云：『終歲荒蕪湖浦焦，貧女戴笠落柘條，阿儂去家京洛遙，驚心寇盜來攻剽。』人皆以爲夫出、婦憂荒亂也。及荊公罷相，子瞻召還，諸公飲蘇寺中，以此詩問之；蘇曰：『于貧女句，可以得其人矣。終歲，十二月也，十二月爲青字；荒蕪，田有草也，草田爲苗字；湖浦焦，水去也，水旁去爲法字；女戴笠爲安字；柘落木條剩石字；阿儂，是吳言，合吳言爲誤字；去家京洛爲國；寇盜爲賊民。蓋言『青苗法安石誤國賊民也』。」

47 蘇軾：《事略》卷二十四。

48 蘇轍：《欒城集》卷三十八。

胡仔：《漁隱叢話後集》卷二十五・〈半山老人〉云：

> 司馬文正公日錄云：介甫初爲政，每贊上以獨斷，上專信
> 任之。蘇軾爲開封試官，策問進士，以晉武平吳以獨斷而
> 克，符堅伐晉以獨斷而亡；齊桓專任管仲而霸，燕噲專任
> 子之而敗。事同而功異，何也？介甫見之不悦。軾弟轍辭
> 條例司，言青苗不便，介甫尤怒。乃定制策登科者，不得
> 與館職，皆送審官與合入差遣。以軾、轍兄弟故也。

方勺《泊宅編》卷一云：

> （坡）公嘗云：王介甫初行新法，異論者譊譊不已。嘗有
> 詩云：山鳥不應知地禁，亦逢春暖即啾啾。又更古詩鳥鳴
> 山更幽，作一鳥不鳴山更幽。

　　大蘇對安石之《字說》、《三經新義》等，亦認爲「多思而喜
鑿」[49]，且藉夢境、行令，對安石之擠抑加以反擊嘲諷[50]。直至王

---

[49] 蘇軾：《東坡志林》卷五云：「王介甫多思而喜鑿，時出一新說，已而悟其
非也，則又出一說以解之，是以其學多說。」岳珂：《桯史》卷二「犇麤字
說」條云：「王荊公在熙寧中作《字說》，行之天下。東坡在館，一日因見
而及之，曰：『丞相賾微窅窮制作，某不敢知，獨恐每每牽附，學者承風，
有不勝其鑿者；姑以犇麤二字言之，牛之體壯於鹿，鹿之行速於牛，今積三
爲字，而其義皆反之，何也？』荊公無以答。迨不爲變黨伐之論，於是浸閬
黃岡之貶，蓋不特坐詩禍也。」曾慥：《高齋漫錄》云：「東坡聞荊公《字
說》新成，戲曰：『以竹鞭馬爲篤，以竹鞭犬，有何可笑？』又曰：『鳩字
從九從鳥，亦有證據，詩曰：鳲鳩在桑，其子七分。和爺和娘，恰是九箇。』」
羅大經：《鶴林玉露》卷十三云：「世傳東坡問荊公，何以謂之波？曰：水
之皮。坡曰：然則，滑者，水之骨也。荊公字說成，以爲可亞六經。」邵博：
《聞見後錄》卷二十云：「東坡倅錢塘日，答劉道原書云：『道原要刻印七
史，固善。方新學經解紛然，日夜摹刻不暇，何力及此？近見京師經義題：

安石於熙寧九年（1076）罷相，退居江寧（金陵），不再涉及政
爭後，軾與安石才漸能平心靜氣，更相傾慕稱譽[51]。蘇軾也重新
檢視對新法的態度，其在〈與滕達道書〉二十三首之十八云：

國異政、家殊俗，國何以言異？家何以言殊？又有：其善喪、厥善、其善不
同，何也？又說《易》觀卦，本是老鸛；《詩》大、小雅，本是老鴉。似此
類甚眾，大可痛駭。時熙寧初，王氏之學，務為穿鑿至此。」潘永因編：《宋
稗類鈔》卷二十八・〈宗乘四十六〉：「濟南監鎮宋保國出觀荊公〈華嚴解〉。
東坡曰：『華嚴有八十一卷，今獨其一，何也？』保國云：『公言此佛語，
至深妙，他皆菩薩語耳。』東坡曰：『予於藏經中，取佛語數句雜菩薩語中，
復取菩薩語數句雜佛語中，子能識其非是乎？』曰：『不能也。』東坡曰：
『余昔在岐下，聞河陽豬肉甚美，使人往市之。使者醉，豬夜逸去，貿他豬
以償；客皆大詫，以為非他產所及。既而事敗，客皆大慚。今荊公之豬，未
敗耳。若一念清淨，牆壁瓦礫皆說無少妙法，而云佛語深妙，菩薩不及，豈
非夢中語耶？』保國稱善。」
[50] 趙令畤：《侯鯖錄》卷八：「東坡云：予飲少輒醉臥，則鼻鼾如雷，傍舍為
厭，而己不知也。一日，因醉臥，有魚頭鬼身者自海中來告云：廣利王（南
海海神祝融之封號）來請端明。予被褐草履黃冠而去，亦不知身步在水中，
但聞風雷聲暴如觸石，意亦知在深水處，有頃，豁然明白，真所謂水精宮殿
相照耀也，其中則有驪目、夜光、文犀、尺璧、南金、火齊，眩目不可仰視，
而琥珀、珊瑚又不知多少也。廣利少開佩冠劍而出，從以二青衣，予對以海
上逐客，重煩邀命，廣利且歡且笑。頃，南溟夫人亦造焉，東華真人亦造焉，
自知不在人世；少閒，出素鮫綃丈餘，命予題詩。予乃賦之曰：『天地雖虛
廓，淮海為最大；聖王時祀事，位尊河伯拜；祝融為異號，恍惚聚百怪；三
氣變流光，萬里風雨快；靈旗搖紅蕤，赤虬噴滂湃；家近玉皇樓，形光照無
界；若得明月珠，可償逐客債。』寫竟進廣利，諸仙遞看，咸稱妙，獨廣利
傍一冠笄（簪）水族，謂之鼈相公， 進言蘇軾不避忌諱，祝融字犯王諱。王
大怒。予退而歎曰：『到處被相公廝懷（壞）。』」高文虎錄：《蓼花洲閒
錄》，引《唾玉集》云：「東坡先生嘗遇客行一令，以兩卦名證一故事。一
人云：『孟嘗門下三千客，大有同人。』一人云：『光武兵渡滹沱河，未濟
既濟。』一人云：『劉寬羹污朝衣，家人小過。』先生云：『牛僧孺父子犯
罪，先斬大畜，後斬小畜。』蓋為荊公發也。」
[51] 邵伯溫：《聞見錄》卷十二：「王介甫與蘇子瞻初無隙，呂惠卿忌子瞻才高，
輒間之。神宗欲以子瞻為同修起居注，介甫難之。又意子瞻文士不曉史事，
故用為開封府推官以困之；子瞻益論事無諱，擬廷試策、獻萬言書，論時政
甚危，介甫滋不悅子瞻，子瞻外補官。中丞李定，介甫客也。定不服母喪，
子瞻以為不孝，惡之；定以為恨，劾子瞻作詩謗訕。子瞻自知湖州下御史獄，
欲殺之，神宗終不忍，貶散官黃州安置。移汝州，過金陵，見介甫甚歡。子

某欲面見一言者，蓋爲吾儕新法之初，輒守偏見，至有異同之論，雖此心耿耿，歸於憂國，而所言差謬，少有中理者。今聖德日新，眾化大成，回視向之所執，益覺疎矣！若變志易守以求進取，固所不敢；若譊譊不已，則憂患愈深。[52]

三蘇均已察覺北宋政治積弊日深，雖無急變，然有緩病[53]，無法再在承平假象下，苟且偷安；但認爲政治改革，應該適切緩圖，不可遽變，否則易滋後患。如軾〈轉對條上三事狀〉云：

瞻曰：某欲有言于公。介甫色動，意子瞻辨前日事也。子瞻曰：『某所言者，天下事也。』介甫色定，曰：『姑言之。』子瞻曰：『大兵大獄，漢唐滅亡之兆。祖宗以仁厚治天下，正欲革此；今西方用兵連年不解，東南數起大獄，公獨無一言以救之乎？』介甫舉手兩指示子瞻，曰：『二事皆惠卿啟之，某在外，安敢言？』子瞻曰：『固也。然在朝則言，在外則不言，事君之常禮耳；上所以待公者，非常禮；公所以事上者，豈可以常禮乎？』介甫屬聲曰：『某須說。』又曰：『出在安石口，入在子瞻耳。』」陳師道：《後山談叢》卷四：「蘇公自黃移汝，過金陵見王荊公。公曰：『好箇翰林學士！某久以此奉公。』公曰：『撫洲出杖鼓鞚，淮南豪子以厚價購之；而撫人有之，保之已數世矣，不遠千里登門求售；豪子擊之，曰：無聲。遂不售。撫人恨怒，至河上投之水中，吞吐有聲，熟視而歎曰：你早作聲，我不至此。』」王正德：《餘師錄》卷四・「蔡條」條云：「蔡條《西清詩話》云：王文公見東坡〈醉白堂記〉，云：『此乃是韓白優劣論。』東坡聞之曰：『不若介甫〈虔州學記〉，乃學校策耳。』二公相誚或如此，然勝處未嘗不相傾慕。元祐間，東坡奉祠西太一宮，見公舊時詩云：『楊柳鳴蜩綠暗，荷花落日紅酣，三十六陂春水，白頭想見江南。』注目久之，曰：『此老野狐精也。』」江少虞纂：《宋朝事實類苑》卷三十九・〈王觀更相稱譽〉：「元豐中，王文公在金陵，東坡自黃北遷，日與公遊，盡論古昔文字，閑則俱味禪悅。公嘆息謂人曰：『不知更幾百年，方有如此人物。』東坡渡江至儀真，和游蔣山（金陵）詩，寄金陵守王勝之益柔。公亟取讀，至『峰多巧障日，江遠欲浮天』，乃撫几曰：『老夫平生作詩，無此二句。』又在蔣山時，以近製示，東坡云：『若積李兮縞夜，崇桃兮炫晝。自屈宋沒世，曠千餘年，無復離騷句法，乃今見之。』荊公曰：『非子瞻見諛，自負亦如此，然未嘗爲俗子道也。』當是時，想見俗子掃軌矣。」

52 蘇軾：《東坡續集》卷四。

53 蘇轍：《欒城集》卷十九，〈新論上〉云：「當今天下之事，治而不至於安，亂而不至於危，紀綱粗立而不舉，無急變而有緩病，此天下之所共知，而不

> 議者欲減任子，以救官冗之弊。此事行之，則人情不悅；
> 不行，則積弊不去。要當求其分義，務適厥中，使國有去
> 弊之實，人無失職之歎。[54]

轍〈上昭文富丞相書〉云：

> 天下之事，急之則喪，緩之則得，而過緩則無及。[55]

　　蘇氏父子發憤悃愊，俱有憂國忠君之誠，然於仕、隱，則持無可無不可的態度。蘇洵〈答雷太簡書〉云：「僕已老矣，因非求仕者，亦非固求不仕者。」[56]軾〈張氏園亭記〉云：「古之君子，不必仕，不必不仕。必仕，別忘其身；必不仕，別忘其君。……處者安於故而難出，出者狃於利而忘返，於是有違親絕俗之譏，懷祿苟安之弊。」[57]轍〈歷代論引〉云：「士生於世，治氣養心，無惡於身，推是以施之人，不為苟生也。不幸不用，猶當以其所知，著之翰墨，使人有聞焉。」[58]

　　梅堯臣〈送曾子固蘇軾詩〉云：「父子兄弟間，光輝自聯屬。」[59]張燾〈老蘇先生挽詞〉云：「一門歊向傳家學，二子機雲竝雋游。」[60]均點明三蘇的關連性。

可欺者也。」蘇軾：《事略》卷十五，〈策略一〉云：「天下之患，莫大於不知其然而然；不知其然而然者，是拱手而待亂也。國家無大兵革，幾百年矣；天下有治平之名，而無治平之實；有可憂之勢，而無可憂之形；此其有未測者也。」

[54]　蘇軾：《奏議集》卷五。
[55]　蘇轍：《欒城集》卷二十二。
[56]　蘇洵：《嘉祐集》卷十二。
[57]　蘇軾：《事略》卷四十九。
[58]　蘇轍：《欒城後集》卷七。
[59]　梅堯臣：《宛陵集》卷五十三。

第二節　三蘇散文相異處

　　三蘇時代背景、學養淵源、襟抱操節,自有其一貫之關連性。但是,蘇軾、蘇轍受釋典、道經的薰陶,已超越單純的信仰,較蘇洵更臻於哲理的境界;而迍邅的際遇,流竄的遼夐,亦使大、小蘇累積了更豐富的人生閱歷,開拓了更廣闊的視野角度;加之,個性、才華的不同;三蘇散文,自亦有其差異。

　　蘇門之學以儒家為本,故軾、轍早年堅持孔孟道統,不免視佛老為異端。蘇軾〈六一居士集敘〉云:

> 歐陽子沒十有餘年,士始為新學,以佛老之似,亂周孔之實,識者憂之。賴天子明聖,詔修取士法,風厲學者專治孔氏,黜異端,然後風俗一變。[61]

軾〈議學校貢舉狀〉云:

> 昔王衍好老莊,天下皆師之,風俗陵夷,以至南渡;王縉好佛,捨人事而修異教,大曆之政,至今為笑。[62]

軾〈子思論〉云:

> 嗟夫!夫子之道,不幸而有老聃、莊周、楊朱、墨翟、田駢、慎到、申不害、韓非之徒,各持其私說以攻乎其外,天下方將惑之,而未知所適從。[63]

---

[60] 沈斐輯:四庫全書本《嘉祐集・附錄》卷下。
[61] 蘇軾:《事略》卷五十六。
[62] 蘇軾:《事略》卷二十九。

蘇轍〈上兩制諸公書〉云：

> 楊朱、墨翟、莊周、鄒衍、田駢、慎到、韓非、申不害之
> 徒，又不見夫子之大道，皇皇惑亂，譬如陷於大澤之陂，
> 荊榛棘茨，蹊隧滅絕，求以自致於通衢而不可得。[64]

其後，二蘇目睹新法煩苛擾民，遂採老莊清靜無爲加以抵制。如
軾〈蓋公堂記〉云：

> 聞膠西有蓋公，善治黃老言，使人請之，蓋公爲言治道，
> 貴清淨而民自定，推此類具言之，（曹）參於是……用其
> 言而齊大治，其後以其所以治齊者治天下，天下至今稱賢
> 焉。[65]

轍〈論臺諫封事留中不行狀〉云：

> 及先帝（神宗）嗣位，執政大臣，變易祖宗法度，下至小
> 民皆知其非，而卿士大夫從風而靡，則風俗之變於此見
> 矣。……使風俗一定，忠言日至。陛下垂拱於上，群臣肅
> 雍於下，則太平之治可立而待也。[66]

63　蘇軾：《事略》卷六。
64　蘇轍：《欒城集》卷二十二。
65　蘇軾：《事略》卷五十三。
66　蘇轍：《欒城集》卷三十六。

又因家鄉西蜀佛事鼎盛[67]，且幼曾隨道士爲學[68]；加以軾、轍貶謫之地，如杭州、筠州，釋道盛行；所往來交游者，如道潛、訥禪師、了元、契嵩，每多方外之士；乃使大蘇、小蘇馳騖於佛道，藉以排遣化解仕途多舛、橫逆迭至的憤懣。軾〈江子靜字序〉云：

> 故君子學以辨道，道以求性。正則靜，靜則定，定則虛，虛則明。物之來也，吾無所增；物之去也，吾無所虧；豈復爲之欣喜憂惡，而累其真歟？[69]

蘇轍〈筠州聖壽院法堂記〉敘述得更爲明白，該〈記〉云：

> 高安郡本豫章之屬邑，……至今道士比他州爲多，至於婦人孺子，亦喜爲道士服。……六祖以佛法化嶺南，再傳而馬祖興於江西，……高安雖小邦，而五道場在焉。……余既少而多病，壯而多難，行年四十有二，而視聽衰耗，志氣消竭。夫多病則與學道者宜，多難則與學禪者宜。既與其徒出入相從，於是吐故納新，引挽屈伸，而病以少安。照了諸妄，還復本性，而憂以自去，洒然不知網罟之在前與桎梏之在身。[70]

---

[67] 蘇轍佚著：〈大悲圓通閣記〉：「成都，西南大都會也，佛事最勝。」

[68] 蘇軾：《事略》卷五十二，〈眾妙堂記〉：「眉山道士張簡易教小學常百人，予幼時亦與焉。居天慶觀北極院，予蓋從之三年。」蘇轍：《龍川略志》卷一・「夢中見老子言楊綰好殺，高郢、嚴震皆不殺」條：「予幼居鄉閭，從子瞻讀書天慶觀。」

[69] 蘇軾：《東坡續集》卷八。

[70] 蘇轍：《欒城集》卷二十三。

而似了元、契嵩之流，均博學多聞，主張融合儒、釋、道之說，蘇軾、蘇轍也終至三家合流。如蘇軾〈上清儲祥宮碑〉[71]、蘇轍〈梁武帝〉[72]等文，即已擇精混同孔孟、竺乾、老莊爲一了。小蘇〈亡兄子瞻端明墓誌銘〉云：「（軾）後讀釋氏書，深悟實相，參之孔、老，博辯無礙，浩然不見其涯也。」[73]大蘇亦云：「昨日子由寄《老子新解》，讀之，不盡卷而嘆。……使漢初有此書，則孔、老爲一；晉宋間有此書，則佛、老不爲二。不意老年見此奇特。」[74]對二蘇學源駁雜，歷來責難者有之[75]，讚賞者有之[76]。

---

[71] 蘇軾：《事略》卷五十五。
[72] 蘇轍：《欒城後集》卷十。
[73] 蘇轍：《欒城後集》卷二十二。
[74] 蘇軾：《東坡志林》卷五。
[75] 如朱熹：《朱文公文集》卷三十，〈答汪尚書書〉云：「至若蘇氏之言，高者，出入有無，而曲成義理（如易說性命陰陽，書之人心道心，古史之中一性善，老子之道器中和）；下者，指陳利害，而切近人情（蘇氏此等議論，不可殫舉……）。……然語道學，則迷大本（如前註中性命諸說，多出私意雜佛老而言之……）；論事實，則尚權謀（如陽貨子西事，乃以此論聖人，可見其底蘊矣）；術浮華，忘本實；貴通達，賤名檢；此其害天理、亂人心、妨道術、敗風教，亦豈盡出王氏之下也哉！」中華書局本《朱子大全》文四十一，〈答程允夫書〉云：「蘇黃門謂之近世名卿則可，前書以顏子方之，僕不得不論也。……蘇公早拾蘇張之緒餘，晚醉佛老之糟柏，謂之知道，可乎？……但其辯足以文之，世之學者窮理不深，因爲所眩耳。僕數年前，亦嘗惑焉，近歲始覺其繆。」而羅大經：《鶴林玉露》卷九云：「朱文公云：二蘇以精深敏妙之文，煽傾危變幻之習。又云：早拾蘇張之緒餘，晚醉佛老之糟柏。余謂此文公二十八字彈文也。自程、蘇相攻，其徒各右其師。……文公每與其徒言，蘇氏之學壞人心術，學校尤宜禁絕。編楚詞後語，坡公諸賦皆不取，惟收〈胡麻賦〉，以其文類〈橘頌〉；編《名臣言行錄》，於坡公議論所取甚少。」又如黃震：《黃氏日抄》卷六十二·〈釋教〉云：「東坡爲儒者言，論天下事明白如見；爲佛者言，談苦空法宛轉無窮；惟以儒證佛，則不可曉，如南華長老題名記援子思、孟子之類是也。」韓淲：《澗泉日記》卷下云：「子由〈歷代論〉、〈古史論〉之屬，文極平心，但理道泥于莊老，不能有所發明。子瞻雖間取莊老，然于議論事理處，極忠壯，此子由所不及也。」

此外，中年以後，遭逐擯於蠻塢獠洞之域的蘇軾，對陶潛能宗儒
之仁愛律己，卻不拘泥禮法；慕道之逍遙清靜，卻不頹唐消極；
習佛之空觀平等，卻不陷溺迷惘；而稟性剛棱，與物多忤；深感
在在莫不與己相合，乃引爲千古知己[77]。

　　單就文學創作言，博採諸家，廣納眾說，應有正面的影響。
如楊廷和題評三蘇文云：

　　　　眉山三公之文，其標神所自，本先秦兩漢；如權書、策略
　　　　等篇，則蘇、陳、虞、范之雄談也；如衡論、幾策、上皇
　　　　帝等書，及君術以下諸策，則董、賈、晁、枚之絕響也；

---

[76] 如錢謙益：《牧齋初學集》卷八十三〈讀蘇長公文〉云：「吾讀子瞻〈司馬
　　溫公行狀〉、〈富鄭公神道碑〉之類，平鋪直序，如萬斛水銀隨地涌出，以
　　爲古今未有此體，茫然莫得其涯涘也。晚讀《華嚴經》，稱性而談，浩如煙
　　海，無所不有，無所不盡，乃喟然而歎曰：『子瞻之文其有得於此乎？文而
　　有得於華嚴，則事理法界開遮涌現，無門庭、無墻壁、無差擇、無擬議，世
　　諦文字固已蕩無纖塵，又何自而窺其淺深，議其工拙乎？……然則子瞻之文，
　　黃州已前得之於莊，黃州已後得之於釋。……北宋已後，文之通釋教者，以
　　子瞻爲極。』」又如劉熙載：《藝概》卷一〈文概〉：「東坡文，亦孟子，
　　亦賈長沙、陸敬輿，亦莊子，亦秦儀。心目室臨者，可資其博達以自廣，而
　　不必概以純詣律之。」李耆卿：《文章精義》：「子瞻文學莊子（入虛處似……）、
　　戰國策（論利害處似……）、史記（終篇惟作他人說，末後自己只說一句……）、
　　楞嚴經（魚枕冠頌之類是也。子瞻文字到窮處便濟之，以此一著，所以千萬
　　人過他關不得）。」
[77] 蘇轍：《欒城後集》卷二十一，〈子瞻和陶淵明詩集引〉云：「吾（軾）於
　　淵明，豈獨好其詩也哉？如其爲人，實有感焉。……欲晚節師範其萬一也。」
　　方岳：《深雪偶談》：「淵明飲酒詩云：『客養千金軀，臨化消其寶。』以
　　實喻軀，軀失則寶亡矣。坡公云：『人言靖節不知道，吾不信也。』」阮閱：
　　《詩話總龜》卷九・「評論門」：「（坡）又云：『淵明形神似我，樂天心
　　相似我。』」蘇軾：《東坡前集》卷十四，〈陶驥子駿佚老堂詩〉二首之一：
　　「淵明吾所師，夫子乃其後。……我歌歸來引，千載信尚友。相逢黃卷中，
　　何似一盃酒。君醉我且歸，明朝許來否。」《東坡續集》卷三〈（和陶）神
　　釋詩〉云：「莫從老君言，亦莫用佛語。仙山與佛國，終恐無是處。甚欲隨
　　陶翁，移家酒中住。」

如文甫說、放鶴亭、大悲閣記，則蒙莊之蟬蛻也。雖其所
至各殊，變化離合，不可名物，要皆冥搜玄解於先秦兩漢
之間，而獵取其精髓之所融液者，心成一家言。蓋自寶元、
慶曆以來，絕調也。[78]

是故，蘇氏父子中，以大蘇之文體，文風、文思，最稱豐蔚。再
者，蘇軾最喜與文人、賢達、禪師、道士、藝術創作者或鑑賞家
等各類人物，相交周旋，人文湊聚於軾旁，詼諧調笑、切磋激勵，
俱成文章翰墨之資；配合天縱英才[79]，宏偉器識，肆筆為文，則
千古無匹。

　　小蘇承父事兄，依舊磨光濯色，獨成一家之言，文境紆淡，
不必如父之老健、兄之駿豪。沈潛內斂，終得老投潁濱，頤養榆
年，車仆馬斃而患果不及轍，應證了蘇洵「眼目長」[80]。秦觀於
〈答傅彬老簡〉，將大、小蘇略加比較云：

　　　老蘇先生，僕不及識其人。今中書（軾）、補闕（轍）二
　　　公，則僕嘗身事之矣。中書之道，如日月星辰，經緯天地，
　　　有生之類皆知仰其高明。補闕則不然，其道如元氣，行於
　　　混淪之中，萬物由之而不知也。[81]

---

[78] 楊慎選編，《（嘉樂齋選評註）三蘇文範》。王世元編：《蘇雋》、王志〈蘇
　　雋序〉云：「家傳學脉之正，父子兄弟並有浩然氣在，故理溢為文，鮮澄爽
　　徹，夐隻秦漢以來作者，莊之幻、馬之驚、陶之逸、白之超，蘇氏蓋集大成
　　云。」
[79] 張端義：《貴耳集》卷上云：「蜀有彭老山，東坡生則童，東坡死復青。」
[80] 蘇洵：〈名二子說〉，《嘉祐集》卷十四。
[81] 秦觀：《淮海集》卷三十。

此僅就「道」而言，然餘可推知。總之：二蘇優劣論抑或三蘇高下說，實無探討之必要；畢竟，三蘇同多異少，卻仍能各俱特色，各領風騷。

　　三蘇寫作散文，同一文體中喜用不同的命意方法，以自然展現文學光焰，如記敘雜記體的篇章，時採依題鋪敘、就題生情、借題寓意法，或用側筆入題、對襯映題、兩意夾題、反面逼題、題外滋意諸命意法，不拘一格，奔逸萬趣。

　　而蘇氏父子最擅說理議事，作品氣勢磅礴，順逆往復，應用自如；章法佈局變化莫測，排比散行句式依勢成文；且精於層遞、設問、譬喻等修辭技巧，饒富藝術美感；內容則不為題所限，理情氣識兼俱，時出新意，令人擊節歎賞。

　　由前一、二節論述可知，三蘇相同之處不勝枚舉，相異之處亦所在多有；不過，主要因為性格、才藻的差別，遂使三蘇散文呈露不同的風格。

　　透過以上的探究，當可輕易推翻，諸如清代袁枚「三蘇之文，如出一手，固不得判而為三」[82]的武斷說法。

---

[82] 袁枚：〈書茅氏八家文選〉，《小倉山房文集》卷三十。

參考書目

（據書名、篇名筆劃排列）

一、古籍專著

《三蘇全集》（清道光十三年中州弓氏補眉州三蘇祠堂刊本）　（宋）蘇洵、
　　蘇軾、蘇轍　京都：中文出版社　西元 1986 年 4 月　2498 面
《十駕齋養新錄二十卷》　（清）錢大昕　民國 52 年 4 月　台北：世界 521 面
《三朝名臣言行錄十四卷》　（宋）朱熹　《四部叢刊初編》史部（宋本）
《千百年眼》（《《筆記小說大觀》》廿一編冊七）　（明）張燧纂　台北：新
　　興　民國 67 年 8 月
《小倉山房文集三十卷》　（清）袁枚　《近代中國史料叢刊續編》第 78
　　輯（沈雲龍主編）　台北：文海　民國 70 年 1 月
《丹淵集四十卷、拾遺二卷》　（宋）文同　《四部叢刊初編》：集部（明
　　刊本）　台北：台灣商務
《五朝名臣言行錄十卷》　（宋）朱熹　《四部叢刊初編》史部（宋本）
《五總志一卷》　（宋）吳垌　《四庫全書》：子部
《元城語錄三卷（附：明王崇慶、元城語錄解）》　（宋）馬永卿編　《四
　　庫全書》：子部
《元豐類稿五十卷》　（宋）曾鞏　《四部叢刊初編》：集部（元刊本）
《六一詩話一卷》　（宋）歐陽脩　《四庫全書》：集部：詩文評類
《文章指南》　（明）歸有光　台北：廣文　民國 61 年 4 月　418 面
《文章軌範》（《四庫全書》珍本・第十一集）　（宋）謝枋得編　北市：
　　臺灣商務　民 59 年　200 面
《木筆雜記二卷》　（宋）佚名　《叢書集成新編》

《仇池筆記一卷》　（宋）蘇軾　《叢書集成新編》

《北窗炙輠錄一卷》　（宋）施德操　《四庫全書》：子部

《可談》（《筆記小說大觀》八編冊四）　（宋）朱彧　台北：新興　民國
　　64 年 9 月

《古文析義初編、二編》　（清）林雲銘評註　　台北：廣文　民國 78 年
　　1 月 7 版　844 面

《古文關鍵》　（宋）呂祖謙評、蔡文子註、（清）徐樹屏考異、俞　樾跋　台
　　北：廣文　民國 70 年 7 月再版　321 面

《古懽堂集三十六》　（清）田雯　《四庫全書》：集部：別集類

《四六話二卷》　（宋）王銍　《四庫全書》：集部：詩文評類

《玉照新志六卷》　（宋）王明清　《四庫全書》：子部

《甲申雜記一卷》　（宋）王鞏　《四庫全書》：子部

《石林詩話一卷》　（宋）葉夢得　《四庫全書》：集部：詩文評類

《石林燕語十卷》　（宋）葉夢得　《叢書集成新編》

《示兒編廿三卷》　（宋）孫奕　《四庫全書》：子部

《名臣碑傳琬琰（之）集一〇七卷》　（宋）杜大珪編　《四庫全書》：集部

《后山集二十四卷》　（宋）陳師道　《四部備要》：集部 台北：台灣中華

《成都文類五十卷》　（宋）扈仲榮、程遇孫等編　《四庫全書》：集部

《曲洧舊聞十卷》　（宋）朱弁　《四庫全書》：子部

《朱子語類》（縮印本二冊）　（宋）朱熹（黎靖德編）　京都：中文出版
　　社　西元 1979 年 2 月

《竹坡老人詩話》（《筆記小說大觀》八編冊二）　（宋）周紫芝　台北：新
　　興　民國 64 年 9 月

《竹坡詩話一卷》　（宋）周紫芝　《四庫全書》：集部：詩文評類

《竹莊詩話二十四卷》　（宋）佚名（或作何谿汶）　《四庫全書》：集部：
　　詩文評類

《老學庵筆記十卷、續筆記二卷》（宋）陸游　《四庫全書》：子部

《冷齋夜話十卷》　（宋）釋惠洪　《四庫全書》：子部

《呂氏雜記二卷》　（宋）呂希哲　《叢書集成新編》

《困學紀聞二十卷》　（宋）王應麟　《四庫全書》：子部

《宋史四九六卷》　（元）脫脫等主編　《四部叢刊》：史部（百衲本廿四史）

《宋朝事實類苑》　（宋）江少虞纂　台北：源流　民國71年8月　1034面

《宋稗類鈔三十六卷》　（清）潘永因編　《四庫全書》：子部

《步里客談二卷》　（宋）陳長方　《四庫全書》：子部

《佩韋齋輯聞四卷》　（宋）俞德鄰　《四庫全書》：子部

《泊宅編（二本）三卷、十卷》（《叢書集成新編》）（宋）方　勺　台北：
　新文豐出版公司　民國75年1月台一版

《兩般秋雨盦隨筆八卷》（兩冊）　（清）梁紹壬　台北：商務　民國65
　年5月

《明一統志九十卷》　（明）李　賢等奉敕撰　《四庫全書》：史部

《東坡文談錄》（《叢書集成初編》2618）　（元）陳秀明編　上海：商務
　印書館　民國26年　13面

《東坡志林》（《《叢書集成簡編》》725，與仇池筆記合刊）（宋）蘇　軾　北
　市：臺灣商務　民國55年　154面

《東坡事類》（三冊）（清）梁廷枬纂　台北：廣文　民國70年12月（影
　印本）

《東軒筆錄十五卷》　（宋）魏泰　《四庫全書》：子部

《東都事略一百三十卷》（宋）王稱（偁）　《四庫全書》：史部：別史類

《東園集十卷》（宋）毛滂　《四庫全書》：集部：別集類

《東園叢說三卷》（宋）李如箎（舊題）　《四庫全書》：子部

《林下偶談四卷》（宋）吳子良　《叢書集成新編》

《牧齋有學集五十卷》　（明）錢謙益　《四部叢刊初編》：集部（康熙甲
　辰初刻本）

《牧齋初學集一一〇卷》　（明）錢謙益　《四部叢刊初編》：集部（明崇禎
　癸未刻本）

《芥隱筆記一卷》　（宋）龔頤正　《叢書集成新編》

《拊掌錄一卷》　（宋）元懷　《叢書集成新編》

《侯鯖錄八卷》　（宋）趙德麟　《叢書集成新編》

《卻掃編三卷》　（宋）徐度　《四庫全書》：子部

《彥周詩話一卷》　（宋）許顗　《四庫全書》：集部：詩文評類

《後山詩話一卷》　（宋）陳師道（舊題）　《四庫全書》：集部：詩文評類

《後山談叢四卷》　（宋）陳師道（舊題）　《四庫全書》：子部

《後村詩話前集二卷、後集二卷、續前集四卷、新集六卷》　（宋）劉克莊　　《四庫全書》：集部：詩文評類

《春渚記聞十卷》　（宋）何薳　《四庫全書》：子部

《柳亭詩話》　（清）宋長白　台北：西南　民國62年1月再版　209面

《珊瑚鉤詩話三卷》　（宋）張表臣　《四庫全書》：集部：詩文評類

《珍惜放談二卷》　（宋）高晦叟　《四庫全書》：子部

《癸辛雜識前集一卷 後集一卷 續集二卷 別集二卷》　（宋）周　密　《四　庫全書》：子部

《皇宋書錄三卷》　（宋）董（良）史　《叢書集成新編》

《唐宋八大家文鈔》（《四庫全書》1383～1384）　（明）茅坤編　台北：臺　灣商務　民國72年

《唐宋八大家文鈔》（《叢書集成簡編》545～548）　（清）張伯行重訂　台　北：臺灣商務　民國54年台一版

《唐宋文醇》　（清）張照等輯評　台北：台灣中華書局　　民國73年（影　印本）

《娛書堂詩話一卷》　（宋）趙與虤　《四庫全書》：集部：詩文評類

《孫公談圃三卷》　（宋）劉延世編錄（孫升語）　　《叢書集成新編》

《容齋隨筆十六卷、續筆十六卷、三筆十六卷、四筆十六卷、五筆十卷》（宋）　洪邁　《四庫全書》：子部

《師友談記一卷》　（宋）李廌（濟南先生）　　《叢書集成新編》

《晁氏客語一卷》　（宋）晁說之　《四庫全書》：子部

《浩然齋雅談三卷》　（宋）周密　《四庫全書》：集部：詩文評類

《耆舊續聞十卷》　（宋）陳鵠　《四庫全書》：子部

《能改齋漫錄十八卷》　（宋）吳曾　《四庫全書》：子部

《草堂詩話二卷》　（宋）蔡夢弼　《四庫全書》：集部：詩文評類

《茶香室四鈔》（《筆記小說大觀》四十一編冊三）　（清）俞　樾　台北：　新興　民國75年2月

《茶餘客話》（兩冊）　（清）阮葵生　台北：世界　民國52年4月　728面

《高齋漫錄一卷》　（宋）曾慥　《叢書集成新編》

《國故論衡》　章炳麟　台北：廣文　民國 60 年 4 月再版　216 面

《密齋筆記五卷、續記一卷》　（宋）謝伯采　《四庫全書》：子部

《常談一卷》　（宋）吳箕　《四庫全書》：子部

《張右史文集六十卷》　（宋）張耒　《四部叢刊初編》：集部（舊鈔本）

《惜抱軒全集、詩集十卷、後集十一卷、筆記八卷》　（清）姚鼐　《四部
　　備要》：集部

《捫虱新話八卷》　（宋）陳善　《叢書集成新編》

《晦庵先生朱文公集一百卷》　（宋）朱熹　《四部叢刊初編》：集部（明刊本）

《梁谿漫志十卷》　（宋）費袞　《四庫全書》：子部

《清波雜志十二卷》　（宋）周煇　《四庫全書》：《四部叢刊續編》：子部
　　（宋刊本）

《清波別志三卷》　（宋）周煇　《四庫全書》：子部

《清暑筆談一卷》　（明）陸樹聲　《叢書集成新編》

《深雪偶談》　（宋）方岳　台北：廣文　民國 60 年 9 月　24 面

《淮海集四十卷》　（宋）秦觀　《四部叢刊初編》：集部（明嘉靖本）

《習學記言五十卷》　（宋）葉適　《四庫全書》：珍本三集：子部

《野客叢書三十卷、附錄一卷》　（宋）王　楙撰輯　《叢書集成新編》

《桯史十五卷》　（宋）岳珂　《四部叢刊續編》：子部（元刊本）

《猗覺寮雜記二卷》　（宋）朱翌　《四庫全書》：子部

《寓簡十卷》　（宋）沈作喆　《四庫全書》：子部

《揮麈前錄四卷、後錄十一卷、三錄三卷、餘語二卷》　（宋）王明清　《四
　　庫全書》：子部

《朝野類要五卷》　（宋）趙昇　《四庫全書》：子部

《游宦紀聞十卷》　（宋）張世南　《四庫全書》：子部

《湘山野錄三卷》　（宋）文瑩　《四庫全書》：子部

《渭南文集五十卷》　（宋）陸游　《四部叢刊初編》：集部（（明）華氏活
　　字印本）

《焦氏筆乘正集六卷、續集八卷》　（明）焦竑輯　《叢書集成新編》

《畫墁錄一卷》　（宋）張舜民　《四庫全書》：子部

《紫薇詩話一卷》　（宋）呂本中　《四庫全書》：集部：詩文評類

《善誘文》（《筆記小說大觀》八編冊二）　（宋）陳錄編　台北：新興　民國 64 年 9 月

《萇楚齋隨筆　引用書目一卷、目錄一卷、隨筆十卷，二筆十卷、三筆十卷、四筆十卷、五筆十卷》　（清）劉聲木　台北：世界　民國 49 年 11 月

《貴耳集三卷》　（宋）張端義　《四庫全書》：子部

《雲谷雜記六卷》　（宋）張　淏　《叢書集成新編》

《雲麓漫抄十五卷》　（宋）趙彥衛　《四庫全書》：子部

《黃氏日抄九十四卷》　（宋）黃　震　《四庫全書》：珍本二集：子部

《愛日齋叢抄五卷》　（宋）葉□　《四庫全書》：子部

《敬鄉錄十四卷》　（元）吳師道輯　《四庫全書》：子部

《新唐書二百二十五卷》　（宋）宋　祈、歐陽脩等主編　《四部叢刊》：史部（百衲本廿四史）

《楓窗小牘二卷》　（宋）佚名　《四庫全書》：子部

《溫國文正司馬公集八十卷》　（宋）司馬光　《四部叢刊初編》：集部（（宋）紹興本）

《萬曆野獲編》　（清）沈德潛　台北：偉文　民國 69 年 9 月

《經進東坡文集事略》（上下兩冊）　（宋）蘇　軾撰、郎　曄注　台北：世界書局　民國 64 年 1 月再版　1000 面

《詩人玉屑二十卷、目錄一卷》　（宋）魏慶之　《四庫全書》：集部：詩文評類

《詩話總龜前集四十八卷、後集五十卷》　（宋）阮閱　《四庫全書》：集部：詩文評類

《道山清話一卷》　（宋）王暐（舊題）　《四庫全書》：子部

《鼠璞一卷》　（宋）戴植　《叢書集成新編》

《嘉祐集》（《四部備要》第 1927～1935 冊）　（宋）蘇洵　台北：中華書局　民國 54 年

《嘉祐集十五卷》　（宋）蘇洵　聚珍倣宋版 台北・中華書局

《對床夜話五卷》　（宋）范晞文　《四庫全書》：集部：詩文評類

《漁隱叢話前集六十卷、後集四十卷》　（宋）胡　仔　《四庫全書》：子部

《聞見近錄一卷》　（宋）王鞏　《四庫全書》：子部

《聞見後錄三十卷》　（宋）邵博　《四庫全書》：子部

《聞見錄二十卷》　（宋）邵伯溫　《四庫全書》：子部

《說詩晬語》　（清）沈德潛　《四部備要》：集部 台北：台灣中華書局

《賓退錄十卷》　（宋）趙與時　《叢書集成新編》

《齊東野語二十卷》　（宋）周密　《四庫全書》：子部

《歐陽文忠公文集一五三卷、附錄五卷》（宋）歐陽脩　《四部叢刊初編》：
　　集部（元刊本）

《澗泉日記三卷》　（宋）韓淲　《四庫全書》：子部

《談苑四卷》　（宋）孔平仲（舊題）　《四庫全書》：子部

《調燮類編四卷》　（宋）趙希鵠　《四庫全書》：子部

《餘師錄四卷》　（宋）王正德　文淵閣欽定《四庫全書》：子部 台北：台
　　灣商務印書館

《墨客揮犀十卷》　（宋）彭乘　《四庫全書》：子部

《墨莊漫錄十卷》　（宋）張邦基　《四庫全書》：子部

《蓼花洲閒錄一卷》　（宋）高文虎錄　《叢書集成新編》

《學齋佔畢四卷》　（宋）史繩祖　《四庫全書》：子部

《澠水燕談錄十卷》　（宋）王闢之　《叢書集成新編》

《獨醒雜志十卷》　（宋）曾敏行　《四庫全書》：子部

《豫章黃先生文集三十卷》　（宋）黃庭堅　《四部叢刊初編》：集部（嘉
　　興沈氏藏宋本）

《隨手雜錄一卷》　（宋）王鞏　《四庫全書》：子部

《隨園詩話十六卷、補遺十卷》（二冊）　（清）袁　枚　台北：廣文 民國
　　60年9月

《龍川略志、龍川別志》（唐宋史料筆記叢刊 7）　（宋）蘇　轍撰　俞宗
　　憲點校　北京：中華書局　西元1982年　104面

《優古堂詩話一卷》　（宋）吳开　《四庫全書》：集部：詩文評類

《濟北晁先生雞肋集七十卷》　（宋）晁補之　《四部叢刊初編》：集部（明
　　刊本）

《濟南集八卷》　（宋）李廌　《四庫全書》：珍本別輯：集部
《避暑錄話二卷》　（宋）葉夢得　《四庫全書》：子部
《雞肋編三卷》　（宋）莊季裕　《四庫全書》：子部
《藝概》　（清）劉熙載　台北：華正書局　民國77年　184面
《識遺十卷》　（宋）羅璧　《四庫全書》：子部
《嬾真子五卷》　（宋）馬永卿　《四庫全書》：子部
《蘇東坡全集七種》　（宋）蘇軾　台北：世界書局　民國78年10月六版
　　上冊674面、下冊781面
《蘇轍集》（共4冊）　高秀芳、陳宏夫點校　北京：中華書局　西元1980
　　年8月1413面
《續資治通鑑二二〇卷》　（清）畢沅　《四部備要》：史部 台北：中華書局
《續資治通鑑長編五百二十卷》　（宋）李燾　《四庫全書》：史部
《蠡勺編四十卷》　（清）凌揚藻　《叢書集成新編》
《辯言一卷》　（宋）員興宗纂　《叢書集成新編》
《鐵圍山叢談二卷　（宋）蔡絛　《四庫全書》：子部
《鶴林玉露十六卷》　（宋）羅大經　《四庫全書》：子部
《巖下放言三卷》　（宋）葉夢得　《四庫全書》：子部
《欒城遺言》（文津閣《四庫全書》第286冊）　（宋）蘇籀　北京：商務
　　印書館　西元2005年　800面

二、近人專著

《三蘇文研究》　陳雄勳　台北：三民　民國76年6月　345面
《三蘇文選》　梁志鴻校、葉玉麟注　台北：河洛　民國69年8月　136面
《三蘇文選校箋評》　陳雄勳　台北：世界　民國58年12月　146面
《三蘇文選評解》　陳雄勳　台北：世界　民國56年4月　184面
《三蘇文藝思想》　曾棗莊　成都：四川文藝出版社　西元1985年10月
　　324面
《三蘇年譜彙證》　易蘇民　台北：大學文選社　民國58年3月　105面
《三蘇著述考》　易蘇民　台北：大學文選社　民國58年4月　69面

《中國八大散文家》　蔡忠義　台北：南京　民國 66 年 12 月　216 面

《中國十大散文家》　丁志堅　台北：順風　民國 56 年 8 月　116 面

《中國文學八論・(2)中國散文概論》　方孝岳　台北：文馨　民國 64 年 10 月　41 面

《中國文學史》（簡本）　李曰剛　台北：師範大學　民國 57 年 11 月　129 面

《中國文學批評論集》　張健　台北：天華　民國 68 年 6 月　342 面

《中國文學欣賞舉隅》　傅庚生　台北：國文天地　民國 78 年 4 月　228 面

《中國文學家列傳》　楊蔭深　台北：台灣中華　民國 58 年 10 月再版　498 面

《中國文學散論》　張健　台北：台灣商務　民國 57 年 5 月　134 面

《中國文學與思想散論》　張健　台北：台灣商務　民國 61 年 1 月 2 版　164 面

《中國文學論集》　徐復觀　台中：民主評論社　民國 55 年 3 月　362 面
附錄：林語堂的〈蘇東坡與小二娘〉　頁 350～362

《中國散文之面貌》　張高評　台北：中央文物供應社　民國 73 年 5 月　237 面

《中國散文史》　陳柱　台北：台灣商務印書館　民國 69 年 8 月　315 面

《中國散文論》　方孝岳　台北：清流　民國 60 年 11 月　126 面

《中國散文藝術論》　李正西　台北：貫雅文化　民國 80 年 1 月　313 面

《文心雕龍校註》　楊明照校註　台北：河洛　民國 65 年 3 月　469 面

《文章例話》　周振甫　北京：中國青年出版社　西元 1983 年 12 月　508 面

《文藝史話及批評》　左舜生　台北：文星　民國 55 年 6 月　171 面
冊一〈蘇氏三父子〉　頁 61～68

《文體論纂要》　蔣伯潛　台北：正中　民國 48 年 7 月臺一版　220 面

《北宋文學批評資料彙編》　黃啟方編輯　台北：成文　民國 67 年 9 月　322 面

《古文淵鑑》（《四庫全書》薈要 423～424）　徐乾學等編注　台北：世界書局　民國 75 年（影印本）

《古文通論（三冊）金仞千、馮書耕　台北：中華叢書編審委員會　民國 56 年 6 月　1893 面

《古文評註全集》　過商侯編著　台北：宏業　民國 68 年 10 月再版　872 面

《古文辭類纂評註》（四冊）　王文濡校註　台北：台灣中華　民國 56 年 4 月台一版

《古代名家寫作技巧漫談》　周振甫等　台北：木鐸　民國 76 年 7 月　232 面

《古代散文文體散論》　陳必祥　台北：文史哲 民國76年10月2版　261面
《古詩文詩詞例話》　成九田、路燈照　台北：台灣商務　民國76年10月　217面
《正續文章軌範》　鄒守益、謝疊山批選　台北：廣文　民國59年12月 657面
《全宋詞》（冊一）　唐圭璋編　北京：中華書局　西元1965年6月、1988年3月
《字句鍛鍊法》　黃永武　台北：洪範　民國79年12月增訂7版　327面
《吳評古文辭類纂》（六冊）　吳闓生集評　台灣：中華書局　民國64年4月
《宋人生卒考示例》　鄭騫　台北：華世　民國66年1月　162面
《宋人所撰三蘇年譜彙刊》　王水照編　上海：上海古籍出版社　西元1989年11月 450面
《宋人軼事彙編》（二冊）　丁傳靖輯　台北：順風　民國71年9月　1160面
〈三蘇〉下冊：卷十二　頁585～646
《宋人傳記索引》　青山定雄主編　日本：東洋文庫　西元1968年12月 274面
《宋人傳記資料索引》（第五冊）　昌彼得等編　台北：鼎文　民國65年12月　頁3625～4509
《宋元明文評註讀本》　王文濡　台北：廣文　民國70年　294面
《宋代文學與思想》　台大中研所主編　台北：台灣學生　民國78年8月 770面
甲編：文學類
〈從蘇、王、邵三個家族來推論辨姦論之作者〉　王保珍　頁111～171
乙編：思想類
〈東坡易傳之思想及朱熹之評議〉　林麗真　頁627～667
《宋代人物與風氣》　禚夢庵　台北：台灣商務 民國59年12月　192面
《宋代古文運動探賾》　吳必德　台北：瑞成　民國57年4月　126面
《宋金四家文學批評研究》　張健　台北：聯經　民國64年5月　409面
《宋詩話考》　郭紹虞　台北：漢京文化　民國72年1月　221面
《兩宋文史論叢》　黃啟方編輯　台北：學海　民國74年10月　613面

〈北宋的文論與詩詞論〉　頁 1～79
《兩宋文學研究》　楊志莊　台北：台灣商務　民國 62 年 12 月　214 面
《東坡文論叢》（蘇軾研究論文集—第四輯）　蘇軾研究學會編　成都：四川文藝出版社　西元 1986 年 3 月　175 面
《東坡研究論叢》（蘇軾研究論文集—第三輯）　蘇軾研究學會編　成都：四川文藝出版社　西元 1983 年 3 月　257 面
《東坡評傳》　石朝儀　台北：文史哲　民國 63 年 9 月　67 面
《東坡逸事》　沈宗元輯　台北：廣文　民國 76 年 3 月再版　66 面
《重編宋元學案》（四冊）　李心莊、陳叔諒重編　台北：國立編譯館出版、正中書局印行　民國 65 年 3 月台五版　1142 面
《修辭析論》　董季棠　台北：益智　民國 74 年 11 月三版　445 面
《修辭學》　黃慶萱　台北：三民　民國 79 年 12 月增訂五版　626 面
《修辭學發凡》　陳望道　高雄：復文　民國 78 年 8 月再版　280 面
《唐宋八大家》　吳小林　合肥：黃山書社　西元 1990 年 10 月再版　288 面
《唐宋八大家文章精華》　熊禮匯、劉禹昌譯注　湖北：荊楚書社　西元 1985 年 5 月　823 面
《唐宋八大家評傳》　張樸民　台北：台灣學生　民國 63 年 4 月　179 面
《唐宋八家談文集》　李一之編著　台北：正中　民國 44 年 2 月　295 面
《唐宋古文研究》　李道英　北京：北京師大　西元 1992 年 5 月　324 面
《唐宋古文新探》　何寄澎　台北：大安　民國 79 年 5 月　297 面
《浪迹東坡路》　史良昭　上海：江蘇古籍出版社（香港：中華書局）　西元 1991 年 12 月　231 面
《散文研究》　季薇　台北：益智　民國 55 年 5 月　332 面
《散文結構》　方祖燊、邱燮友　台北：蘭臺三版　民國 59 年　369 面
《散文論》　林非　湖北：華中師範大學出版社　西元 1992 年 4 月　184 面
《散文鑑賞入門》　魏怡　台北：國文天地　民國 78 年 11 月　196 面、附錄 48 面
《景午叢編》（下編）　鄭騫　台北：台灣中華　民國 61 年 3 月　462 面
〈朱熹八朝名臣言行錄的原本與刪節本〉　頁 268～283
〈蘇東坡的先世及其親屬〉　頁 284～290

〈蘇東坡的乳母與蘇子由的保母〉　頁 291～298

《評註文法津梁》　宋文蔚編　高雄：復文　民國 77 年 10 月　312 面

《詩文鑑賞方法二十講》　周振甫等　台北：木鐸　民國 76 年 7 月　158 面

《管艇書室學術論叢》　顧翊群　台北：三民　民國 62 年　205 面

《增補蘇東坡年譜會證》　王保珍　台北：台大文學院文史叢刊之 27　民國 58 年 8 月　249 面

《駢文與散文》　蔣伯潛　台北：世界　民國 72 年 12 月四版　236 面

《騁思樓隨筆》　邱言曦　台北：時報出版社　民國 67 年 7 月　214 面

《蘇東坡、黃山谷尺牘》　沈世伯校　台北：正文　民國 63 年　48 面

《蘇東坡生乎及其作品述評》　游國琛　台北：台灣商務　民國 71 年 12 月再版　172 面

《蘇東坡別傳》　陳香　台北：國家　民國 69 年　228 面

《蘇東坡的文學理論》　游信利　台北：台灣學生　民國 70 年 6 月　181 面

《蘇東坡筆記》　蕭屏東校注　長沙：湖南文藝出版社　西元 1991 年 8 月　272 面

《蘇東坡新傳》（兩冊）　李一冰　台北：聯經　民國 72 年 6 月　1030 面

《蘇洵及其政論》　徐琬章　台北：文津　民國 73 年 6 月　168 面

《蘇洵言論及其文學之研究》　謝武雄　台北：文史哲　民國 70 年 4 月　293 面

《蘇洵評傳》　曾棗莊　四川：四川人民出版社　西元 1983 年 5 月　256 面

《蘇軾文學論集》　劉乃昌　山東：齊魯書社　西元 1982 年 4 月　268 面

《蘇軾思想探討》　凌琴如　台北：台灣中華　民國 53 年 3 月　276 面

《蘇軾著作版本論叢》　劉尚榮　成都：巴蜀書社　西元 1988 年 3 月　232 面

《蘇軾評傳》　曾棗莊　四川：四川人民出版社　西元 1981 年　322 面

《蘇軾評傳》　劉維崇　台北：黎明　民國 67 年　309 面

《蘇軾傳記研究》　費海璣　台北：台灣商務　民國 58 年 11 月　88 面

《蘇軾與道家道教》　鍾來因　台北：台灣學生　民國 79 年 5 月　522 面

《蘇軾論文藝》　顏中其　北京：北京出版社　西元 1985 年 5 月　312 面

《蘇軾選集》　王水照選注　台北：群玉堂　民國 80 年 10 月　538 面

三、學位論文

《北宋古文運動》　何寄澎　台大中研　民國 73 年　博　468 面
《宋代山水遊記研究》　陳素貞　師大國研　民國 75 年　碩　208 面
《東坡在詞風上的承繼與創新》　郭美美　師大國研　民國 79 年　碩　228 面
《東坡黃州詞研究》　林玫玲　台大中研　民國 75 年　碩　204 面
《東坡黃州經驗之探討》　蔡秀玲　輔大中研　民國 79 年　碩　261 面
《東坡瓊州詩研究》　林採梅　東吳中研　民國 76 年　碩　246 面
《蘇東坡文學之研究》　洪瑀欽　文化中研　民國 66 年　博　426 面
《蘇東坡散文研究》　彭珊珊　東吳中研　民國 74 年　碩　256 面
《蘇東坡與秦少游》　何金蘭　台大中研　民國 59 年　碩　134 面
《蘇軾之生平及其文學》　江正誠　台大中研　民國 60 年　碩　284 面
《蘇軾文論及其散文藝術研究》　黃美娥　師大國研　民國 78 年　碩　210 面
《蘇軾生平及其嶺南詩研究》　張尹炫　成大史語　民國 78 年　碩　335 面
《蘇軾政治生涯與文學的關係》　陳英姬　師大國研　民國 78 年　博　378 面
《蘇軾記遊散文之研究》　高顯瑩　東吳中研　民國 80 年　碩　125 面
《蘇軾黃州詩研究》　羅鳳珠　師大國研　民國 77 年　碩　307 面
《蘇軾與莊子——東坡文學作品中的莊子思想》　劉智濬　輔大中研　民國 75 年　碩　139 面
《蘇軾嶺南詩論析》　劉昭明　師大國研　民國 78 年　碩　409 面
《蘇軾辭賦研究》　朴孝錫　東海中研　民國 78 年　碩　165 面
《蘇轍文學研究》　高光惠　台大中研　民國 77 年　碩　273 面

四、期刊論文

〈「石鐘山記」疑析〉　蕭德君　《四川師院學報》》　西元 1980 年 2 期 頁 89
〈「赤壁懷古」異文淺解〉　楚莊　《河北師院學報》　西元 1983 年 3 期 頁 76～77
〈「蘇老泉就是蘇東坡」小議〉　聞虞　《南京師院學報》　西元 1979 年第 4 期 頁 96

〈「八大家」之名始於明〉　王基倫　《中央日報》〈長河版〉　民國 78 年
　　11 月 27 日

〈三蘇文章天下讀〉　龔　弘　《中央日報》〈長河版〉　民國 78 年 7 月

〈三蘇的文學天地〉　王保珍　《國文天地》：6：12 頁 42～47　民國 80
　　年 5 月

〈三蘇的文學思想〉　蘇雨　《建設月刊》：12：7 頁 40～41　民國 52 年
　　12 月

〈三蘇學養之關連性〉　謝武雄　《台中師專學報》10 期 頁 15～48　民國
　　70 年 6 月

〈三蘇學養探源〉　黃淑賢　《新埔學報》2 期 頁 15～83　民國 65 年 3 月

〈「千古文章四大家」是誰？〉　吳立甫　《中央日報》〈長河版〉　民國 79
　　年 6 月 27 日

〈子瞻子由兄弟離別次第考〉　易蘇民　《實踐家政學報》1 期 頁 133～160
　　民國 57 年 3 月

〈中國文學流變〉　孫云遐　《銘傳學報》2 期 頁 147～161　民國 54 年 3
　　月

〈中國知識分子熱衷提攜後進〉　何石松　《中央日報》〈長河版〉　民國
　　78 年 6 月 20 日

〈中國散文〉　錢穆講：孫鼎辰述　《人生》268 期 頁 20～24　民國 51
　　年 1 月

〈中國散文史〉　王建生　《東海中文學報》九期 頁 33～96　民國 79 年 7 月

〈中國散文的進展〉　程兆熊　《大學生活》：3：3 頁 4～15　民國 46 年 7 月

〈天容海色一東坡〉　張垣鐸　《台南工專學報》一期 頁 14～28　民國 68
　　年 12 月

〈「文理自然姿態生」──蘇軾遊記散文藝術談〉　馬承五　《華中師大學
　　報》　西元 1986 年 1 期 頁 71～76

〈以古為鏡知興替──談蘇洵的六國論〉　江煜坤　《中央日報》〈中學國
　　語文版〉　民國 80 年 3 月 19 日

〈如何評價蘇軾〉　王季思　《學術研究》　西元 1984 年六期 頁 101

〈老泉、東坡贅語〉　周本淳　《南京師院學報》(社會科學版)　西元 1979年第 4 期 頁 97

〈「艾子」是蘇軾的作品〉　孔凡禮　《文學遺產》　西元 1985 年 3 期 頁 39～42

〈「余自齊安舟行至臨汝」的有關資料〉　袁東升　《山西師院學報》(哲學社曾科學版)　西元 1983 年 39 期 頁 90～91

〈宋元明清文論〉　張　須　《國文月刊》55 期　民國 36 年 5 月　(收入《中國文學史論文選集》冊 4　頁 1327～1334)

〈宋代文豪蘇東坡〉　黃樂清　《建設》：29：5 頁 27～35　西元 1980 年 10 月

〈宋代古文運動之發展研究〉　金中樞　《新亞學報》：5：2　民國 52 年 8月(收入《中國文學史論文選集》冊 4 頁 1335～1385)

〈宋代散文簡論〉　張志烈　《四川大學學報》(哲學社會科學版)1979：1期 頁 98～108

〈宋刊施顧註蘇東坡詩要旨〉　鄭騫　《書和人》211 期 頁 5～6　民國 62年 5 月 26 日

〈宋刊施顧註蘇東坡詩概述〉　鄭騫　《中央圖書館館刊》：3：1 頁 10～15　民國 59 年 1 月

〈我國古代的哲理散文〉　林祖亮　《青年戰士報》10 版　民國 68 年 8 月 25 日

〈我國的散文〉　潘重規　《中國一周》453 期 頁 6～7　民國 47 年 12 月

〈李斯諫逐客書及蘇洵六國論立意論〉　楊鴻銘　《孔孟月刊》：25：11 頁 52～53　民國 76 年 7 月

〈赤壁賦的人生悲感與宇宙情懷〉　王邦雄　《國文天地》：3：4 頁 16　民國 76 年 9 月

〈兩漢散文的演變〉　臺靜農　《大陸雜詩》：5：6 頁 1～5　民國 41 年 9 月

〈東坡文學之分析研究〉　黎淦林　《文學世界》45 期 頁 10～14　民國 54 年 3 月

〈東坡文講錄〉　錢基博講 吳忠匡記　《四川大學學報叢刊》第 6 輯 頁 3～9　西元 1980 年 11 月

〈東坡先生在宜興補記〉　蔭祥　《江蘇文物》：3：4／5　頁 17～21　民國 68 年 11 月

〈東坡在儋耳〉　王彥　《中華詩學》：4：1　頁 15～18　民國 59 年 12 月

〈東坡志林初探〉　周先慎　《北京大學學報》　西元 1982 年 2 期（總 90 期）　頁 69～80

〈東坡居士──蘇軾〉　孫甄陶　《今日世界》16 期　頁 10～11　西元 1952 年 11 月

〈東坡居士遺事〉　林葱　《台中商專學報》10 期　頁 73～87 民國 67 年 6 月

〈東坡喜愛陶淵明〉　鮑霖　《書和人》326 期　頁 1～8　民國 66 年 11 月 26 日

〈東坡傳〉　王建生　《中國文化月刊》135 期 頁 36～56　民國 80 年 1 月

〈東坡遺事〉　憶清　《四川文獻》159 期 頁 59～63　民國 65 年 6 月

〈東坡禪偈傳〉　清風　《獅子吼》：16：7 頁 20～21　民國 66 年 7 月

〈東坡謫居黃州後的心境〉　蔡英俊　《鵝湖月刊》：2：4 頁 50～52 民國 65 年 10 月

〈林著宋譯蘇東坡傳的欣賞與補正〉　王保珍　《書評書目》55 期 頁 18～27　民國 66 年 11 月

〈林語堂著宋碧雲譯蘇東坡傳質正〉　張之淦　《大陸雜誌》：55：6 頁 1～23　民國 66 年 12 月

〈知遇（蘇洵得歐陽脩）〉　王靜芝　《中華日報》11 版　民國 67 年 12 月 17 日

〈「後赤壁賦」之探討〉　鄭圓鈴　《明道文藝》97 期　頁 120～128　民國 73 年 4 月

〈為蘇軾鳴不平〉　陳又鈞　《湘潭大學學報》　西元 1979 年第 1～2 期 頁 113～115、117

〈唐宋八大家散文〉　王更生　《書和人》616 期 頁 1～2、66～67　民國 78 年 3 月 11 日

〈唐宋古文八大家名稱由來〉　王基倫　《中央日報》〈長河版〉　民國 78 年 10 月 11 日

〈唐宋古文運動之文統觀〉　何寄澎　《中外文學》：14：1　頁 4～28　民
　　國 74 年 6 月

〈徐州舊府署內一位大文豪——蘇東坡〉　錢用和　《暢流》：6：5　頁 14
　　～15　民國 41 年 10 月

〈「烏臺詩案」新勘〉　陶道恕　《文學遺產增刊》　西元 1982 年 2 月 14
　　期　頁 290～317

〈「留侯論」的文章風格〉　適生　《國文天地》：3：11　頁 96～98　民國
　　74 年 9 月

〈記東坡先生與吳復古〉　陳瞻園　《中華詩學》：3：6　頁 52～54 民國 59
　　年 11 月

〈討論蘇軾的文藝思想〉　曹學偉　《四川大學學報叢刊》第 6 輯　頁 67～
　　71　西元 1980 年 10 月

〈討論蘇軾的政治態度和文學成就〉　馬積高　《湖南師院學報》　西元
　　1978 年 3 期　頁 73～85、91

〈討論蘇軾雜誌文的創作藝術〉　晦　之　《江漢學報》　西元 1962 年 4
　　期　頁 33～40

〈閃耀著哲理光輝的論說文談蘇軾的「日喻」〉　徐中玉　《名作欣賞》　西
　　元 1982 年 4 期（總 11 期）　頁 14～15

〈從「毗陵易傳」看蘇軾的世界觀〉　曾棗莊　《四川大學學報叢刊》第 6
　　輯　頁 59～66　西元 1980 年 11 月

〈從歐、蘇、王關係談史乘謬誤〉　姚秀彥　《中央日報》9 版　民國 55
　　年 8 月 20～21 日

〈從蘇東坡與佛印談起〉　王熙元　《慧炬》133 期　頁 41～47　民國 64
　　年 4 月

〈終古相伴海與山——蘇東坡和王安石的人和文〉　高大鵬　《書評書目》
　　75 期　頁 110～114 民國 68 年 7 月

〈郭沫若與蘇東坡〉　王錦厚、伍家倫　《武漢大學學報》　西元 1980 年
　　3 期　頁 75～80

〈陰陽剛柔與古文 8 境淺釋〉　柳作梅　《圖書館學報》11 期　頁 355～362
　　民國 60 年 6 月

〈幾位北宋文人的男女關係（蘇東坡與王子霞、秦少游與李師師）　樸人
　　《自由談》：21：3 頁 11～14 民國 59 年 3 月

〈「循環之理，無往而不自得」，──略談蘇軾的世界觀及其人生態度〉　邱
　　俊鵬　《四川大學學報叢刊》第 6 輯 頁 51～68　西元 1980 年 11 月

〈散文的定義與品類〉　尹雪曼　《中華文藝復興月刊》：22：9 頁 19～23
　　民國 78 年 9 月

〈散文的界說與欣賞〉　落蒂　《中華文藝》139 期 頁 182～190　民國
　　71 年 9 月

〈散文的深度、廣度、密度、及其他（上）〉　丁　平　《內明》24 期 頁 32
　　～36　西元 1974 年 3 月

〈散文的深度、廣度、密度、及其他（下）〉　丁　平　《內明》25 期 頁 28
　　～31　西元 1974 年 4 月

〈散文概述〉　黃麗貞　《中華文化復興月刊》：9：3 頁 78～82　民國 65
　　年 3 月

〈散文的修辭特質〉鄭明娳　《自由青年》：81：4 頁 70～73 民國 78 年 4 月

〈評蘇軾的政治態度和政治詩〉　王水照　《文學評論》　西元 1978 年第
　　3 期 頁 42～50、71

〈「黃州快哉亭記」試析〉　林元貞　《明道文藝》118 期 頁 28～31　民國
　　75 年 1 月

〈試論我國散文的源流〉　尹雪曼　《中華文藝復興月刊》：22：8 頁 17～
　　20　民國 78 年 8 月

〈試論詞人蘇軾〉　孫民　《瀋陽師院學報》（哲學社會科學版）　西元 1983
　　年 3 期 頁 46～51

〈賈誼過秦論、范仲淹岳陽樓記、蘇洵六國論及方孝孺指喻點睛論〉　楊鴻
　　銘　《孔孟月刊》：26：12　頁 46～47　民國 77 年 8 月

〈歌迷蘇軾〉　林蔥　《藝文志》149 期 頁 60～62　民國 67 年 2 月

〈漫長而開闊的大路〉　季薇　《文學思潮》7 期 頁 159～169　民國 69
　　年 7 月

〈管窺「留侯論」的寫作技巧〉　黃瑞枝　台北：《中國語文》：57：3 頁
　　45～51　民國 74 年 9 月

〈與君世世爲兄弟──論東坡作品中的手足情深〉　廖振富　《台中商專學報》22 期 頁 157，168　民國 79 年 6 月

〈劉貢父與蘇東坡〉　王光儀　《中國時報》6 版　民國 47 年 5 月 3 日

〈寫我畫意、體物傳神──蘇軾美學思想札記之一〉　周谷鍇　《四川大學學報叢刊》15 輯 頁 82～89　西元 1980 年 5 月

〈影印宋刊施顧註蘇東坡詩說明〉　嚴一萍　《書和人》211 期 頁 7～8　民國 62 年 5 月 26 日

〈影印宋刊施顧註蘇東坡詩緣起〉　翁萬戈　《書和人》211 期 頁 6～7　民國 62 年 5 月 26 日

〈影響蘇東坡最大的四位女性〉　陳　香　《明道文藝》53 期 頁 47～51　民國 69 年 8 月

〈歐陽脩與三蘇的交誼（上）〉　江正誠　《藝文志》164 期 頁 38～42　民國 68 年 5 月

〈歐陽脩與三蘇的交誼（下）〉　江正誠　《藝文志》165 期 頁 28～32　民國 68 年 6 月

〈歐陽脩與散文中興〉　張　須　《國文月刊》76 期 民國 48 年 2 月　（收入《中國文學史論文選集》冊 4　頁 1387～1393）

〈談「蘇軾新論」〉　陳邇冬　《讀書》　西元 1983 年 6 月 6 期（總第 51 期）　頁 34～40

〈談中國古代散文的發達與楚辭文學的出現〉　洪順隆　《世界華學季刊》：3：1 頁 22～50 民國 71 年 3 月

〈談王文誥《蘇詩總案》札記〉　曾棗莊　《中華文史論叢》　西元 1983 年 8 月 3 卷（總 27）　頁 141～159

〈談散文（上）〉　洪順隆　《世界華學季刊》：3：2 頁 1～17　民國 71 年 6 月

〈談散文（下）〉　洪順隆　《世界華學季刊》：3：3 頁 36～59　民國 71 年 12 月

〈談談蘇軾和有關蘇軾的傳記〉　程之行　《出版與研究》53 期 頁 24～30　民國 68 年 9 月

〈誰是蘇老泉〉　毛一波　《聯合報》12 版　民國 64 年 2 月 20 日

〈論《莊子》對蘇軾藝術思想的影響〉　項　楚　《四川大學學報》　西元
　　1979 年第 3 期 頁 62～70　西元 1979 年

〈論「赤壁賦」〉　徐信義　《中國學術年刊》12 期 頁 291～305　民國 80
　　年 4 月

〈論「留侯論」〉　鄭力爲　《鵝湖月刊》：14：5 頁 26～29　民國 77 年 11 月

〈論中國散文之藝術特徵〉　王更生　《教學與研究》9 期 頁 35～61　民
　　國 76 年 6 月

〈論文雜記〉　劉申叔　《國粹學報》1～10 期　民國前 7 年　（收入《中
　　國文學史論文選集》冊一　頁 1～32）

〈論我國古今散文體類分合之價值原則及方法〉　王更生　《孔孟學報》54
　　期 頁 141～162 民國 76 年 9 月

〈論東坡之母程太夫人〉　黃振民　《教學與研究》8 期 頁 1～12　民國
　　75 年 6 月

〈論蘇軾和他的創作〉　周先愼　《四川大學學報》　西元 1958 年 1 期 頁
　　77～86

〈論蘇軾的「文理自然姿態橫生」說〉　徐中玉　《社會科學戰線》　西元
　　1981 年 10 月 4 期 頁 241～248

〈論蘇軾的「自是 1 家」說〉　徐中玉　《學術月刊》（總 144 期）　頁 58
　　～64 西元 1981 年 5 月

〈論蘇軾的文藝批評觀〉　徐中玉　《華東師範大學》　西元 1980 年 6 期 頁
　　25～32

〈論蘇軾政治主張的一致性〉　曾棗莊　《文學評論叢刊》　西元 1979 年
　　3 月 3 輯 頁 233～251

〈論蘇軾政治思想的發展兼駁羅思鼎的謬論〉　朱靖華　《歷史研究》　西
　　元 1978 年第 8 期 頁 78～85

〈論蘇軾對儒釋融合立場及對釋道（教）之不同取捨〉　劉　石　《四川大
　　學學報叢刊 38 輯 頁 109～115 西元 1988 年 4 月

〈論蘇軾與理學之爭〉　金諍　《學術月刊》189 期 頁 61 西元 1985 年 2 月

〈論蘇軾議論文的寫作特色〉　李菁　《文學遺產》　西元 1985 年 2 期 頁
　　76～85

〈論蘇轍的養氣說〉　陸德陽　《華東師大學報》(哲學社曾科學版)　西
　元 1990 年 1 期 頁 72～79

〈論佛老思想對蘇軾文學的影響〉　劉乃昌　《四川大學學報叢刊》第 6
　輯 頁 76～82　西元 1980 年 11 月

〈論蘇軾的政治革新主張〉　曾棗莊　《社會科學研究》　西元 1980 年 32
　期 頁 72～77

〈墨竹畫大家文同與蘇軾〉　方延豪　《藝文志》147 期 頁 58～60　民國
　66 年 12 月

〈潁濱遺老蘇子由〉　張樸民　《反攻》389 期 頁 8～11　民國 63 年 8 月

〈簡論我國散文的立體、命名與定義〉　王更生　《孔孟月刊》：25：11 頁
　39～44　民國 76 年 7 月

〈懷才不遇的蘇老泉〉　張樸民　《反攻》381 期 頁 8～11　民國 62 年 12 月

〈關於蘇軾《與滕達道書》的繫年和主旨問題〉　王水照　《文學評論》第
　1 期 頁 58～64　西元 1981 年

〈關於蘇軾的文學評價問題〉　王孟白　《北方論叢》　西元 1981 年 3 月
　2 期(總 46 期) 頁 55～63

〈關於蘇軾書簡版本的一點資料〉　孔凡禮　《文學評論》　西元 1981 年
　6 期 頁 82

〈蘇子由怎樣治理全國〉　費海璣　《再生》：6：7 頁 23～24　民國 65 年
　7 月

〈蘇氏三傑〉　江　浪　《海風》：2：6 頁 8～9　民國 46 年 6

〈蘇老泉叫東坡問題〉　叢靜文　《自立晚報》9 版　民國 59 年 8 月 6 日

〈蘇老泉其人其書〉　陳宗敏　《中華文化復興月刊》：6：12 頁 44～46　民
　國 62 年 12 月

〈蘇老泉是蘇東坡補證〉　劉法綏　《南京師院學報》　西元 1979 年 4 期 頁 95

〈蘇老泉就是蘇東坡〉　周本淳　《南京師院學報》(社會科學版)　西元
　1979 年第 2 期 頁 63、96

〈蘇東坡〈超然臺〉題名小記〉　吳夢麟、徐自強　《文物》　西元 1979
　年 6 期 頁 70～71

〈蘇東坡三殺三宥〉　孟公　《大陸雜誌》：2：7 頁 14 民國 40 年 4 月

〈蘇東坡月夜採石鐘〉　沙宗獄　《書林》　西元 1981 年 6 月 3 期（總 11 期）　頁 22

〈蘇東坡生辰考〉　易蘇民　《實踐家政學報》2 期　頁 169～183　民國 58 年 3 月

〈蘇東坡在杭州〉　朱宏達　《杭州大學學報》　西元 1979 年 4 期　頁 54，62

〈蘇東坡在海南〉　王萬福　《廣東文獻》：7：2　頁 62～65　民國 66 年 6 月

〈蘇東坡在御史臺獄〉　劉昭明　《國文天地》：4：12　頁 56～61　民國 78 年 5 月

〈蘇東坡在廣東合浦〉　周勝皋　《書和人》554 期　頁 1～4　民國 75 年 10 月 11 日

〈蘇東坡年譜（1036～1101 年）〉　周憲文　《四川文藝》179 卷　頁 60～65　民國 70 年 7 月

〈蘇東坡肚子裡的禪宗骨董〉　融熙　《人生》：7：7　頁 15～16　民國 43 年 3 月

〈蘇東坡尚友陶靖節〉　吳頤平　《輔仁學誌》（文學院）9 期　頁 281～290　民國 69 年 6 月

〈蘇東坡的「超然臺」〉　臧克家　《文物》　西元 1978 年第 10 期　頁 78～80

〈蘇東坡的人生觀〉　費海璣　台北：《幼獅月刊》：26：3　頁 16～20　民國 56 年 9 月

〈蘇東坡的文學評論〉　陳宗敏　《中華文化復興月刊》：7：6　頁 54～55　民國 63 年 6 月

〈蘇東坡的生平事蹟〉　陳宗敏　《花蓮師專學報 5 期　頁 289～315　民國 62 年 6 月

〈蘇東坡的多彩多姿生活〉　陳香　《明道文藝》18 期　頁 54～62　民國 66 年 9 月

〈蘇東坡的性格與人格〉　陳宗敏　《中華文化復興月刊》：6：4　頁 61～66　民國 62 年 4 月

〈蘇東坡的詩及其為人性格〉　羅靜之　《華學月刊》109 期　頁 48～57　民國 70 年 1 月

〈蘇東坡的謫居生活〉　陳宗敏　《書和人》369 期 頁 1～7　民國 68 年 7 月 28 日

〈蘇東坡評傳〉　方延豪　《中華文化復興月刊》：14：1 頁 71～76　民國 70 年 1 月

〈蘇東坡評傳〉　梁容若　《文壇》65 期 頁 18～24 民國 54 年 11 月

〈蘇東坡集訂誤舉隅〉　吳雪濤　《河北師大學報》　西元 1984 年 2 期（總第 24 期）頁 61～71

〈蘇東坡黃州謫居和寒食詩卷書誌〉　趙　明　《新竹師專學報》6 期 頁 173～211　民國 69 年 6 月

〈蘇東坡感恩知遇哭神宗〉　陳應龍　《藝文志》49 期 頁 36～37　民國 58 年 10 月

〈蘇東坡與佛道之關係（上）〉　曹樹銘　《中央圖書館館刊》：3：2 頁 7～21 民國 59 年 4 月

〈蘇東坡與佛道之關係（下）〉　曹樹銘　《中央圖書館館刊》：3：3、4 頁 34，55 民國 59 年 10 月

〈蘇東坡與其堂妹〉　林語堂　《天風月刊》　西元 1952 年 5 月 2 期 頁 2～8

〈蘇東坡與杭州〉　戴樸安　《浙江月刊》：10：1 頁 17～20 民國 67 年 1 月

〈蘇東坡與南海〉　林斌　《暢流》：38：5 頁 16～18　民國 57 年 10 月

〈蘇東坡與海南島〉　慕容欣　《東方雜誌優利》：17：6 頁 66～69　民國 72 年 12 月

〈蘇東坡與黃山谷詩文論譾析〉　林嵩山　《花蓮師專學報》13 期 頁 207～216　民國 71 年 10 月

〈蘇門（河南省）及其門派〉　孫秉傑　《暢流》：40：8 頁 13～17　民國 58 年 12 月

〈蘇洵〈辨奸論〉真偽考〉　曾棗莊　《四川大學學報叢刊》：15 輯 頁 109～116　西元 1982 年 9 月

〈蘇洵之文論〉　黃盛雄　《靜宜學報》2 期 頁 133～154 民國 68 年 6 月

〈蘇洵之生平及其著作考述〉　謝武雄　《警專學報》創刊號：1：1 頁 283～303　民國 77 年 6 月

〈蘇洵六國論等文修辭論〉 楊鴻銘 《孔孟月刊》：29：4 頁 45～47 民
　國 79 年 12 月

〈蘇洵六國論節奏論〉 楊鴻銘 《孔孟月刊》：26：9 頁 46～47 民國 77
　年 5 月

〈蘇洵及其「嘉祐集」〉 陸以霖 《出版與研究》21 卷：第 8 版 民國 67
　年 5 月

〈蘇洵及其辨姦論〉 吳武雄 《台中商專學報》24 期 頁 379～402 民國
　81 年 6 月

〈蘇洵文章結構之探究〉 謝武雄 《靜宜學報》4 期 頁 63～89 民國 70
　年 6 月

〈蘇洵年譜〉 曾棗莊 《四川師院學報》（哲學社會科學版） 西元 1981
　年 4 期 頁 73～85

〈蘇洵詩文繫年〉 曾棗莊 《四川師院學報》（哲學社會科學版） 西元
　1983 年 3 期 頁 75～82、103

〈蘇洵與北宋古文革新運動〉 曾棗莊 《四川師院學報》（哲學社會科學
　版） 西元 1981 年 1 期 頁 70～75

〈蘇軾、蘇轍集拾遺〉（永樂大典詩文輯佚之 3） 欒貴明 《文學評論》5
　期 頁 123～126 西元 1981 年 9 月

〈蘇軾「王氏生日致語口號」箋釋〉 張志烈 《四川大學學報叢刊》27
　輯 頁 44～49 西元 1985 年 3 月

〈蘇軾〈人情說〉述評〉 金靜 《四川大學學報叢刊》32 輯 頁 3～12 西
　元 1986 年 6 月

〈蘇軾〈與滕達道書〉是「纖悔書」嗎？〉 曾棗莊 《文學評論》 西元
　1980 年第 4 期 頁 117～122

〈蘇軾卜居宜興考〉 宗典 《中華文史論叢》 西元 1979 年第 1 輯 頁
　377～386

〈蘇軾文學論集評介〉 朱德才 《齊魯學刊》 西元 1985 年 5 月 3 期（總
　第 66 期） 頁 127

〈蘇軾出知定州前後〉 韓集廉 《河北師大學報》 西元 1986 年 4 期 頁
　20～26

〈蘇軾在宋代文學革新中的領袖地位〉姜書閣 《文學遺產》 西元 1986
年 3 期 頁 67

〈蘇軾民本、仁政思想及其淵源〉 夏露 《北京師大學報》 西元 1987
年 1 期 頁 45～51

〈蘇軾用 8 面受敵法研究歷史是怎麼回事〉 佩之 《歷史教學》 西元
1979 年 2 期 頁 40

〈蘇軾同王安石的交往〉 劉乃昌 《東北師大學報》 西元 1981 年 5 月
3 期（總 71 期） 頁 45～51

〈蘇軾在密州及徐州〉 江正誠 《暢流》：53：6 頁 17～20 民國 65 年 5 月

〈蘇軾在惠州〉 王志恒 《暢流》：40：11 頁 9～11 民國 59 年 1 月

〈蘇軾在瓊州的生活及創作〉 陳繼明 《中南民族學院學報》（哲學社會
科學版） 西元 1983 年 3 期 頁 110

〈蘇軾自號「鏖糟阪里陶靖節」〉 周正舉 《四川大學學報》（哲學社會科
學版） 西元 1986 年 2 期 頁 81～111

〈蘇軾事佛簡論〉 夏 露 《江漢論壇》 西元 1983 年 9 期 頁 58～62

〈蘇軾和〈石鐘山記〉〉 曾棗莊 《四川師範學報》 西元 1978 年 1 期 頁
76～83

〈蘇軾居儋之友生〉 冼玉清 《嶺南學報》：7：2 頁 57～72 西元 1947
年 7 月

〈蘇軾的「觀物必造其質」說──蘇軾如何認識觀察表現生活〉 徐中玉
《文藝理論研究》 西元 1987 年 4 期 頁 69～74

〈蘇軾的文藝思想〉 顧易生 《文學遺產》 西元 1980 年 2 期 頁 71～85

〈蘇軾的文藝觀〉 劉乃昌 《文史哲雙月刊》 西元 1981 年 3 期（總 144
期） 頁 36

〈蘇軾的古文〉 謙忍 《幼獅月刊》：38：6 頁 17～20 民國 62 年 12 月

〈蘇軾的政治思想和對待人民的態度〉 匡扶 《甘肅師大學報》 西元
1979 年 4 期 頁 50～58

〈蘇軾的政治思想和蘇詩的藝術成就〉 謝善繼 《江漢學報》 西元 1962
年 3 期 頁 27～38

〈蘇軾的書簡〈與鮮于子駿〉和〈江城子密州出獵〉〉　王水照　《學術月刊》180 期 頁 76　西元 1984 年 5 月

〈蘇軾的遊記文〉　王立群　《河南大學學報》（哲學社曾科學版）　西元 1986 年 2 期 頁 39～41

〈蘇軾政治思想管見〉　邱俊鵬　《四川大學學報》　西元 1979 年 4 期 頁 54～62

〈蘇軾是北宋詩文革新運動的真正完成者〉　朱靖華　《藝文志》　西元 1983 年 10 月 2 卷 頁 155～188

〈蘇軾美學思想管見〉　劉長久　《四川大學學報叢》刊第 6 輯 頁 72～75 西元 1980 年 11 月

〈蘇軾留侯論及教戰守策氣勢論〉　楊鴻銘　《孔孟月刊》：23：4 頁 50～51　民國 73 年 12 月

〈蘇軾留侯論評析〉　芷園　《中國語文》：35：2 頁 12～16　民國 63 年 8 月

〈蘇軾教戰守策正反論〉　楊鴻銘　《孔孟月刊》：23：8 頁 38～39　民國 74 年 4 月

〈蘇軾——陶淵明的異代知己〉　頤廬　《恒毅》：29：3 頁 30～31　民國 68 年 10 月

〈蘇軾創作思想中真有所謂「數學觀念」嗎？——向徐中玉先生求教〉　易重廉　《文學遺產》　西元 1982 年 12 月 4 期 頁 60～65

〈蘇軾評傳〉　宋丘龍　《中華文化復興月刊》：13：10　頁 64～68　民國 69 年 10 月

〈蘇軾黃庭堅詩歌理論之比較〉　周裕鍇　《文學評論》　西元 1983 年 7 月 4 期 頁 88～97

〈蘇軾傳神論美學思想的幾個特點〉　艾陀　《東北師大學報》　西元 1983 年 5 期（總第 85 期）　頁 9～17

〈蘇軾對北宋古文革新運動的貢獻〉　寧可　《四川師院學報》　西元 1978 年 4 期 頁 50～56

〈蘇軾疑辯之探索〉　陳雄勳　《中國工商學報》10 期 頁 55～56　民國 78 年 6 月

〈蘇軾稱謂考辨〉　周正舉　《四川大學學報叢刊》27 輯　頁 35～43　西元
　　1985 年 3 月

〈蘇軾與王安石變法〉　夏露　《華中師院學報 》　西元 1984 年 2 期　頁
　　73～80

〈蘇軾與海南動物〉　冼玉清　《嶺南學報》:9：1　頁 105～124　西元 1948
　　年 12 月

〈蘇軾與道潛〉　陳香　《東方雜誌復刊》:19：9　頁 76～78　民國 75 年 3 月

〈蘇軾談「錢」及其「了然」說〉　王夢鷗　《東方雜誌》:17：11　頁 26
　　～28　民國 73 年 5 月

〈蘇軾諷刺藝術及其淵源管窺〉　李博　《河南大學學報》(哲學社會科學
　　版)　西元 1986 年 2 期　頁 33～38

〈蘇軾關於散文創作的理論及實踐〉　柯大課、叢鑑　《文學評論叢刊》18
　　期　頁 148～163　西元 1983 年 10 月

〈蘇軾靈感論初探〉　金諍　《江淮論壇》　西元 1984 年 1 期　頁 111

〈蘇轍上樞密韓太尉書伏筆論〉　楊鴻銘　《孔孟月刊》:25：12　頁 41～
　　42　民國 76 年 8 月

〈蘇轍年譜〉　曾棗莊　《四川大學學報叢刊》21 輯　頁 25～57　西元 1983
　　年 11 月

〈蘇轍的生平及其作品（上）〉　陳宗敏　《書和人》318 期　頁 1～8　民國
　　66 年 8 月 6 日

〈蘇轍的生平及其作品（下）〉　陳宗敏　《書和人》319 期　頁 1～8　民國
　　66 年 8 月 20 日

〈蘇轍前赤壁賦比擬論〉　楊鴻銘　《孔孟月刊》:24：8　頁 42～43　民國
　　75 年 4 月

〈蘇轍黃州快哉亭記反覆論〉　楊鴻銘　《孔孟月刊》:30：11　頁 43～44　民
　　國 81 年 7 月

〈蘇轍對北宋文學的貢獻〉　曾棗莊　《四川師院學報》　西元 1984 年 4
　　期　頁 81～88

〈讀蘇東坡墓誌銘及宋史蘇軾傳札記〉　林政華　《書目季刊》:6：2　頁
　　94～96　民國 60 年 12 月

〈讀蘇軾文論札記〉　劉國珺　《南開學報》　西元 1984 年 3 月 2 期 頁
　　47～53
〈駢散論〉　萬子霖　《銘傳學報》2 期 頁 139～146　民國 54 年 3 月

附錄一　現存蘇洵著述考

　　蘇洵字明允，宋・眉州眉山人，生於真宗大中祥符二年，卒於英宗治平三年（西元 1009-1066 年）。因「少年不學」，「二十五歲，始知讀書，從士君子遊」，後感「困益甚」，遂「取古人之文而讀之」，方知「自以爲可矣」的想法有誤，「由是盡燒曩時所爲文數百篇」，等到讀益精，豁以明，始發意爲文。（引文俱出〈上歐陽內翰第一書〉）

　　三蘇父子同列唐宋古文八大家，但因老蘇起步稍晚，加上落筆謹嚴，所以傳世之作遠較軾、轍爲少。

　　民國五十八年四月所出版易蘇民先生之《三蘇著述考》（大學文選社），是國內第一本全面探討三蘇著作的專書，然其著力於將《書目叢編》（廣文書局）內，諸家藏書目錄、題識、或按語，凡有關蘇氏父子著述者，皆悉心地加以徵引轉錄，而對現存傳本，則僅大略羅列書目[1]，故本文擬就蘇洵現存之「洵文總集」、「三蘇合集」、「歷代選本」與「單行著作」四者，詳加考述。

---

[1]　《三蘇著述考》中，論及蘇洵著述及傳本者，見於頁 2 至頁 12、頁 56 至頁 59。此外，民國 77 年 6 月《警專學報創刊號》中，亦有謝武雄先生〈蘇洵之生平及其著作考述〉一文，其中「著作考述」部分（頁 292-299），幾乎全是易蘇民先生大作的迻錄。

一、洵文總集

　　歐陽脩《居士集》卷卅四〈故霸州文安縣主簿蘇君墓誌銘序〉：「有文集二十卷」，曾鞏《元豐類稿》卷四十一〈蘇明允哀詞〉：「明允所爲文集有二十卷，行於世」，張方平《樂全集》卷卅九〈文安先生墓表〉：「所著文集二十卷」；南宋晁公武《郡齋讀書志》卷四、陳振孫《直齋書錄解題》卷十七和馬端臨《文獻通考‧經籍考》，則著錄蘇洵文集均爲十五卷。《宋史》蘇洵本傳稱「有文集二十卷」，《宋史‧藝文志》則云：「蘇洵集十五卷，別集五卷。」

　　洵文總集，北宋時人皆作廿卷；然至南宋後，已顯見分歧，或十五卷、或十六卷，抑或分爲廿卷，亦有純依古文、或詩作編錄者。

　　(一)十五卷本

1.《嘉祐集》　　十五卷　　明校刊本　　四部備要‧集部

　　按：此書乃中華書局據明刻本校刊，由陸費逵總勘，高時顯、吳汝霖輯校；採聚珍仿宋版排印。

　　卷目是：卷一「幾策」，卷二、卷三「權書」，卷四、卷五「衡論」，卷六「六經論」，卷七「太玄論」、「太玄總例」，卷八「史論」，卷九至卷十二「書」，卷十三「譜」，卷十四「記銘贊說引墓誌祭文狀」，卷十五「雜詩」。

　　現今爲行文討論易便之故，特以此書爲底本。

2. 《嘉祐集》　十五卷　上海涵芬樓借無錫孫氏小綠天藏景宋巾箱本景印　商務印書館·四部叢刊·集部

按：此書與明校刊十五卷本之卷目篇目全同，唯卷十五「雜詩」中，最後九首詩（〈送陸權叔提舉茶稅〉至〈次韻和繕叔遊仲容西園〉）內容脫漏，僅目錄存之。此外，目錄第一頁、卷七第九頁、卷十五第六頁，俱缺。

另外，王雲五先生主編的萬有文庫第十二集，亦採十五卷本《嘉祐集》（民國廿八年十二月商務印書館簡編印行）。

3. 《重刊嘉祐集》　十五卷　明嘉靖壬辰十一年（1532）·太原府刊本

按：此集卷末附太原知府張鎧的識語，說明之所以重刊老蘇《嘉祐集》，主因「侍御南澧王公……獨喜是集，其氣昌、其論博、其文典，不泥古不襲今，沛然皆自肺腑流出，若郢匠運斤，不拘繩墨而自中法度，深有益於學者，按晉之暇手出是帙，命太原府翻刻，令闔省士子，人印一部，以相傳習。」而卷目篇目亦與明校刊十五卷本全同。

崇禎十年（1637）馬元調在〈重編嘉祐集敘〉中指出：「今世所流通乃嘉靖間知太原府張君鎧翻刻本，亦十五卷；然多所漏，如〈辨姦論〉，先生一生大節，張文定公特載〈墓表〉，而東坡恭攬涕泗，撰書稱謝，至比之林宗之知叔度。「洪範論」、「史論」七篇，嘗以呈內翰歐陽公，見所〈上田樞密書〉；張所刻僅「史論」二篇，多缺略。其他可考見者，如〈送吳侯職方赴闕引〉、〈賀歐陽樞密啟〉、〈謝相府啟〉，及〈小序〉，尚十餘篇，而太原本俱無之。疑非通考十五卷之舊。」

馬氏所云太原府張鎧翻刻本的缺失，正是十五卷《嘉祐集》的通病，不過缺漏雖多，卻無礙其等流傳之廣。

4.《嘉祐集》　十五卷・附錄一卷　明末鈔本・朱批

按：此集由清・乾隆進士李鼎元校正，明・萬曆進士吳姓抄錄。首抄《宋史》中之〈蘇洵傳〉，次錄歐陽脩於嘉祐五年所上之〈薦布衣蘇洵狀〉。

第八卷末註明「依沈碻士選本鈔補〈史論下〉、〈辨姦論〉一篇」。

第十三卷中增〈歐陽氏譜圖序〉一篇，註明「嘉祐集中原載，爲刊者割去，今補錄。」

「附錄」則收曾鞏、歐陽脩、韓琦、梅聖俞等人所作老蘇之墓誌銘、挽歌與哀詞。

(二)十六卷本

1.《蘇老泉先生全集》　十六卷　明刊本

按：此集較明校刊十五卷本，多了「洪範論」一卷；而在卷九「雜論」中，多〈制敵〉、〈辨姦〉兩篇；卷十五「雜文」中，多了〈題張僊畫像〉、〈送吳侯職方赴闕序〉、〈賀歐陽樞密啟〉、〈謝相府啟〉四篇；卷十六「雜詩」中，多〈香詩〉一首。

2.《嘉祐集》　十六卷・附錄二卷　《四庫全書》・集部別集類

按〈提要〉云：「今以徐本爲主，以邵本互相參訂，正其譌脫，亦有此存而彼逸者，並爲補入。」所謂「徐本」，即「徐乾學家傳是樓所藏《嘉祐新集》，卷末題紹興十年（1140）四月晦

日婺州州學雕」。而「邵本」則是「康熙間蘇州邵仁泓所刊《老泉先生集》，亦稱從宋本校正」。

《四庫全書》所收之《嘉祐集》，首刊邵仁泓於康熙三十七年（1698）所寫之序言；末則有「附錄」二卷，為宋·「奉議郎充婺州學教授沈斐所輯，較邵本少國史本傳一篇，而多挽詞十餘首」。

若與十五卷明校刊本《嘉祐集》相比較，則缺〈審敵〉、〈廣士〉二篇，卻多了〈權書引〉、〈太玄總例引〉、〈史論序〉、〈制敵〉、〈辨姦論〉、〈題張僊畫像〉、〈送吳侯職方赴闕序〉、〈賀歐陽樞密啟〉、〈謝相府啟〉、〈香詩〉，及〈洪範論上并序·洪範中并圖·洪範下·洪範後敘〉。

此集中有〈與孫叔靜書〉一篇，雖僅六十六字，卻不見於他本，僅此一見。

《四庫全書薈要》本《嘉祐集》，亦同。

（三）二十卷本

1.《重編嘉祐集》　廿卷·附錄一卷　明·仁和黃氏賁堂刊本

按：此集因黃燦、黃煒昆仲受其祖寓林先生之門人馬巽父的鼓勵，歷時四月，在明思宗崇禎十年（1637）整編而成。集前有馬元調（巽父）、顧若群二敘，馬、顧二人在重編《嘉祐集》的頭兩個月，曾參與該事。顧若群為燦、煒之舅，故在其〈敘〉中詳述整編是集的源由、經過與結果；老蘇文集原本缺略漫漶，二黃遂「旁蒐遠採，補闕刊謬」，加以重編，期使蘇洵得有「專書」、「全書」，對〈太玄族譜〉諸圖旁行分注，尤費心詳核時本舛誤，而燦著有〈紀事〉，煒則寫〈凡例〉。

〈凡例〉云：「老蘇先生集，舊稱二十卷；《宋史・藝文志》則曰集十五卷、別集五卷；《文獻通考》則曰《嘉祐集》十五卷，而无別集五卷。今世所行有曰《重刻嘉祐集》者，嘉靖間太原守張鐄刻十五卷，文多不備。有曰《蘇老泉全集》者，萬曆間刻，十六卷，較太原本稍備，俱未得爲全書也。今廣爲搜輯，猶恐不免遺漏，而較二刻則已侈矣。」

誠如前引馬元調〈重編嘉祐集敘〉所稱，黃氏賁堂刊本《嘉祐集》之收文，遠較通行之十五卷本爲豐；如多「洪範論」一卷（卷七）、〈辨姦論〉一篇（卷十）、〈題張僊畫像〉（卷十八）、〈送吳侯職方赴闕引〉（卷十九）。及卷十五當中，據《四川志》補入「諸本不載」之〈上張益州書〉，而「末疑有譌字，不敢擅改」；並多〈賀歐陽樞密〉、〈謝相府〉二「啟」。卷十七則以「低一字以別之」的方式，附載集本、石本之〈歐陽氏譜圖〉，「以爲譜例」。

此外，《重編嘉祐集》的編次，也略有更動，馬〈敘〉云：「時本皆首「機策」，次「權書」、「衡論」。今考先生文，皆自稱「權書」、「衡論」、「機策」，故躋「權書」、「衡論」，退「機策」。」

書末尚有「附錄」一卷：包括歐陽文忠公〈薦布衣蘇洵狀〉、〈與蘇編禮書〉二則、〈蘇君墓誌銘〉、〈輓蘇明允詩〉，張方平〈老蘇先生墓表〉——並附蘇軾〈謝張太保（先人）墓碣書〉，曾鞏〈蘇明允哀辭〉，與元右丞相脫脫所撰之〈宋史文苑傳・蘇洵傳〉。〈凡例〉曰：「附錄諸篇，時本所無，可以論世，特於集中搜入。」

此一崇禎二十卷本，內容的確比十五、十六卷本充實，不過馬元調早於其〈敘〉明言：「仁和黃生燦……偕其弟煒，竭一時

耳目之力，爬羅剔抉，重加編纂，合二十卷，蓋『期還舊觀，而不可得』，聊存卷目刻之家塾。」

（四）純古文本

1.《老泉先生文集》 十四卷 明刊巾箱本

按：此集訂名「文集」，故與明校刊十五卷本相較，少了「雜詩」一卷；卻在卷七中多了〈洪範上并序・洪範中并圖・洪範下・洪範後敍〉；卷八中多〈辨姦〉一篇，篇前有按語云：「張文定撰〈老蘇先生墓表〉云：『嘉祐初，王安石名始盛，黨友傾一時，其命相制曰：「生民以來，數人而已。」造作語言，至以為幾於聖人。歐陽修亦善之，勸先生與之游，而安石亦願交於先生。先生曰：「吾知其人矣，是不近人情者，鮮不為天下患。」安石之母死，士大夫皆往弔，先生獨不往，作〈辨姦〉一篇。』」

而卷十四中，則多〈送吳侯職方赴闕序〉，且篇目次第亦略有參差。

2.《蘇老泉文集》 十二卷 明・凌濛初刊，朱墨套印本

按：據〈四庫全書提要〉指出，清・乾隆年間，世所通行的老蘇集子有二：其一即此凌氏刊本，另一則是清・蔡士英所刊、任長慶所校之十五卷本。

《蘇老泉文集》的目錄分置於各卷前，與他本體例不類；並將「權書」上、下，合為一卷；「衡論」上、下，亦併成一卷。

凌氏刊本比明校刊十五卷本，多了「洪範論」一卷，及〈辨姦〉、〈題張僊畫像〉、〈送吳侯職方赴闕序〉、〈賀歐陽樞密啟〉、〈謝相府啟〉五篇；至於「書」的分卷，除〈上皇帝書〉

獨立爲一卷外，凌本僅分屬兩卷，非如明校刊十五卷本的三卷。
此書既名爲《老泉先生文集》，當然亦無「雜詩」一卷。

　　是集書眉錄有茅坤、焦竑、姜寶、唐順之、錢穀、穆父熙、
詹惟脩，莊元臣、楊愼、陳仁錫……等廿餘位明代學者的評語；
文旁附加圈點、小註。

（五）純詩集本

1.《兩宋名賢小集》　三百八十卷　宋·陳思編　元·陳世隆補

　　按：是編盡錄宋人詩集，始于楊億，終于潘音，凡一百五十
七家。

　　卷七十爲《老泉集》，比明校刊十五卷《嘉祐集》「雜詩」
卷所收，多了六首詩，乃〈香〉、〈九日和韓魏公〉、〈涵虛閣〉、
〈淨因大覺禪師以閻立本畫水官見遺報之以詩〉、〈詠菊〉、〈與
可許惠所畫舒景以詩督之〉。

二、三蘇合集

1.《三蘇先生文集》　七十卷　宋人編、元朝本　明·書林劉氏安正書堂刊行

　　按：此集首有光緒丁酉廿三年（1897）劉世珩手書題記，次
錄歐陽脩所撰〈老泉先生墓誌銘〉，與蘇轍所寫〈東坡先生墓誌
銘〉。

卷一至卷十一爲老泉先生文，卷十二至卷四十三爲東坡先生文，卷四十四至卷七十乃潁濱先生文。集末「附錄」，則載小坡先生（坡之次子——蘇過）二賦：〈颶風賦〉、〈思子台賦〉。

卷一爲〈六經論〉，卷二爲〈洪範論〉、〈太玄論〉、〈太玄總例〉，卷三是〈譽妃論〉、〈辨姦論〉等六篇，卷四是〈史論〉、〈諫論〉、〈制敵論〉，卷五是「權書」并序，卷六是〈衡論〉并序，卷七爲〈幾策〉，卷八爲〈上仁宗皇帝書〉，卷九、卷十是〈上韓樞密〉等「書」，卷十一則包含「記、字說、奏議、譜、贊、引、銘、祭文、雜詩」等類之作。

若將《三蘇先生文集》裡老蘇十一卷作品篇目，與明校刊十五卷本相較，多了〈洪範〉上、中、下三論與前後序，〈辨姦論〉與〈制敵論〉。

2. 《三蘇先生文集》　七十卷　宋人編　明初刊黑口十四行本——一存前卅三卷，十冊；另一存前五十三卷，三冊

按：此一版本篇目和明書林劉氏安正書堂刊本大致雷同，然蘇洵文缺〈太玄總例〉等篇，〈上歐陽內翰第四、第五書〉、〈與梅聖俞書〉、〈答雷太簡書〉、〈與楊節推書〉、〈與吳殿院書〉、〈極樂院造六菩薩記〉、〈名二子說〉，及「譜、贊、引、銘、祭文、雜詩」六大類的作品。

3. 《三蘇先生文粹》　七十卷　宋人編　明刊白口十四行本・朱批，八冊

按：此書僅卷五〈高祖〉篇作「高帝」外，悉同明初刊黑口十四行本《三蘇先生文集》。

另有明覆宋刊本之《三蘇（先生）文粹》，亦七十卷，共十冊，後附清·朱學勒手跋。朱云：「是書七十卷，不著編輯人姓氏，各家書目未見有著錄者，……其行款與明嘉靖間徐氏所刊《唐文粹》略同，……此本所選，意在策論，餘體從略，然所選未爲冗濫。」

4.《三蘇文集》　七十卷·卷首一卷、拾遺一卷，共七十二卷　明·嘉靖十二年（1533）眉州刊本

按：《三蘇文集》前有嘉靖癸巳（十二年）秋九月顧陽和之〈敘刻三蘇文集〉及仲夏二十日〈三蘇文集前序〉。顧序云：「眉、三蘇里也。三蘇文遍天下，而眉無集刻，豈久而遺耶？余巡遊至於眉，乃檄其守楊子煦刻之，惠眉之士云。」

「卷首」載老泉、東坡墓誌銘；「拾遺」收東坡神道碑三首（富鄭公、趙清獻公、司馬溫公）。

集末有嘉靖十二年夏五月劉天民之〈刻三蘇先生文集敘〉與重陽日余承勛之〈三蘇文集後序〉。

眉州太守楊煦刊刻之《三蘇文集》，除多了「卷首」、「拾遺」兩卷外，篇目全同於明初刊黑口十四行本《三蘇先生文集》。

5.《三蘇先生文粹》　七十卷　宋人編　明·嘉靖四十三年（1564）歸仁齋刊本

按：是書卷一至卷十一爲老泉先生文，與劉氏安正書堂刊本《三蘇先生文集》之篇目相彷彿，不過卷二無〈太玄總例〉諸篇；第十一卷內，少了〈極樂院造六菩薩記〉、〈名二子說〉，亦缺「譜、贊、引、銘、祭文、雜詩」六大類的作品。

6.《三蘇文鈔》　五十八卷　明·茅坤評選　神宗萬曆間茅一桂校刊本

按：《三蘇文鈔》包括《宋大家蘇文公文鈔》十卷、《宋大家蘇文忠公文鈔》二十八卷、《宋大家蘇文定公文鈔》二十卷；乃明·歸安鹿門茅坤所選錄、評點，並由其姪茅一桂校刊。

茅坤在〈蘇文公文鈔引〉中云：「嘉祐之文，西漢同風矣，予讀之，錄其書狀十四首、論三十七首、記四首、說二首、引二首、序一首，釐爲十卷。」

7.《合刻三（蘇）先生文》　六十卷　明·張煥如編　明末刊本

按：此集經錢穀、茅坤、鍾惺評定，包括《老泉文》十卷、《東坡文》四十卷、《潁濱文》十卷。首有趙林翹之〈敘〉，篇目上以圈數或三、或二，表該篇文章之高、次。其「權書」、「衡論」都分成兩卷。比明初刊黑口十四行本《三蘇先生文集》，多了〈送石昌言爲北使引〉、〈族譜引〉，〈名二子說〉三文；少了〈洪範論〉、〈太玄論〉、〈制敵論〉、〈三子知聖人汙論〉、〈利者義之和論〉，〈上文丞相書〉、〈再上、三上歐陽內翰書〉、〈上韓舍人書〉、〈上、再上張侍郎書〉、〈上趙司諫書〉，〈彭州圓覺禪院記〉、〈修禮書狀〉等篇。

8.《三蘇全集》　明·粵中刊、清·康熙間蔡士英鑒定校刊·任長慶、陳階董正本

按：任長慶〈三蘇全集敘〉云：「今大中丞三韓蔡公（士英），少時喜讀蘇文，顧戎馬間關迄未得暇，尋以督撫視漕淮上，機務殷繁，章疏雲集，一旦思所爲三蘇者，寤寐見之，惜未獲善本。

淮陰陳階六給諫相與縱談古今之業，慨然曰：『予之宗人任粵時，曾購三蘇全版，今年久剝蝕過半，公能校而補之，余當載以歸公，貯之淮郡，流布人間，誠千秋盛事。』於是公相顧狂喜，以爲希世之珍，遂命某偕給諫公董正之，而卷帙浩繁，篇章訛紊，魯魚亥豕，蒐剔良艱，爰令郡學博貢子悉心讐校，歷歲餘告成，眉山父子之文復光天壤。」

《三蘇全集》）現有《重刊嘉祐集》十五卷，及《東坡全集》一百十五卷、附年譜一卷。

《重刊嘉祐集》卷三、卷十一爲陳于鼎編次，卷六、七、九爲貢或編次，其餘十卷乃任長慶校編。《四庫全書·總目提要》曰：「然較蔡本，闕『洪範圖論』一卷，『史論』前少〈引〉一篇，又以『史論中』爲『史論下』，而闕其『史論下』一篇，又闕〈辨姦論〉一篇，〈題張仙畫像〉一篇，〈送吳侯職方赴闕序〉一篇，〈謝歐陽樞密啟〉一篇，〈謝相府啟〉一篇，〈香詩〉一篇。」〈提要〉言蔡本之不足處，正是十五卷《嘉祐集》的共同缺失，唯〈辨姦論〉，此集卷八目錄雖無，然內容實有之。

9.《三蘇全集》　清·道光壬辰（十二年，1832）新鐫眉州三蘇祠藏板·中州弓翊清補刊本

按：道光五年（1825）眉州刺史陳謨〈三蘇全集序〉云：「甲申（道光四年）冬十月，始蒞位，適州人士議刊三蘇文集，既有成，請序於予。……然竊考前人所刻，或分部另傳，或附他選以散見，至合三蘇而並爲一集，則未之有。」

王之俊於〈三蘇全集跋〉中指出：「其工始於嘉慶丙子（二十一年，1816），竣於嘉慶庚辰（二十五年）」，知此書歷時四年始成。

　　而道光癸巳（十三年）中州弓翊清〈補刻三蘇全集跋〉則說明，弓氏因有感三蘇集「草略未完」，遂「重付剞劂」。

　　弓氏補刊本《三蘇全集》包含四大部分：一：《嘉祐集》廿卷；二：《東坡全集》八十四卷（卷一是王宗稷〈東坡先生年譜〉及宋史〈東坡本傳〉）；三：《欒城集》四十八卷、《欒城後集》廿四卷、《欒城三集》十卷、《欒城應詔集》十二卷；四：蘇過《斜川集》六卷（道光七年三月鐫）。

　　至於此書《嘉祐集》，雖較十五卷明校刊本多了「權書」、「史論」之二〈敘〉，〈史論下〉、〈洪範論〉，與〈辨姦論〉、〈謝相府啟〉；卻比廿卷本，少了〈上張益州書〉、〈送吳侯職方赴闕引〉、〈題張僊畫像〉、〈賀歐陽樞密啟〉等篇。

　　總之，《三蘇全集》既非如陳謨刺史所言，是歷來獨創之舉，亦不似易蘇民先生所譽「最為完備」。

　　此外，尚有：

10.《重廣眉山三蘇先生文集》　現存三卷　宋人編　南宋‧高宗紹興間饒州董氏集古堂刊本

　　按：此集僅存「東坡御試制科策問」一卷、「評史」一卷、「書」一卷；並有光緒二十三年（1897）楊守敬手跋，和光緒二十八年陸樹聲識語。蘇軾的作品僅見一斑，蘇洵、蘇轍的撰述，則已亡佚。

三、歷代選本

　　在宋室南渡以前，不著編者姓名的《宋文選》卅二卷中，無三蘇父子的任何篇章，《四庫全書‧總目提要》云：「中無三蘇

文字,而黃庭堅,張耒之文則錄之。豈當時蘇文之禁最嚴,而黃張之類則稍寬歟?」

南宋魏齊賢、葉棻同編之《(聖宋名賢)五百家播芳大全文粹》一百廿六卷內,子瞻、子由文俱有,獨缺老蘇之作。〈提要〉云:「是編皆錄宋代之文,駢體居十之六七,雖題曰五百家,而卷首所列姓氏家五百二十家,網羅可云極富,中間多採宦途應酬之作,取充卷數,不能一一精純。」是知,除文體不盡相合外,蘇明允仕宦之途甚短,遂不獲魏、葉二人青睞,竟不得廁身宋代五百家名賢之列。

1. 《(新雕)宋朝文鑑》　一百五十卷(即南宋・呂祖謙奉敕所編之《皇朝文鑑》)　明英宗天順八年(1464),嚴州府翻刊宋寧宗慶元六年(1200)太平府學本　清・蔣光煦手校

按:在《宋朝文鑑》裡,蘇洵文被選中十三篇,即卷七十九〈張尚書畫像記〉(即〈張益州畫像記〉)、〈木山記〉;卷八十八〈譜例序〉、〈送石昌言舍人北使引〉、〈蘇氏族譜引〉、〈仲兄郎中字序〉(即〈仲兄字文甫說〉);卷九十七〈心術論〉、〈任相論〉、〈辨姦論〉;卷百十七〈上歐陽內翰書〉、〈上富相公書〉(即〈上富丞相書〉);卷百二十一〈謝相府啟〉、〈賀歐陽樞密啟〉(此二「啟」不見於十五卷明校刊本《嘉祐集》)。

另有《東萊先生標註老泉先生文集》十二卷,宋紹熙刻本;此呂祖謙所選註之蘇洵文集,後被收入民國・羅振常輯佚考異之《經進三蘇文集事略》中。

2. 《古文關鍵》　二卷　南宋・呂祖謙編註

按：在《古文關鍵》六十餘篇文章中，老蘇文在卷二，東萊先生選了〈春秋論〉、〈管仲論〉、〈高祖論〉、〈審勢〉、〈上富丞相書〉、〈上田樞密書〉等六篇。而東坡文有十六篇，潁濱文僅兩篇。

3. 《成都文類》　五十卷　宋・扈仲榮、程遇孫等編

按：《四庫提要》曰：「然則此集之編，出說友之意，此集之成則出八人之手；……所錄凡賦一卷，詩歌十四卷，文三十五卷；上起西漢，下迄孝宗淳熙間，凡一千篇有奇。分爲十有一門，各以文體相從，故曰文類。每類之中又各有子目，頗傷繁碎。」

此書是袁說友官四川安撫使時，命屬官輯蜀中詩文而成，僅收錄了四篇明允之作，即〈上張文定公書〉〈謝張文定公書〉、〈上府倅吳職方書〉（卷廿一）；與〈張益州畫像記〉（卷四十五）。然而〈上張文定公〉及〈上府倅吳職方〉二「書」，他本均不載，唯於此得見之。

4. 《（新刊迂齋先生標注）崇古文訣》　三十五卷　宋・樓昉（號迂齋）編　明・吳邦禎、吳邦正校刊本

按：《崇古文訣》選「老泉文」十一篇，分別是卷廿一之〈族譜引〉、〈張益州畫像記〉、〈審勢〉、〈仲兄文甫字說〉、〈管仲論〉；卷廿二之〈木假山記〉、〈送石昌言北使引〉、〈名二子說〉，〈明論〉、〈上韓樞密書〉、〈上富丞相書〉。

5. 《(西山先生真文忠公文)文章正宗》　廿四卷、續
　　廿卷　宋・真德秀編　明・正德十五年(1520)　馬卿
　　山西刊本

　　按：《文章正宗》〈綱目〉云：「故今所輯，以明義理、切
世用為主，其體本乎古，其指近乎經者，然後取焉；否則，辭雖
工亦不錄。其目凡四：曰辭命、曰議論、曰敘事、曰詩賦。」在
此標準下，洵、軾、轍文俱在選，歸「議論」、「敘事」兩類。
　　老蘇文共四篇，均屬「敘事」類，乃〈蘇氏族譜記〉、〈木
假山記〉、〈彭州圓覺禪院記〉、〈張益州畫像記〉。

6. 《文章軌範》　七卷　宋・謝枋得編　《四庫全書》本

　　按：《四庫提要》云：「是集所錄漢晉唐宋之文凡六十九篇，……
蘇洵之文四，蘇軾(原誤作「轍」)之文十二，……前二卷題曰
放膽文，後五卷題曰小心文，各有批注圈點。」《文章軌範》中，
並未選取小蘇的作品。
　　四篇老蘇文，分別是卷三之〈管仲論〉、〈高祖論〉、〈春
秋論〉；卷四之〈上田樞密書〉。

7. 《唐宋八家古文》　不分卷　明・王寵編　王氏手寫本

　　按：此一鈔本中，東坡、子由文甚夥；而明允文僅十四篇，
分別是〈族譜引〉、〈審勢策〉、〈御將策〉、〈上王長安書〉、
〈上富丞相書〉、〈上歐陽內翰書〉、〈上田樞密書〉、〈管仲
論〉、〈明論〉、〈辨姦論〉、〈高祖論〉、〈六國論〉、〈木
假山記〉、〈蘇氏族譜亭記〉。

8. 《唐宋八大家文鈔》　一百六十四卷、目錄一卷　明•
　　茅坤編

　　按：《四庫提要》云：「世傳唐宋八家之目，肇始于是集，考明初朱右已採錄韓、柳、歐陽、曾、王、三蘇之作爲八先生文集，坤蓋有所本也，然右書今不存，惟坤此集爲世所傳習。……蘇洵文十卷，蘇軾文二十八卷，蘇轍文二十卷，每家各爲之引。……坤所作序例，明言以（唐）順之及王慎中評語標入，……其書初刊于杭州，歲久漫漶，萬曆中，坤之孫著復爲訂正重刊，始以坤所批五代史附入歐文之後，今所行者，皆著重訂本也。……今觀是集，大抵亦爲舉業而設，其所評論疏舛，尤不可枚舉。……然八家集浩博，學者徧讀爲難，書肆選本又漏略過甚，坤所選錄，尚得煩簡之中，集中評語，雖所見未深，而亦足爲初學之門徑，一二百年以來，家弦戶誦，固亦有由矣。」

　　茅坤〈三蘇文引〉曰：「余達三蘇文，老泉聊存一二，東坡、子由亦擇其醇正者而錄之，其多從小處起議論者不錄；知道之士，必能識予去取之深意也。」

　　《唐宋八大家文鈔》卷一百七至百十六，收蘇洵「書狀」、「書」、「論」、「權書」、「衡論」、「記說引序」各類文字。

9. 《（新刊許海嶽）精選三蘇文粹》　四卷　明•許國（號
　　海嶽）選編　嘉靖四十四年（1565）金陵書肆戴尚賓刊本

　　按：《精選三蘇文粹》前有查鐸之〈序〉，不但說明查與許「同閱」此書，查鐸且爲書「命名」。其等選文以「道明、意善」者爲準，共取三蘇文一百篇。

　　卷一爲「老泉先生文」廿一篇；卷二文三十八篇、卷三文廿六篇，俱爲「東坡先生文」；「潁濱先生文」在卷四，共十五篇。

10. **《唐宋四大家文鈔》　八卷　明‧陸燦編　嘉靖末年至隆慶元年（1567）寫刊本**

按：所謂「唐宋四大家」，乃唐之韓、柳；宋之歐陽脩及三蘇父子。其中《蘇文抄》上卷包括「老泉文」十二篇、「東坡文」十六篇；下卷包括「東坡文」十八篇、「潁濱文」四篇。

被選入的老蘇文，是〈春秋〉、〈諫上〉、〈諫下〉、〈管仲〉、〈明論〉、〈心術〉、〈高帝〉、〈項籍〉、〈御將〉、〈審勢〉、〈上田樞密書〉、〈蘇氏族譜亭記〉。

11. **《蘇雋》　五卷　明‧王世元編梓‧湯賓尹檢評　神宗萬曆四十一年（1613）三吳王氏刊本**

按：卷首有萬曆癸丑（四十一年）孟春湯賓尹、王志〈蘇雋序〉。王〈序〉云：「宣城湯（賓尹）先生家有《蘇雋》，予弟世元請而梓之，問先生以雋之指，先生曰：『是全是雋，雋在理，雋在文，是在讀其書者。』」

繼有〈三蘇考實〉，對三蘇背景概略地加以說明。《蘇雋》卷一乃《老泉先生集》收文五十篇，卷二至卷四是《東坡先生集》，《潁濱先生集》則在卷五。

老蘇〈利者義之和〉、〈議法〉、〈上富丞相書〉、〈修禮書狀〉……等篇作品，俱未選入。

12. **《嘉祐集選》　一卷　明‧趙南星批選　熹宗天啟元年（1621）刊本**

按：趙南星（字夢白）在〈嘉祐集選序〉中云：「隆慶丁卯（元年，1567）……余年十八……（康）靈壽為余言，先君未第時，常讀《嘉祐集》得力，余即覓一帙，讀之不忍釋手，以識見

之精、文章之妙，無復過老泉者矣。……余七十有二矣，兒清衡以是集請余評隲之。流覽一過，乃知『老泉于聖人之道，概未有覩；其所論五經，皆非也，爲文讀書也。』余以讀書不輟，所見乃進于少時。……客請刻所選以傳，乃併刻其一二未選者，欲後學知老泉之所造文章之利病焉。」

趙氏晚年一改年少時讚美、深愛《嘉祐集》的態度，反採貶抑老蘇的立場，在所選的廿三篇文章裡，迭加批判，如〈明間〉下註曰：「此老好言權術，卻迂酸，乃爾可笑！」

13.《（嘉樂齋選評註）三蘇文範》　十八卷　明・楊慎選編袁宏道評釋十之五、六，集釋十之三四艾南英參訂　熹宗天啟二年（1622）刊本

按：首有陳元素〈刻三蘇文序〉、王世貞〈題辭〉，皆概論三蘇之文；繼爲袁宗道（宏道之兄）〈三蘇文範序〉，讚美楊慎（字用修）實乃三蘇之遠承者，並得蘇家衣鉢；而楊慎之父楊廷和題〈評〉云：「眉山三公之文，其標神所自，本先秦兩漢。……蓋自（宋仁宗）寶元、慶曆以來，絕調也。」

繼有〈三蘇考實〉，且羅列南宋、元、明三朝研究三蘇之學者姓氏（註明字、號、功名），及〈批評三蘇文選書目〉共二十本、〈古文載選三蘇書目〉共廿九本；還有〈蘇氏譚藪〉、〈三蘇先贊〉，輯錄自南宋孝宗以來，諸家對三蘇之文評，共十八家。

同時在「題首」上加圈、點，以別篇章之屬「上上選」、「上選」或「次選」；更在「文房」，用十三種符號來標注文脈、妙處。於「書、策、論、疏、制科、志林、斷」各大類的篇目下，註明「時務、斷制、理學」的區別。

〈三蘇文範凡例〉云：「故其文俱近舉業者輯，於舉業遠者則不輯。」「集中三蘇多選論策……其書啟雜著，老泉、潁濱居十之三，東坡居十之七。」又云：「三蘇集，近世難於善本，茲集取中郎先生抄本一一校讎，竝無差謬。」

《三蘇文範》卷一至卷四爲老蘇文，卷五至卷十六爲東坡文，卷十七、十八是潁濱文。老蘇文，共收了四十一篇，即「論」十三篇、「權書」八篇、「衡論」五篇、「幾策」兩篇，「書、引、記、說」十三篇。

14.《(合諸名家評選)三蘇文定》　十八卷　明‧楊慎原選，李維楨評注‧楊士驥參閱　思宗崇禎刊本

按：《三蘇文定》一如《三蘇文範》，同出楊慎之手選編，共收老泉文四卷，東坡文十二卷，潁濱文二卷，附圈點評注，卷一作：「公安袁宏道中郎參閱」。

並有李維楨（本寧）序，崇禎壬申（五年，1632）楊士驥（龍超）序，與劉經題辭。

15.《(御選)古文淵鑑》　六十四卷、目錄一卷　康熙廿四年（1685）清聖祖御選，徐乾學等奉敕編註　《四庫全書》本

按：蘇洵之文在卷四十七，而卷四十九至卷五十爲蘇軾文，卷五十一爲蘇轍文。據〈提要〉指出，錄文上起《春秋》、《左傳》，下迄于宋；用真德秀《文章正宗》例。名物訓詁，各有箋釋；用李善註《文選》例。每篇各有評點，用樓昉《古文標註》例。備載前人評語，用王霆震《古文集成》例。諸臣附論各列其

名，用五臣註《文選》例。而清聖祖甲乙品題，親揮奎藻，別百家之工拙，窮三準（乃文章的情、事、辭）之精微，實爲創舉。

　　選入的洵文是：〈上仁宗皇帝書〉、〈上富相公書〉、〈修禮書狀〉、〈春秋論〉、〈明論〉、〈管仲論〉、〈辯姦〉、〈用間〉、〈六國〉、〈張益州畫像記〉、〈上韓昭文論山陵書〉。

16.《唐宋八大家文鈔》　十九卷　清・康熙四十八年（1709）張伯行選刊　《四庫全書》本

　　按：張氏基於，唐宋文人之作遠不及周程張朱五夫子之書的前題下，認爲「蘇氏好言權術，而子瞻、子由出入於儀秦老佛之餘」，「其文雖工，而折衷於道，則有離有合，有醇有疵」。

　　蘇文公文僅選了〈上仁宗皇帝書〉、〈蘇氏族譜亭記〉兩篇（卷七），蘇文忠公文選入廿七篇（卷八），蘇文定公也被選了廿七篇作品（卷九、卷十）。

17.《（御選）唐宋文醇》　五十八卷、目錄一卷　清・乾隆三年（1739）御選　張照等輯評　《四庫全書》本

　　按：清高宗〈御選唐宋文醇序〉云：「本朝儲欣謂茅坤之選，便於舉業，而弊即在是，乃復增損之，附以李習之（翱）、孫可之（樵）爲十大家，欲俾讀者興起於古，毋祇爲發策決科之用；意良美矣，顧其識之未衷，而見之未當，則所去取，與茅坤亦未始徑庭。……敕幾之暇，偶取儲欣所選十家之文，錄其言之尤雅者若干首，合而編之，以便觀覽。」

　　〈凡例・五〉曰：「各家文，凡書序論記等，各以類編；惟蘇軾上書奏狀對策諸篇，以年月先後編次，緣軾進諫自有次第，故不與諸家一例也。」

　　《唐宋文醇》雖以儲欣選本爲主，但約有十分之二是「欣本所遺而不可不采者」；除聖祖御評外，並錄唐宋元明清五十二位學者的評跋論說。

　　其中卷卅四至卅七爲蘇洵文，共廿七篇；卷卅八至卷五十爲蘇軾文，共八十五篇；卷五十一、五十二是蘇轍文，共廿三篇。

四、單行著作

1.《太常因革禮》　一百卷

　　按：雖然《宋史》二百三・〈志〉第一百五十六卷、〈藝文〉二：「歐陽修《太常因革禮》一百卷」，但歐公《居士集》卷卅四（即《歐陽文忠公集》卷卅四）之〈故霸州文安縣主簿蘇君墓誌銘序〉，已明言：「初修爲上其書，召試紫微閣，辭不至，遂除試秘書省校書郎，會太常修纂建隆以來禮書，乃以爲霸州文安縣主簿，使食其祿，與陳州項城縣令姚闢同修禮書，爲《太常因革禮》一百卷。書成，方奏，未報而君以疾卒，實治平三年（1066）四月戊申也，享年五十有八。」蘇洵於〈議修禮書狀〉亦云：「右洵先奉敕編禮書後，後聞臣寮上言，以爲祖宗所行，不能無過差不經之事，欲盡芟去，無使存錄。……然則，洵等所編者，是史書之類也，遇事而記之，不擇善惡，詳其曲折，而使後世得知，而善惡自著者，是史之體也。」曾鞏《元豐類稿》卷四十一〈蘇明允哀詞〉：「所集《太常因革禮》者一百卷」，張方平《樂全集》卷卅九〈文安先生墓表〉：「集成《太常因革禮》一百卷」；凡此種種，皆已證明《太常因革禮》非歐陽文忠奉敕所撰。

　　明・黃氏賁堂刊本《重編嘉祐集》〈凡例〉云：「《太常因革禮》百卷，（洵）同姚闢修，以《開寶通禮》爲本，而以儀註

例冊附見之，且參以《實錄》、《封禪記》、《鹵簿記》、《大樂記》，及他書，經禮曲禮兩備。張文定謂其事業不得舉而措之於天下，獨《新禮》百篇，今爲太常施用者，此也。」

2.《諡法》　四卷

按：欽定《四庫全書》史部十三・政書類二・儀制之屬的《諡法》，其〈提要〉云：「自周公《諡法》以後，歷代言諡者，有劉熙、來奧，沈約、賀琛、王彥威、蘇冕、扈蒙之書，然皆雜糅附益，不爲典要；至洵奉詔編定《六家諡法》，乃取周公、《春秋》、《廣諡》及諸家之本，刪訂考証，以成是書。凡所取一百六十八諡，三百十一條，新改者二十三條，新補者十七條，別有七，去八類，於舊文所有者，刊削甚多。其間如堯舜禹湯桀紂，乃古帝王之名，並非諡號，而沿襲前訛，概行載入，亦不免疏失；然較之諸家義例，要爲嚴整。後鄭樵《通志諡略》，大都因此書而增補之，且稱其斷然有所去取，善惡有一定之論，實前人所不及。」

賁堂本《重編嘉祐集》〈凡例〉云：「先生有《嘉祐諡法》三卷，取周公、《春秋》、《廣諡》，及沈約、賀琛、扈蒙六家《諡法》，外采《今文尚書》、《汲冢師春》、《蔡邕獨斷》。凡古人論諡之書，收其所長，加以新意，得一百六十八諡，芟去百九十有八。又爲論四篇，以敘去取之意。」

《宋史》本傳，歐陽脩〈故霸洲文安縣主簿蘇君墓誌銘〉、張方平〈文安先生墓表〉均題《諡法》三卷；曾鞏〈蘇明允哀詞〉則題《諡法》二卷；《宋史・藝文志》、陳振孫《直齋書錄解題》、晁公武《郡齋讀書志》俱作《嘉祐諡法》三卷。而現存者皆分爲四卷。

3.《皇祐諡錄》　二十卷　今未見

按：《宋史》二百二・〈志〉第一百五十五、〈藝文〉一：
「蘇洵……《皇祐諡錄》二十卷。」《歐陽文忠公集》卷一百五
十，歐陽脩在治平間〈與蘇編禮書〉云：「前所借諡法三卷，值
公私多事，近方徧得披閱，……今別爲一書，則無不可矣成一家
之言，吾儕喜若己出爾。諡錄卷帙既多，祇欲借草本。」由上可
知，除《諡法》外，蘇洵另撰《諡錄》，惜今未見。

4.《易傳》　未完稿十卷（百餘篇）

按：歐公在蘇明允的墓誌銘序中說道：「蓋晚而好易，曰：
『易之道深矣。汩而不明者，諸儒以附會之說亂之也。去之，則
聖人之旨見矣。』作易傳，未成而卒。」曾鞏也持同樣的說法；
張方平則於老蘇墓表裡明言「易傳十卷」。蘇洵〈上韓丞相書〉
亦云：「自去歲以來，始復讀《易》作《易傳》百餘篇，此書『若』
成，則自有《易》以來未始有也。」
　　《易傳》與《嘉祐集》〈六經論〉之〈易論〉，不可混爲一談。

5.《洪範圖論》　一卷

按：歐陽脩、曾鞏，張方平在講述蘇洵著作時，均未提及《洪
範圖論》，而蘇明允〈上田樞密書〉自云：「故敢以所謂『策』
二道、『權書』十篇者爲獻，平生之文，遠不可多致，有『洪範
論』、『史論』七篇，近以獻內翰歐陽公」，〈上歐陽內翰第一
書〉云：「近所爲『洪範論』、『史論』，凡七篇，執事觀其如
何？」可知《洪範論》在當時是收入《嘉祐集》中，一如今日可
見之十六卷本、廿卷本；至於《郡齋讀書志》、《宋史・藝文志》

特別標明洵著「洪範圖論一卷」，則表示南宋以後，已有單行本出現。

　　與〈洪範論〉情況雷同者，有 6.《蘇氏族譜》一卷，見清・順治刊本《說郛》弓第七十一之五、和 7.《權書》一卷，《說郛》弓第九之六所收。

參考書目

一、《中國歷代詩文別集聯合書目》第六輯　聯合報文化基金會、國學文獻館編印　民國 72 年 7 月　頁 1-3、頁 60-62

二、曾棗莊：《蘇洵評傳》——「附錄二」・〈蘇洵著述簡介〉　四川人民出版社　西元 1983 年 5 月　頁 251-256

本篇發表於：《中國文化大學中文學報》創刊號
民國八十二年二月，頁 231-254

附錄二　蘇洵書信體散文研究

【提要】

　　研究蘇洵書信體散文，首爲「前言」，說明老蘇二十六篇書信體散文之版本出處；次爲「作者經歷與作品繫年」，乃將書信與其生平際遇予以連結，以彰顯此類散文之重要性。三爲「涵蓋內容與呈現義旨」，包括求薦謀宦、遇士取士、政理兵道、自立處世、道統文統、文論文評等六端。四爲「形式技巧與修辭手法」，共得章法脈絡、排比句式、設問語氣、譬喻巧思、明引暗用、其他技法等項。篇末則總結蘇洵書信體散文的特色及價值。

【關鍵詞】

　　蘇洵（老蘇）、書信體散文

一、前言

　　蘇洵字明允，眉州眉山（今四川、眉山）人。生於宋真宗大中祥符二年，卒於英宗治平三年，得年五十八（西元 1009～1066 年）。因起步稍遲，二十五歲始知讀書、從士君子遊；加之內顧自思，不滿少作，盡燒曩時所爲文數百篇；豁然明通後，亦落筆謹嚴；是故傳世之作不頂豐。蘇洵與二子軾、轍，並列於「唐宋八大家」之中，人稱「老蘇」。

　　洵文總集名曰《嘉祐集》，北宋時人皆作二十卷，然至南宋後，已顯見分歧，或十五卷，或十六卷，也有分爲二十卷者。其中除二十餘首「雜詩」外，包括學術著述之「六經論」、「太玄論」、「洪範論」，政論之「幾策」（含〈審勢〉、〈審敵〉、〈審備〉[1]三篇）、「衡論」，兵法權謀之「權書」，及以論史爲主之「雜論」，和「上書」、「書信」、「族譜」、「雜文」等類。

　　茲以明刊十六卷《蘇老泉先生全集》爲底本，得蘇洵書信體散文二十一篇。分別爲卷十一：〈上韓樞密書〉、〈上富丞相書〉、〈上文丞相書〉、〈上田樞密書〉、〈上余青州書〉；卷十二：〈上歐陽內翰第一書〉、〈上歐陽內翰第二書〉、〈上歐陽內翰第三書〉、〈上歐陽內翰第四書〉、〈上歐陽內翰第五書〉、〈上王長安書〉、〈上張侍郎第一書〉、〈上張侍郎第二書〉、〈上韓舍人書〉；卷十三：〈上韓丞相書〉、〈上韓昭文論山陵書〉、〈與梅聖俞書〉、〈答雷太簡書〉、〈與楊節推書〉、〈與吳殿院書〉、〈謝趙司諫書〉。另外，由清・《四庫全書》・集部別集類之十六卷《嘉祐集》中，得〈與孫叔靜書〉（卷十三）；自明・仁和黃氏（黃燦、黃煒兄弟）賁堂刊本二十卷《重編嘉祐集》中，得〈上張益州書〉（卷十五）；自宋・紹熙刻本十二卷《東萊先生標註老泉先生文集》中，得〈與雷太簡納拜書〉（卷十一）；從宋・扈仲榮、程遇孫等編五十卷《成都文類》中，再獲〈上張文定公書〉、〈上府倅吳職方書〉（卷二十一）。

---

[1]　〈審備〉篇已佚，僅名見於雷簡夫〈上韓忠獻書〉中。此信收錄於宋・邵博：《聞見後錄》卷十五，文淵閣《四庫全書》・子部（台北：台灣商務印書館，民國 75 年），頁 1039-288 上欄。雷簡夫〈上韓忠獻書〉云：「一日，眉人蘇洵攜文數篇，不遠相訪。讀其「洪範論」，知有王佐才；「史論」，得遷史筆；「權書」十篇，譏時之弊；〈審勢〉、〈審敵〉、〈審備〉三篇，皇皇有憂天下心。」

　　如今擬就現存二十六篇老蘇書信，針對「作者經歷與作品繫年」、「涵蓋內容與呈現義旨」，作番研究。

二、作者經歷與作品繫年

　　蘇洵〈送石昌言使北引〉云：「吾後漸長，亦稍知讀書，學句讀、屬對、聲律，未成而廢。」開竅收心發憤力學後，三十歲（仁宗寶元元年，1038）應進士試，卻遭落第，即〈憶山送人〉詩所指：「振鞭入京師，累歲不得官，悠悠故鄉念，中夜成慘然。」慶曆六年（1046）舉制策、茂材異等，亦皆不中。次年因獲父喪惡耗，匆匆返蜀；由於屢困場屋，遂悉焚舊稿，輟筆苦讀，絕意功名，而自託於學術。

　　在往後幾近十年中，老蘇均未再離蜀出遊，一方面務力課子，對蘇軾、蘇轍昆仲產生了深遠的影響；一方面完成三、四十篇最具代表性的論著——「幾策」、「權書」、「衡論」、「六經論」、「洪範論」、「史論」等。

　　至和元年（1054）起，蘇洵先後結識了吳照鄰、張方平和雷簡夫三人，不意竟緣此使三蘇父子從偏處西隅的布衣文士，一躍為震爍文壇的巨擘奇才。

　　現存蘇洵書信體散文寫作時間最早者，當為〈上府倅吳職方書〉。吳職方即吳照鄰，信中提及「氣質剛正」之「執事愛弟裡行君」，乃吳中復。吳中復為景祐進士，皇祐三年（1051）嘗知犍為縣（今屬四川），通判潭州，皇祐五年十二月以御史中丞孫汴薦，入朝任監察御史裡行。可知〈上府倅吳職方書〉應作於至和元年（1054）。蘇洵〈送吳侯職方赴闕引〉云：「吳侯有名於世三十年，而猶於此為遠官。今其東歸，其不碌碌為此官也哉！」蘇軾〈跋先君書送吳職方引〉云：「先伯父（蘇渙）及第吳公榜

中，而軾與其子子上再世為同年，契故深矣。始先君（蘇洵）家居，人罕知之者，公攜其文至京師，歐陽文忠公始見而知之。」蘇渙於天聖二年（1024）及第，吳照鄰與渙同榜成名，下數三十年即為至和元年，吳離蜀赴闕。

至和元年九月，戶部侍郎張方平因謠有蠻警，受命知益州，十一月至蜀後，積極訪賢求才。張〈文安先生墓表〉云：「仁宗皇祐中（乃皇祐六年，即至和元年），僕領益部。念蜀異日常有高賢奇士，今獨乏耶？或曰：『勿謂蜀無人，蜀有人焉，眉山處士蘇洵，其人也。』請問蘇君之為人，曰：『蘇君隱居以求其志，行義以達其道，然非為亢者也。為乎蘊而未施，行而未成，我不求諸人，而人莫我知者，故今年四十餘不仕。公不禮士，士莫至，公有思見之意，宜來。』久之，蘇君果至。即之，穆如也；聽其言，知其博物洽聞矣。既而得其所著「權書」、「衡論」閱之；……因謂蘇君：『左丘明、《國語》、司馬遷善敘事，賈誼之明王道，君兼之矣。遠方不足成君名，盍游京師乎？』因以書先之於歐陽永叔。」

〈上張文定公書〉寫於至和二年（1055），乃蘇洵回應張方平禮賢下士之舉，獻文謁見之作。其後張薦洵為成都學官，洵以〈上張益州書〉致謝。

張方平與歐陽脩素不相能，但為了蘇洵，則不顧私怨修書推轂。宋・葉夢得《避暑錄話》卷下云：「蘇明允父子自眉州走成都，將求知安道（張方平之字）。安道曰：『吾何足以為重？其歐陽永叔乎！』不以其隙為嫌也，乃為作書辦裝，使人送之京師謁文忠。文忠得明允所著書，亦不以安道薦之非其類，大喜曰：『後來文章當在此。』即極力推譽。」

至和二年，蘇洵又赴雅州（今四川、雅安）拜訪知州雷簡夫（字太簡），作〈與雷太簡納拜書〉。雷簡夫對蘇洵倍加稱賞，

於是分函張方平、歐陽脩與韓琦，大力舉薦之（俱見於宋・邵博《聞見後錄》卷十五）。因為知道張曾推引蘇洵，卻未獲朝廷回報，所以雷〈上張文定書〉云：「簡夫近見眉州蘇洵著述文字，其間如「洪範論」，真王佐才也；「史論」，真良史才也。豈惟西南之秀，乃天下之奇才爾。……竊計明公引洵之意，不祇一學官；洵望明公之意，亦不祇一學官；第各有所待也。……昔蕭昕薦張鎬云：『用之則為帝王師，不用則幽谷一叟耳。』願明公薦洵之狀，至于再，至于三，俟得其請而後已。」其〈上歐陽內翰書〉則云：「嗚呼！起洵于貧賤之中，簡夫不能也，然責之亦不在簡夫也；若知洵不以告于人，則簡夫為有罪矣。用是，不敢固其初心，敢以洵聞左右。恭惟執事職在翰林，以文章忠義為天下師，洵之窮達，宜在執事；嚮者，洵與執事不相聞，則天下不以是責執事；今也，讀簡夫之書既達于前，而洵又將東見執事于京師，今而後，天下將以洵累執事矣！」雷簡夫〈上韓忠獻書〉云云，亦類於前二者。

　　為了蘇軾、蘇轍的遠大前程，並且受到張方平諸人的熱切鼓勵，蘇洵終於決定在嘉祐元年（1056）春，率愛兒赴京秋試，作〈上張侍郎第一書〉向張辭行，更為二子尋求提攜。

　　三蘇途經長安（今陝西、西安），洵見王拱辰，作〈上王長安書〉，五月抵達汴京（今河南、開封），蘇洵以〈上歐陽內翰第一書〉獻書求見歐陽脩，歐公得「幾策」、「權書」、「衡論」二十二篇，獻諸朝，而公卿士大夫爭相傳閱，使洵文名大盛，然求官未遂。老蘇還分別寫了〈上田樞密書〉、〈上韓樞密書〉，向田況、韓琦獻書，展露己才並提出諍言；也撰寫〈上富丞相書〉、〈上文丞相書〉，向富弼、文彥博二宰輔進諫。嘉祐元年隆冬，張方平入關，洵寫〈上張侍郎第二書〉，請求「力足勢便」的張方平再次推挽。因為感謝歐陽脩推重，但埋怨歐公「未暇讀」「惟

執事之求而致之」之文，蘇洵再藉〈上歐陽內翰第二書〉表明心跡，冀盼朝廷重用。

〈上韓舍人書〉中有「踰年在京師」語，可知此信作於嘉祐二年（1057）春後。其時，歐公知禮部貢舉，擢拔蘇軾、蘇轍兄弟同登進士科；一片喜氣中，五月遽聞洵妻程夫人於四月初歿於鄉里，三蘇倉卒返蜀治喪。「到家月餘」，基於思念「不言而心相諭」的知交歐陽脩，蘇洵寫了〈上歐陽內翰第三書〉。並為了故友史沆，作〈與吳殿院書〉，懇求已遷任殿中侍御史的吳中復，收恤庇護淪落襄州（今湖北、襄樊）的史沆弱女。

嘉祐三年（1058）年底，天子召洵試策論於舍人院，其託病不赴，撰〈答雷太簡書〉及〈與梅聖俞書〉，說明辭試之緣由。不過，次年召命又下，洵寫〈上歐陽內翰第四書〉，解釋自己何以久不奉召，並決定七月免喪後，將再攜二子同赴闕下。在適楚北上途中，經巴東後，作〈與楊節推書〉，表明為節度推官楊美球之父撰寫墓誌銘之難處。

嘉祐五年（1060）春，三蘇抵京師。老蘇自歎年歲已大，雖被羅致都下，卻無法破格擢用，內心難抑失望無奈，作〈上余青州書〉，暗求余靖薦舉。八月，蘇洵終得除試秘書省校書郎，以〈上歐陽內翰第五書〉答謝歐公，以〈謝趙司諫書〉感激趙抃舉洵於不相識之中。

長久期盼下，僅得一試銜，並未獲重用，蘇洵於嘉祐六年（1061），呈〈上韓丞相書〉，對韓琦大抒憤懣不滿之意。七月，洵獲授霸州文安縣主簿，且與陳州項城令姚闢，共同修纂自宋太祖建隆以來的禮書。

嘉祐八年（1063）三月仁宗駕崩，韓琦任山陵使，將厚葬之，蘇洵認為國用窘匱，力主薄葬，作〈上韓昭陵論山陵書〉忠告勸沮。張方平替老蘇所撰之〈墓表〉，曾述及此事原委，〈文安先

生墓表〉曰：「初作昭陵，凶禮廢闕，琦爲大禮使，事從其厚，調發軑辦，州縣騷動。先生以書諫琦，且再三，至引『華元不臣』以責之。琦爲變色，然顧大義，爲稍省其過甚者。」

蘇軾〈跋先君與孫叔靜帖〉云：「嘉祐、治平間（英宗繼位，改元治平），先君編修《太常因革禮》，在京師，學者多從講問。而孫叔靜兄弟皆篤學能文，先君亟稱之。……先君平生往還書疏，多口占以授子弟，而此獨其真跡。」錢塘人孫覺字叔靜，年十五，游太學，蘇洵美之，以手札〈與孫叔靜書〉，對孫簡略論及爲文之道。在二十六篇老蘇書信中，〈與孫叔靜書〉的寫作時間最晚。兩年後——治平三年（1066），四月二十五日蘇洵卒於京師，朝野之士爲誄者百十有三人，英宗特贈光祿寺丞。

由現今可見之蘇洵書信體散文的創作時間得知，二十六封信正與其生命最後十年巔峰期的種種，緊密相關，是故，此類散文的重要性，自然不言而喻。

三、涵蓋內容與呈現義旨

蘇洵至今猶存的書信，三分之一強集中於嘉祐元年四十八歲時所撰寫，自其生平經歷可以了解，尋求薦舉當是主要內容，且順帶言及，彼時天子宰輔、金紫重臣對待士人的態度及擇取士子之標準。

由於希獲援引，必得展露實力，使有志今世、關心政治的老蘇，頻頻上書權要，呈獻著作，而內容每涉政論時事兵機。從書信散文裏，亦可見蘇洵爲學求道之心路歷程和應物處事之人生哲學；同時，可知其文統、道統觀和文藝理論、文學批評。

（一）求薦謀宦

雖然〈上余青州書〉云：「洵，西蜀之匹夫，嘗有志於當世，因循不遇，遂至於老。」但早年失意於料場的打擊，對將知天命的老蘇，已無絲毫的影響，經過沈潛齏淬，其在道德、文章上頗感自負，極欲有所作為，卻不願苟合取容以干祿。

如〈上韓丞相書〉：「洵少時自處不甚卑，以為遇時得位，當不鹵莽。及長，知取士之難，遂絕意於功名，而自託於學術，實亦有得而足恃。」〈上田樞密書〉：「天之所以與我者（指道德、文章），夫豈偶然哉？……今洵之不肖，何敢以自列於聖賢！然其心亦有所不甚自輕者。……方其致思於心也，若或起之；得之心而書之紙也，若或相之。夫豈無一言之幾乎道？千金之子、天子之宰相，求而不得者，一旦在己，故其心得以自負，或者天其亦有以與我也。」字裡行間充溢著自信與自傲，是故蘇洵〈上張侍郎第一書〉云：「洵之所以獲知於明公，明公之所以知洵者，雖暴之天下，皆可以無愧。」

然而，如此評價倒非自我矜伐，洵〈謝相府啟〉提及：「不意貧賤之姓名，偶自徹聞於朝野」，歐陽脩〈蘇君墓誌銘序〉曰：「眉山在西南數千里外，一日，父子隱然名動京師，而蘇氏文章遂擅天下。」

基於本身實力、性情，老蘇絕不肯「舉人以求其悅己」（〈上歐陽內翰第一書〉，在〈上韓舍人書〉內即云：「自閑居十年，人事荒廢，漸不喜承迎將逢，拜伏拳跽。王公大人苟能無以此求之，使得從容坐隅，時出其所學，或亦有足觀者。」其「恥於自求」（〈上歐陽內翰第五書〉），認為「自我求之，則君子譏焉。」（〈上張侍郎第一書〉）

蘇洵尋求引薦之心態，正是「僕已老矣，固非求仕者，亦非固求不仕者。」（〈答雷太簡書〉），主張「欲求於無辱，莫若退聽之自然」（〈謝相府啟〉），「人自為棄我、取我，而吾之所以為我者如一」（〈上余青州書〉）。

本諸仕宦可有可無的立場，蘇洵竟連番投書求薦的原因，並非迫於經濟壓力──「洵有山田一頃，非凶歲可以無饑，力耕而節用，亦足以自老」（〈上田樞密書〉），「洵之所為欲仕者，為貧乎？實未至於饑寒而不擇」（〈上歐陽內翰第四書〉）；全是因為要順應天意，不敢「棄天」、「褻天」，忤逆上天「必有以用我」的深意（見〈上田樞密書〉），和「適在京師，且未甚老，而猶足以有為也」（〈上張侍郎第二書〉）的雄心壯志。

（二）遇士取士

蘇洵〈上王長安書〉指出，若以為「天子之尊至於不可指，而士之卑至於可殺」，乃「見其安而不見其危」；實際上「士之貴賤，其勢在天子；天子之存亡，其權在士。」天下之士不宜妄自匪薄、短視近利，主政當權者更宜禮賢下士、虛左以待。一如「古之君子，其道相為徒，其徒相為用。故一夫不用乎此，則天下之士相率而去之。使夫上之人有失天下士之憂，而後有失一士之懼。」

至於取士任官的標準，應是「略始而精終」，〈上文丞相書〉云：「欲求盡天下之賢俊，莫若略其始；欲求責實於天下之官，莫若精其終。……使賢者易進，而不肖者易犯。夫易犯故易退，易進故賢者眾，眾賢進而不肖者易退，夫何患官冗？」

老蘇視野有遺賢，為居廊廟者之責，〈上田樞密書〉曰：「夫其所以與我者，必有以用我也。我知之不得行之，不以告人，天固用之，我實置之，其名曰棄天；自卑以求幸其言，自小以求用

其道，天之所以與我者何如？而我如此也，其名曰褻天。棄天，我之罪也；褻天，亦我之罪也；不棄不褻，而人不我用，非我之罪也，其名曰逆天。然則，棄天、褻天者其責在我，逆天者其責在人。」

科考之所以會造成遺珠之憾，老蘇認為部分肇因於科考的缺失及朝廷延宕的陋習。科考不見得能拔擢人才，畢竟「夫人固有才智奇絕而不能為章句名數聲律之學者，又有不幸而不為者。苟一之以進士、制策，是使奇才絕智有時而窮也。」（〈廣士〉）對此，蘇洵可謂有切膚之痛，且留下了不堪回首的場屋經驗，其〈與梅聖俞書〉云：「惟其平生不能區區附合有司之尺度，是以至此窮困。……自思少年嘗舉茂才，中夜起坐，裹飯攜餅，待曉東華門外，逐隊而入，屈膝就席，俯首據案。其後每思至此，即為寒心。」〈上歐陽內翰第四書〉則曰：「始公進其文，自丙申（嘉祐元年）之秋至戊戌（嘉祐三年）之冬，凡七百餘日而得召。朝廷之事，其節目期限，如此之繁且久也。使洵今日治行，數月而至京師，旅食於都市以待命，而數月間得試於所謂舍人院者；然後使諸公專考其文，亦一二年；幸而以為不謬，可以及等而奏之，從中下相府，相與擬議，又須年載間；而後可以庶幾有望於一官。如此，洵固以老而不能為矣。」

官場的腐敗，也會使耿介之人不耦或見黜，蘇洵〈與吳殿院書〉中，即替好友史沆「平生孤直不遇」、其兄史經臣「以剛見廢」，惋歎不已。

蘇洵年歲已大，不耐折騰，更勇於自信，覺得朝廷應破格擢用，不該拘泥成規一再召試，其〈答雷太簡書〉曰：「其文章議論，亦可以自足於一世。何苦乃以衰病之身，委曲以就有司之權衡，以自取輕笑哉？……苟朝廷以為其言之可信，則何所事試？

苟不信其平居之所云，而其一日倉卒之言，又何足信邪？恐復不信，祇以爲笑。」

（三）政理兵道

　　老蘇一生致力於政理兵道，領獲尤巨，頗覺自豪，獻書以此爲主，爲求人推舉所寫之函，亦必言及於此。〈上韓舍人書〉中，蘇洵坦陳北宋仁宗朝粉飾太平下，內憂外患的窘況——「方今天下雖號無事，而政化未清，獄訟未衰息，賦斂日重，府庫空竭，而大者又有二虜之不臣。天子震怒，大臣憂恐。」而於〈上富丞相書〉，則深致對執掌國柄者的殷切期盼，因爲唯有善人能「政出於他人而不懼，事不出於己而不忌」，芸芸眾生則易滋不平之心；「君子之出處於其間也，不使之不平於我也」，得師法「周公誅其不平而不可告語者，告其可以告語者，而和其不平之心」；但須「君子忍其小忿[2]以容其小過，而杜其不平之心，然後當大事而聽命焉」。並就政治實況，點明寇準、范仲淹爲相之疏漏，寄望當今丞相富弼能夠使「君子與賢者並居而同樂」、「賢人者致其不賢者」。

　　對歷史時事的洞澈隱微，讓蘇洵每喜借箸代籌，如〈上府倅吳職方書〉，即針對蜀地「將形」、「既萌」之三患，提出具體應付之策，「幸置之胸中，異日府公漕刑必將咨計執事，執事擇其說之可者發之」。

　　〈上韓樞密書〉云：「洵著書無他長，及言兵事，論古今形勢，至自比賈誼。所獻「權書」，雖古人已往成敗之迹，苟深曉其義，施之於今，無所不可。」〈上張文定公書〉云：「近所著

---

[2]　「忍其小忿」之「忿」字，原誤作「忠」，據貫堂刊本《重編嘉祐集》、三蘇祠堂刊本《三蘇全集》改。

〈機策〉一篇、「權書」十篇，凡二萬言；雖不知王公大人可以當其意否？而自謂盡古今之利害，復皆易行而非迂闊浮誕之言也。」〈上府倅吳職方書〉云：「平生所學《春秋》、〈洪範〉、禮樂、律曆，皆著之書，非遇執事閒燕講道時，未敢以贅「兵論」三篇，冀執事觀之，而知洵與夫迂儒腐生蓋少異矣。」蘇洵突破迂腐儒生的見地，特重切近實用，如〈上韓樞密書〉，以親見西川之事和親聞京師偶語，感歎軍政久弛，士卒驕惰；養兵不用，則滋亂、思姦、萌詐，天下之患雜出；御兵乃人臣之事，然「大臣好名而懼謗」，「好名則多樹私恩，懼謗則執法不堅」。老蘇建議樞密使韓琦「厲威武以振其墮」，「思天下所以長久之道，而無幸一時之名；盡至公之心，而無恤三軍之多言」。

不過，此類近於法家、兵權，教戰立威的意見，並不符合所謂醇儒長者的脾胃。

(四)自立處世

在〈上歐陽內翰第一書〉內，蘇洵詳述己身為學求道之心路歷程：「洵少年不學，生二十歲，始知讀書，從士君子遊。年既已晚，而又不遂刻意屬行，以古人自期。而視與己同列者，皆不勝己，則遂以為可矣。其後困益甚，然後取古人之文而讀之，始覺其出言用意，與己大異。時復內顧，自思其才則又似夫不遂止於是而已者。由是盡燒曩時所為文數百篇，取《論語》、《孟子》、《韓子》及其他聖人、賢人之文，而兀然端坐，終日以讀之者七八年。方其始也，入其中而惶然；博觀於其外，而駭然以驚。及其久也，讀之益精，而其胸中豁然以明，若人之言固當然者，然猶未敢自出其言也。時既久，胸中之言日益多，不能自制，試出而書之，已而再三讀之，渾渾乎覺其來之易矣。」由「不學」、

「以為可」、至「豁然以明」，確實是「文章千古事，得失寸心知」。

　　蘇洵面對現實人生的處世哲學，因「不敢不自愛其身」，故「自潔清以避恥遠辱」（〈上張益州書〉）。堅守「輕富貴而安貧賤」，天下以為絕群離類的四種人──三公、卿、大夫、士，「皆人之所自為也，而人亦自貴之」；認為「有才者為賢人，而有德者為君子，此二名者夫豈輕也哉？而今世之士，得為君子者，一為世之所棄，則以為不若一命士之貴，而況以與三公爭哉？」（〈上余青州書〉）賢人、君子應受人看重，亦應自重，不該如「後之賢者之不能自處其身也，饑寒窮困之不勝而號於人。」（〈上田樞密書〉）

　　在政治狀態混沌，甚或不足以有為的情況下，則秉持「將盡吾心焉耳」（〈上田樞密書〉）的信念，及「不識忌諱，惟知天下之事有不便民者，輒抗言之，言之不足以快憤懣，奮筆而書之」（〈上張文定公書〉）的道德勇氣，勇往直前。

　　「然君子之相從，本非以求利」，貴在「知心」與「信任」（見〈上歐陽內翰第五書〉），則是蘇洵交友之道。

（五）道統文統

　　自唐・韓愈〈原道〉一文後，中國文學界業已確立了一脈相承的道統觀──上溯堯舜、禹湯、文武、周公，下迄孔子、孟子之儒道傳統，文章內容、文學批評等，莫不一本於斯。韓愈以為荀子與揚雄「擇焉而不精，語焉而不詳」，暗許自己承襲孟學，發揚道統；宋初文宗歐陽脩，雖以韓愈之後繼者自居，卻已有重視「文統」的傾向，歐公〈代人上王樞密求先集序書〉云：「言之無文，行而不遠。君子之所學也，言之載事而文以飾言，事信

言文乃能表見於後世。……其言之所載者大且文，則其傳也章；
言之所載者不文而又小，則其傳也不章。」

　　蘇洵則將道統、文統相提並論，〈上歐陽內翰第二書〉曰：
「自孔子沒，百有餘年而孟子生；孟子之後，數十年而至荀卿子；
荀卿子後乃稍闊遠，二百餘年而揚雄稱於世；揚雄之死，不得其
繼千有餘年，而後屬之韓愈氏；韓愈氏沒三百年矣，不知天下之
將誰與也？且夫以一能稱，以一善書者，皆不可忽，則其多稱而
屢書者，其爲人宜尤可貴重。」韓愈特重「道統」，以爲「軻之
死不得其傳」；蘇洵不忽「文統」，認定荀卿、揚雄可繼。老
蘇提升了文統的地位，使文學之藝術特色、技巧等，得到應有
的重視。

　　在蘇洵二十六篇書信裡，「道」字不時出現，意義非止一端。
或指儒家經世致用之聖道，如〈上韓丞相書〉：「非敢望如朝廷
所以待賢俊，使之志得『道』行者」：或指個人之學養、見識，
如〈上歐陽內翰第一書〉：「而洵也，自度其愚魯無用之身，不
足以自奮於其間，退而養其心，幸其『道』之將成，而可以復見
於當世之賢人君子。……退而處十年，雖未敢自謂其『道』有成
矣，然浩浩乎，其胸中若與曩者異。」或指超凡入聖之境界，如
〈上田樞密書〉：「天下之學者，孰不欲一蹴而造聖人之域，然
及其不成也，求一言之幾乎『道』而不可得也。……今洵用力於
聖人賢人之術亦已久矣，其言語、其文章，……夫豈無一言之幾
乎『道』」？」或指合乎禮法遇士取士之方，如〈上歐陽內翰第
五書〉：「今洵已有名於吏部，執事其將以『道』取之邪？則洵
也猶得以賓客見」。

（六）文論文評

　　由諸篇書信，亦可略窺蘇洵之文藝理論及文學批評。在回覆後學請益之〈與孫叔靜書〉中云：「凡作論，但欲意立而理明，不必覓事應副。」其針對時文之弊，提出作文當以「立意」爲根本，文章的中心意旨一旦確立，所欲闡釋的道理自會彰明，引類據典則成餘事。

　　蘇洵是以「幾策」、「權書」、「衡論」等實際創作，來突顯「文貴實用」之理論，〈上韓樞密書〉首段，言之甚明。

　　蘇軾〈鳧繹先生詩集敘〉，追述了老蘇「貴用」、「反浮華」、「有爲而作」等文論，可供應證——「昔吾先君適京師與卿士大夫遊，歸以語軾曰：『自今以往，文章其日工，而道將散矣。士慕遠而忽近，貴華而賤實，吾已見其兆矣。以魯人鳧繹先生之詩文十餘篇示軾曰：……先生之詩文，皆有爲而作，精悍確苦，言必中當世之過；……其遊談以爲高，枝詞以爲觀美者，先生無一言焉。』」

　　老蘇還主張「自然成文」，唯在耳聞、目見、身觸、心感，學篤、慮深、思悟、習善，「有所不能自已而作」、「非勉強所爲」的情況下，才可能寫出撼動人心，裨益于世，名震一時，聲垂千古的佳構妙作。蘇軾〈江行唱和集敘〉曰：「自聞家君之論文，以爲古之聖人有所不能自已而作者。……與凡耳目之所接者，雜然有觸於中，而發放詠歎，……非勉強所爲之文也。」蘇洵於讀精思通之後，「胸中之言日益多，不能自制，試出而書之，已而再三讀之，渾渾乎覺其來之易矣。」（〈上歐陽內翰第一書〉）其言語、文章，已臻「得之之不勞」（〈上田樞密書〉），自然以成文的地步。

　　同時，老蘇認爲文思易受窮通得失之環境影響，個人文風亦會被文學風潮所左右，而聲律、記問的要求，更將破壞文體，其〈上田樞密書〉即以自身今昔之際遇心境及爲文情況，作了比較說明——「曩者見執事於益州，當時之文，淺狹可笑，饑寒窮困亂其心，而聲律記問又從而破壞其體，不足觀也已。數年來退居山野，自分永棄，與世俗日疎闊，得以大肆其力於文章。詩人之優柔，騷人之精深，孟、韓之溫淳，遷、固之雄剛，孫、吳之簡切，投之所嚮，無不如意。」

　　從前段引文可知，蘇洵的文學批評，不受內容羈絆，能夠純就作家風格特色、形式技巧，加以評斷、衡量文學作品的價值，不再牽扯載道與否。

　　老蘇最富盛名、最具影響力的文評，見於〈上歐陽內翰第一書〉：「孟子之文，語約而意盡，不爲巉刻斬絕之言，而其鋒不可犯。韓子之文，如長江大河，渾浩流轉，魚黿蛟龍，萬怪惶惑，而抑遏蔽掩，不使自露。而人自見其淵然之光，蒼然之色，亦自畏避，不敢迫視。」爲了證明對歐公文章「知之特深愈於天下之人」，蘇洵接著指出歐文表現手法及特長爲「紆餘委備，往復百折，而條達疎暢，無所間斷；氣盡語極，急言竭論，而容與間易，無艱難勞苦之態」。更依「態」、「實」、「才」三個角度，且藉唐代兩大文家，映襯歐陽脩已與孟子、韓愈一般，「斷然自爲一家之文也」，其云：「惟李翱之文，其味黯然而長，其光油然而幽，俯仰揖讓，有執事之態。陸贄之文，遣言措意，切近的當，有執事之實。而執事之才，又自有過人者。蓋執事之文，非孟子、韓子之文，而歐陽子之文也。」

四、形式技巧與修辭手法

蘇洵論文，首重立意，即便書信體散文亦然，通篇中心思想一旦確立，如何敷藻摛辭展現主旨，即見作者文學造詣之高下，彰明較著者，在於形式技巧與修辭手法。

（一）章法脈絡

概言之，書信之作並無固定題目，較不講求謀篇佈局，行文也略為率性，易現個人色彩。

至於段與段之結構關係，通稱為「章法」。一般認為洵文師法《老子》、《孫子》，每每一句一理，如串八寶奇珍。記誦淵博、著作豐富，明代第一的楊慎，於《三蘇文範》評〈御將〉一文云：「此篇有格局，一步進一步，不似他篇，各為片段。」「陽明先生」王守仁於同書評〈上余青州書〉云：「老泉（指蘇洵）行文多各自為片段，與東坡文體不同。此書獨一意到底，氣勢弘放，有一瀉千里之態。」二人之評論，恰以反證說明，老蘇行文特色，多自成片段，不考究章法，書信散文則似更當如此。

明中葉古文大家唐順之，在《百大家評古文關鍵》中，論及〈上富丞相書〉，亦曰：「此文各自為片段，正與東坡文體不同。老泉之文，大率如此。」不過，一經細心尋繹分析，即會發現，此項評論忽略了文脈一端。隱於文字下的脈絡，正是貫穿各個段落的樞紐，蘇洵散文能千迴百折煙波生色，抑揚開闔委蛇無間的秘訣，全靠草蛇灰線之佈脈。

茲以〈上富丞相書〉為例，試拈出其中脈絡，闡明老蘇正式信函實講章法：

首段以「天下咸喜相慶」富弼「困而後起，起而復為宰相」，更值「天下更始」之際，「不為而何為」起筆。因遲遲未見有所興革，遂將企盼施政改弦更張之心，從「咸曰：後有下令而異於

他日者，必吾富公也」的萬分信賴，帶至「不敢以疑」之「猶曰」，最後推落到「不能無憂」之「或曰：彼其中則有說也，而天下之人則未始見也」。

再藉「蓋古之君子，愛其人也則憂其無成」一語承上啟下，讓次段指明，富弼已陷「一人之身而欲擅天下之事，雖見信於當世，而同列之人一言而疑之，則事不可以成」的瓶頸。繼而運用「善人」——「政出於他人而不懼，事不出於己而不忌」、「眾人」——「政出於他人而懼其害己，事不出於己而忌其成功」，相襯成文，逼出「君子之出處於其間也，不使之不平於我也」的主旨。

然後舉「周公誅其不平而不可告語者，告其可以告語者而和其不平之心」，以「安乎周也」的史證，力促富弼為所當為；同時以陳平「交歡周勃」，「卒得絳侯（周勃之封號）入北軍之助以滅諸呂」，乃「賢人者致其不賢者」的美例，勸諫富丞相「忍其小忿以容其小過，而杜其不平之心，然後當大事而聽命焉」，能與並寮貳間相忍謀國，以定天下。切莫重蹈曩昔寇準為相，「惟其側有小人不能誅，又不能與之無忿」、范仲淹在相府，「失於急與不忍小忿」之覆轍。

文末從「君子與賢者並居而同樂，故其責之也詳」，歸結到己身「有志於今世，願一見於堂上」的用心。

全篇以「今昔映襯」之文脈貫穿，包括富弼復任宰相起，以迄於今的社會反應；加上周公攝政，「誅管、蔡，告召公以其志，以安其身，以及於成王」、漢右丞相陳平用陸賈之計，與周勃交歡相結，共滅呂禍的歷史陳跡和富弼為相的現今狀況；及仁宗朝之前任與現任宰輔的短處；兩兩相對，以古證今，以昔襯今。再者，蘇洵寫往昔種種採用重筆、詳筆，而對目前種種則採輕筆、略筆，既可形成文瀾，又可避免太過尖銳。

　　故知，〈上富丞相書〉反覆致意，深寓婉曲，文章節奏明暢，起伏照應，且一氣呵成，絕無零散片段之失。

（二）排比句式

　　蘇洵的散行文字，屢屢融入原屬韻文的排比句式，非但可以突顯重點，強調意象，更能增添文章的韻律節奏，加強文字的渲染力量，而句式結構亦有參差變化。其書信體散文，並未例外。

　　短篇者如〈上王長安書〉，僅三百九十九字，排比句竟十見：「天子甚尊，公卿甚貴，士甚賤」；「其積也甚厚，共爲變也甚難」；「天子之尊至於不可指，而士之卑至於可殺」；「方其未敗也，天下之士望爲其鶴而不可得也。及其敗也，思以千乘之國與匹夫共之而不可得也」；「天子之尊可以慄慄於上，而士之卑可以肆志於下」；「士之貴賤，其勢在天子；天子之存亡，其權在士」；「學之不明，持之不堅」；「其道相爲徒，其徒相爲用」；「其始也輕用之，而其終也亦輕去之」；「非有賢公卿不能振其前，非有賢士不能奮其後」。四百五十五字之〈上歐陽內翰第五書〉，排比句亦六見：「不知辭讓，不畏簡書」；「執事之於洵，未識其面也，見其文而知其心；既見也，聞其言而信其平生」；「洵不以身之進退出處之間有謁於執事，而執事亦不以稱譽薦拔之故有德於洵」；「再召而辭也，執事不以爲矯，而知其恥於自求；一命而受也，執事不以爲貪，而知其不欲爲異」；「其去不追，而其來不拒」；「其大不榮，而其小不辱」。

　　較長篇幅者如〈上張文定公書〉，共一千零四十六字，排比句子出現十六次：「未始不以頌美而求悅，未始不以訴窮而求哀」；「頌美而謂人悅之，訴窮而謂人哀之」；「聞其頌美而悅，聞其訴窮而哀」；「明公之美不勝頌也，洵不頌也；洵之窮不足訴也，洵不訴也」；「文爲天下師，行爲天下表，才爲天下宗，言爲天

下法」；「洵饑焉，而天下不皆饑；洵寒焉，而天下不皆寒」；「貌言華也，至言實也，苦言藥也，甘言疾也。夫以貌言、甘言悅人者，是以不賢人期人也；以至言、苦言悅人者，是以不賢人期人也」；「洵訪諸官史、胥史（當作「吏」）皆曰：明公嚴而明。訪之布衣、儒生，皆曰：明公恭而有禮。訪諸閭里、編戶，皆曰：明公廉而仁。訪諸軍旅、士伍，皆曰：明公威而有信」：「夫舜，聖主也，天下至治之時也；漢文，賢君也，亦天下至治之時也」；「器大者不憂，量廣者不懼」；「憂而思所以謀之，懼而思所以安之」；「編籍之中不能無凶民，軍伍之中不能無悍卒」；「御得其道則斂足屏氣，皆吾臣、皆吾妾；御失其道，則圜視而起，皆吾讎、皆吾敵」；「懼則思所以安之，憂則思所以謀之」；「佐天子，調陰陽，正百官」；「吾皇之急賢，則明公之歸朝」。一千三百餘字的〈上韓樞密書〉亦類此，幾乎通篇排比。

　　其中蘇洵喜用類字，像「甚」、「之」、「可以」、「不以」等，來構成整齊的排比句；也採取錯綜手法，使工整的結構，產生一些伸縮變化，如〈上韓樞密書〉之「不義之心變而為忠，不仁之器加之於不仁，而殺人之事施之於當殺」；「思天下所以長久之道，而無幸一時之名；盡至公之心，而無恤三軍之多言」即是。

　　書信散文撰作者的背景立場、心態目的及收信對象之身分地位、彼此關係，攸關形式技巧的運用和表達方式的差異。好發議論、長於說理，原是宋代文風特點之一，加之老蘇書信以薦己求舉為主，內容不脫議論說理敘事，抒情性稍弱，因此較為拘謹嚴肅，迭用排比句型，恰可突顯此種性質。二十六封信中，全無排比句者，只有四篇：即〈與吳殿院書〉，因蘇洵與吳中復為「談論輒盡歡」之故舊，函內徒涉私事，所以行文造句比較自在灑脫；

另外爲〈答雷太簡書〉、〈上歐陽內翰第四書〉、〈與孫叔靜書〉，情形大致雷同。

　　蘇洵經常以整齊之排比句和參差之散行句穿插成篇，來與句意之正說反論、抑揚縱擒等對比手法相呼應。筆勢縱橫、開闔變化、斂放頓挫、曲盡其妙之〈上韓樞密書〉，正是一證。

（三）設問語氣

　　在蘇洵書信散文裡，除了短短六十餘字之〈與孫叔靜書〉外，每篇均或多或少使用了設問修辭法。將原本平述句突然轉換成詢問語句的作用，旨在彰顯強調其中含意，或爲了吸引對方的注意，或乃期使文勢生動靈妙的技巧運用，抑是暗蓄嘲諷憤悒的表現手段。

　　例如〈上韓丞相書〉，首段之「終不能如漢唐之際所以待處士者，則京官之與試銜，又何足分多少於其間，而必爲彼不爲此邪？……又況忍窮耐老，望而未可得邪？」次段之「若洵者，計其年豈足以有待邪？」三段之「嗟夫！豈天下之官以洵故冗邪？」皆以激問方式反逼出自我的抑鬱不滿，希冀激發韓琦的省思補救。末段之：「相公豈能施此不報之恩邪？」乃以激問修辭，正話反說。至於第三段，「今朝廷糊名以取人，保任以得官，苟應格者，雖屠沽不得不與。何者？」則是採提問方式，順勢帶出答案──「雖欲受惜而無由也」，使文章表達有了變化。

　　又如〈上歐陽內翰第四書〉之第三段云：「洵之所爲欲仕者，爲貧乎？實未至於饑寒而不擇。以爲行其道乎？道固不在我。且朝廷將何以待之？……爲宰相者，又以爲時不可爲，而我將有所待。若洵又可以行道責之邪？」靠設問句法變更語氣，遂使文勢順逆往復，搖曳生姿。

此外，老蘇亦善用虛字轉筆，「而」字被用來轉折語氣文勢的頻率最高，但憑其文學實力，讓「而」發揮出流利順當的節奏韻律，塑造了雄渾的文風，不致陷於板滯乏味。「然」、「然則」、「雖」、「雖然」、「然而」、「則」等語詞，也間雜可見。

（四）譬喻巧思

譬喻是借彼喻此的修辭法。藉共通類似之點來巧譬善喻，把深奧抽象的道理，說得具體形象化，或是敘事狀物，窮形盡相，以易知說明難曉者，使切中人意，生動透徹。

老蘇書信內，就近取譬，以具象說明抽象之例，比比皆是。〈上韓樞密書〉將「天下既平，盜賊既殄，『不義之徒』聚而不散，勇者有餘力則思以為亂，智者有餘謀則思以為姦，巧者有餘技則思以為詐」的情況，比作「『虎豹』終日而不殺，則跳踉大叫，以發其怒；『蝮蝎』終日而不螫，則噬齧草木，以致其毒」；〈上韓丞相書〉把自己面對朝廷「至於一官，則反覆遲疑不決者累歲」的徘徊猶疑，比作「首鼠不決，欲去而遲遲也」；〈上韓昭文論山陵書〉將升斗小民為了應付厚葬仁宗的費用，搞得鼎沸難安，比作「狼顧而不寧」。以上三篇均採「以人擬物」的譬喻法。

運用以具象說明抽象譬喻修辭法之篇章，尚有：

〈上韓樞密書〉把「兵久驕不治，一旦繩以法」後，「三軍之士竦然」的狀況，喻成「赤子之脫慈母之懷，而立乎嚴師之側，何亂之敢生？」

〈上文丞相書〉把「欲求盡天下之賢俊，莫若略其始；欲求責實於天下之官，莫若精其終」的道理，喻成「有人求金於沙，斂而揚之，惟其揚之也精，是以責金於揚，而斂則無擇焉。不然，金與沙礫皆不錄而已矣。」

〈上歐陽內翰第一書〉則將天下「紛紛然而起」者的本領，形容成「毛髮絲粟之才」；並把本身困頓不遇，形容爲「不幸墮在草野泥塗之中」。

〈上王長安書〉將「學之不明、持之不堅」的士人，「以天子存亡之權，下而就一匹夫貴賤之勢」的愚昧，喻作「持千金之璧以易一瓦缶」。

〈上張侍郎第一書〉以「輕之於鴻毛，重之於泰山，高之於九天，遠之於萬里」的譬喻，來形容張方平進言的份量。

〈上張文定公書〉對「西南徼外，雜虜碁布星列」，「御得其道」，比作「斂足屏氣，皆吾臣、皆吾妾」；「御失其道」比成「圜視而起，皆吾讎、皆吾敵」。

〈上府倅吳職方書〉把「邕（州）管逋寇南詔」，喻成「爲之囊橐」：把蜀地三患，「不幸而有一起，二者必從而興」的情勢，比作「大鼎弱足之折，餘必隨之」；而頌美吳照鄰「權略智調，視措置岷蜀」者，「猶指揮僕妾輩耳」。

新穎、貼切、巧妙，乃蘇洵善用譬喻之特色，其尤愛取水爲喻。如〈上韓樞密書〉，即以用水、積水來比擬用兵、養兵——「用兵決勝」似「水激之山，放之海，決之爲溝塍，壅之爲沼沚，是天下之人能之」；「養兵不用之可畏」，似「委江河，注淮泗，匯爲洪波，瀦爲大湖，萬世而不溢者，自禹之後未之見也。」又以河水之勢，譬喻說明漢初「劉、項奮臂於草莽之間，秦、楚無賴子弟千百爲輩，爭起而應者，不可勝數」，至「韓信、黥布之徒，相繼而起者七國，高祖死於介胄之間而莫能止也。連延及於呂氏之禍，訖孝文而後定。是何起之易而收之難也？」——「劉、項之勢，初若決河，順流而下，誠有可喜。及其崩潰四出，放乎數百里之間，拱手而莫能救也。」

〈上余青州書〉則以東注之水比擬「激昂慷慨，論得失，定可否」之口才和「奉使千里，彈壓強悍不屈之虜」的令譽——「其辭如決河流而東注諸海，名聲四溢於中原而滂薄於戎狄之國」。

蘇洵亦以水喻文章之內容風格，〈上歐陽內翰第一書〉云：「韓子之文，如長江大河，渾浩流轉，魚黿蛟龍，萬怪惶惑」；〈上張侍郎第一書〉云：「（軾、轍）引筆書紙，日數千言，坌然溢出，若有所相。」

以易知說明難曉之譬喻修辭法，見於老蘇尺牘者，有：

〈上張侍郎第一書〉中，蘇洵把自己「栖栖焉無所告訴」、「蓄縮而不進」之態，比喻為「茫然如梯天而航海」。

〈上韓丞相書〉將「又守選、又待闕，如此十四五年，謹守以滿七八考，又幸而有舉主五六人，然後敢望於改官」的實際遭遇和預期情形，用「譬如豫章、橘柚，非老人所植也」，傳神地加以描摹。

〈謝趙同諫書〉則以簡喻繁，拿「數至門者，虛禮無用；數致書者，虛詞無觀。得其無用與其無觀而加喜，不得而怒」的世態人心，比成「與嬰兒之好惡無異」。

〈上府倅吳職方書〉將「非有雄謀大志，惟暴之則逆，惠之則順」的「沿邊雜虜」，譬喻成「臨之以箠，鮮不吠噬；豢之以食，可使捍盜」的犬類。並且認為由「居山者知虎豹之迹，居澤者識蛟蜃之穴」的比方，可以推衍得知，居蜀「家于此」者，「聞見習熟而得之詳」，必知蜀患之所萌生。

（五）明引暗用

蘇洵的中心思想以儒家為本，卻不以儒家為限，兼及法家、兵家、縱橫家、道家及釋教。其胸有洪爐，諸家之說皆歸鎔鑄，

旁徵博引，左右逢源，適如意之所欲出，得之心應之手發而爲文。二十六篇書信體散文裡，明引暗用經史子集者屢見。

如〈上歐陽內翰第五書〉引用了《禮記‧檀弓下》；〈上韓昭文論山陵書〉分別引用《禮記‧檀弓上》和《孟子‧公孫丑下》的片段；〈上余青州書〉引用《論語‧公冶長》之語；〈上歐陽內翰第三書〉明引《孟子‧梁惠王下》；〈上歐陽內翰第四書〉則明白徵引了《孟子‧萬章下》而〈上韓舍人書〉用《孟子‧滕文公下》之語：〈上張益州書〉用《孟子‧萬章上》之語：《上張文定公書》明引了《尚書‧皋陶謨》、《史記‧商君傳》及賈誼《新書‧數寧》；〈上張侍郎第二書〉也引用《新書‧宗首》的文句。暗用之例，如《尚書‧商書‧仲虺之誥》」：「慎厥終，惟其始」二句，於〈上文丞相書〉內，轉成「謀諸其始而邀請其終」等語；〈與雷太簡納拜書〉之「以兄之親，而酌則先秦人」句，化用自《孟子‧告子上》：「鄉人長於伯兄一歲，則誰敬？曰：敬兄。酌則誰先？先酌鄉人」：〈上韓樞密書〉之「夫兵者，聚天下不義之徒，授之以不仁之器，而教之以殺人之事」，巧引《老子》：「兵者，不祥之器，非君子之器，不得已而用之」之意；同〈書〉之「御將者，天子之事也；御兵者，將之職也。天子者，養尊而處優，樹恩而收名，與天下爲喜樂者也，故其道不可以御兵。」蘇洵乃化用於《韓非子‧主道》：「明君之道，使智者盡其慮，而君因以斷專，故君不窮於智；賢者敕其材，君因而任之，故君不窮於能；有功則君有其賢，有過則臣任其罪，故君不窮於名。……臣有其勞，君有其成功，此所謂賢主之經也」；〈上王長安書〉中，則把《呂覽‧下賢》：「有道之士，固驕人主；人主之不肖者，亦驕有道之士」，與《呂覽‧不侵》：「天下輕於身，而士以身爲人。以身爲人者，如此其重也，而人不知」轉化爲「天子之尊至於王可指，而士之卑至於可殺」等句。

（六）其他技法

　　掬管爲文，若能利用具規律性、和諧感的層遞法以說理議事，極易爲人了解與接受，蘇洵深諳此理，遂於書信中亦可見之。〈上歐陽內翰第四書〉提及：「今人之所謂富貴高顯而近於君，可以行道者，莫若兩制。然猶以爲不得爲宰相，有所牽制於其上，而不得行其志。爲宰相者，又以爲時不可爲，而我將有所待。」由兩制、至宰相，再至雖爲宰相依然將有所待，層層遞進推脫，反諷顯貴無人願負「行道之責」。

　　〈上張侍郎第一書〉首段，寫老蘇替二子懇求提攜時內心反覆掙扎，也採層遞修辭法，由「欲忍而不言而不能」至「欲言而不果」，最後才「決其意而發其言」。

　　〈上韓丞相書〉亦以層遞法起筆，表明己身原不敢奢望「志得道行」，只圖「粗可以養生遺老」，末了卻需「忍窮耐老」，每況愈下。

　　爲了增加書信的感染力和新鮮性，蘇洵也曾使用誇飾、借代等方法。〈上余青州書〉云：「適會南蠻縱橫放肆，充斥萬里，而莫之或救，明公乃起於民伍之中，『折尺箠而笞之，不旋踵而南方乂安』」與「窮者藜藿不飽，布褐不暖，習爲貧賤之所摧折。『仰望貴人之輝光，則爲之顛倒而失措』」——兩處顯見誇飾修辭之跡。而〈上韓樞密書〉曰：「太祖、太宗，躬擐甲胄，跋履險阻，以斬刈四方之『蓬蒿』」，即以野生之蓬草、蒿草代替「叛逆之人」；〈上歐陽內翰第三書〉曰：「不審日來『尊履』何似」，乃藉問候他人腳步輕快與否，以取代詢問「身體狀況」是否健康。

五、結語

　　書信體散文在蘇洵著作中，佔有的比重雖輕，但是經由分析歸納，以探究此類文體涵蓋的內容及所呈現的義旨，可獲悉蘇洵之背景經歷、思想範疇、性情襟抱、人生哲學、政治主張、文學觀念等各個層面，透過外緣觸及底蘊，能深入真切的了解蘇洵其人其文。

　　蘇洵書信體散文的內容，以尋求薦舉為主軸，然而蘊含豐富，極具個人色彩；至於形式技巧的展現與修辭手法的運用，更讓人擊節歡賞，滋生師法之心。其講求章法佈局，文氣暢洽，排比散行句式依勢成文，且精於設問、譬喻、引用、層遞、誇飾、借代等技法，應用自如，靈活切當，饒富藝術美感。

　　蘇洵之文能雄峙於當代，垂範於千秋，且列名唐宋古文八大家之一，僅由書信一體，已可得到確證。

本篇發表於：《華岡文科學報》第二十一期
民國八十六年三月，頁 129-147

附錄三　蘇洵遊學四方的真正原因

　　拜讀了十二月十四日張瑞芬女士〈蘇洵爲何「遊學四方」？〉的大作後，覺得有必要再深入探討此一問題。

　　蘇轍《欒城後集》卷廿二〈亡兄子瞻端明墓誌銘〉云：「（坡）公生十年，而先君宦學四方。太夫人親授以書，聞古今成敗，輒能語其要。太夫人嘗讀東漢史，至〈范滂傳〉，慨然太息。公侍側曰：『軾若爲滂，夫人亦許之否乎？』太夫人曰：『汝能爲滂，吾顧不能爲滂母耶？』公亦奮厲有當世志，太夫人喜曰：『吾有子矣！』」根據這個第一手資料可知，東坡十歲時（即宋仁宗慶曆五年，西元 1045 年），因父親出外，母親遂負起課子之責。而宋人何掄《眉陽三蘇先先生年譜》亦云：「慶曆五年，老蘇三十七，學四方。先生（蘇軾）十歲，能語古今成敗。」

　　再者，宋·王稱所撰之私史《東都事略》卷九三上〈列傳〉七六上，與元·脫脫等撰之正史《宋史》卷三三八〈列傳〉九七，也作了相同的記載。

　　確定了此次蘇洵「宦學四方」的時間後，即該研究果真如張女士文中所稱——「另有隱情」嗎？

　　由老蘇《嘉祐集》卷十四（四部備要，明刻十五卷本）〈極樂院造六菩薩記〉一文內容，我們能夠知道其六名子女中，長女夭、長子景先（非如張文所記之「景」）死，次女、幼女均早卒，僅剩下軾、轍兩兄弟。至於東坡居士有個「傾慕極深的青梅竹馬

的玩伴」「堂妹」──小二娘之說法，亦屬子虛烏有，徐復觀先生早有專文批駁此一出於林語堂先生《蘇東坡傳》的附會。

宋・周密《齊東野語》卷十三〈老蘇族譜記〉云：「滄淵先生程公許字季與，眉山人，仕至文昌，寓居雪上，與先子從容談蜀中舊事，歷歷可聽。其言老泉〈族譜亭記〉，言鄉俗之薄，起於某人，而不著其姓名者，蓋蘇與其妻黨程氏大不咸，所謂某人者，其妻之兄弟（程濬，與洵之二哥蘇渙，同時登朝）也。老泉有〈自尤詩〉（現存各種版本《嘉祐集》均失載），述其（幼）女事外家（嫁給程濬之子程之才）不得志以死，其辭甚哀，則其怨隙不平也久矣。其後東坡兄弟以念母之故，相與釋憾，程正輔（之才字正輔）與坡爲表弟，坡之南遷時，宰聞其先世之隙，遂以正輔爲本路憲，將使之甘心焉，而正輔友篤中外之義，相與周旋之者，甚至坡詩往復倡和中，亦可概見也。」

由於幼女在親上加親的婚姻裏，抑鬱而終，老蘇在自尤自艾外，憤與妻黨絕裂，倒也是人之常情；據〈極樂院造六菩薩記〉：「至于丁亥之歲（仁宗慶曆七年，西元 1047 年）先君（蘇序）去世，又六年而失其幼女」，清楚可知，老蘇幼女卒於一○五三年（仁宗皇祐五年癸巳）。

蘇軾《後集》卷八（明成化刊本《東坡全集》七種之一）、〈鍾子翼哀辭并引〉云：「軾年始十二（即丁亥年），先君宮師歸自江南。」《嘉祐集》卷十四〈祭史彥輔文〉云：「遂至于虔，子（史彥輔）時亦來，……及秋八月，予將北歸，亦既具舩（船），有書晨至，開視驚叫，遂丁大艱，故鄉萬里，泣血行役，敢期生還。」卷十五〈憶山送人〉詩云：「到家不再出，一頓俄十年。」蘇洵在一○四五年離鄉，於一○四七年接獲喪父噩耗後返蜀奔喪，往後幾近十年中，均未再出遊。

　　綜合前述，張女士「這段隱情，牽涉到蘇洵喪女之痛，……因此兩家之怨隙影響了夫妻的感情。蘇洵遠離了傷心之地，離家遠游」的看法，根本無法成立，因爲其幼女卒時，蘇洵宦學四方後，業已歸家六年了。

　　其實，老蘇宦學四方的理由有三。一因「少年喜奇迹，落拓鞍馬間，縱目視天下，愛此宇宙寬，山川看不厭，浩然遂忘還。」（〈憶山送人〉），年少輕狂之際，流連於名山勝景，藉以增廣見聞，拓展襟懷；桑榆晚景「骨肉之親，零落無幾時」，則「徜徉於四方，以忘其老將去」（〈極樂院造六菩薩記〉）。

　　第二：因有志於世，早年屢赴汴京參加科考，惜皆不中，卷十〈上余青州書〉云：「洵，西蜀之匹夫，嘗有志於當世，因循不遇，遂至於老」；更飽受場屋之苦，「自思少年嘗舉茂材，中夜起坐，裹飯携餅，待曉東華門外，逐隊而入，屈膝就席，俯首據案。其後，每思至此，即爲寒心。」（卷十二〈與梅聖俞書〉）所以，後雖蒙歐陽文忠公等人極力舉薦，但洵始終堅持不入考場，並認爲「苟朝廷以爲其言之可信，則何所試？苟不信其平居之所云，而其一日倉卒之言，又何足信邪！」（卷十二〈答雷太簡書〉）

　　最後一項促使老蘇蟄伏西隅幾達十載後，毅然出蜀的因素，是受到益州太守張安道的鼓勵，更爲了軾、轍的遠大前程，乃攜二子遊學入京，終使蘇氏一門三父子，在中國文學史上，獲致極譽。

本篇發表於：《中央日報·長河版》
民國八十二年元月二十八日

附錄四　坡公號老泉考

　　可說與蘇東坡同代，而時間略晚的石林居士葉夢得（西元1077-1148 年），於《石林燕語》卷十中，明白指出「蘇子瞻謫黃州，號東坡居士，東坡，其所居地也；晚又號老泉山人，以眉山先塋有老翁泉，故云。」[1]據此，所謂「蘇老泉」者，應係蘇軾別號，非屬其父蘇洵。

　　但洵字明允，號老泉的說法，早已散見南宋諸籍中：如郎曄選註《經進東坡文集事略》，首有南宋孝宗乾道九年（1173）〈御製文集序・贈太師制〉，及〈東坡先生言行〉；〈言行〉首云：「公名軾，字子瞻，一字和仲，老泉仲子也。」韓淲《澗泉日記》卷下云：「老蘇晚年文字，多用歐陽公宛轉之態；老泉晚年記、序，與權、衡諸論文字不同，豈見歐陽公後有所進耶？其晚年而筆力進歟！」費袞《梁谿漫志》卷五〈老泉贊五星〉條，即對蘇洵〈吳道子畫五星贊〉一文中「粧非今人，脣傅黑膏」數語，加以探討。董（良）史撰《皇宋書錄》，記錄宋代書家姓氏，其〈中篇〉云：「老泉先生蘇洵，字明允」。

---

[1]　（清）道光十三年（1833）弓氏補刊眉州三蘇祠堂本之《東坡全集》卷六十，有蘇軾於元豐元年（1078）所作之〈祭老泉焚黃文〉，云：「乃者，熙寧七年（1074）、十年，上再有事于南郊，告成之慶，覃及幽顯，我先君中允，贈太常博士，累贈都官員外郎。軾、轍當奔走兆域，以致天子之命，王事有程，不敢言私；謹遣人賫告黃二軸，集中外親，擇日焚納，西望隕涕之至。」可知，「老泉」原是蘇氏祖塋。

　　宋後，甚至有人將蘇洵之《嘉祐集》，逕稱爲《蘇老泉先生全集》（明刊・十六卷本），《老泉先生文集》（明刊巾箱本・十四卷），《蘇老泉文集》（明凌濛初刊・朱墨套印十三卷本——缺卷十三）；而歷代三蘇合集中，亦每每稱老泉文若干卷。

　　明思宗崇禎十年（1637）仁和黃氏賁堂所刊廿卷《重編嘉祐集》前之馬元調〈敘〉，即明言：「（黃氏昆仲）……以老泉非先生別號，不敢沿訛襲謬，故止稱《重編嘉祐集》，可謂嗜古力學，不忝厥祖寓庸子之風流矣。」黃燦在〈重編嘉祐集紀事〉中，對這點有更詳盡的說明：「一夕，余偶舉老泉文，相質先生（馬元調），爲析大旨。因笑曰：『而亦以老泉爲明允乎？非也！老泉固子瞻號也，吾嘗見子瞻墨蹟矣，其圖書記曰「東坡居士老泉山人」，八字合爲一章；且歐、曾諸大家所爲誌銘哀輓詩具在，有號明允以老泉者乎？歐公有稱老蘇以別之之句，世或緣此相誤耳。』余唯唯，然老泉之名，童而習之，一旦歸之長公（東坡），竊疑其別自有說，已閱昔人辨證諸書，則所以糾此誤者，援據詳核，凡四三見，而葉少蘊《燕語》更明列其故，葉、蘇同時，當必不謬。已又撿古法書，至子瞻〈陽羨帖〉，則向稱圖書記，久已照耀碑版矣。嗟乎！今日所見書，非今日始有也，且〈陽羨帖〉吾固嘗好之，即老泉相沿自南宋已然，未敢岢以所見爲斷，而有書不讀，讀之不精，我則恫乎罔聞，如若此類者，可勝數哉？」

　　明代焦竑所輯《焦氏筆乘續集》卷六〈老泉〉條云：「世傳老蘇號老泉，長公號東坡。……又梅聖俞有〈老人泉〉詩，東坡自註：『家有老人泉，公作此詩。』坡嘗有『東坡居士老泉山人』八字共一印，見於卷冊間，其所畫竹，或用老泉居士朱文印章，則老泉又是子瞻號矣。歐陽公作老蘇墓志，但言人號老蘇，而不言其所自號，亦可疑者！豈此號涉一老字，而後人遂加其父邪？葉、蘇同時，當不謬也。」張燧纂《千百年眼》卷十〈老泉是子

瞻號〉條，以及清・凌揚藻撰《蠡勺編》卷卅九〈老泉是子瞻別號〉條所記，皆全同於焦氏。

馬元調、黃燦諸賢親見蘇轍墨寶印記，有署「東坡居士老泉山人」者，正可作爲葉說之有力佐證。清際，阮葵生《茶餘客話》卷十二「老泉非蘇洵號」條，更藉子瞻〈六月七日泊金陵阻風，得鍾山泉公書，寄詩爲謝〉（世界書局《蘇東坡全集》・《後集》卷四）一詩的第六句，直書「老泉」爲理由，證明老泉絕非老蘇之號，其云：「東坡得鍾山泉公書，寄詩云：『寶公骨冷喚不聞，卻有老泉來喚人。』果老蘇號老泉，敢作爾語乎？惜不令焦文端（焦竑謚號）聞之也。」

再者，從《四庫全書》本《嘉祐集》之「附錄」來看，宋・沈斐輯歐陽脩、司馬光、曾鞏等人撰寫的老蘇墓誌銘、哀詞、祭文、挽詩二十餘篇，均未提及「老泉」之號；《宋史》老蘇本傳（卷四四三・〈文苑傳〉五），或宋人私史，如王稱《東都事略》卷一百十四〈儒學傳〉九十七中，也不似「軾號東坡居士」、「轍號潁濱遺老」般，明言「洵號老泉」。

那麼，南宋以來，「老泉」一號誤歸明允之由，綜合前人說法，可能有三：一因涉及「老」字，後人遂自然聯想到老蘇身上——見前引馬氏、焦氏之說；二因梅聖俞《宛陵集》卷五十九有〈題老人泉寄蘇明允詩〉，詩曰：「泉上有老人，隱見不可常。蘇子居其間，飮水樂夫央。」——見清・袁枚《隨園詩話》卷十五：「老泉者，眉山蘇氏塋有老（原作「老有」）人泉，子瞻取以自號，故子由祭子瞻文云：『老泉之山，歸骨其旁。』而今人多指爲其父明允之稱，蓋誤于梅都官有老泉詩故也。」[2]；三則因

---

[2] （清）杭世駿（菫浦）撰《訂訛類編・續補》卷下，亦云：「老泉者，眉山蘇氏塋有老人泉，子瞻取以自號，故子由祭子瞻文云：『老泉之山，歸骨其旁。』而今人多指其父明允之稱，蓋誤于梅都官有老泉詩故也。」

蘇洵《嘉祐集》卷十四（明刊十五卷本），有〈老翁井銘〉：「丁
酉歲（嘉祐二年，1057），余卜葬亡妻，得武陽安鎮之山，山之
所從來甚高大壯偉，其末分而爲兩股，回轉環抱，有泉坌然出於
兩山之間，而北附右股之下畜爲大井，可以日飲百餘家。……乃
問泉旁之民，皆曰是爲老翁井，問其所以爲名之由，曰：『往歲
十年，山空月明，天地開霽，則常有老人，蒼顏白髮，偃息於泉
上，就之，則隱然入于泉，莫可見。』」——其實《蘇東坡全集》‧
《續集》卷一，蘇子瞻亦有〈老翁井〉古詩一首：「井中老翁悮
年華，白沙翠石公之家，公來無蹤去無跡，井面團圓水生花。翁
今與世兩何與？無事紛紛驚牧豎。改顏易服與世同，無使世人知
有翁。」而蘇子由《欒城後集》卷二〈次韻子瞻寄賀生日詩〉亦
云：「上賴吾君仁，議止海濱黜。淒酸念母氏，此恨何時畢？平
生賢孟博，苟生不謂吉。歸心天若許，定卜老泉室。淒涼百年後，
事付向人筆？」

附：近代海峽兩岸論及此一題目的篇章

一、〈老泉非蘇洵別號辨正〉　姜克涵《學術論壇》1957 年 3 期
二、〈誰是蘇老泉〉　毛一波《聯合報 12 版》民國 64 年 2 月 20 日
三、〈蘇老泉就是蘇東坡〉　周本淳《南京師院學報》1979 年 2 期
四、〈蘇老泉是蘇東坡補證〉　劉法綏《南京師院學報》1979 年 4 期
五、《《蘇老泉就是蘇東坡》小議》　聞虞《南京師院學報》1979 年
　　4 期
六、〈蘇老泉究竟是誰？〉　一水《南京師院學報》1979 年 4 期
七、〈老泉‧東坡贅語〉　周本淳《南京師院學報》1979 年 4 期

本篇發表於：《國文天地》八卷六期
民國八十一年十一月，頁 50-52

附錄五　蘇東坡的讀書態度與方法

　　蘇東坡以不世出之天縱才情，雄峙於中國文壇，向獲千古美譽，萬代景崇，然而，他的讀書態度與方法究竟如何？應有探索的必要。

　　東坡並未恃才怠惰，反倒手不釋卷，伏讀累日；不管是醉酒、行旅，甚或微恙，莫不讀書。

　　秦觀之弟秦覯曾轉述東坡之言曰：每晚以三鼓（午夜左右）為準，盡享觀書之樂，即使酩酊而歸，仍披衣展讀，至倦方寢（見於宋・何薳《春渚紀聞》卷六）。

　　「蘇門六君子」之一的李廌也說：東坡先生每回出門，必取文字、聲韻之類的書籍，置於行囊中，隨時取閱（宋・邵博《聞見後錄》卷二十七）。

　　而東坡〈題劉壯輿文編後〉云：「今日晨起減衣，得頭風病，然亦不甚也，取劉君壯輿文編讀之，失疾所在。」蘇軾認為讀書非但可以療疾，且能忘卻困窘，〈答李康年書〉云：「竊想著書講道，馳騁百氏而游於藝學，有以自娛忘其窮約也。」

　　宋仁宗嘉祐二年（西元 1057 年），二十二歲的蘇軾已以〈刑賞忠厚之至論〉聲震禮闈，再以〈春秋對義〉獨占鰲頭，殿試則中乙科；由於知貢舉的歐陽脩引薦，遂蒙宰相富弼、樞密使韓琦等朝中重臣青睞，被推許為「國士」。然東坡仍時時虛心請益，不恥下問。

　　如任鳳翔府（陝西、鳳翔）僉判期間，向兵官王凱學習禪學，後始大爲知愛（宋・葉夢得《巖下放言》卷上）。也曾請教博學少年王性之，明白「織烏」實爲「太陽」（宋・趙令時《侯鯖錄》卷二）。

　　東坡一生恪遵座師歐陽脩的教誨——想要揮筆而成佳構的不二法門，即勤讀書、多練習。其〈記歐陽公論文〉曰：「頃歲孫莘老（覺）識歐陽文忠（脩）公，嘗乘間以文字問之。云：『無它術，惟勤讀書而多爲之，自工。』世人患作文字少又懶讀書，每一篇出，即求過人，如此少有至者。疵病不必待人指讁，多作自能見之。」

　　綜觀東坡讀書之法有三。

　　首爲「博觀約取，眼到手到」：

　　其〈答李昭玘書〉曰：「少年好文字，雖自不能工，喜誦他人之工者；今雖老，餘習尚在。」說明東坡自己由少至老，篤志積學，師法佳作宏文。

　　〈答張嘉文書〉亦曰：「凡人爲文，至老多有所悔，僕嘗悔其少作矣；然著成一家之言則不容有所悔，當且博觀而約取，如富人之築大第，儲其材用既足，而後成之，然後爲得也。」

　　他主張多讀書史、韓柳文，〈與元老姪孫書〉云：「姪孫近來爲學何如？恐不免趨時，然亦須多讀書史。……姪孫宜熟看前後漢史及韓柳文。」且讚賞「日課一詩」的作法，〈與陳傳道書〉云：「知日課一詩甚善，此技雖高，才非甚習，不能工也，聖俞（梅堯臣）昔嘗如此。」

　　謫居黃州（湖北、黃岡）時，蘇軾以抄《漢書》爲「日課」。朱司農載上某日拜謁蘇東坡，負責聯絡的典謁小吏業已通報，不過東坡久久未出，使朱司農陷於苦候頗倦，離去失禮的兩難中。

終於，東坡出來愧謝久候，說明適才「了些日課」——手抄《漢書》，故而怠慢貴客。

朱司農詫異至極道：「以先生天才，開卷一覽終身不忘，何用手抄？」東坡坦言：其實至今已手抄《漢書》三遍。起初抄一段事，以三字爲題；第二遍則兩字，現在則僅需一字。

朱司農離席請益，盼閱所抄之書，東坡命老兵取來一冊，朱視之皆不解其義，坡請朱司農試舉提一字，東坡應聲背誦數百言，無一字差缺，屢試不爽（宋·陳鵠《耆舊續聞》卷一）。

是故，東坡讀書除「眼到」外，還強調「手到」功夫，〈與王定國書〉曰：「多讀史書，仍手自抄爲妙。」

〈答程全父推官書〉曰：「兒子（蘇過）比抄得《唐書》一部，又借得《前漢》欲抄，若了此二書，便是窮兒暴富也。呵呵！老拙亦欲爲此，而目昏心疲，不能自苦，故樂以此告壯者爾。」

次爲「分類探求，八面受敵」：

東坡在〈又答王庠書〉中云：「但卑意欲少年爲學者，每一書皆作數過盡之。書富如入海，百貨皆有，人之精力不能兼收盡取，但得其所欲求者爾，故願學者每次作一意求之。如欲求古今興亡治亂、聖賢作用，但作此意求之，勿生餘念；又別作一次，求事迹故實、典章文物之類，亦如之；他皆倣此。此雖迂鈍，而他日學成，八面受敵，與涉獵者不可同日而語也，甚非速化之術。」

諄諄勸誘姪婿王庠與年輕學子，書海浩無涯涘，包羅萬象，人的精力有限，不可貪多求快，讀書之際，得依書籍內容及自己需求，立定研究主題，或致治之方、或典章文物、或天文地理、或官制兵略等，心無旁騖地逐次逐項加以尋繹分析、整理歸納。

此種讀書方法看似迂鈍遲效，然而一旦學成，胸懷古今，條分縷析，融會貫通，發言行文若遇問題，相關資儲則源源湧現，便於聯想取用，雖八面受敵，必能所向披靡，應付裕如。

　　第三是「巨細靡遺，熟讀深思」：

　　世稱「魯國先生」的唐庚提及，十八歲於汴京謁見蘇軾時，被詢及近日看了什麼書，回答正在讀《晉書》；不意，東坡猝問：「其中有那些亭子名？」唐庚茫然失對，才省悟前輩觀書用意，處處不可輕忽，若只尋行數墨，絕非良策（《春渚記聞》卷六）。

　　東坡〈書唐氏六家書後〉云：「如觀陶彭澤詩，初若散緩不收，反覆不已，乃識其奇趣。」可知，即便東坡，觀書品文亦須著意深思，熟讀再三，方見用心逸趣。

　　無怪乎，宋代許顗要將東坡〈送安惇秀才失解西歸〉詩首聯：「舊書不厭百迴讀，熟讀深思子自知」，銘於座右且書諸紳了（《彥周詩話》）。

　　良好的讀書態度與方法，使東坡文名冠冕百世而弗替，實令庸劣後學汗顏，不得不興起師法之心。

本篇發表於：《中央日報・廿一版》
民國八十四年二月十六日

附錄六　蘇東坡的魅力

　　資質偉岸、氣骨卓犖、藻翰炳蔚的蘇東坡，生前已享盛名，雖遭政爭黨禁，卻絲毫無礙其作品的流傳，士大夫每以不能誦坡詩、讀坡文，而自覺氣索味乏，嗒然若喪。「蘇門六君子」之一的李廌，其《師友談記》引述王豐甫言及：相貌寢陋、嗜學喜書的章元弼，娶了端莊美麗的中表陳氏，章因新獲東坡《眉山集》雕本，屢屢觀之忘寐，陳氏迭有煩言，元弼竟因此休妻。

　　蘇東坡於遊西湖時，見僧舍壁間題有小詩云：「竹暗不通日，泉聲落如雨；春風自有期，桃李亂深塢。」頗加稱許，問是何人手筆，或告以錢塘僧清順，東坡即日求見，自是，遂使清順名震遐邇（見於宋・周紫芝《竹坡詩話》）。又因東坡名「思無邪齋」、「德有鄰堂」後，世人爭以三字名堂宇（宋・朱弁《曲洧舊聞》卷上）。可見東坡非僅獨領風騷，更會創造流行。甚至連宋哲宗都曾好奇詢問：「蘇軾襯朝服者何衣？」宦官陳衍答道：「是衲衣。」哲宗笑之（宋・釋惠洪《冷齋夜話》卷七）。

　　當時士大夫群起傚倣東坡所戴桶高簷短的帽子，名曰「子瞻樣」（因蘇軾字子瞻）。一日蘇軾令門人習作〈人不易物賦〉，某人戲作一聯曰：「伏其几而襲其裳，豈為孔子；學其書而戴其帽，未是蘇公。」李廌轉告東坡，坡公笑曰：「最近屢從燕醴泉觀，優人以相互自誇文章為戲，一優（丁仙現）曰：『吾之文章，

汝輩不可及也。」眾問何故,答曰:『汝不見吾頭上子瞻乎!』聖上解顏,顧坡良久。」(《師友談記》)

　　明‧沈德符《萬曆野獲編》卷二十六「物帶人號」條云:「如胡床之有靠背者,名東坡椅;肉之大藏(音字,大塊切肉之意)不割者,名東坡肉;幅之四面墊角者,名東坡巾。」堪稱老饕的蘇東坡,最喜歡大塊吃豬肉,其〈豬肉頌〉曰:「淨洗鐺,少著水,柴頭罨(音掩,覆蓋也)煙焰不起,待他自熟莫催他,火候足時他自美。」至今,「東坡肉」猶為桌上佳餚,千百年來,因之食指大動者,不知凡幾。

　　另外尚有「東坡羹」、「東坡豆腐」等。蘇軾〈東坡羹頌引〉曰:「東坡羹,蓋東坡居士所煮菜羹也。不用魚肉五味,有自然之甘;其法以菘若蔓菁(即大頭菜),若蘆菔(即蘿蔔)、若薺,皆揉洗數過,去辛苦汁,先以生油少許塗釜緣及瓷盌,下菜湯中,入生米為糝(音傘,泛指散粒狀),及少生薑,以油盌覆之,不得觸,觸則生油氣,至熟不除,其上置甑炊飯如常法,既不可遽覆,須生菜氣出盡乃覆之,羹每沸涌,遇油輒不又為盌所壓,故終不得上,不爾,羹上薄飯,則氣不得達而飯不熟矣,飯熟羹亦爛可食;若無菜,用瓜茄,皆切破不揉洗,人罨熟,赤肉與粳米半為糝,餘如煮菜法。」坡公非徒「坐而食」更加「起而行」,所以才能將烹飪的過程與關鍵處,仔細地加以描述。

　　《說郛》卷二十二──宋‧林洪《山家清供》「東坡豆腐」條云:「豆腐蔥油炒,用酒研小榧子(果名,其仁可食)一二十枚,和醬料同煮;又方純以酒煮,俱有益也。」基於樂觀的態度,獨特的品味,東坡總能吃出東西的最佳滋味,千古風靡。

　　直至明朝,猶為文士喜戴藉以顯現風雅之「東坡巾」,蘇郡守胡可泉認為肇因於東坡被讁身陷囹圄時,既不可服公服,常服亦不可,故製此巾以自別,後人遂名曰「東坡巾」,實乃東坡之

囚巾（民國・沈宗元輯《東坡逸事》・「雜錄類」）。清・梁紹壬《兩般秋雨盦隨筆》卷六「韓公帕蘇公笠」條則云：「惠州（廣東、惠陽）嘉應婦女多戴笠，笠周圍綴以綢帛，以遮風日，名曰『蘇公笠』，眉山遺製也。」

任何人事物，似乎一觸蘇東坡，即感染其無窮魅力。清・宋長白《柳亭詩話》「東坡竹」條引《九江志》云：「富川（廣西縣名）有東坡竹。相傳大蘇過此，嘗以題壁餘墨洒叢竹間，其新篁竹葉俱帶墨痕。姑蘇杜瓊有詩曰：『重華南去不南還，二女啼痕在竹間；亦有富川蘇子墨，至今枝葉尚斑斑。』」「東坡竹」另有一說，見於清・梁廷枏纂《東坡事類》卷十四，引吳禮部《詩語》云：「東坡自黃（湖北、黃岡）移汝（河南、臨汝），別子由（其弟蘇轍）於高安（屬筠州，在江西），過瑞昌（江西縣名）亭子山，題字崖石，點墨竹葉上；至今環山之竹葉，葉有墨點。」

坡公的風采神韻，存諸詩詞古文書畫什物間，歷久弗衰，欲探究其魅力所在，唯有投身優遊於蘇東坡的廣闊世界中，假以時日，必有領獲，而不忍須臾離也。

本篇發表於：《中央日報・國語文 223 期》

民國八十四年七月六日

附錄七　東坡軼事

　　蘇東坡曾經對劉貢父說道，以前他與弟弟子由習制科時，每天都享用「三白飯」，味甚甘美，從此不再相信世間有八珍佳餚，貢父不明白，什麼是「三白」，東坡回答說：「一撮鹽、一碟生蘿葡、一碗飯，就是『三白』呀！」貢父聽後，大笑而去。

　　過了好一陣子，劉貢父以簡帖邀請東坡蒞舍吃「皛（ㄒㄧㄠˇ）飯」，東坡早已忘了「三白飯」的舊事，還對別人說：「貢父讀書多，所謂『皛飯』，必有出處。」屆時，東坡欣然赴約，到了劉家，見桌上只擺了鹽、蘿葡、白飯而已，才恍然大悟，自己被劉貢父擺了一道。但東坡不動聲色，吃完了「皛飯」，仍一本正經地道謝告別；臨上馬時，並反邀貢父明日至家吃「毳（ㄘㄨㄟˋ）飯」。

　　劉貢父雖明知其中必定有詐，然對「毳飯」所設何物，頗為好奇，遂如期而往。至後，東坡只與貢父一味地談天說地，過了用餐時間，還不見有任何動靜，貢父耐不住飢腸轆轆，開口問道：「該吃『毳飯』了吧？」東坡卻說：「別急，請再等等！」如此反覆再三。最後，劉貢父叫著：「我已餓得受不了啦！」東坡纔慢慢兒地說：「鹽也毛、蘿葡也毛、飯也毛，不是『毳飯』，是什麼！」貢父說：「我早知你要報昨日之仇，但沒想到竟是如此。」兩人相顧大笑，東坡於是始命僕人進膳。因為世俗呼「無」為「模」，又訛「模」為「毛」，故東坡以此戲之。

本篇發表於：《中國語文》385 期

民國七十八年七月，頁 76

附錄八　東坡愛兒素描

　　風流倜儻、浪漫多情的蘇東坡，雖然一生曾與許多女子結緣，不過，三位王氏——二妻一妾，卻佔有最大的比重。元配王弗，是眉州（四川、眉山）青神鄉貢進士王方之女，曉書達理，謹肅敏靜，身兼妻室與諍友，可惜天不假年，於二十七歲早逝，歸嫁東坡十一載，育有一子蘇邁。繼室王閏之，爲王弗從妹，亦具文學素養，且富生活情趣，堪與才子匹配，生迨、過二兒，年四十六病歿汴京。至於十二歲入蘇家，陪侍東坡二十二年的愛妾王朝雲，則生了蘇遯‧未期年夭折。

　　東坡長子蘇邁，字伯達，生於宋仁宗嘉祐四年（西元 1095 年），秉性純孝，個性拘謹。當東坡因「烏臺詩案」就逮赴御史獄時，邁方弱冠，徒步相隨；因該案彈劾嚴峻，父子遂約定，平日所送牢飯，只有菜和肉，假使蘇邁探知東坡將遭不測，則以魚取代菜、肉，作爲信號；月餘，金盡糧絕，邁需前往他地籌錢，就暫請一親戚代送飯菜，倉促間卻忘了交待此一約定，某日親戚僅送醃魚一物入獄，嚇得東坡寫出「夢遶雲山心似鹿，魂飛湯火命如雞」的「絕命詩」來；事後，方知虛驚一場（見於宋‧葉夢得《避暑錄話》卷下）。

　　神宗元豐七年（1084），蘇邁出任饒州（江西、上饒）德興尉，東坡送行，以硯爲賷，並贈銘勉之，〈邁硯銘〉曰：「以此進道常若渴，以此求進常若驚；以此治財常思予，以此書獄常思

生。」哲宗紹聖元年（1094）蘇軾受新黨排抑，由大學士貶謫爲建昌軍司馬，惠州（廣東、惠陽）安置，邁爲便於饋親，求調潮州（廣東、潮陽）安化令，後授仁化令。徽宗政和二年（1112），蘇邁卒于官。東坡曾稱美蘇邁「作吏頗有父風」（〈答陳季常書〉），故可想見其施政必寬和簡練，且仁民愛物。

　　蘇軾的好友趙令時說：「東坡長子，豪邁雖不及其父，而問學語言亦勝他人子也。」（《侯鯖錄》卷二）蘇軾自己也說：「兒子邁，幼嘗作〈林檎詩〉云：『熟顆無風時自脫（或作「落」），半腮迎日鬥先紅。』於等輩中，亦號有思致者；今（《志林》原作「余」，當誤；據宋·胡仔《漁隱叢話》前集卷四十一所引，改之）已老，無他技，但亦時出新句也。」（《東坡志林》卷十）

　　東坡次子蘇迨，字仲豫，神宗熙寧三年（1070）出生，三歲猶不能行，坡請辯才禪師爲迨落髮摩頂禱祝，權寄緇褐，法名竺僧，不出數日，竟能行如他兒（蘇轍〈龍井辯才法師塔碑〉、蘇軾〈與辯才禪師書〉）。

　　蘇迨不樂仕進，喜習醫藥，以蔭補承務郎，娶歐陽脩孫女爲妻；其博學多聞，蘇軾〈迨硯銘〉曰：「有盡石，無已求；生陰壑，閟重湫；得之艱，豈輕授；旌苦學，畀長頭。」迨稟承父親清介廉苦之風，敝衣縕袍遺世輕物，常與方外之士遊，後受親戚逼迫，四十二歲始爲筦庫官（蘇過〈送仲豫兄赴官武昌敘〉）。

　　東坡三子蘇過，字叔黨，神宗熙寧五年（1072）生，徽宗宣和五年（1123）卒，享年五十二。蘇軾認爲蘇過爲人剛介不阿，具幹蠱長才（〈偃松屏贊〉、〈答張文潛書〉），在給故友陳慥的信函中，也禁不住誇讚邁、過「二子作詩騷殊勝，咄咄皆有跨竈之興」。然而，蘇過的文學造詣遠在兄長之上，東坡〈答劉沔書〉曰：「幼子過，文益奇，在海外孤寂無聊，過時出一篇見娛，

則爲數日喜，寢食有味。」文壇巨匠黃庭堅於〈寄蘇子由書〉，亦稱譽蘇過之文學承繼亡父，「幾於斯人之不亡也」。

《宋史》卷三三八〈蘇軾傳〉後，也僅附有蘇過小傳，其云：「軾帥定武（河北、定縣），謫知英州（廣東、英德），貶惠州，遷儋耳（海南島、儋縣），漸徙廉（廣東、合浦）、永（湖南、零陵），獨過侍之，凡生理晝夜寒暑所須者，一身百爲，不知其難。……軾卒於常州（江蘇、武進），過葬軾汝州（河南、臨汝）郟城小峨嵋山，遂家潁昌（河南、許昌），營湖陰水竹數畝，名曰小斜川，自號斜川居士。……有《斜川集》二十卷（現今殘存六卷），其〈思子臺賦〉、〈颶風賦〉，早行於世，時稱爲『小坡』，蓋以軾爲『大坡』也。其叔轍每稱過孝，以訓宗族，且言：『吾兄遠居海上，惟成就此兒能文也。』」

小坡一如大坡，擅於繪畫。宣和年間，過遊汴京，寓居景德寺僧房，聖上突傳旨宣召入宮，其不知所以然，但不敢抗命；方入小轎，一物即障眼前，轎不設頂，上以小涼傘蔽之，二人扛轎疾行如飛，約行十餘里，抵達一條長廊，內侍引導登上一小殿，見宋徽宗已端坐其上，身披黃背子（朝服之裡衣），頭頂青玉冠，宮女環侍莫知其數；時值六月，積冰如山，噴香若煙，霧寒不可忍；「起居」（向帝王問安）完畢，上諭云：「聞卿是蘇軾之子，善畫窠石，適有素壁，欲煩一掃，非有它也。」蘇過承命落筆，須臾畫成，徽宗起身觀賞，歎美再三，遂賜醞酒一鍾，賜賚豐渥（宋・王明清《揮麈三錄》卷二）。

關於蘇過的逝世，也有一段壯烈的傳說，在其赴倅真定（河北、正定）途中，遇綠林脅使相從，蘇過遽答：「你們道些人可知世上有蘇內翰嗎？我就是他兒子，豈能爲求苟活，跟隨盜賊爲非作歹！」於是整晚痛飲不語，翌日一看，他已物化（《揮麈後錄》卷八）。

　　至於么兒蘇遯，小名幹兒，元豐六年（1083）九月二十七日生於黃州（湖北、黃岡），七年七月二十八日病亡金陵（南京），東坡時已四十八、九，備嘗世態炎涼，對「頎然穎異」的新生命，鍾愛異常，可惜羈旅中驟然失之，東坡、朝雲均傷懷難抑；蘇轍有〈勉子瞻失幹子詩〉二首，其二云：「破甑不復顧，彼無愛甑心；棄璧負赤子，始驗愛子深。」而蘇軾自己所寫〈哭幹兒詩〉二首，更是將喪子之痛刻劃淋漓，哀感動人，其一云：「幼子真吾兒，眉角生已似。……搖頭卻梨栗，似識非分恥。吾老常鮮歡，賴此一笑喜；忽然遭奪去，惡業我累爾。……歸來懷抱空，老淚如瀉水。」其二云：「我淚猶可拭，日遠當日忘；母哭不可聞，欲與汝俱亡。故衣尚懸架，漲乳已流床；感此欲忘生，一臥終日僵。」

　　總而言之：東坡四子，似乎已證「虎父無犬子」之說，或不誣矣！

本篇發表於：《中國語文》456 期
民國八十四年六月，頁 92-95

附錄九　三蘇三篇同名作比較

一、前言

在中國文學史上，直至北宋，古文方取得文壇之主導地位，作家之眾，作品之豐，前所未有，所謂「唐宋古文八大家」，宋即居四分之三，而蘇氏父子竟佔有三席。

「老蘇」──蘇洵，字明允，生於宋真宗大中祥符二年，卒於英宗治平三年（西元 1009-1066 年），得年五十八。因為「少年不學」[1]，「二十五歲[2]始知讀書，從士君子遊」，繼而屢困場屋，「然後取古人之文而讀之，始覺其出言用意，與己大別[3]」，「由是盡燒曩時所為文數百篇」，是故在三蘇中，蘇洵流傳的作品數量最少，特以議論見長。

---

[1] 此段引文俱出於蘇洵〈上歐陽內翰第一書〉，《四部備要》本（台北：中華書局，民國 54 年）‧十五卷《嘉祐集》卷十一。

[2] 除蘇洵自云「二十五歲」始知讀書外，他人俱作「二十七歲」，如：歐陽修《居士集》卷三十四‧〈蘇君墓誌銘序〉云：「年二十七始大發憤，謝其素所往來少年，閉戶讀書為文辭。」張方平《樂全集》卷三十九‧〈文安先生墓表〉云：「年二十七始讀書，不一二年，出諸老先生之右。」司馬光《溫國文正司馬公文集》卷七十六‧〈蘇主簿夫人墓誌銘〉云：「府君（洵）二十七猶不學」。

[3] 他本或作「異」，如《四部叢刊》所收清‧無錫孫氏藏影宋巾箱本十五卷《嘉祐集》即如是。

「大蘇」——蘇軾，字子瞻，一字和仲[4]，蘇洵之次子[5]，生於仁宗景祐三年，卒於徽宗建中靖國元年（1036-1101），年六十六。由於才情天縱，敏銳易感，博學多聞，藻翰炳蔚，所以著述豐富，兼善眾體。

「小蘇」——蘇轍，字子由，一字同叔，洵之三子，生於仁宗寶元二年，卒於徽宗政和二年（1039-1112），享壽七十四歲。小蘇視大蘇為師友，崇愛備至，自認為人、文學、政事遠不如兄，己若有成，實兄之力[6]，而平生梗概、文學認知、政治觀點，與軾彷彿，然宦達年齒則過之。其撰作亦夥，尤擅亭記、書札。

雖曾歷黨禍文禁，然而南宋孝宗於乾道九年（1173）御賜〈蘇文忠公贈太師制〉即云：「人傳元祐之學，家有眉山之書」，可知三蘇之文，不僅冠冕百代，且千載聞風。蘇軾、蘇轍兄弟幼承庭訓，家學淵源深厚，受父親蘇洵影響至巨，而且小蘇又踵武師法大蘇，因此，三蘇之襟抱操節、思想傾向、創作風格及文學技巧等，每見一脈相承、相互關連之跡。不過，大、小蘇受釋典、道經的薰陶，已超越單純的信仰，較老蘇更臻於哲理的境界；而迍遭的際遇、流竄的迢遙，亦使軾、轍累積了更豐富的人生閱歷，

---

[4] 蘇轍《欒城後集》（北京：中華書局《蘇轍集》第三冊，1990年8月初版）卷二十二・〈亡兄子瞻端明墓誌銘〉云：「公諱軾，姓蘇，字子瞻，一字和仲，世家眉山。」郎曄選註《經進東坡文集事略》（台北：世界書局，64年1月再版）・〈東坡先生言行〉中亦作「一字和仲」；卷五十九〈洗玉池銘〉，末句是「和仲父銘之，維以咏德」，郎註云：「公一字和仲，見墓誌。」但是，明・成化刊本《東坡後集》卷八及清・三蘇祠本《東坡全集》卷十九，〈洗玉池銘〉末句為「仲和父銘之，維以咏德」。宋俞德鄰《佩韋齋輯聞》卷一，亦云：「東坡一字仲和」。

[5] 因蘇洵長子景先早卒，故世稱蘇軾為「長公」。歷來人多誤認軾為洵之長子，如朱熹《宋名臣言行錄後集》卷九云：「蘇軾文忠公，字子瞻，老蘇之長子。」

[6] 蘇轍《欒城後集》卷二十二・〈辭尚書右丞劄子〉四首之二。

　　開拓了更廣闊的視野角度，擁有愈發充衍的寫作素才；加之個性、才華的不同；三蘇之作，自亦有其差異。

　　披覽三蘇文集，恰得三篇同名論著，乃〈六國論〉、〈管仲論〉與〈高祖（帝）論〉，現依內容、形式兩端，分別討論比較於後。

二、分論

（一）〈六國論〉

　　蘇洵〈六國〉[7]論，堪稱其壓卷代表作，歷代選評、箋註、賞析的本子，鮮不提及。三蘇議論文取材，均偏好史實，同就六國發論，但立意不同。

　　北宋建國後，宋太祖趙匡胤鑒於五代藩鎮割據跋扈，及自身兵變奪權的經驗，畏懼大將握有武力，遂行「杯酒釋兵權」，右文偃革，使吏治、軍權、財賦全歸中央，削弱了北宋邊塞軍隊的戰鬥力量，助長遼（契丹）與西夏的氣焰，常常窺邊入寇騷擾劫掠，宋太宗雖兩次北征遼國，惜鎩羽而歸，從此宋朝對契丹、西夏每採厚賂妥協的路線。因外輸增多，內賦必然加重，人民生活日益艱困，並在屈辱苟安政策下，國勢亦委靡難振，老蘇〈六國〉乃總結歷史經驗教訓，藉「六國破滅」「弊在賂秦」來諷喻鍼砭時事，憂國弔民之懷躍於言外。

　　仁宗至和元年（1054）戶部郎中張方平因譌有蠻警，移鎮西蜀，次年得蘇洵「所著權書、衡論閱之，如大雲之出於山，忽布無方，倏散無餘；如大川之滔滔東至於海源也，委虵其無間斷也」[8]。

7　蘇洵〈六國〉，《四部備要》本《嘉祐集》卷三。
8　張方平〈文安先生墓表〉，《樂全集》卷三十九。

嘉祐元年（1056）洵攜二子赴京秋試，呈〈權書〉、〈衡論〉、〈幾策〉二十二篇於翰林學士歐陽修，亦大獲稱賞，認為「其論議精於物理而善識變權，文章不為空言而期於有用」[9]，獻諸朝廷，使公卿士大夫爭相傳誦。完成於四十七歲以前的〈權書〉共有十篇，乃老蘇精研戰略、戰術之「兵書」，其云：「仁義不得已，而後吾權書用焉，然則權者，為仁義之窮而作也」[10]；〈六國〉則是其中第八篇。

　　全篇劈頭提破六國的破滅，非關「兵不利、戰不善」，而「弊在賂秦」。繼而文分兩脈，指出韓、魏、楚三國「賂秦而力虧，破滅之道也」，齊、燕、趙三國「不賂者以賂者喪，蓋失強援，不能獨完」。再點明六國圖存的積極做法正是「以賂秦之地封天下之謀臣，以事秦之心禮天下奇才，并力西嚮，則吾恐秦人食之不得下咽也」。最後以畫龍點睛筆法導出「為國者無使為積威之所劫哉」之警策，並歸結到「夫六國與秦皆諸侯，其勢弱於秦，而猶有可以不賂而勝之勢。苟以天下之大，下而從六國破亡之故事，是又在六國下矣」的主旨，結束全文。

　　六國覆亡的原因其實很多，蘇洵單就「弊在賂秦」慷慨披陳，乃別具用心，希望以文代劍，擊碎彌漫已久畏敵厭兵、苟且偷安的心態，畢竟契丹和西夏已非單用仁義得以安撫。

　　蘇軾〈六國論〉[11]依照南宋郎曄《經進東坡文集事略》卷十二「論」下註云：「自此以下十六篇（即卷十二至卷十四所收者），

[9] 歐陽修〈薦布衣蘇洵狀——嘉祐五年〉，《歐陽文忠公集》卷一百一十。

[10] 蘇洵〈權書敘〉，三蘇祠堂刊本二十卷《嘉祐集》之卷二。《四部備要》本及影宋巾箱本《嘉祐集》均缺〈權書敘〉，而「敘」同「序」，蘇洵因避父親蘇序之諱，「序」皆作「敘」。

[11] 見於《經進東坡文集事略》卷十四，成化本《東坡續集》卷八題作〈論養士〉，《東坡後集》卷十一·〈志林十三首〉之第九首重出，然無標題；而明·許國選編之《三蘇文粹》作〈戰國任俠〉。

謂之志林，亦謂之海外論。」知當於哲宗紹聖四年（1097）流貶渡海至海南島後所作，已屆桑榆晚景的大蘇，早臻超曠任達無所不適，對上下古今事，特具隻眼，行文亦能言止而意不盡，跌蕩開闔，曲盡其妙。

全文由「春秋之末，至于戰國，諸侯卿相皆爭養士自謀[12]」，於三教九流莫不賓禮，靡衣玉食使各安其處起筆，續云「民何以支？而國何以堪乎？」「吾攷之世變，如六國之所以久存，而秦之所以速亡者，蓋出於此。」一抑一揚間，縱論養士之得失。再標舉出「智、勇、辯、力」四類秀傑之民，「先王分天下之富貴，與此四者共之。此四者不失職，則民靖矣」，回扣六國之君雖暴虐卻善養豪傑，使百姓無怨叛之先導；秦則「既并天下，則以客為無用，於是任法而不任人」，終致火速滅亡。最後述及漢文景武帝之世「法令至密」，王侯將相依舊「皆爭致賓客」，且以「豈懲秦之禍，以謂（當作「為」）爵祿不能盡麼天下士，故少寬之，使得或出於此也邪」[13]，反詰出「君子學道則愛人，小人學道則易使也」的主旨，強調教育方為國本，有全面深遠的影響。

老蘇、大蘇之〈六國論〉，皆藉賓襯主以謀篇，文瀾縱橫恣肆，旨要暗藏文末，需細加涵泳。

蘇轍〈六國論〉收錄於十二卷《欒城應詔集》卷一[14]，既屬應帝王之命而作，究之年譜，當在嘉祐二年（1057）十九歲進士及第時所寫。茅坤《唐宋八大家古文鈔》中論及蘇洵〈六國〉一文云：「一篇議論，由戰國策縱人之說來，卻能與戰國策相仲伯。

---

[12] 《東坡續集》卷八與《東坡全集》卷六「自謀」二字下屬，而《東坡後集》卷十一‧〈志林〉則與《經進東坡文集事略》相同。
[13] 《東坡續集》卷八作：「皆爭致賓客，『世主不問也』。豈『悠於』之禍，以『為』爵祿不能盡麼天下『之』士，故少寬之，使得或出於此也邪。」
[14] 蘇轍：《欒城應詔集》（北京：中華書局《蘇轍集》第四冊）。

當與子由六國論並看。」與父兄之作相較，小蘇〈六國論〉純然就事論事，以天下情勢、地緣位置、彼此唇齒依存的關係，探究六國次第淪亡的癥結；文勢平穩、文情質樸，然以史識、理致擅場。

其首將六國滅亡，歸咎於「當時之士慮患之疏而見利之淺，且不知天下之勢也」。然後彰明秦與諸侯相爭的關鍵在韓、魏二國，韓、魏對秦而言，「譬如人之有腹心之疾也」；對諸侯言，則「塞秦之衝，而蔽山東（指秦嶺以東）之諸侯」。若「韓、魏折而入於秦，然後秦人得通其兵於東諸侯，而使天下遍受其禍」，不然，秦將遭腹背受敵之危事。

蘇轍指出六國自安之計，是齊、楚、燕、趙「厚韓親魏以擯秦」，四國「因得以自完於其間矣」，並暗助韓、魏，使「無東顧之憂，而為天下出身以當秦兵」。最後悲嘆六國短視近利，「背盟敗約，以自相屠滅，秦兵未出而天下諸侯已自困矣，至使秦人得間其隙，以取其國」作結。

蘇洵「文章其日工，而道將散矣」[15]的訓誨，早已深植二子之心，不過，三蘇為文並未輕忽文學之藝術性及修辭技巧，僅僅反對模擬雕琢、炫奇逞怪而已。

三蘇的散行文字中，屢屢融入原屬韻文的對偶、排比句式，非徒可以突顯重點，強調意旨，更能憑添文章的韻律節奏，加強文字的渲染力量。但蘇轍所寫的對偶、排比句較少，故文風趨於平淡。

三蘇〈六國論〉中，字數、詞性兩兩相對，嚴謹驪並的對偶句：洵文有「小則獲邑、大則得城」，「暴霜露、斬荊棘」，「刺客不行、良將猶在」，「勝負之數、存亡之理」，「以賂秦之地

15　蘇軾〈亀繹先生詩集敘〉，《東坡前集》卷二十四。

封天下之謀臣、以事秦之心禮天下之奇才」；軾文有「鳥獸之有
鷙猛、昆蟲之有毒螫」，「墮名城、殺豪傑」；蘇轍則無之。

　　至於結構雷同，接續出現同性質意象的排比句：洵文有「兵
不利，戰不善」，「較秦之所得，與戰勝而得者，其實百倍；諸
侯之所亡，與戰敗而亡者，其實亦百倍」，「秦之所大欲，諸侯
之所大患」，「諸侯之地有限，暴秦之欲無厭；奉之彌繁，侵之
愈急」；軾文有「知六國之所以久存，而秦之所以速亡者」，「三
代以上，出於學；戰國至秦，出於客；漢以後，出於郡縣；魏晉
以來，出於九品中正；隋唐至今，出於科舉」，「不知其槁項黃
馘以老死於布褐乎？抑將輟耕太息以俟時也」；轍文有「五倍之
地，十倍之眾」，「范睢用於秦而收韓，商鞅用於秦而收魏」，
「燕、趙拒之於前，而韓、魏乘之於後」。

　　三蘇喜採詢問語句之設問法行文，冀使讀者反躬深思，激起
共鳴。三篇〈六國論〉迭見設問筆法：洵文爲「或曰：六國互喪，
率賂秦耶」與「齊人未嘗賂秦，終繼五國遷滅，何哉」；軾文爲
「民何以支、而國何以堪乎」，「向之食於四公子呂不韋之徒者，
皆安歸哉」，「故少寬之，使得或出於此也邪」與「此豈秦漢之
所及（也）哉[16]」；轍文爲「此豈知天下之勢邪」，「彼秦者將
何爲哉」與「可不悲哉」其間三蘇也運用「嗚呼」、「悲夫」、
「哉」、「邪」等感嘆辭和語尾助詞，來增加文章氣勢。

　　就近取譬，以簡喻繁，每以具體事物說明抽象概念的譬喻修
辭法，三蘇〈六國論〉內，易見鮮明、貼切之例。蘇洵認爲六國
不珍惜先人蓽路藍縷所闢之地，「舉以予人，如棄草芥」，假使
六國能團結「并力西嚮」，那麼秦人將會擔心得「食之不得下咽

16　《經進東坡文集事略》本無「也」字，而《東坡全集》卷六及《東坡續集》
　　卷八則有之。

也」；蘇軾主張「國之有姦，猶鳥獸之有鷙猛，昆蟲之有毒螫也」，並將秦始皇以客爲無用，使「民之秀異者，散而歸田畝」的情形，比作「縱百萬虎狼於山林，而飢渴之，不知其將噬人」；蘇轍則曰：「秦之有韓、魏，譬如人之有腹心之疾也」，且把強秦喻成「虎狼」。

（二）〈管仲論〉

蘇洵基於「春秋責備賢者」的心態，寫下〈管仲論〉[17]，撰述時間不詳。其寄語賢相重臣應有遠大的眼光與胸襟，以國家未來安危爲念，及早培養接班人才，及時舉薦賢能以自代。此實是秉政爲國之人，該書諸紳念茲在茲的箴規，更是歷久彌新的提示。此篇議論角度新穎，文勢順逆相激、圓活靈動，故歷代稱美，以爲古文典範。相形之下，大、小蘇之〈管仲論〉較被忽視。

全文先寫管仲身居齊國治亂之樞紐，明揚而暗抑。由「夫功之成，非成於成之日，蓋必有所由起；禍之作，不作於作之日，亦必有所由兆」之警句，反覆申論管仲未能「憂其國之衰」、「不知本者」，不肯「舉天下之賢者以自代」之過失。然後用五霸之一晉文公爲例，其身雖歿，「尚有老成人焉」，晉「得爲諸侯之盟主者百有餘年」，反襯君臣才略遠勝晉之齊國，卻自「桓公之薨也，一亂塗地」，逼出「夫天下未嘗無賢者，蓋有有臣而無君者矣」的暗藏蘊義，畢竟，國之治亂繫乎賢能居位否，而賢能能否居位，又端賴明君之有無。終云「夫國以一人興，以一人亡」，再對管仲寓褒於貶，結束嫋娜百折之〈管仲論〉。

---

[17] 蘇洵〈管仲論〉，《四部備要》本《嘉祐集》卷八。

　　蘇軾〈管仲論〉有二：一是嘉祐六年（1061）應制科試時，所上之進卷[18]，全論管子兵法；一屬〈志林〉十三首之末[19]，由管仲功過開啟文緒。前篇與老蘇、小蘇之同名作無涉，故單就後者言之。

　　全文先讚美「大哉！管仲之相桓公也。辭子華之請，而不違曹沫之盟，皆盛德之事也」。再行批評，「恨其不學道，不自誠意正心（身）[20]以刑其國」。續以孔子對管仲器量、行徑「小之」，然對其功業、貢獻「予之亦至矣」，推翻孟子「仲尼之徒，無道桓文之事者」的說法。

　　接著，蘇軾以異峰突起之勢，從桓公、管仲引出「可以爲萬世法」七人、「可以爲萬世戒」八人之史事，依與世論舛午之獨特史觀，推衍出「世之人以成敗爲是非」及「爲天下如養生，憂[21]國備亂如服藥」的結語。

　　大蘇〈管仲論〉，無論命意、謀篇，皆似天馬行空，超然莫測，縱橫倏忽，有跨竈之興。

　　蘇轍〈歷代論一并引〉云：「（哲宗）元符庚辰（三年，1100），蒙恩歸至嶺南，卜居潁川（河南・許昌）。身世相忘，俯仰六年，洗然無所用心，復自放圖史之間，偶有所感，時復論著。……凡四十有五篇，分五卷。」而〈管仲〉一論即其中之一[22]。

---

[18] 見於《經進東坡文集事略》卷六・〈進論〉之一，及《東坡應詔集》卷八。郎曄〈進論〉下註云：「此係應制科時，所上進卷。」

[19] 見於《經進東坡文集事略》卷十三，《東坡續集》卷八作〈論管仲〉。

[20] 《東坡續集》卷十一作「不自誠意正『身』以刑其國」，而《經進東坡文集事略》卷十三與《東坡全集》卷六「身」作「心」。

[21] 《經進東坡文集事略》卷十三誤作「愛」，據《東坡續集》卷八、《東坡後集》卷十一及《東坡全集》卷六改。

[22] 蘇轍〈管仲〉，《欒城後集》卷七・〈歷代論一〉（北京：中華書局《蘇轍集》第三冊）。

　　蘇轍開篇即明言「先君嘗言」云云，結尾又說：「昔先君之論云爾」，點明〈管仲〉一論，乃承襲父說而來。但小蘇無愧于大家之稱，筆鋒一轉，專就「適、庶爭奪之禍所從起也」，在齊桓公與管仲「溺於淫欲而不能自克無已」的論點上，加以發揮，如此，不但可與父作相呼應，又無疊床架屋之嫌，也符合其個性文風。

　　對洵作略筆處，反舉《傳》語（不見於今之《春秋三傳》）詳加敘述，說明易牙「殺子以適君」、開方「倍親以適君」、豎刁「自宮以適君」，皆「非人情」，不可重用，難以親近。再藉《論語‧顏淵篇》孔子之語，突顯「世未嘗無小人也，有君子以閑之，則小人不能奮其智」的文旨。

　　終評管仲「內既不能治身，外復不能用人」之失。

　　三蘇〈管仲論〉中，不乏排比句：洵文有「相桓公，霸諸侯，攘戎狄」，「功之成，非成於成之日，蓋必有所由起；禍之作，不作於作之日，亦必有所由兆」，「齊之治也，吾不曰管仲，而曰鮑叔；及其亂也，吾不曰豎刁、易牙、開方，而曰管仲」，「聲不絕乎耳，色不絕乎目」，「國以一人興，以一人亡，賢者不悲其身之死，而憂其國之衰」；軾文有「綏之以德，加之以訓辭」，「辭子華之請，而不違曹沫之盟」，「自今而言之，則元海、祿山，死有餘罪；自當時言之，則不免為殺無罪」，及迭用「某人如何而不殺某人」、「不如何，雖有某人，不能如何」、「某代之某人」、「某帝以某種原因而殺某人」等排比句型；轍文則有「內既不能治身，外復不能用人」。

　　蘇洵、蘇軾幾乎全以設問法寫成〈管仲論〉，洵文九見，軾文七見。而蘇轍〈管仲〉一篇，不到四百字，亦四見設問筆法。正如〈六國論〉，三蘇也習用「嗚呼」、「也」、「哉」等詞，來強調文勢。

　　至於譬喻修辭法，蘇洵〈管仲論〉把管仲臨終遺言的約束力，比喻成或可拘縶桓公手足之物。而蘇軾〈管仲論〉中，將治理天下比作養生，所謂養生，當在未病之前；將誅殺危險份子憂國備亂的舉措，比作服藥，而服藥需在已病之後；若「憂寒疾而先服烏喙，憂熱疾而先服甘遂，則病未作而藥已殺人矣」。懂得方劑藥理的大蘇，才會寫出此種構思精巧、適中人意的譬喻。

（三）〈高祖（帝）論〉

　　蘇洵〈高祖〉一論[23]，為〈權書〉十篇之末。其〈上韓樞密（琦）書〉曰：「洵著書無他長，及言兵事，論古今形勢，至自比賈誼；所獻權書，雖古人已往成敗之跡，苟深曉其義，施之於今，無所不可。」[24]遂知洵文不徒發，撰作〈權書〉，旨在適於世用。

　　老蘇〈高祖〉首云漢高祖挾數用術不如陳平，揣摩天下之勢不如張良，卻暗寓劉邦能夠駕馭足智多謀之臣的高明；至於替後世子孫計量，預先為之規劃處置的智慧，遠非陳、張可及；因為，漢高祖「明於大而暗於小」。

　　繼而推論高祖「以太尉屬（周）勃」、「不去呂后」的理由，在於「知有呂氏之禍」，「安劉氏必勃也」，及「為惠帝計」，「家有主母，而豪奴悍婢不敢與弱子抗」。再憑虛駕空，自出新意，揣測高祖命陳平、周勃即於軍中斬「與帝偕起，拔城陷陣，功不為少矣」的樊噲，因「其娶於呂氏（呂后妹呂須），呂氏之族若產、祿輩，皆庸才不足卹，獨噲豪健，諸將所不能制，後世之患，無大於此也」。最後獨斷噲若不死，必助祿、產叛變，而

23　蘇洵〈高祖〉，《四部備要》本《嘉祐集》卷三，除文末稱「高祖之未崩也」，餘皆作「高帝」。三蘇祠本《嘉祐集》卷三，則「高祖」、「高帝」間出。
24　蘇洵〈上翰樞密書〉，《四部備要》本《嘉祐集》卷十。

陳平、周勃畏呂后威，僅執噲返京，乃「遺其（高祖）憂者也」，回頭反襯高祖之「明於大」。

歷代文評對蘇洵此作，褒貶不一。如《百大家評古文關鍵》中，曾鞏曰：「作高祖論，其雄壯俊偉，若決江河而下也；其輝光明白，若引星辰而上也。」《唐宋八大家文鈔》中，茅坤曰：「……且噲不死，其助祿、產之叛亦未必。觀其譙羽鴻門與排闥而諫，噲亦似有氣岸而能守正者，豈可以屠狗之雄而遽逆其詐哉！蘇氏父子兄弟往往以事後成敗摭拾人得失，類如此。」其實，〈高祖〉一論，真正蘊義在強調帝王得眼光遠大，須顧及千秋萬世基業，不能只圖近利求苟安。

蘇軾〈漢高帝論〉[25]乃二十五歲應制科試之際，所呈〈進論〉中的一篇，先云：「有進說於君者，因其君之資，而為之說，則用力寡矣。人惟好善而求名，是故仁義可以誘而進，不義可以劫而退。」揭示遊說人主的竅門，必得依其心性。

續論「漢高帝起於草莽之中」，「知天下之利害與兵之勝負而已」，「安知」抑或「不喜」仁義之說。當「天下既平，以愛故，欲易太子。大臣叔孫通、周昌之徒力爭之，不能得；用留侯計，僅得之。」蘇軾「以為高帝最易曉者，苟有以當其心，彼無所不從」，爭臣應該稟明「愛之者，祗以禍之」之理，切勿堅持「廢嫡立庶」之說；並批評留侯計策，只是藉原本義不為漢臣之商山四皓卻肯屈就輔佐太子的情勢，迫使高祖「不得不從」罷了。

歸結出「事君者，不能使其心知其所以然，而（以）[26]樂從吾說，而欲以勢奪之，亦已危矣」的主旨。終以「古之善原人情

---

25 蘇軾〈漢高帝論〉，《經進東坡文集事略》卷五、《東坡應詔集》卷七。
26 《東坡應詔集》卷七．〈漢高帝論〉作：「『以』樂從吾說」。

而深識天下之勢者，無如高帝，然至此而惑，亦無有以告之者」，惋歎收筆。

至於文中，「惠帝既死，而呂后始有邪謀，此出於無聊耳，而高帝安得逆知之」的論點，則與父親〈高祖論〉迥異。

蘇轍〈漢高帝〉[27]亦屬〈歷代論〉四十五篇之一。完成的時間遠遲於父兄之作，卻獨闢蹊徑，不談劉邦的智謀、眼界，背景、性格，而是在晚年杜門卻客，燕坐觀書，「沈潛而樂易，致曲以遂直」[28]的境況裡，認定漢高祖「兵不血刃，而至咸陽」，「此天命，非人謀也」，並三致此意。

小蘇的理由有五：一是「諸侯皆起於群盜，不習兵勢，陵藉郡縣，狃於亟勝，不知秦之未可攻也」。其次，「（秦）與項梁遇，苦戰再三，然後破之，梁雖死，而秦之銳鋒亦略盡矣」。其三，「（章）邯以爲楚地諸將不足復慮，乃渡河北擊趙。邯既北，而秦國內空。至是秦始可擊，而高帝乘之」。第四，楚懷王有鑒於項羽殘暴而劉邦爲長者，「秦父兄苦其主久矣，誠得長者往，無侵暴，宜可下」，遂只准許劉邦入關。第五，「邯、羽相持於河北」，漢高祖劉邦方可乘隙入咸陽。五項理由娓娓鋪陳，純悉史筆。

三蘇〈高祖（帝）論〉的排比句，各兩見。洵文爲「漢高帝挾數用術，以制一時之利害，不如陳平；揣摩天下之勢，舉指搖目以劫制項羽，不如張良」及「武王沒，成王幼，而三監叛」。軾文爲「仁義可以誘而進，不義可以劫而退」與「如此而爲利，如此而爲害；如此而可，如此而不可」。轍文爲「秦雖無道，而

---

[27] 蘇轍〈漢高帝〉，《欒城後集》卷七・〈歷代論一〉（北京：中華書局《蘇轍集》第三冊）。

[28] 黃庭堅〈寄蘇子由書〉三首之一，〈豫章黃先生文集〉卷十九。

其兵力強；諸侯雖銳，而皆烏合之眾」和「殺周章、破陳涉，降魏咎、斃田儋」。

老蘇、大蘇〈高祖（帝）論〉，也各運用了四、五次設問法。洵文中如：「劉氏既安矣，勃又將誰安邪」，「其不去呂后，何也」，「彼豈獨於噲不仁耶」，「見其親戚乘勢為帝王，而不欣然從之邪」；軾文中如：「安知所謂仁義者哉」，「誰肯北面事戚姬子乎」，「無有以奚齊、卓子之所以死，為高帝言之者歟」，「其為計不已疏乎」，「高帝安得逆知之」；而小蘇〈漢高帝論〉，未見使用設問修辭法。

三篇〈高祖（帝）論〉，均有傳神、生動的譬喻。蘇洵將漢高祖未雨綢繆替後世子孫所作的安排，且能一如預料、比成「如目見其事而為之者」；並把高祖眼中，「佐帝定天下，為大臣素所畏服」的呂氏，喻成「醫者之視堇也」，刻意欲斬樊噲，「削其黨以損其權」，目的使呂后一如限量的有毒堇草，「可以治病，而無至於殺人」。蘇軾把「觀其天資，固亦有合於仁義者，而不喜仁義之說」的高祖，比作「終日為不義，而至以不義說之，則亦怫然而怒」的小人。蘇轍則把秦之兵強將猛橫掃諸侯的情況，形容成「如獵狐兔，皆不勞而定」。

三、總結

綜觀三蘇三篇同名作，均依〈六國〉、〈管仲〉、〈高祖（帝）〉為題立論，命意內容雖有喬梓昆仲承續相涉之處，但對史事、人物的切入角度常見差異，剖析歸納亦各有見地。章法佈局變化莫測，每每巧不可階。文氣磅礡，順逆往復，運用自如。

清·林雲銘《古文析義初編》卷六·蘇洵〈管仲篇〉後評曰：「蘇家立論，多自騁筆力，未必切當事情；惟文字高妙，層層翻

駁不窮，確是難得。」三蘇立論確當與否，實乃仁智之見，但彼等推勘辯駁的功力，有為而作的苦心，不容輕忽。至於所謂「文字高妙」，不在雕章纘句，而在蓬勃恢暢貫注全文的氣勢，這種文勢，源出於熾熱的情懷、磊落的胸襟，以及現實的激發、典籍的陶冶。三蘇行文，光憑氣勢，業已具有懾服人心的文藝魅力。小蘇承父事兄，仍能磨光濯色，獨成一家之言，然因沈潛內斂，文境較顯柔穩紆淡，不似父之老健峭厲，兄之明快雄雋。

　　因為三蘇熟讀經書史冊，左右逢源，是故僅在〈六國〉、〈管仲〉、〈高祖（帝）〉三論內，已數見徵引《論》、《孟》、《詩》、《傳》，闡發己意，並且類引史事為證或作今昔對比。如蘇洵〈管仲論〉，類引史䲡屍諫以進賢遠佞和蕭何臨終舉賢自代之事。〈高祖〉則類引韓信、黥布、盧綰叛逆之例，推論樊噲必反。蘇軾〈六國論〉先類引春秋戰國以至秦漢，諸侯卿相爭相養士的情形；再列舉三代以至北宋，拔擢秀傑之民的方法。〈管仲論〉則類引七人為萬世法，另外八人為萬世戒。蘇轍〈管仲〉一文，類引了易牙、開方、豎刁不近人情的小人行徑。而老蘇〈高祖〉文中，以漢高祖自忖若己駕崩，將相大臣諸侯王環伺，惠帝卻幼弱無助，與西周之際，武王歿，成王幼，而三監叛的狀況雷同，作一今昔之比。大蘇〈漢高帝論〉乃以昔日奚齊、卓子的下場，作為今日更立太子之殷鑑。

　　三蘇之作，排比散行句式依勢成文，且精於設問、譬喻等修辭技巧，使議論篇章，饒富藝術美感。同時善用「而」、「然」等虛字，藉茲轉筆或施力，讓作品不致呆板乏味。蘇氏父子主張自然成文，反對粉飾造作，不過亦可拈舉一、二「鍊字」之例：如洵〈六國〉首曰：「六國破滅，非兵不利，戰不善，弊在賂秦」之「弊」字；軾〈漢高帝論〉云：「天下既平，以愛故，欲易太子。大臣叔孫通、周昌之徒爭之，不能得；用留侯計，僅得之」

國家圖書館出版品預行編目

三蘇散文研究及其他 / 李李著. -- 一版. --
臺北市：秀威資訊科技, 2008.04
面； 公分.
參考書目：面
ISBN 978-986-221-005-5 (平裝)

1.(宋)蘇洵 2.(宋)蘇軾 3.宋-蘇轍
4.散文 5.文學評論 6.宋代文學

820.9505　　　　　　　　　　97006759

 語言文學類　AG0087

三蘇散文研究及其他

作　　者 / 李　李
發 行 人 / 宋政坤
執行編輯 / 林世玲
圖文排版 / 郭雅雯
封面設計 / 蔣緒慧
數位轉譯 / 徐真玉　沈裕閔
圖書銷售 / 林怡君
法律顧問 / 毛國樑　律師
出版印製 / 秀威資訊科技股份有限公司
　　　　　　台北市內湖區瑞光路 583 巷 25 號 1 樓
　　　　　　電話：02-2657-9211　　　傳真：02-2657-9106
　　　　　　E-mail：service@showwe.com.tw
經 銷 商 / 紅螞蟻圖書有限公司
　　　　　　台北市內湖區舊宗路二段 121 巷 28、32 號 4 樓
　　　　　　電話：02-2795-3656　　　傳真：02-2795-4100
　　　　　　http://www.e-redant.com

2008 年 4 月 BOD 一版
定價：450 元

讀 者 回 函 卡

感謝您購買本書，為提升服務品質，煩請填寫以下問卷，收到您的寶貴意見後，我們會仔細收藏記錄並回贈紀念品，謝謝！

1.您購買的書名：＿＿＿＿＿＿＿＿＿＿＿＿＿＿＿＿

2.您從何得知本書的消息？

　□網路書店　□部落格　□資料庫搜尋　□書訊　□電子報　□書店

　□平面媒體　□ 朋友推薦　□網站推薦　□其他＿＿＿＿＿＿

3.您對本書的評價：(請填代號　1.非常滿意 2.滿意 3.尚可 4.再改進)

　封面設計＿＿　版面編排＿＿　內容＿＿　文/譯筆＿＿　價格＿＿

4.讀完書後您覺得：

　□很有收獲　□有收獲　□收獲不多　□沒收獲

5.您會推薦本書給朋友嗎？

　□會　□不會，為什麼？＿＿＿＿＿＿＿＿＿＿＿＿＿＿＿＿

6.其他寶貴的意見：＿＿＿＿＿＿＿＿＿＿＿＿＿＿＿＿＿＿

＿＿＿＿＿＿＿＿＿＿＿＿＿＿＿＿＿＿＿＿＿＿＿＿＿＿＿

＿＿＿＿＿＿＿＿＿＿＿＿＿＿＿＿＿＿＿＿＿＿＿＿＿＿＿

＿＿＿＿＿＿＿＿＿＿＿＿＿＿＿＿＿＿＿＿＿＿＿＿＿＿＿

讀者基本資料

姓名：＿＿＿＿＿＿＿＿＿　年齡：＿＿＿　性別：□女 □男

聯絡電話：＿＿＿＿＿＿＿　E-mail：＿＿＿＿＿＿＿＿＿

地址：＿＿＿＿＿＿＿＿＿＿＿＿＿＿＿＿＿＿＿＿＿＿＿

學歷：□高中(含)以下　□高中　□專科學校　□大學

　　　□研究所(含)以上 □其他＿＿＿＿＿＿＿

職業：□製造業 □金融業 □資訊業 □軍警 □傳播業 □自由業

　　　□服務業 □公務員 □教職　□學生 □其他＿＿＿＿＿

(請沿線對摺寄回,謝謝!)

秀威與 BOD

BOD（Books On Demand）是數位出版的大趨勢，秀威資訊率先運用 POD 數位印刷設備來生產書籍，並提供作者全程數位出版服務，致使書籍產銷零庫存，知識傳承不絕版，目前已開闢以下書系：

一、BOD　學術著作—專業論述的閱讀延伸
二、BOD　個人著作—分享生命的心路歷程
三、BOD　旅遊著作—個人深度旅遊文學創作
四、BOD　大陸學者—大陸專業學者學術出版
五、POD　獨家經銷—數位產製的代發行書籍

BOD 秀威網路書店：www.showwe.com.tw
政府出版品網路書店：www.govbooks.com.tw

永不絕版的故事・自己寫・永不休止的音符・自己唱